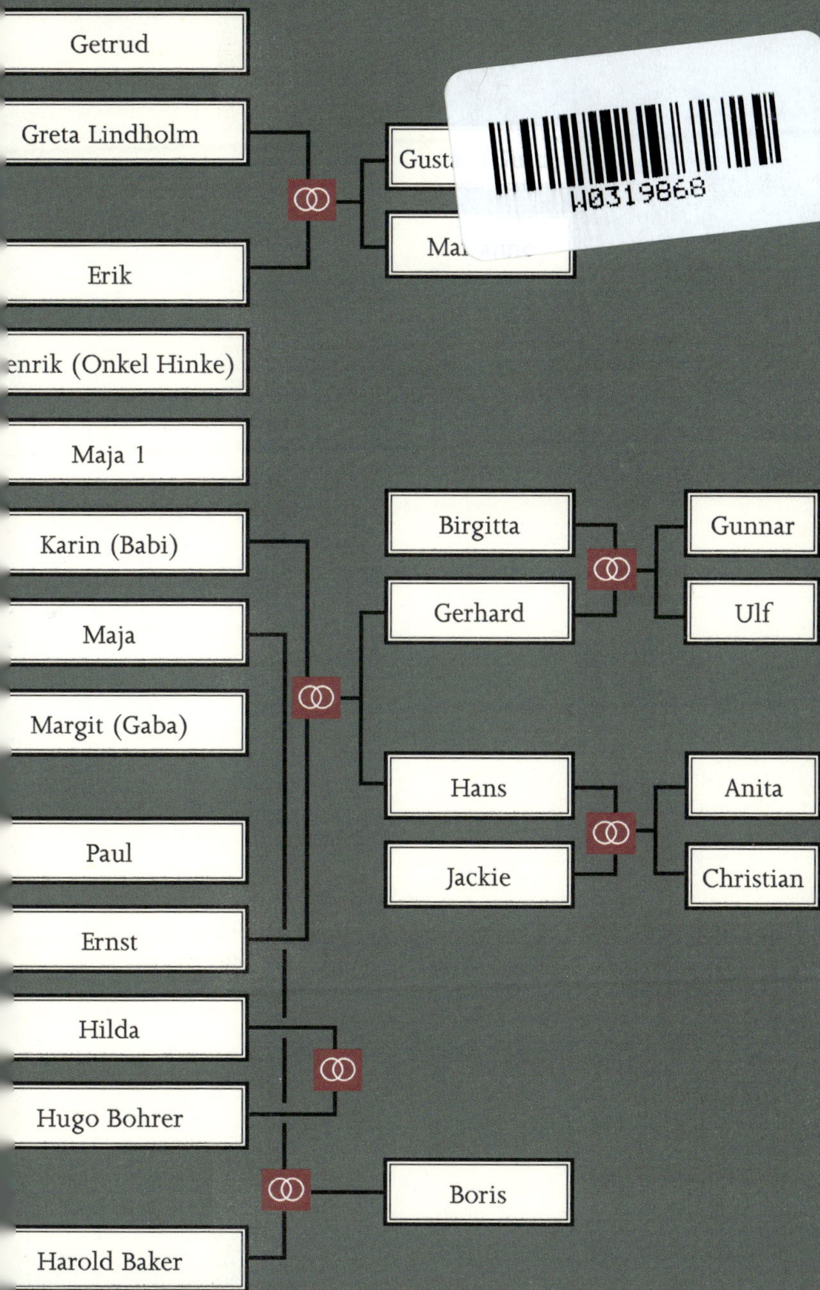
Getrud
Greta Lindholm
Erik
enrik (Onkel Hinke)
Maja 1
Karin (Babi)
Maja
Margit (Gaba)
Paul
Ernst
Hilda
Hugo Bohrer
Harold Baker
Birgitta
Gerhard
Hans
Jackie
Boris
Gunnar
Ulf
Anita
Christian

Gunnar Bolin

DIE KINDER DES HOFJUWELIERS

Roman

Aus dem Schwedischen
von Jürgen Vater

GEGRÜNDET
1999

Gunnar Bolin

DIE KINDER DES HOFJUWELIERS

Roman

Aus dem Schwedischen
von Jürgen Vater

Czernin Verlag, Wien

Gedruckt mit Unterstützung des Zukunftsfonds der Republik Österreich und des Nationalfonds der Republik Österreich für Opfer des Nationalsozialismus

ZukunftsFonds
der Republik Österreich

Nationalfonds der Republik Österreich
für Opfer des Nationalsozialismus

Bolin, Gunnar: Die Kinder des Hofjuweliers / Gunnar Bolin
Titel des Originals: Hovjuvelerarens barn
Wien: Czernin Verlag 2022
ISBN: 978-3-7076-0772-7

Aus dem Schwedischen von Jürgen Vater
Lektorat: Hannah Wustinger
Autorenfoto: Mattias Ahlm / Swedish Radio
Umschlaggestaltung und Satz: Mirjam Riepl
Druck: GGP Media GmbH
ISBN Print: 978-3-7076-0772-7
ISBN E-Book: 978-3-7076-0773-4

Für die Großmutter meines Vaters, seine Babi:
Maria Bolin, als Maria Seitz geboren in Wien 1865

Für meine Großmutter, meine Babi: Karin Bolin,
geboren in Moskau 1897

Für die Großmutter meiner Kinder, deren Babi:
Birgitta Bolin, als Birgitta Houmann geboren
in Malmö 1933

Für meinen Vater: Gerhard W. Bolin, als
Gerhard W. Hoffenreich geboren in Wien 1921

Inhalt

PROLOG

»Hallo, Bamsen, ich bin's, Vater. Ich wollte nur sagen, dass ich nicht mehr leben will. *(Pause)* Ich habe auch Nuffi angerufen und es ihm gesagt. Servus.«

Es war, soweit ich mich erinnere, ein ganz gewöhnlicher Morgen gegen Ende Juni 2012. Ich befand mich in Småland beim Sommerhäuschen meiner Frau und ihrer Schwester. Da der Empfang dort damals noch schlecht war, stand ich vermutlich irgendwo zwischen dem inzwischen kaum noch erkennbaren Sandkasten und dem großen Stein und hörte meinen Anrufbeantworter ab.

Welche Gefühle stiegen in mir auf?

Keine unmittelbare Panik. Kein kalter Wind, der mich durchfuhr. Kein unwiderstehlicher Drang, ins Auto zu stürzen und nach Stockholm zu fahren.

Die spärliche Lebenslust meines Vaters war nichts Neues. Er hatte seit Langem davon gesprochen, dass ihn nur zwei Dinge daran hinderten, sich das Leben zu nehmen. Das eine war, dass er sich nicht vorstellen wollte, dass seine Kinder nicht nur eine Mutter, sondern auch einen Vater hatten, die es vorzogen, ihr Leben auf diese Weise zu beenden. Das andere war, dass er zu feige sei.

In jüngster Zeit war es meistens die Feigheit gewesen, über die er sich beklagte. Es gebe keine Vorgehensweise, die garantiert schnell und sicher war. Einige Male hatte er die Guillotine erwähnt. Darüber konnten wir beide lachen, da ich zu bedenken gab, dass es heutzutage vielleicht schwierig sei, Guillotinenhändler zu finden. Überhaupt war der Begriff

»Galgenhumor« eine Beschreibung, die gerade in seinen letzten Jahren gut zu meinem Vater passte. Aber das Lachen wurde immer seltener.

Ich rief ihn später am selben Tag zurück. Er hatte seine morgendliche Nachricht vergessen, und auf meine Frage, wie es ihm ginge, antwortete er wie gewöhnlich: »Geht so, geht so.«

***

Mein Vater hatte enorme Hände. Grob und rau, aber mit perfekt gepflegten Fingernägeln. In meiner Kindheit behandelte er sie sorgfältig, zunächst mit der Zange, die er selbstverständlich im Fachgeschäft von Walter Weiss in der Mariahilfer Straße 33 in Wien erstanden hatte. Nach dem Schneiden wurden die Nägel gewissenhaft mit einer kleinen Feile geschliffen, die er ständig in einem roten Plastiketui in der Innentasche seines Sakkos trug.

Viel später, als Vaters Gedächtnis auszufransen begann, bat er mich, eine neue Nagelzange zu kaufen, und zwar bei ebenjenem Herrn Weiss in der belebten Mariahilfer Straße. Niemand war so hartnäckig wie mein Vater, wenn es um etwas ging, das ihm von Nutzen war.

»Aber ich werde nur einen Tag in Wien sein und habe etliche andere Sachen zu tun«, sagte ich abwehrend. »Irgendwo hier in der Stadt findest du garantiert eine ähnliche.«

Vater senkte seine Stimme: »Nein, eben nicht. Meinst du, ich hätte nicht gesucht? Bitte, Lubel …«

Ich weiß noch immer nicht, woher dieser Kosename kam. Bamsen, wie ich sonst genannt wurde – und was sich sogar in der Bezeichnung unserer Familie niederschlug –, kam von meiner kindlichen Vorliebe für ein Lied von Klaus Klettermaus. Niemals sagte er Gunnar zu mir.

»Bitte, Lubel, es würde mir tatsächlich« – mit Betonung auf jeder Silbe – »eine große Freude bereiten. Versuch …« – mit Betonung auf beiden Silben – bleiern, bedrückt, bittend.

Natürlich ging ich bei Weiss vorbei, diesem unglaublichen Geschäft voller Cremen, Zangen, Bürsten und allerlei anderer Dinge, deren Verwendungszwecke ich nicht einmal raten konnte. Ich kaufte die schwere Nagelzange und als ich sie Vater überreichte, bekam ich umgehend die sechshundert Kronen zurück, die ich dafür ausgelegt hatte. So war er.

Wenn ich ihn in den letzten Jahren im Altenheim besuchte, bat er mich manchmal, ihm eine Zimtschnecke zu kaufen. Er sagte dann: »Hier sind alle völlig verrückt«, wobei er die Wörter so betonte, dass ein geübtes Ohr in seinem ansonsten akzentfreien Schwedisch den Ansatz einer fremden Sprachmelodie entdecken konnte.

Als ich mit der Zimtschnecke kam, hatte er bereits seine Brieftasche gezückt, um mir meine Auslagen zu erstatten.

»Was kostet sie?«

»Zwölf Kronen, aber ich kann bezahlen. Mach dich nicht lächerlich.«

»Zwölf Kronen? Ich glaube, du bist verrückt. Wo hast du die bloß gekauft?«

Er bestand darauf, bezahlen zu dürfen.

»Warum solltest du mir eine Zimtschnecke schenken, das verstehe ich nicht.«

Er runzelte die Stirn, wühlte in seiner Brieftasche herum und sah unglücklich aus.

Nein, warum sollte ich? Für Vater waren unmotivierte Geschenke etwas zutiefst Unangenehmes. In meinen dunkelsten Momenten schien mir sogar, dass Großzügigkeit etwas war, das seine Welt bedrohte, etwas, das sie langsam zum Bersten bringen könnte. Konsequenterweise quälte ihn das Geben ebenso wie das Nehmen, egal ob es eine Zimtschnecke oder Weihnachtsgeschenke betraf.

Es kam vor, dass mein Bruder und ich uns über ihn mokierten, indem wir ihm teure, ausgeklügelte Weihnachtsgeschenke machten, irgendetwas, das ihn wahrhaft in Verlegenheit brachte. Gewiss habe er ein neues Radio mit CD-Spieler haben wollen, aber deshalb könne man doch nicht einfach losgehen und so etwas kaufen?

Einmal wünschte er sich zu Weihnachten eine Monatskarte für Bus und U-Bahn, eine für Januar von mir und eine für Februar von meinem Bruder. Ein anderes Mal fragte er allen Ernstes, ob er sich nicht von allen Geschenken freikaufen könne: »Was würde es kosten, wenn mir Geburtstags- und Weihnachtsgeschenke für euch und die Enkel für den Rest meines Lebens erspart blieben?«

Es ging ganz entschieden nicht um Finanzen, sondern lediglich um den fast physischen Schmerz, den es ihm bereitete, wenn er Geld ausgab. Später im Leben sah ich ein, dass diese Eigenheit annähernd als Phobie zu betrachten war, und ich lernte, sie etwas besser zu tolerieren.

Aber einmal, als ich mit ihm einen Ausflug zum Café Brostugan auf Kärsön machte, half die Einsicht über seine Krankheit nicht, und ich fühlte mich durch sein Verhalten trotzdem furchtbar gekränkt. Der Ausflug war eine Ergänzung zu den wöchentlichen Abendessen bei uns zuhause, bei denen ich häufig eines seiner (und meiner) österreichischen Lieblingsgerichte auftischte: Schnitzel, Specklinsen, manchmal mit Knödeln.

Ich holte ihn immer ab oder brachte ihn zurück – fünfzig Minuten in eine Richtung. Für die andere Richtung zwang ich ihn, den Beförderungsdienst für Behinderte zu nehmen.

»Aber das kostet ja fünfundsiebzig Kronen!«

Als wir uns der Selbstbedienungskasse des Cafés näherten, fragte ich etwas ironisch, da ich die Antwort bereits ahnte: »Wer soll zahlen?«

»Was glaubst du? Du warst es doch, der hierherfahren wollte«, sagte er und glitt hinter meinem Rücken vorbei. »Wo ich wohne, ist der Kaffee kostenlos.«

Vater hatte ein ansehnliches Sparkapital auf der Bank. In den letzten Jahren verbrauchte er auch seine Pension nicht, sodass jeden Monat einige Tausender übrig blieben. Könnte das ein Argument in der Frage sein, wer zahlen sollte? Nein, ich wusste ja, dass die Diskussion fruchtlos wäre.

Auch als unsere Kinder klein waren und unsere Einkommen gerade eben ausreichten, gab er nie etwas ab oder fragte, ob er uns bei teureren Einkäufen unterstützen könnte. Unsere Kommunikation war Gott sei Dank immer frei von Zweideutigkeiten oder Andeutungen. Auf die Frage: »Wir würden wirklich neue Betten brauchen, kannst du uns nicht etwas dazugeben?«, bekamen wir daher immer eine ebenso geradlinige Antwort: »Nein, das möchte ich unter keinen Umständen. Es ist mir ein Gräuel, dass von mir erwartet wird, so große Summen zu verschenken.«

Und dennoch lachte die ganze Familie hinter seinem Rücken: »Weißt du, was er heute gesagt hat?«

Ich dachte an all die Anlässe, bei denen ich Kollegen und Freunden von meinem geizigen Vater erzählt hatte. Die Geschichte etwa, wie er versucht hatte, abgetragene Kleidungsstücke in dem vornehmen Stockholmer Warenhaus NK umzutauschen, indem er behauptete, sie seien neu. Oder wie es ihm gelungen war, sich einen Rabatt auszuhandeln, weil er angeblich Mitglied irgendeines Vereins sei. Oder wie er die Bäckerei ausfindig machte, die das gute deutsche Kümmelbrot herstellte, das aber in der Markthalle beim

Konzerthaus ganze fünfundvierzig Kronen kostete. Vater fuhr zur Bäckerei hinaus, freundete sich mit den Leuten an (sagte er) und bekam das Brot für fünfundzwanzig.

Ich fand diese Situationen vor allem komisch. Dennoch stand ich dort im Café Brostugan und überlegte, wie es ihm und mir vorkommen müsste, falls er sagen würde: »Jetzt möchte ich wirklich bezahlen« – Kaffee und Zimtschnecke für fünfundvierzig Kronen –, »du lädst mich ja jede Woche zum Essen ein, kommst und holst mich mit dem Auto ab, rufst jeden Tag an. Jetzt möchte ich gern einmal bezahlen.«

Oder vielleicht: »Ich möchte die ganze Familie ins Restaurant einladen! Ich bin doch ständig bei euch, und ihr seid nie bei mir!«

Ich konnte nur lächeln, als ich mir diese Worte aus dem Mund meines Vaters vorzustellen versuchte.

Und als wir wieder in Vaters Altenheim zurückkamen, fragte eine Mitarbeiterin: »Na, Gerhard, war's nett im Café?«

»Nun ja, einigermaßen ...«, antwortete er.

Dann konnte ich leicht sarkastisch sagen, dass er ja in Zukunft seinen Kaffee allein auf seinem Klo trinken könne, und wir lachten beide. Diese Art von Scherzen mochte er am liebsten.

***

Dennoch durften gewisse Dinge etwas kosten, wie die Nagelzange vom ehemaligen kaiserlichen Hoflieferanten Weiss in Wien. Sie hatte, genau wie seine früheren, gerillte Außenseiten, damit sie gut in der Hand lag. Auf der Innenseite saß eine gespannte Feder zwischen beiden Bügeln, was der Zange eine angenehme Elastizität gab, wenn man die Fingernägel schnitt. Dass Vater, der sonst nie etwas Neues kaufte, falls das

Alte nicht vollständig ausgedient hatte, mich gebeten hatte, eine neue zu kaufen, hatte einen besonderen Anlass: »Merkwürdig, meine schöne alte Zange funktioniert nicht mehr. Es ist, als würde sie plötzlich zu klein sein, ich versteh es nicht. Etwas muss passiert sein.«

Es war kaum überraschend, dass die neue auch nicht recht funktionierte, wie er es sich gedacht hatte. Ich weiß nicht mehr, ob es die Größe, die Elastizität oder das Design war. Vermutlich zog er daraus den Schluss, dass die Zeit der perfekten Nagelzangen und damit, was das Schmerzlichste war, die Zeit der vorzüglichen Nagelpflege vorüber war. Die Nagelfeile allerdings, die kleine in dem roten Etui, handhabte er souverän, solange er sich daran erinnerte, dass er mindestens einmal in der Woche seine Fingernägel damit zu feilen pflegte. Aber mit der Zeit verschwand auch sie.

In meiner Kindheit ereignete sich das Nagelfeilen vor dem Fernseher, rechtzeitig zu den Nachrichten. Die Hand wurde flach auf den ledernen Couchtisch aus Peru gelegt, den Vater einmal im Jahr mit Schuhcreme putzte. Vorsichtig feilte er um die Nägel, sodass feiner Staub einen Umriss des Fingers bildete. Dann blies er den Nagelstaub stoßartig fort und formte dabei mit dem Mund eher ein »u« als ein »ü«, wodurch das Blasen mehr Bass- statt Sopranklang erhielt. Dann betrachtete er zufrieden das Ergebnis, legte die Feile sorgfältig zurück und zündete sich eine Gauloises an, falls es vor 1970 war. Später war es eine Marlboro.

Altern heißt nicht nur, dass Gedanken und Gedächtnis ausfransen, sondern auch, dass die gewohnten physischen Bewegungen sich nicht mehr in dem verlässlichen Alltagstrott wiederholen lassen, den man, unterschiedlich exakt, zu Hilfe genommen hatte, um seinen Tagesablauf einzuteilen. Es muss eine ängstigende Einsicht sein, dass etwas unwiderruflich zu geschehen im Begriff ist, wenn man mit der alten Zahnbürste in der Hand dasteht und auf die blitzende Elektrobürste schaut und nicht weiß, welche man für gewöhnlich benutzt.

Für Vater waren zum Schluss fast keine Routinen übrig. Häufig sprachen wir gerade über etwas vollkommen Geläufiges, als er plötzlich antwortete: »Was, wovon redest du? Das habe ich nie gemacht.«

Solange ich zuhause wohnte, wusste ich über seinen rigiden Tagesablauf Bescheid, ob ich es wollte oder nicht. Ich hatte das Gefühl, dass er all seine Handgriffe in einem stockfinsteren Zimmer ausführen könnte.

Sein Tag begann mit dem Klingeln des Weckers. Das Schlafzimmer war pechschwarz, die Fenster mit dreifachen Verdunkelungsvorhängen versehen. Erst einer aus dickem Plastik mit Messingnieten, den man seitlich an Haken befestigte, sodass der Vorhang über das Fenster gespannt wurde. »Da darf kein Spalt sein!« Dann ein Rollo und schließlich dicke, gefütterte Vorhänge.

Der Wecker klingelte also, dieser dünne, schwere mit Lederrand, den er sich selbst zu Weihnachten geschenkt hatte. Für Mutter, die seinen alten erbte, hatte er einen Vers geschrieben, über dessen unbeschreiblichen Witz er selbst lachte, bis ihm Tränen in die Augen traten. Erst viel später verstand ich, wie sein leicht salonfähiger Sadismus meine Mutter gequält haben musste, denn sie bekam ja kein weiteres, liebevoll gewähltes Geschenk. Nein, das richtige Geschenk war etwas, das sie sich selbst ausgesucht und worüber man sich geeinigt hatte, weil die Familienfinanzen es erlaubten.

Aber zurück zur Morgenroutine meines Vaters. Nun schwang er seine Beine, die im Schlafanzug steckten, über den Bettrand, zog sich den Morgenrock an, ging zur Toilette, ließ Wasser und ging ins Schlafzimmer zurück. Morgengymnastik. An den Wochenenden saßen mein Bruder und ich hinten auf je einem Schenkel, während sich Vaters großer Rücken zur Zimmerdecke hob. Er faltete die Hände im Nacken, richtete den Oberkörper auf und drehte ihn nach rechts und links. Die Schenkel bewegten sich. Dann sprangen wir ab, er machte Liegestütze, Mühlenradbewegungen mit den Armen, um abschließend auf der Stelle zu joggen.

Wochentags hatte Vater stets Anzug und Krawatte an. Er ging in den Gang des oberen Stockwerks, nahm den Anzug ganz hinten aus dem Kleiderkasten, das oberste Hemd vom Stapel, und dann folgte die einzige Wahl des Tages: welchen Schlips dazu? Er ging die Treppe hinunter, bereitete sich einen Espresso auf dem Gasherd zu, rauchte zwei Gauloises und aß ein Stück Kardamomkuchen.

So verlief sein Morgenritual bis in die späten Sechzigerjahre, als die Gebote für einen gesünderen Lebenswandel sowie Eterna, das erste schwedische Müsli, es unmöglich machten, weiterhin Süßes zum Frühstück zu essen.

Um halb fünf kam mein Vater aus dem Büro nach Hause. Nie machte er Überstunden: »Ich bin zu faul.«

Ich wuchs mit seinem totalen Abscheu für Arbeit auf. Er arbeitete bei einer Exportfirma, die Propangas-Werkzeuge und -Küchen für Haushalt, Industrie und Camping verkaufte. Die Arbeit gefiel ihm, wenn er reisen konnte und für sich sein durfte, aber er hatte Schwierigkeiten, sich an die Sitzungen und langen Diskussionen im Büro zu gewöhnen. Am meisten verabscheute er es, wenn abenteuerliche Ideen umgesetzt werden sollten. Auf den Reisen konnte er die Spesen sparen, indem er vom Existenzminimum lebte und sich, sooft es ging, einladen ließ. Davon erzählte er höchst zufrieden, wenn er nach Hause kam.

Nach dem Familienessen, das etwa in einer Viertelstunde erledigt war, eine weitere Tasse Kaffee, weitere Gauloises, und dann wurde der Anzug ausgezogen, ganz vorne in den Kasten hineingehängt und die übrigen sechs zurückgeschoben, sodass der Kreislauf nicht unterbrochen wurde. Aufmerksame Kollegen konnten anhand des Anzugs meines Vaters ausmachen, welcher Wochentag gerade war.

Dann zog er Schlafanzug und Morgenrock an. Die Strümpfe behielt er an und steckte die Füße in ein Paar Hausschuhe aus schwarzem Leder.

Nach dem Essen rauchte er drei, vier Zigaretten vor dem Fernseher, oft mit einem Buch auf dem Schoß. Mutter saß entweder daneben und strickte oder befand sich im unteren Stockwerk und telefonierte.

Dann war es Zeit, ins Bett zu gehen, und Vater begab sich in das Schlafzimmer des Hauses in Bromma, um die Verdunkelung zur Nacht vorzunehmen.

Dass wir in einem Haus in Bromma, diesem gut situierten Vorort von Stockholm, wohnen konnten, hatten wir Tante Hilda zu verdanken. Was wir auch taten. Im Esszimmer hing ein enormes Porträt dieser Erbtante, der Schwester meines Großvaters, der kinderlosen Tante Hilda, in einem Goldrahmen. Vater trank immer auf ihr Wohl, wenn wir Gäste hatten und im Esszimmer aßen: »Na, servus Hüllietante!«

Das Österreichische war bei meinem Vater allgegenwärtig, vor allem aber als gemütlich-exotische Komponente meiner Kindheit. Mir war früh bewusst, dass die Familie meines Großvaters väterlicherseits, Ernst Hoffenreich, aus Österreich kam, dass aber auch der Name Bolin von der Seite meines Vaters, nämlich von seiner Mutter stammte und dass die Familie von daher noch immer ein großes Juweliergeschäft in der Sturegatan 12 in Stockholm besaß.

In dem Geschäft besuchte ich meinen Onkel Hans, seine Frau Jackie und die Geschwister meiner Großmutter, Margit und Henrik, die ich Gaba und Onkel Hinke nannte. Dort arbeitete auch die kleine nette Tante Lita zusammen mit anderen Damen und vereinzelten Herren, denen man höflich Guten Tag sagen musste. Darüber, dass mein Vater und meine Großmutter die Einzigen in der Stockholmer Bolin-Familie waren, die nicht in der stolzen Juwelierfirma arbeiteten, machte ich mir keine Gedanken.

Die Bolins waren Hofjuweliere des Zaren, flüchteten aber nach der Russischen Revolution von Moskau nach Stockholm, oder eher: sie wurden gezwungen umzuziehen.

Ich glaube, es war dem Geschäft zuträglich, dass sowohl Onkel Hinke als auch Gaba den Hauch einer nicht schwedischen Satzmelodie hatten, wenn sie sprachen, und dass sie sich miteinander auf Russisch unterhielten. Ich habe viele Stockholmer aus der Generation meiner Eltern getroffen, die versicherten, wie exotisch es war, die Juwelierfirma W. A. Bolin aufzusuchen, und dass die beiden großen, eleganten Geschwister Bolin aus einer anderen Welt zu kommen schienen.

Meine Großmutter, Karin Bolin, wurde in Moskau geboren, und auch sie sprach mit ihren Geschwistern stets Russisch. Ihre Mutter, Maria, kam aus Wien, aber Karin hatte väterlicherseits Wurzeln im Stockholmer Stadtteil Södermalm. Ihr Großvater, Henrik Conrad Bolin, »suchte sein Glück gen Osten, in Sankt Petersburg«, wie es in einer Familienchronik steht, nachdem das Schiff seines Vaters 1831 im Nebel vor Eastbourne von einem englischen Schiff gerammt wurde, woraufhin er ertrank und seine Witwe in schwerer wirtschaftlicher Not hinterließ.

Die exotische russisch-österreichische Familie hatte also weit zurückliegend auch verlässliche schwedische Wurzeln, was meinem Vater bereits als Kind eine doppelte kulturelle Zugehörigkeit gab: Er war sowohl Österreicher als auch Schwede.

Im Grunde war die Familie Bolin schwedisch. So kam mir Vaters Familie vor, als ich Kind war. Dass er einen österreichischen Vater hatte, wusste ich natürlich, aber er hatte außerdem noch weitere deutschsprachige Wurzeln, sodass das Schwedische bei den Bolins außerordentlich verwässert war, was mir erst viel später klar wurde.

Vater wuchs in Österreich auf und sprach mit seinen Eltern und seinem Bruder ausschließlich Deutsch. Sein durch und durch österreichischer Vater lernte nie Schwedisch. Aber in den Sommerferien in Skåne sprach Vater immer Schwedisch mit seinen Freunden. Dass ich Bolin und nicht Hoffenreich heiße, kommt daher, dass Vater den Mädchennamen seiner Mutter annahm, als er 1947 nach Schweden kam und sich entschied, hier zu bleiben.

***

Nachdem Vater neunzig geworden war, kam er nicht mehr allein zurecht und war schließlich gezwungen, von einer betreuten Wohnung in das Altenheim derselben Anlage in Nockeby in der Nähe der Stockholmer Innenstadt zu ziehen. Mein Bruder und ich hielten einen ständigen Kontakt mit ihm aufrecht und zweimal in der Woche bekam er von einem von uns Besuch. In den letzten Jahren musste, wer ihn besuchte, für den Gesprächsstoff sorgen. Mein Vater fragte immer: »Na, wie geht's euch? Erzähl mal!«

Gegen Ende seines Lebens begann ich damit, kleine Nachforschungen über meine Großeltern im Österreich der Zwanziger- und Dreißigerjahre anzustellen. Vater hatte vierzigseitige »Memoiren« geschrieben, wie er sie nannte, die ein guter Ausgangspunkt waren. Sie begannen mit seinem üblichen Humor:

Auf inständige Bitte, um nicht zu sagen unerträgliches Quengeln (hier hatte Vater handschriftlich »fast« vor »unerträgliches« eingefügt) *meines letztgeborenen Sohnes* (das bin ich) *möchte ich nun versuchen, solange mein Gedächtnis mir beisteht, nicht nur die Meilensteine meines Lebens, sondern auch Ereignisse und Erlebnisse aufzuzeichnen, die bedeutsam waren, ohne jedoch Dinge allzu persönlichen Charakters einzubeziehen, Dinge, für die man sich schämt, oder andere abschätzige Umstände, die in den Augen nachfolgender Geschlechter einen Schatten auf die goldene Aura des Stammvaters werfen könnten.*

Vater liebte es, Weihnachtsgeschenke mit Versen zu versehen, die darauf hinausliefen, sich selbst zu huldigen oder den Reim zu preisen, den wir gerade gehört hatten. Daher war die Einleitung seiner »Memoiren« für mich recht amüsant und nett, auch wenn gerade die Weglassung der »Dinge allzu persönlichen Charakters« sich leider als wahr erwies.

Im Altenheim stellte ich ihm tropfenweise Fragen. Manchmal lag er auf seinem Bett, manchmal saß er in seinem Sessel. Der Blick war getrübt und glitt häufig durch das Zimmer und weiter zum Fenster hinaus. Bei nahezu jedem Besuch fragte er nach dem Wasserturm in Sätra, den er von seinem Fenster aus in der Ferne sah.

»Was ist das dort eigentlich für ein Turm?«

Der Auftakt meines Interesses für die österreichische Geschichte der Familie war ein kleiner Karton, den ich in unserem gemeinsamen Sommerhaus in Småryd bei Båstad gefunden hatte. Schon früher hatte ich dort eine Menge an Briefen entdeckt und darin geblättert: auf Russisch, Schwedisch, aber vor allem auf Deutsch, die meisten in einem Sekretär im Salon gesammelt. Sie enthielten ein Wirrwarr unterschiedlicher, mehr oder weniger lesbarer Handschriften, von Kindern an ihre Eltern, von Geschwistern untereinander und von allen möglichen Freunden und Bekannten, die entweder für den Aufenthalt danken oder fragen, wann sie kommen dürfen.

Das Haus auf Småryd war und ist noch immer wie ein gigantisches Archiv über die Familie Bolin. Auf dem großen Dachboden liegt ein unsortiertes Durcheinander von Schulbüchern aus Moskau, Stockholm und Österreich, vermengt mit Kinderzeichnungen, Zeugnissen und Spielzeug. Im Untergeschoß ist der Sekretär des Salons randvoll mit Briefen, losen Bildern, Einladungskarten, Beileidsschreiben, alten Fotoapparaten und Glasplatten.

Als wir ein Zimmer als Bibliothek umbauen ließen, sammelten wir alles an einer Stelle. In verregneten Sommern saß ich oft in einem Sessel und las etwas planlos in den Briefen. Aber in den Neunzigerjahren wurde ich systematischer. Die Juwelierfamilie und die Zeit in Russland waren gut dokumentiert, aber die Kindheit meines Vaters? Der Umzug meiner Großmutter nach Österreich, ihre Heirat mit einem jungen österreichischen Sozialisten – meinem Großvater? Vaters Zeit in der Wehrmacht? Warum wusste ich so wenig darüber?

Irgendwann Ende der Neunziger fand ich also den Karton aus vergilbter Pappe, hineingestopft in den oberen Teil eines

Kleiderkastens, zwischen alten Hutschachteln und Gewand. Darin entdeckte ich die Briefe, die mich am meisten interessierten: von meiner Großmutter und ihrer Zeit in Österreich zwischen den Kriegen, Briefe, die sie ihrer Mutter nach Stockholm geschrieben hatte. Ich nahm sie mit nach Hause, las sie und schrieb eine Übersetzung für die jüngeren Verwandten ins Reine, die kein Deutsch konnten. Es handelte sich um eine sporadisch gesammelte Korrespondenz von 1918 bis 1947.

Ich versuchte, die Lücken zu füllen, und fragte Vater, wie es kam, dass sein Vater sozialdemokratischer Politiker wurde. Ernst Hoffenreich, geboren 1890, war doch ein vielversprechender Jurist und in einer katholischen, konservativen und großbürgerlichen Familie aufgewachsen, deren Oberhaupt Bankdirektor war. Er, der Stolz der Familie, dem eine glänzende Karriere in der österreichischen Doppelmonarchie vorausgesagt worden war. Dass er nach dem Ersten Weltkrieg Sozialist wurde, stieß auf totales Unverständnis. Er wurde sogar einige Monate interniert, als Österreich zur Diktatur geworden war, ehe die Nationalsozialisten an die Macht kamen.

»Ja, wie war es nun damit?«

Mein Vater schien es sich selbst zu fragen.

»Vater war Idealist«, sagte er etwas zögernd. »Aber eigentlich weiß ich es nicht, ich interessierte mich ja überhaupt nicht für Politik«, behauptete er mit einer deutlichen Betonung auf »überhaupt«.

Es gab so vieles, was ich über die Jugend meines Vaters wissen wollte. Wie erging es zum Beispiel meiner Großmutter, die wir Enkel immer nur Babi nannten, eine Diminutivform für Babuschka. Babi war in Moskau in einem Riesenhaus mit Köchinnen, Haus- und Kindermädchen aufgewachsen. Als die Revolution vor der Tür stand und der Erste Weltkrieg ausbrach, zog sie nach Schweden und als Dreiundzwanzigjährige wurde sie Hausfrau in einer kleinen Stadt südlich von Wien. Wie traf Babi meinen Großvater? Wie verliebten sie sich ineinander, das Mädchen aus der Oberschicht und der idealistische Sozialist Ernst Hoffenreich? Und wie empfand sie es, als sie dann in eine noch kleinere Stadt zogen, nach Sauerbrunn südlich von Wien? Dort wurde mein Großvater Bürgermeister.

Und wie war es, als mein Großvater im Februar 1934 von der faschistischen Regierung in Österreich festgenommen wurde? Damals wurde er in ein Lager geschickt – zusammen mit Nazis, die ebenfalls als Feinde des Regimes betrachtet wurden. Was taten meine Großmutter und ihre beiden Söhne, mein Vater und Onkel Hans? Wie brachten sie sich durch während der Monate, in denen mein Großvater inhaftiert war? Wie erlebten der sozialdemokratische Bürgermeister und seine Frau die Zeit nach 1938, als Österreich von den Nazis einverleibt worden war?

Und nicht zuletzt: Wie kam es, dass Vater 1934, als Dreizehnjähriger, nach Wien geschickt wurde, um bei der Schwester seines Vaters, Tante Hilda, und ihrem sadistischen und nazistisch angehauchten Mann Hugo zu wohnen? Fünf Jahre musste er bei ihnen bleiben. Wie konnte meine geliebte Großmutter, meine Babi, ihrem Sohn das antun? Und mein Großvater? Er, der mit seiner konservativen Familie fast gebrochen hatte, um seiner politischen Berufung zu folgen – was dachte er, als er die Erziehung seines ältesten Sohns diesem eingeheirateten Onkel mit völlig anderen Leitbildern überließ?

Und war es notwendig, dass mein Vater während des Zweiten Weltkriegs in der Wehrmacht kämpfte, während es

Babi doch gelang, Hans herauszuholen und nach Schweden kommen zu lassen? Was tat Vater eigentlich im Krieg? Er war in Norwegen, sagte er selbst. Das war so gut wie alles, was ich wusste, und dass seine Sprachkenntnisse ihm das Leben retteten, als er in den amerikanischen Gefangenenlagern Dolmetscher wurde.

Warum wurde Vater diese rastlose Person, die ihr Leben lang andere verärgerte oder, wie er sagte, »geradeheraus« war, was meistens bedeutete, dass er sie verletzte. Woher kam seine Abneigung gegenüber wirklicher Gemeinschaft? Warum war er meistens allein oder zumindest immer mit Dingen beschäftigt, die vor allem ihn selbst amüsierten und befriedigten? War es der Krieg oder die Zeit bei Hilda und Hugo, der beziehungsweise die ihn geprägt hatte?

***

Auf meiner Suche reiste ich mehrfach nach Wien. Ich suchte in Archiven, traf Menschen, die sich an diese Zeit und sogar an meinen Großvater und meine Großmutter erinnerten. Ich versuchte, mir ein Bild von der Zwischenkriegszeit in Österreich zu machen, in der sie lebten: mein rastloser Vater und seine Mutter, die Tochter des Hofjuweliers aus Moskau.

Aus gewissen Jahren gibt es zwanzig bis dreißig Briefe meiner Großmutter an ihre Mutter Maria in Schweden. Dann gibt es mehrjährige Lücken, sporadische Briefe tauchen auf. Babi schrieb auch über Briefwechsel mit Freunden, Briefe, die ich mit wenig Hoffnung aufzuspüren versuchte. Ich fuhr nach Oslo, wo sich der Nachlass von Babis bester Freundin Gertrud bei deren Enkeln befindet. Babi und Gertrud schrieben einander in der gesamten Nachkriegszeit, aber nichts ist erhalten.

Vater hob seine österreichische Korrespondenz gewissenhaft in einem Ordner auf, aber dort befinden sich vor allem Briefe an Freunde und Geschäftspartner sowie massenweise Briefe an und von Wetti, der Haushälterin der Familie. Wetti kam in die Familie, als Vater sieben und sie achtzehn Jahre alt war. Sie hielten Kontakt miteinander, solange sie lebte.

Aber ich bemerkte, dass ich, um die Familie zu verstehen, die Wurzeln zunächst etwas tiefer verfolgen musste, bis nach Russland, wohin der Großvater meiner Großmutter bereits 1836 emigriert war.

ERSTER TEIL

Russland

Karin Bolin, meine Großmutter Babi, sieht auf den Fotografien, die aufgenommen wurden, als sie klein war, häufig glücklich aus. Auf einem Bild hat sie eine große Puppe im Arm. Das Bild ist etwas unscharf, aber man sieht, dass sie dem Fotografen lachend entgegenläuft. Sie mag etwa vier oder fünf Jahre alt sein, wir schreiben also 1901, 1902.

Karin ist nicht auf dieselbe Art konventionell süß wie ihre große Schwester Maja. Überhaupt haben alle vier Geschwister ihren eigenen Charakter, niemand ähnelt den anderen wirklich. Bilder mit den vier Geschwistern zusammen könnten ebenso gut vier Freunde darstellen.

Ihre Mutter, Maria, ist eine begeisterte Amateurfotografin mit eigener Dunkelkammer, sowohl in Moskau als auch im Sommerhaus der Familie in Skåne, wo sie ab 1903 ihre Sommer verbringen. Hierher, in ihre Dunkelkammer, kann sie sich zurückziehen und in Ruhe ihre Bilder entwickeln. Niemand darf herein: wird die Tür im falschen Moment geöffnet, können etliche Stunden Arbeit verloren gehen. Das weiß Karin. Maria ist auch Mitglied im Moskauer Fotoklub.

Maja ist drei Jahre älter als Karin. Die Brüder Erik und Henrik sind sieben beziehungsweise fünf Jahre älter. Als Maja sieben Jahre alt ist, stirbt sie plötzlich an Scharlach. Ich habe das kleine Buch, in dem Geburtsgewicht, Krankheiten und andere Kommentare zu ihrer Physis in schmalen Zeilen mit Bleistift eingetragen sind. Es handelt sich um recht alltägliche Aufzeichnungen über Husten, Fieber, Magenprobleme sowie Zu- und Abnahme von Gewicht. Das Buch ist dünn und hat einen braunen Ledereinband mit diskret geprägtem Muster auf dem Rücken. Dort steht mit einem Mal, kurz und schockierend, nach einem gewöhnlichen Eintrag über Husten, in Marias sorgfältiger, dünner Handschrift:

27. Oktober, erkrankt an Scharlach. 28. Oktober, entschläft sanft am Abend.

Weiter nichts. Nur diese entsetzlichen, lakonischen Worte.

Wie hat sich das abgespielt? Ich versuche, mir die Umstände vorzustellen. Ein siebenjähriges Mädchen bekommt hohes Fieber und stirbt innerhalb von vierundzwanzig Stunden.

Steht die Familie am Bett? Hält jemand ihre Hand? Eine vierjährige Schwester, zwei Brüder, neun und elf Jahre alt. Mama und Papa. Fieber, das steigt und steigt, bis das Herz es nicht mehr schafft. Dürfen die Geschwister Abschied nehmen? Oder werden sie zurückgehalten? Fürchtet man sich vor einer Ansteckung? Oder soll ihnen der Anblick ihrer toten Schwester erspart bleiben?

Auf Småryd in Skåne hängen noch immer zwei Fotografien in dem Zimmer, das das Schlafzimmer Marias, der Mutter meiner Großmutter, war. Sie zeigen ein auffallend hübsches Mädchen, das auf einem der Fotos den Kopf auf seine Hand stützt und in die Kamera schaut. Vermutlich hat Maria die Bilder selbst aufgenommen. Hinten drauf stehen Zeilen aus Ludwig Uhlands Gedicht:

Du kamst, du gingst mit leiser Spur.
Woher – wohin? Wir wissen nur:
Aus Gottes Hand – in Gottes Hand.

Mir wurde erzählt, dass das Mädchen auf dem Bild Maja heißt und also 1901 in Moskau starb, als sie sieben Jahre alt war. Aber ich höre ziemlich selten, dass von ihr, der großen Schwester meiner Großmutter, gesprochen wird. Wenn sie erwähnt wird, spricht man von »Maja 1«, weil ein Jahr nach ihrem Tod eine weitere Tochter geboren und ebenfalls auf den Namen Maja getauft wurde.

Als meine Großmutter Karin 1897 in Moskau als viertes Kind von Wilhelm und Maria Bolin geboren wurde, hatte die Familie bereits seit Langem in Russland gelebt. Karins Großvater war vom Gutshaus in der Wollmar Yxkullsgatan in Stockholm nach Sankt Petersburg gezogen, um in der Juwelierfirma seines Bruders zu arbeiten. Nachdem deren Vater, Kapitän zur See Jonas Wilhelm Bolin, im Ärmelkanal ertrunken war, reisten die Brüder nach Russland, um Arbeit zu suchen und ihrer Mutter nicht zur Last zu fallen.

Nach fünfzehn Jahren großer Erfolge als Juwelier gemeinsam mit seinem Bruder in Sankt Petersburg zog Karins Großvater, Henrik Conrad, nach Moskau, um eine Filiale zu eröffnen, die später von Karins Vater Wilhelm übernommen und ebenfalls sehr erfolgreich wurde.

1889 heirateten Wilhelm und Maria, die Eltern meiner Großmutter. Maria war eine geborene Seitz aus Wien im damaligen Österreich-Ungarn. Sie war Österreicherin, gehörte aber auch zur deutschsprachigen Bevölkerung und hatte daher an der gesamten deutschsprachigen Kultur teil.

Dass knapp zwei Jahrzehnte vorher eine deutsche Nation ausgerufen worden war, die später als Deutsches Kaiserreich bezeichnet wurde, veränderte nichts. Diese Staatsbildung nannte man »kleindeutsche Lösung«, weil der große deutschsprachige Bevölkerungsteil von Österreich-Ungarn nicht zum neuen Deutschland gehörte, dessen Hauptstadt zum Entsetzen aller Österreicher das preußische und protestantische Berlin wurde.

Aber die Österreicher, die Deutsch sprachen, identifizierten sich nach wie vor eben mit Deutschen und hatten mit ihnen in den deutschen Gemeinden und Zünften in Moskau ebenso ungezwungenen Umgang wie diejenigen, die aus dem gerade gebildeten Deutschen Reich kamen.

Maria Seitz war vier Jahre jünger als Wilhelm Bolin und kam aus gänzlich anderen gesellschaftlichen Verhältnissen. Ihr Vater hatte als Holzwarenhändler in Wien gearbeitet und starb, als die Kinder klein waren. Marias Mutter war gezwungen, zwei ihrer Söhne in ein Kinderheim zu geben.

Maria zog von Wien nach Moskau, vermutlich, um als Kindermädchen zu arbeiten. Wie Wilhelm und Maria einander kennenlernten, ist unklar, aber da Wilhelms Vater die Tochter des deutschen Konsuls in Moskau geheiratet hatte, geschah es wahrscheinlich in irgendeinem deutschkulturellen Zusammenhang.

Die deutsche Gemeinschaft in Moskau war bedeutend. Es gab vier große deutsche Kirchen, mit entsprechenden Gemeinden, und eine Menge von Vereinen für Deutschsprachige.

Die Bolins waren wohlhabend, und die Juwelierfirma in Sankt Petersburg war frühzeitig zum Hofjuwelier des Zaren sowie des enormen russischen Hofes geworden, der Unmengen von Schmuck und Silber bestellte. Die Filiale in Moskau richtete sich vor allem an die russische Oberschicht außerhalb des Hofes. Bei den Bolins wurden häufig große Essen gegeben, mit zahlreichen Bediensteten und allerlei Gesang. Wilhelm war ein begeisterter Amateursänger, und es gab ein besonderes Musikzimmer mit einem Flügel, wo Privatkonzerte gegeben wurden.

Meine Babi hatte also eine deutschsprachige Mutter, und da auch ihre Großmutter Deutsche war, wurde Deutsch die hauptsächliche Umgangssprache zuhause in Moskau. Aber sie und ihre Geschwister sprachen stets Russisch miteinander und fuhren damit ihr Leben lang fort.

Auf den Kinderfotografien aus der Zeit um die vorige Jahrhundertwende finde ich nur sporadisch Datierungen. Es gibt kaum welche auf den Bildern, die aus der Zeit um den Tod von Maja stammen dürften, obwohl eine Vielzahl von Fotos der Geschwister vorhanden ist. Manchmal haben sie russische Volkstrachten an, manchmal gestärkte Kragen und solide gebügelte Kleider, aber es gibt auch Bilder, auf denen sie spielen oder zwanglos auf einem Rasen oder in einem Spielzimmer sitzen. Allerdings fast keine Fotos, auf denen Maja dabei ist. Sind sie aussortiert worden? Wollte man die Kinder mit dem Gedenken an die tote Schwester verschonen?

Auch wenn meine Großmutter, Babi, nie mit mir über ihre große Schwester sprach, muss Majas Tod natürlich ein Kindheitserlebnis gewesen sein, das sich ihr tief eingeprägt hat.

Ich sehe den großräumigen Wohnsitz in Moskau vor mir, voller Verwandter und Freunde, die zum Begräbnis angereist sind. Tränen und Trauer statt Gesang und Festessen. Trauerflors hängen von eleganten Hüten herab, Trauerbänder sind auf maßgeschneiderten Revers befestigt. Cousins und Cousinen aus Moskau und Sankt Petersburg, aber diesmal sind sie nicht zu Spiel und Spaß gekommen. Kinder, die einander in unbequemer schwarzer Kleidung verstohlen anblicken.

Muss man weinen? Wie lange dauert die Beerdigung? Dürfen wir dann spielen?

Auch als Vierjährige muss Karin eine tiefe Leere empfunden haben, weil sie ihre drei Jahre ältere Schwester vermisste. Der Abstand zu Henrik war ja fünf, zu Erik sieben Jahre. Das Gleichgewicht innerhalb der Geschwisterschar war für immer verändert.

Vermutlich hatte sich Karin das Zimmer mit Maja geteilt. Eigene Zimmer für Kinder waren nicht üblich in ihrer Gesellschaftsschicht. Man schlief entweder mit einem Geschwisterkind oder einem Kindermädchen. Durfte sie mit Majas Sachen spielen, wenn sie vorsichtig war?

Erik und Henrik wurden erzogen, wie die Zeit es für Buben erforderte. Ihnen wurde frühzeitig klargemacht, dass sie es waren, die eines Tages die Juwelierfirma übernehmen würden. Ein vierjähriges Mädchen durfte weinen, so viel es wollte, die Buben hingegen wurden als alt genug betrachtet, um ihre Gefühle in Schach halten zu können.

Sowohl meine Babi als auch mein Vater haben von der allzeit anwesenden und liebevollen Mutter und Großmutter Maria erzählt, der Babi meines Vaters. Wie hatte sie Majas Tod überwunden? Galt es einfach, die Zähne zusammenzubeißen und das Leben weitergehen zu lassen? Oder war es ihr und Wilhelm erlaubt zu trauern? Konnte sie in der ersten Zeit Kraft für Karin aufbringen? Stand das Foto ihrer Tochter bereits zuhause in Moskau an Marias Bett?

Wilhelm und Maria kauften 1902 ein Anwesen westlich von Båstad in Skåne, das Gut Småryd. Ein entscheidender Schritt, der die Familie enger an Schweden knüpfte. Wilhelm hatten seine schwedischen Wurzeln immer am Herzen gelegen und er wünschte, dass die Familie neben der russischen und deutschen auch an der schwedischen Kultur teilhaben sollte. Sie ließen ein großes Sommerhaus bauen, die Villa Småryd mit zugehörigem Park, fertiggestellt 1904. Dazu begann man mit Obstanbau, dem damals größten in Schweden.

Als ich klein war, gab es auf Småryd noch ein verfallenes Mobiliar für Kinder. Hübsche Möbel im Miniaturformat. Eine weiß gestrichene Bank mit Sprossenlehne, ein runder Tisch mit schön geschnitzter Zarge sowie Sessel im selben Stil. Sie standen in dem großen Spielhäuschen, etwas schief, abgescheuert und verzogen. Heute sind sie weg, entsorgt bei einer resoluten Putzaktion. Ich gehe davon aus, dass es ähnliche Möbel in der Moskauer Wohnung gab. Die Kinderzimmer mussten entsprechend eingerichtet gewesen sein. Ein kleiner Schreibtisch, als man mit der Schule begann, Sessel und vielleicht ein Tisch.

In Moskau werden 1901 die kleinen Möbel eines plötzlich verstorbenen siebenjährigen Mädchens aus dem Zimmer getragen, das sie sich mit ihrer kleinen Schwester geteilt hat. Schreibtisch, Sprossensessel und ein kleines Bett. Stattdessen wird das Erwachsenenbett des geliebten Kindermädchens Asana hineingestellt.

Mitten in all der Trauer steht Karin da und wünscht sich, dass alles so sein würde wie vor der Katastrophe. Aber zu ihrem Entsetzen merkt sie, dass die Stimmen der Erwachsenen weiterhin gedämpft bleiben, das Lachen seltener, das Weinen alltäglicher, die Feste und Gesellschaften zu Ende.

Allmählich verschwindet die Farbe aus ihrem Alltag. Auch Karin lacht nicht mehr so oft, bewegt sich langsamer. Als würde man sich in einem grauen, geschlossenen Zimmer befinden, auch wenn man draußen ist.

Maria wird immer als liebevoll und gegenwärtig beschrieben. Vermutlich schaffte sie es, auch mitten im tiefschwarzen

Abgrund der Trauer ihre Kinder zu sehen. Von Wilhelm weiß ich weniger. Er wird meistens als musikalisch, singend und freundlich geschildert. Und als gewandter Geschäftsmann. Aber wenn mein Vater mir von seiner Kindheit auf Småryd erzählt, kommt er hauptsächlich auf seine Babi, Maria, zu sprechen. Sein Großvater Wilhelm ist eine eher diffuse Gestalt. Auch *meine* Babi, Karin, und ihre jüngere Schwester Margit, Gaba, sprachen ständig mit Wärme in der Stimme von ihrer Mutter.

Maria war diejenige, um die sich alles drehte, wenn Cousinen und andere Verwandtschaft im Sommer nach Småryd in der Nähe von Båstad kamen.

***

Langsam verklingt die Erinnerung an die verstorbene große Schwester in Moskau aus dem Bewusstsein meiner Großmutter. Die Farbe kehrt zurück, das Lachen und der Alltag, vielleicht schon gegen Weihnachten, vielleicht Anfang des neuen Jahres 1902.

Endlich nimmt auch Maria den Trauerflor ab und Karins Erinnerungen an Maja werden immer nebulöser, Fragmente, die auftauchen, wenn ein Duft sie ins Gedächtnis ruft oder man über ein bestimmtes Ereignis spricht. Wie ein Gefühl in der Brust.

Wilhelm singt wieder, die Gäste in der großen Etage fangen nicht jeden Besuch mit Beileidsbekundungen an oder damit, ihr mit Tränen in den Augen den Kopf zu tätscheln, was Karin verabscheute. Asana, das Kindermädchen, spaßt und spielt mit der kleinen Kaja, wie Karin genannt wird, wie sie es immer schon getan hat. Auch die Köchinnen scherzen wieder und sie darf wieder beim Kochen helfen.

Alles beginnt, dem Dasein zu ähneln, das vorhanden war, als Maja noch lebte, und Mutter hat einen runden Bauch: Karin wird bald ein neues Geschwisterchen haben.

Nach einigen Jahren werden auch die Besuche auf dem Friedhof, bei denen Mutter Maria dafür sorgt, dass ständig frische Blumen auf Majas Grab stehen, immer pflichtschuldiger. Schließlich kann sich Karin nicht mehr an die Stimme ihrer Schwester oder daran erinnern, wie es war, als sie sich ein Zimmer teilten. »Maja 1« ist zu einem familiären Andenken geworden, zu zwei Fotos, die noch immer an einer Wand auf Småryd hängen.

***

Wie stark war die Familie Bolin in Russland verwurzelt? Wilhelm lag etwas an den schwedischen Wurzeln und daran, dass die Kinder sie kennen sollten. Aber das Russische? War es austauschbar? War ihr geografischer Ort lediglich eine Konsequenz der Arbeit, oder fühlten sie sich als Russen? Waren sie über die Entwicklung im Land und das zunehmende Chaos beunruhigt? Betrachteten sie Russland als ihre Heimat? Die Familie hatte seit fast siebzig Jahren, seit 1836 in Russland gelebt. Zwei Generationen Bolin wurden dort geboren, aber man heiratete Deutsche oder Österreicher, nie Russen.

1905 ist das erste Revolutionsjahr in Russland. Karin ist nun acht Jahre alt und dürfte nicht viel mehr als die diskreten und besorgten Gespräche der Erwachsenen zuhause in Moskau aufgefasst haben. Sie hat inzwischen zwei neue Schwestern: Maja, geboren 1902, und Margit, genannt Gaba, geboren 1904.

Wilhelm verschwindet jeden Tag nach dem Essen hinter seinen Zeitungen. Er liest die deutschsprachigen russischen Zeitungen, aber auch die russischsprachigen. Auch Maria wird immer stärker von ihrer Umgebung in Anspruch genommen. Karin spürt, wie gedankenverloren ihre Eltern sind, dass sie ständig etwas Wichtiges zu tuscheln haben. Wenn sie Gäste haben, sehen alle besorgt aus, und die Herren gehen in Wilhelms Arbeitszimmer, seufzen und murmeln. *Wie soll es weitergehen? Meinst du, wir können bleiben?* Karin ist klar, dass sie nichts hören soll, aber sie tut es dennoch und mag es nicht, wenn ihre Eltern ernst und erwachsen mit ihren Brüdern, aber nicht mit ihr sprechen. Sie ist immerhin fünf Jahre älter als ihre Schwester, die neue Maja.

Nach dem katastrophalen Krieg des Zaren gegen Japan, dem eine schwere Missernte folgte, kamen die Unruhen im Land wieder in Gang. Russland wurde von Streiks und Krawallen gelähmt. Hochrangige Politiker wurden ermordet, Militär und Polizei erschossen Hunderte hungernde, friedliche Demonstranten. Generalstreiks rollten wie eine Welle durch das Land: Sankt Petersburg, Moskau, Kyiv, Vilnius, das russische Polen – überall streikten Arbeiter.

In Odessa meuterte die Besatzung des Panzerkreuzers Potemkin, Kosakentruppen und Polizei antworteten, indem sie Tausende Soldaten und Demonstranten erschossen.

Russland stand am Rande von vollständigem Chaos und Bürgerkrieg, aber der Zar und die politischen Kreise um ihn herum weigerten sich, die Macht dem neu geschaffenen Rat, der Duma, zu überlassen.

Dennoch liefen die Geschäfte in der Juwelierfirma nach wie vor glänzend. Die Mittel- und Oberschicht im Land lebte gut, aber sowohl Wilhelm als auch Maria waren beunruhigt über die Unfähigkeit des Zaren, das Land zu modernisieren und dafür zu sorgen, dass Russland eine zeitgemäße Monarchie mit weniger Macht wurde, wie die meisten Länder im übrigen Europa. Karin hatte einen Onkel in Wien, Karl Seitz, Marias Bruder, der in den ersten Jahren des zwanzigsten Jahrhunderts allmählich zu einem der führenden sozialdemokratischen Politiker in Österreich-Ungarn avancierte. Karin hörte, dass häufig über ihn gesprochen wurde, und ihr war klar, dass er im Begriff stand, im Heimatland ihrer Mutter, der großen Doppelmonarchie, eine bedeutende Person zu werden.

Maria Bolin hatte Verständnis für das politische Engagement ihres Bruders. Sie wusste wie er, was Armut hieß. Ihr Vater war an Typhus gestorben, als er nach zwölf Jahren in der Armee heimgekommen war, und ihre Mutter war gezwungen, ihre Söhne in ein Kinderheim zu geben, da die Not zu groß wurde. Karl sagte später, dass er dankbar sei, mehr Seiten des Lebens gesehen zu haben, als es die meisten Politiker seiner Generation getan hatten.

In der Schule zeichnete sich Karl Seitz durch Fleiß und leichte Auffassungsgabe aus. Einer seiner Lehrer verhalf ihm zu einem Stipendium, sodass er studieren und Volksschullehrer werden konnte. Aber es zog ihn immer stärker in die politische Arbeit, und ab 1905 war er als sozialdemokratischer Repräsentant im Reichsrat, wie das Parlament im deutschsprachigen Teil von Österreich-Ungarn hieß.

Die ganze Familie war stolz auf Onkel Karl, der immer häufiger in den Wiener Zeitungen zitiert wurde, auch wenn Wilhelm und Maria seine Ideen zu einer neuen Weltordnung vermutlich nicht teilten, bei der die Arbeiter die Produktionsmittel übernehmen sollten.

Aber reflektierten sie über ihre eigene spezifische Situation in Russland? Über die enormen Bestellungen, die die

Juwelierfirma anlässlich großer Feste und Feiern noch immer vom Hof erhielt, während in weiten Teilen des Landes Hunger herrschte?

Nach den Revolutionsunruhen in Russland 1905 hatte Kaiser Franz Joseph in Österreich-Ungarn den Ernst der Stunde eingesehen und dem Reichsrat mehr Macht zugestanden. Er hatte auch einer der stärksten Forderungen der Sozialdemokraten nachgegeben: allgemeines Wahlrecht für Männer. Auch in Russland musste etwas geschehen, das sahen Maria und Wilhelm ein.

Maria korrespondierte mit ihrem Bruder Karl, der auf die Mängel und die falsche Politik des Zaren hinwies. Sie diskutierte die Briefe mit Wilhelm, und auch wenn Karin nicht alles verstand, dürfte sie sich über den Ernst der Lage bewusst gewesen sein. Maria und Wilhelm fanden, dass die Machtausübung des Zaren gegenüber der Opposition zu streng war. Man konnte der Gewalt nicht nur durch Gewalt begegnen. Das Volk hungerte, und täglich kam es irgendwo im Land zu Tumulten.

Die Jahre in Russland blieben unruhig und Karin fand, dass ihre Eltern versuchten, sie von den Gesprächen über Politik herauszuhalten, obwohl sie älter wurde. Das galt auch für die ständigen Diskussionen darüber, wo ihre beiden älteren Brüder ihre Schulbildung abschließen sollten. Wilhelm wollte, dass sie eine schwedische Reifeprüfung am Gymnasium Norra Latin in Stockholm ablegen sollten, während Maria mit ihrer österreichischen Herkunft vorschlug, dass sie in Berlin oder Wien zur Schule gehen sollten. Das Schwedische beherrschten sie ja bereits, vor allem wegen der langen Sommerferien, die seit 1904 in der neuen Villa auf Småryd verbracht wurden. Außerdem hatte Wilhelm in seiner Jugend selbst in Deutschland studiert, was dem üblichen Bildungsweg der oberen Gesellschaftsschichten in Moskau entsprach.

Aber im Lauf der Jahre hatte sich Wilhelm immer stärker nach Schweden ausgerichtet. Er hatte enge Kontakte zur Familie Nobel, mit der man auch Umgang pflegte. Auch das schwedisch-russische Handelshaus, das von Carl Hagman geleitet wurde, von dem Wilhelm Småryd gekauft hatte, bereitete ihm große Freude. Seit Mitte der Neunzigerjahre saß Wilhelm im Vorstand und war dadurch mit den Geschäftsverbindungen nach Schweden gut vertraut. Und nicht zuletzt schätzte er es, in einer schwedischsprachigen Vereinigung zu verkehren, zu der auch etliche Finnen gehörten.

Wilhelm wusste, wie es in den zahlreichen und großen internationalen Kreisen in Russland war: Man hielt sich an seine Gruppe. Es war entschieden normaler, dass die Kinder schwedischer, finnischer oder deutscher Freunde jemanden aus ihrem Kreis statt eines Russen oder einer Russin heirateten. Auch er hatte, wie schon sein Vater, eine Frau außerhalb der russischen Kreise geheiratet.

Als Kind hörte ich sehr selten, dass von Marias österreichischer Familie Seitz gesprochen wurde. Erst als Erwachsener wurde mir klar, dass meine Babi, ebenso wie mein Vater, zur Hälfte aus Österreich stammte. Was natürlich hieß, dass mein Vater in dieser bunt gemischten Familie eigentlich recht wenig »Schwede« war. Die starke Identifikation mit Schweden, die man in der Familie Bolin dennoch empfand, ging aus dem Familiennamen, der Sprache und nicht zuletzt aus den Sommern auf Småryd hervor. Aber von der österreichischen Familie seiner Großmutter erzählte mein Vater nur selten.

Moskau

1905, im ersten Revolutionsjahr in Russland, ist Karl Seitz noch ein junger Sozialdemokrat mit Sitz im Reichsrat von Österreich-Ungarn. Ein Rat, der allmählich mehr Macht im Verhältnis zu dem alten Monarchen Franz Joseph erhält, dem Kaiser mit dem grotesken Backen- und Schnurrbart, der ihm den Eindruck verleiht, aus einer ferneren und altmodischeren Zeit zu stammen. Aber 1907 sind endlich alle Männer in Österreich wahlberechtigt.

In Moskau haben Wilhelm und Maria Bolin nun entschieden, dass Karins Brüder Erik und Henrik in Stockholm zur Schule gehen sollen, um dort ihren Abschluss zu machen. Karin ist nun mit ihren kleinen Schwestern Maja und Margit allein in der großen Wohnung.

Im Herbst 1907 beginnen ihre Brüder am Gymnasium Norra Latin in der Drottninggatan. Wilhelm besorgt eine Dreizimmerwohnung in einem neu gebauten Haus in der Rörstrandsgatan im Stadtteil Vasastan. Dort werden Erik und Henrik zusammen mit der Haushälterin Ida Hjort gemeldet.

Im Einwohnermeldeamt schreibt Ida: »Bei mir hält sich vorübergehend auch Leutnant Hjalmar Axel Cedercrona auf.« Der Leutnant, der bei den Olympischen Spielen in London 1908 eine Goldmedaille in Truppengymnastik gewinnen wird, wohnte einige Tage im Monat bei ihnen. Vermutlich kam ihm das Zimmer bei Ida und den Brüdern Bolin äußerst gelegen, weil sich die Militäranlage Karlberg in der Nähe befand.

Ich kann diese Untervermietung nur so interpretieren, dass Wilhelm und Maria nicht wollten, dass ihre Söhne ein Luxusleben allein mit einer Haushälterin führen sollten. Konnte man einige Tage im Monat ein Bett vermieten, so tat man es. Dass Ida Hjorts Aufgabe darin bestand, die Söhne zu betreuen, steht deutlich geschrieben: »Unterzeichnete Haushälterin der Söhne von Hofjuwelier W. Bolin, Moskau, Ida Maria Hjort.« Die Brüder dürften ein gemeinsames Zimmer gehabt haben, der Leutnant, der seinen festen Wohnsitz in Jönköping hatte, schlief womöglich auf einem Sofa im Wohnzimmer und Ida Hjort in einem anderen Schlafzimmer.

Es scheint plausibel, dass Ida Hjort angewiesen war, die Brüder weitestgehend sich selbst zu überlassen, aber sie sollte sicherlich auch dafür sorgen, dass sie ihre Hausaufgaben machten und sich auch sonst anständig aufführten. In einem der Kartons auf Småryd, von denen ich überzeugt war, sie längst durchgesehen zu haben, habe ich ein einsames Tagebuch von Henrik, Onkel Hinke, aus dem Jahr 1909 gefunden. Es ist mit Bleistift und in etwas nachlässiger Handschrift geschrieben, durchgehend auf Deutsch, und besteht vor allem aus alltäglichen Notizen darüber, mit wem er Tee getrunken hat, wie lang die Lateinaufgaben waren, wann er die Schule geschwänzt hat und im Kino oder Theater war. Aber es steht auch etwas über die Reise in den Weihnachtsferien zur elterlichen Wohnung in Moskau: erst mit dem Schiff nach Turku in Finnland, dann mit der Bahn nach Sankt Petersburg, wo sich die Verwandtschaft, Wilhelms Cousins, um die Brüder kümmerten, und schließlich mit dem Nachtzug nach Moskau.

Onkel Hinke schreibt auch von anderen Zugreisen im Laufe des Jahres, oft mit dem Zusatz, dass er dritter Klasse fahre. Entsprach das ebenfalls dem Willen der Eltern, ihre

Söhne zu formen? Nur nicht verwöhnen, »jungen Leuten tut es gut, im Zug ein wenig unbequem zu sitzen«. Oder war es eigene Sparsamkeit, damit das Geld reichte? Oder vielleicht eine Vorahnung davon, dass neue Zeiten bevorstanden und die Situation für einen Hofjuwelier in Russland nicht mehr so sicher war? Restaurantbesuche werden nicht erwähnt, hingegen emsige Spaziergänge: Djurgården, Karlberg und im Sommer durch die Wälder um Småryd.

Mit den Söhnen in Stockholm und immer längeren Sommeraufenthalten auf Småryd bereitet sich die Familie Bolin auf die Möglichkeit eines erzwungenen Exils in Schweden vor. Aber noch geht jeden Juni ein ganzer plombierter Eisenbahnwaggon mit Hausrat zum Sommerhaus bei Båstad und im September zurück nach Moskau.

Die Jahre bis zum Ersten Weltkrieg sind weiterhin unruhig in Russland. Tausende von Streiks im Land, große und kleine. Die Arbeiter spüren, wie die Macht wankt, immer mehr Politiker wagen es, den Zar offen zu kritisieren. Die Duma wird mehrfach eröffnet und geschlossen, weil das Regime ihm vorwirft, zu radikal zu sein. Die Politik wird spürbar, auch im Familienleben.

Karin besucht die reformierte deutsche Schule in Moskau, in der im Allgemeinen Deutsch gesprochen wird, ein bedeutender Teil des Unterrichts aber auch auf Russisch stattfindet. In der Schule wird großer Wert auf die russische Kultur gelegt, nicht zuletzt auf Literatur, die Karin liebt. Zuhause ist die Musik am wichtigsten, und Festessen und Geselligkeiten enden fast immer damit, dass Wilhelm singt und am Klavier begleitet wird.

In der Schule sind sie nur zwei Mädchen in Karins Klasse. Ich finde ein Foto in einem Schulkatalog, der in einem

Karton auf Småryd liegt. Auf dem Bild sehe ich sie mit stolzer Miene in der ersten Reihe. Der große runde Hut sitzt weit zurückgeschoben auf dem Kopf. Sie hat eine weiße Bluse mit hohem Kragen, eine zweireihige Wolljacke mit Militärbiese und einen dunklen, vermutlich blauen Rock an.

Es sind unruhige Zeiten in Moskau, nicht zuletzt für Familien ausländischer Herkunft. Eltern aus vielen Nationen haben ihre Kinder auf der deutschen Schule, darunter auch etliche russische. Deutsch ist die häufigste Fremdsprache in Moskau.

In diesen Jahren geschehen mehrere Morde an hochrangigen Politikern, und auf dem Schulhof erscheinen immer ernstere junge Gesichter. Es florieren Gerüchte und die unterschiedlichen Nationalitäten unter den Schülern fangen an, sich bemerkbar zu machen, wenn neue Wohnorte diskutiert werden.

Wilhelm Bolin hat weiterhin gute und enge Kontakte nach Schweden. Die Söhne Erik und Henrik sind mit der Schule fertig und reisen nun zwischen Moskau und Stockholm hin und her. Beide sind an der Arbeit der Firma beteiligt. Die Sommer werden mit der ganzen Familie auf Småryd verbracht, wohin auch Freunde und Verwandte kommen. Im Gästebuch sehe ich, dass man nicht selten mehrere Wochen, manchmal bis zu einem Monat blieb. Häufig wohnen hier zehn bis fünfzehn Personen zusammen.

1912 eröffnet Wilhelm Bolin eine Filiale der Juwelierfirma in dem deutschen Kurort Bad Homburg vor der Höhe, in der Nähe von Frankfurt. Dort pflegt der Zar mit Teilen des Hofes und der russischen Oberschicht im Sommer auf Kur zu fahren. Der russische Einschlag im Kurort ist so bedeutend, dass man eine russisch-orthodoxe Kirche gebaut hat, deren Grundstein Zar Nikolaj II. 1896 gelegt hatte.

Der russische Hof gehört noch immer zu den Großkunden der Firma, die inzwischen Wilhelms Initialen in ihren Namen aufgenommen hat: W. A. Bolin – Wilhelm Andrejewitsch (Henriksson auf Schwedisch) Bolin.

Småryd

Als am 28. Juni 1914 die Schüsse in Sarajevo fallen, ist Karin mit ihrer Mutter und ihren Geschwistern auf Småryd. Wilhelm ist noch in Moskau, will aber später nachkommen. Es ist ein gefühlsmäßig schwieriger Sommer für die Familie. Maria macht sich Sorgen um ihre österreichischen Verwandten, Wilhelm um seine deutschen auf mütterlicher Seite, und beide haben zahlreiche russische Freunde. Sollten die Söhne ihren Freunden nun plötzlich im Krieg gegenüberstehen? Der Gedanke schien völlig absurd. Immerhin sind sie dankbar, dass alle Familienmitglieder schwedische Staatsangehörige sind. Deutsche und österreichisch-ungarische Untertanen laufen in Russland Gefahr, schikaniert oder sogar verhaftet zu werden.

Karin liebt es, auf Småryd zu sein. Wenn sich das Schuljahr in Moskau dem Ende näherte, sehnte sie sich immer nach Schweden. Aber sie weiß auch, dass sie nach einigen Monaten anfangen würde, sich wieder nach Moskau zu sehnen. In diesem Sommer sagt ihre Mutter allerdings mit Nachdruck, dass Småryd ihre Rettung sei und alle sich hier versammeln könnten. Hier könne sie unbesorgt sein, denn die Kriegsgefahr sei minimal. Sie liebt das Haus, und sie denkt oft daran zurück, wie es ihnen gelungen ist, einen Architekten zu finden, der sich so gut auf ihre Wünsche und die der ganzen Familie verstand.

Willy, wie nur die Allernächsten Karins Vater nannten, hatte seinen Freunden in der Familie Wallenberg von seinem

Grundstückskauf in Båstad erzählt und davon, dass er ein Sommerhaus dort zu bauen gedachte. Vermutlich waren sie es, die ihm den jungen Architekten Torben Grut empfohlen hatten, einen begeisterten Tennisspieler, der bereits als einer der hervorragendsten Architekten der neuen Generation von sich reden gemacht hatte. Es wurde sogar gesagt, das Kronprinzenpaar habe ihn hinzugezogen, um ein Sommerschloss in Skåne zu entwerfen.

Maria Bolin war durchaus zufrieden, dass Grut jung war, denn dadurch dürfte er ein Gefühl für die neuen Strömungen der Zeit haben. Sie war sehr gut mit William Morris und der Arts-and-Craft-Bewegung in England vertraut und fand die Architektur in Schweden hoffnungslos veraltet – aber der russische Stil war ihr ebenfalls fremd. In ihrer alten Heimatstadt Wien hingegen meinte sie, Gebäude zu sehen, die neue Ansichten über Wohnen und Baukunst repräsentierten.

Karin schaute in alle ausländischen Zeitungen über Einrichtungsfragen, die sich auf den Tischen zuhause in Moskau stapelten. Es handelte sich um handgezeichnete Bilder unterschiedlicher Firmen mit Vorschlägen zu Farben, Tapeten und Mobiliar für das neue Sommerhaus, das nun in Skåne gebaut wurde.

Stundenlang konnte sie neben ihrer Mutter sitzen und zufrieden nicken, wenn sie gefragt wurde: »Meinst du, das wird schön, Karin?«

Es bereitete ihr Freude, so zu tun, als würde sie Zimmer möblieren und Farben für Stoffe und Wände wählen.

Ich weiß noch, wie meine Großmutter Babi in die altersgerechte Wohnung in Nockeby umziehen wollte, in dieselbe Genossenschaft, in der zwanzig Jahre später mein Vater wohnen sollte. Ich war um die fünfzehn Jahre alt und bei ihr zuhause. Sie zeigte mir, dass sie maßstabgetreue Modelle aller Möbel und des neuen Zimmers mit Bettnische angefertigt hatte, sodass sie die Möbel auf dem Papier hin und her bewegen konnte, um zu sehen, wo sie Platz fanden und welche sie nicht mitnehmen konnte.

Damals galt es, von ihrer Zweizimmerwohnung in der Stadt in eine Einzimmerwohnung in Nockeby zu ziehen. Ich kann mir vorstellen, dass sie und ihre Mutter siebzig Jahre früher auch maßstabgetreue kleine Modelle von Sesseln und Sofas ausgeschnitten hatten, mit denen sie dann die Zimmer auf Småryd probeweise möblieren konnten.

Torben Grut nahm sich des Auftrags mit Lust und Enthusiasmus an. Die Villa Småryd war eins der ersten Privathäuser, die man bei ihm bestellte. Er entwarf zwei große Stockwerke von jeweils zweihundert Quadratmetern, einen vollkommen eingerichteten Dachboden und einen Keller mit Küche, Waschküche und Zimmern für das Personal. Dreizehn Schlafzimmer, wenn man die des Personals hinzuzählte. Der Eingang an der Westseite des Hauses war diskret, fast unerheblich. Auch die Gesellschaftsräume waren eher auf Funktion als auf Repräsentation ausgelegt.

Im Herzen des Hauses befand sich ein großes Esszimmer, das in einen Salon mit Ausblick auf das Meer mündete.

Maria und Wilhelm waren sehr zufrieden und Grut war überrascht, dass seine verhaltene Jugendstil-Villa so rasch auf Anklang stieß. Zunächst hatte er ein noch größeres Haus mit dekorativen Zinnen und Türmen entworfen, was aber zu einer etwas dezenteren Villa modifiziert wurde.

Auch die Einrichtung wurde modern. Maria Bolin ließ einige der vorrangigsten Möbelhäuser in Europa das gesamte

Mobiliar entwerfen, das dann mit Arbeiten örtlicher Tischler gemischt wurde.

Auf dem Stockwerk mit den Schlafzimmern sollte die Einrichtung hell und rustikal, aber nicht luxuriös sein. Auch in den Gesellschaftsräumen gab es keine Anforderungen an Eleganz aus repräsentativen Gründen. Das Esszimmer wurde in modernem Jugendstil eingerichtet, der Salon zum Meer im Neorokoko aus den Möbelwerkstätten von NK. Das Wohnzimmer mit seinem Podium für das Klavier wurde ebenfalls im Jugendstil gestaltet und hatte handgenähte cremeweiße Vorhänge sowie diskret stilisierte Blumengirlanden in Grün.

Das Haus sollte ein Ort der Begegnung für die Familie und alle Freunde werden. Hier sollte es keine pflichtschuldigen Abendessen für Kunden oder wichtige Kontakte geben.

***

Im Kriegssommer 1914 ist Karin sechzehn Jahre alt. Sie macht auf Småryd häufig Spaziergänge mit ihrer Mutter, die mit Unruhe in der Stimme von der Gefahr eines Großkriegs spricht. Sie erwähnt auch häufig ihre Geschwister in Wien und deren Kinder. Karin hört, dass sich ihre Mutter, die bislang nur in Großstädten gelebt hat, nun einzureden versucht, sie könne auf dem Land wohnen und sich dort wohlfühlen. Sie hört sie sagen, dass es vielleicht besser sei, für immer nach Småryd zu ziehen.

Karin wird nervös, sie will wirklich nicht in Schweden bleiben und auf dem Land wohnen. Sie will nach Hause, nach Moskau, und zu ihren Freunden, wenn der Sommer vorüber ist.

Ihre Mutter hingegen ist erstaunt, wie gut es ihr auf dem Land und in Småryd gefällt. Sie, die in der pulsierenden

Großstadt Wien aufgewachsen und dann in der noch größeren Stadt Moskau gelandet ist, geht nun im geruhsamländlichen Schweden herum und genießt es.

Aber auch auf Småryd ist es nie ganz still. Die Bäche plätschern leise in den trockenen Sommermonaten und rauschen laut im Frühjahr und Herbst, wenn das Wasser grau gefärbt von Lehm und Kies ist, der von den Hängen des nahen Bergrückens mitgespült wird.

Zum Besitz gehört auch ein umzäunter alter strohgedeckter Schonenhof, auf dem es Kühe, Pferde, Schweine, Gänse und Hühner gibt. Man hat ein Bauernpaar angestellt, Hilmer und Olga Nilsson, die den Hof versorgen und außerdem die übrigen Angestellten des Obstanbaus mit Lebensmitteln versehen.

Maria notiert in Kassenbüchern, was die Eier kosten und wie viele Überstunden Hilmer und Olga arbeiten, indem sie im Garten und in der großen Küche im Keller der Villa helfen.

Auf den Obstfeldern bewegen sich ständig Männer und Frauen, die die Pflanzen beschneiden oder Unkraut beseitigen. Die Erträge werden größer und der vorige Herbst gab eine gute Apfelernte, zu der etlicher Pflücker zwischen den Baumreihen anrückten.

Dann fallen die Schüsse in Sarajevo. Der österreichisch-ungarische Thronfolger wird ermordet. In der bereits bis zum Äußersten angespannten Lage zwischen der Zentralmacht in Wien und der wachsenden panslawischen Bewegung auf dem Balkan erfordert dieses Ereignis eine schnelle und kraftvolle Reaktion des Kaisers. Es folgen einige Wochen intensiver Diplomatie zwischen den Großmächten. Deutschland stellt sich auf die Seite von Österreich-Ungarn, das Serbien schließlich eine Liste mit Forderungen übergibt, wie das Land einen Krieg vermeiden könne. Die meisten Gutachter halten diese Forderungen für zu hart, als dass Serbien sie akzeptieren könne, womit Österreich-Ungarn einen Anlass bekommt, dem Land den Krieg zu erklären.

Die Julikrise, wie sie genannt wird, endet mit der »Schwarzen Woche«. Am 28. Juli erklärt Österreich-Ungarn Serbien den Krieg, wodurch sich schließlich fünf Großmächte und ihre Alliierten miteinander im Krieg befinden.

Am Tag der Mobilisierung, dem 2. August 1914, läuten den ganzen Tag über alle Kirchenglocken in Schweden. Zuvor hat Russland Österreich-Ungarn den Krieg erklärt, worauf Deutschland mit einer Kriegserklärung an Russland antwortete.

Die Marienkirche in Båstad liegt zweieinhalb Kilometer östlich von Småryd. So weit klingen die Kirchenglocken nur selten, aber an diesem Sonntag braucht man sie nicht zu hören, um zu wissen, was bevorsteht.

Es gibt zahlreiche Schilderungen dieses schicksalhaften Tages. In Stockholm sind Menschenmassen auf den Straßen, um sich zu informieren. In den Gartenrestaurants hört man an diesem Abend sowohl das Königslied als auch die Nationalhymne. Die Polizei wird abkommandiert, um spontane Demonstrationen oder eventuelle Unruhen zu unterbinden.

In der Villa auf Småryd lebt man weitab von dem Alltag, der das Leben der Nachbarn in Båstad bestimmt. Seit mehr als hundert Jahren haben die Schweden keinen Krieg mehr geführt und viele sind nun gleichzeitig fasziniert und erregt. Aber Karin hat Angst, sie hat in den letzten Jahren in Russland so viel von Mord, Terror und Zusammenstößen zwischen Arbeitern und Polizei und Militär gehört, dass sie längst vor Schreck wie gelähmt ist, weil Krieg oder Revolution ausbrechen könnte. Ist es nun so weit?

Ihre Mutter, die einen Vater hatte, der mit der österreichungarischen Armee im Krieg gewesen und an den Folgen seiner Verletzungen gestorben ist, hat ebenfalls Angst. Wilhelm Bolins Verwandte mütterlicherseits haben in mehreren Kriegen für Deutschland und davor für Preußen gekämpft, auch wenn es schon länger her ist. Und die Zeit der Familie in Russland war in den letzten zehn Jahren von Krieg, Revolutionsgerüchten und gewalttätigen Auseinandersetzungen geprägt.

Die Villa auf Småryd ist wie üblich voller Leute, aber nun ist man zu eiligen und tränenreichen Abschieden von Freunden mit deutschen oder österreichisch-ungarischen Pässen gezwungen.

Da stehen sie also vor dem Haus, mitten im August 1914: ernste, gut gekleidete Damen in großen Hüten, Herren, die mit dem Hut in der Hand nach vorzeitig beendetem Sommerbesuch darauf warten, Maria zum Abschied einen Kuss zu geben. Wilhelm schüttelt die Hände alter Freunde und spricht leise, während Einar, der Kutscher, mit seinem Gespann wartet, um die Herrschaften zum Bahnhof zu bringen. Man tut alles, um die Kinder nicht zu ängstigen: »Es ist wohl nicht so schlimm, es wird bald vorüber sein. Nein, nein, hierher kommt der Krieg nicht, hier könnt ihr in aller Ruhe spielen.«

***

So kommt es, dass Karin Bolin mit ihrer Mutter und ihren Schwestern vom Sommer 1914 bis zum Herbst 1915 auf Småryd bleibt. Auch wenn ihre Mutter seit der Heirat mit

Wilhelm schwedische Staatsbürgerin ist, stammt sie aus Österreich, dem Land, das Russland nun den Krieg erklärt hat.

Gemeinsam mit Wilhelm hat man rasch entschieden, dass es am besten ist, wenn die Frauen der Familie in Schweden bleiben, um den Ausgang des Kriegs abzuwarten. Es glaubt ohnehin niemand, dass es länger als höchstens bis Weihnachten 1914 dauern wird.

Mit September erscheint die Situation in der Welt schlimmer als je, sowohl für die Verwandtschaft in Österreich als auch für Karins eigene Familie in Moskau und Stockholm.

Aber Hoffnungslosigkeit ist ein vorübergehendes Gefühl und Karin merkt bald, dass ihre Mutter eine starke Zuversicht hegt, dass doch noch alles möglich ist. Maria besitzt einen Glauben, den sie nicht in Worte fassen kann, und es ist ihr zuwider, wenn jemand hinsichtlich der Kirche Druck auf sie ausübt. Sie geht nur hin, wenn es ihr passt. Das Leben hat ihr beigebracht, das Dasein so zu akzeptieren, wie es sich ergibt. Auch ihren Kindern möchte sie keinen Gottesglauben aufzwingen.

Dass ihre Existenz plötzlich über den Haufen geworfen und die Familie zum Umzug gezwungen sein könnte, führt dazu, dass viele schwedische Freunde beunruhigt mit dem Kopf schütteln, ihre Hand auf Marias Schulter legen, als habe sie tiefste Teilnahme nötig, weil ihre Familie nun weiterhin in Schweden leben muss, zumindest für einige Zeit.

Es ist ein Problem, wenngleich kein großes. Die bescheidene Herkunft in Wien, mit zwei Brüdern im Kinderheim und einer Mutter, die hart arbeitete, um die vier Schwestern zu versorgen, will Maria keineswegs verbergen. Aber allzu häufig hat sie erkannt, dass viele Leute glauben möchten, dass alle Menschen aus ähnlichen Verhältnissen kommen, wo identische Regeln und Auffassungen über akzeptiertes Benehmen gelten.

Eines Tages im September 1914 muss es ihr besonders offensichtlich geworden sein. Sie sitzt im Arbeitszimmer der Villa auf Småryd und hält einen Brief ihres Bruders Karl Seitz aus Wien in der Hand.

Ja, er ist Sozialist, aber kein Bolschewist. Wie oft hat sie das vor verächtlichen Freunden wiederholen müssen? Sie stimmt in vielem mit seiner Gesellschaftsanalyse überein, auch wenn sie vollkommen einsieht, dass sie die Lebenssituation und Einkommensquellen ihrer Familie in Russland in Karls Augen zu einer Art Parasiten macht.

»Meine geliebte Schwester, auf solche Gedanken würde ich natürlich nie kommen!«, hat er spöttisch geantwortet, als sie einander letztens gesehen hatten und sie ihn gefragt hat, ob er sie nicht derart betrachte. Angesichts des Briefs, den sie nun vor sich hat, muss Maria darüber lächeln.

Liebe Maria!

Ich schreibe Dir in aller Eile. Unser Genosse Otto Bauer ist in russische Gefangenschaft geraten. Wir machen uns große Sorgen darüber, wo er sein mag und ob wir ihn erreichen können. Du kannst Dir denken, dass man von Wien aus nichts tun kann, aber meinst Du, dass vielleicht Willy aus Moskau sehen könnte, ob er eine Möglichkeit hat, etwas über Bauer zu erfahren?

Maria weiß sehr wohl, wer Otto Bauer ist. Er ist einer der bedeutendsten und polemischsten sozialistischen Theoretiker in Österreich, radikaler als Karl, aber kein Kommunist.

Schnell schickt sie ein Antworttelegramm an ihren Bruder:

Spreche mit Willy. Kann jemand, dann er. Er ist ganz unerschrocken im Umgang mit Behörden und seine schwedische Staatsbürgerschaft ist hilfreich. Maria

Dann schickt sie ein Telegramm an Wilhelm, völlig überzeugt, dass er helfen werde, so gut er kann.

Das Leben in Moskau ist voll von derartigen Gefälligkeiten, Aufträgen und Nachforschungen. Stockholm, meint Maria, sei ein friedliches Dorf im Vergleich zu Wien, der Hauptstadt des Kaisers in einem Reich mit fünfzig Millionen Einwohnern, oder zu Moskau, einer anderen kaiserlichen Hauptstadt eines riesigen Reichs.

Falls die Damen bei den Gesellschaften in Båstad oder Stockholm erfahren würden, dass Marias Mann versuchen wollte, einem verhafteten sozialistischen Politiker und Kriegsgefangenen zu helfen, hätte sich vermutlich eine verlegene Stimmung in dem Teekränzchen breitgemacht.

Nein, dass sich Maria auch ein Leben in Schweden vorstellen kann, hängt damit zusammen, dass viele ihrer russischen und deutschen Freunde in der schwedischen Hauptstadt wohnen. Sie kann an jedem beliebigen Ort wohnen, wenn sie nur ihre Familie und Freunde in der Nähe hat.

***

Auch in meiner Kindheit und Jugend in den Sechziger- und Siebzigerjahren wurde Småryd als Begegnungsort für jeden betrachtet, vor allem für die Verwandten, die nicht in Schweden lebten. Maja, die jüngere Schwester meiner Großmutter, wohnte damals auf Hawaii, ihr Bruder Erik den größten Teil des Jahres in Austin, seine Frau Greta in Nizza, deren Sohn Gusti in Paris und deren Tochter Marianne in New

York. Hinzu kamen all die engeren Freunde in Dänemark, Deutschland und der Schweiz.

Das Haus war permanent voll, man stellte Listen darüber auf, wer wann kommen und in welchem Zimmer wohnen würde. Zu dieser Zeit war es meine Babi, Großmutter Karin, die auf Småryd das Zepter in der Hand hielt. Sie rief beim Lebensmittelhändler Hammargren in Båstad an, um ihn darauf vorzubereiten, dass neue Gäste mit besonderen Wünschen kommen würden.

Herr und Frau Hammargren machten fast den Eindruck, mit uns verwandt zu sein, wenn sie fragten, ob Frau Fowler, Maja, bald kommen und ihr Mann auch dabei sein würde. »Ist Henrik Bolin immer noch in Stockholm? Margit haben wir lange nicht gesehen.«

Als ich später bei ihnen als Mopedbote arbeitete, hörte ich, wie Herr Hammargren in der Woche vor Mittsommer jede Menge Sommergäste anrief, um zu erfahren, wann sie eintreffen würden und ob sie jene englischen Kekse immer noch schätzten: »Gut, dann bestelle ich einige mehr davon«, sagte Herr Hammargren und notierte es in seinem Buch.

***

Im Herbst 1914 schreibt Maria Bolin viele Briefe. Sie hört auf, die täglichen Mahlzeiten im schwarzen Notizbuch aufzuzeichnen, da letztlich nur noch sie, die Mädchen und vielleicht ein Gast am Tisch sitzen. Aber sie fährt fort, in einem schwarzen Heft alle Telegramme ordentlich aufzuführen, die sie sendet und empfängt. Dort finden sich allerlei kurze, schwierig zu entziffernde Mitteilungen an nah und fern. Der und der wird dann und dann in Sankt Petersburg ankommen, ein anderer bald in Stockholm, und jenes Paket ist gerade nach Moskau abgeschickt worden. Fast täglich werden Telegramme von Småryd nach ganz Europa versendet.

Es kann kein langfristiger Entschluss gewesen sein, dass Maria mit den Töchtern auf Småryd bleiben sollte. Der Krieg war in vollem Gange, aber niemand wusste, ob er nächste Woche aufhören oder wie lange er dauern könnte.

Es ist nicht schwierig, sich in die Situation der Eltern Wilhelm und Maria zu versetzen. Sie hatten die Möglichkeit, in einem neutralen Land zu bleiben, wo sie gut und sicher wohnten, oder in ein Land zurückzukehren, das sich im Krieg und gleichzeitig am Rand einer Revolution befand.

So vergehen die Monate. Maria sieht zum ersten Mal, wie sich das Laub verfärbt, die Herbstkühle kommt und sie sind immer noch in Schweden. Das Meer sieht jetzt grau, schmutzig und alles andere als einladend aus.

Wann würde damit Schluss sein? Wilhelm und Maria fangen an, sich Sorgen um die Schulbildung der Mädchen zu machen. Sie engagieren eine Lehrerin, Fräulein Jönsson, die sie tagsüber unterrichtet, aber so kann es nicht weitergehen, falls sie in Schweden bleiben. Maja und Margit müssen in eine ordentliche Schule gehen.

Karin leidet am stärksten. Sie wird im Dezember siebzehn Jahre alt werden und hat in Moskau bereits guten Unterricht erhalten, überlegt ihre Mutter. Aber sie muss dennoch ihre Sprachkenntnisse pflegen und möchte keinesfalls die Literatur aufgeben. Also nimmt sie auch an einigen Stunden bei Fräulein Jönsson teil und bekommt eigene Aufgaben. Ihr Vater ist in Moskau, aber aus diskreten Gesprächen der Eltern mit Erik und Henrik hat sie mitbekommen, dass man gezwungen sein wird, die Geschäfte in Russland für einige Zeit ruhen zu lassen.

Ich suche nach Anzeichen dafür, wie lange Maria und ihre Töchter auf Småryd wohnen. Bei den Einwohnermeldeämtern finde ich keine Antwort, aber in Briefen an Maria sehe ich, dass sie im Herbst 1915 auf Lidingö bei Stockholm wohnen. Erik und Henrik sind zu diesem Zeitpunkt Vollzeit für die Firma tätig und wohnen größtenteils mit Wilhelm in Moskau. Sie schreiben nach Hause. Es gibt einen Skandal um Erik und ein Mädchen, der sich aus den Briefen Wilhelms an Maria unmöglich deuten lässt. Aber in einem Brief an seine Eltern würgt Erik rasch jegliche Diskussion ab: »Ihr wisst nicht, was geschehen ist, aber ich bin bereit, Eurem Verlangen Folge zu leisten, und will dann nicht mehr davon reden.« Worauf er weiter über die ungenügenden Geschäfte und die Unruhe in Moskau schreibt.

Ein knappes Jahr später ist er mit Greta Lindholm verheiratet. War es das, was die Eltern verhindern wollten? War etwas an diesem Verhältnis unpassend? Nein, ich habe nie gehört, dass Greta eine unpassende Frau für Erik sein würde. Ich ahne eine frühere Liebe, die aus dem familiären Bewusstsein getilgt ist.

Karins Brüder Erik und Henrik sind in vieler Hinsicht Gegensätze. Henrik ist groß und kräftig, Erik fast fünfzehn Zentimeter kürzer, nahezu klein. Auf Fotografien steht er häufig etwas im Hintergrund, stets elegant: mit vorzüglich gestutztem Schnurrbart, Seidentuch mit Krawattennadel um den Hals, verschränkten Armen und in die Ferne gerichtetem Blick.

Erik, der älteste Sohn von Wilhelm und Maria Bolin, wollte ständig fort, weg aus Stockholm und Moskau. Er wollte eine eigene Filiale der Juwelierfirma leiten. Schweden, fand er, sei stehendes Gewässer: kräuselte sich die Oberfläche ein wenig, wurde es gleich als Sturm gedeutet. Erik hatte versucht, seinen Vater davon zu überzeugen, dass die Geschäfte gänzlich davon abhingen, auf internationalem Niveau fortgeführt zu werden. Stockholm sei ein Dorf ohne Zukunftsaussichten. Sie sollten Filialen in Oslo, Kopenhagen und später in Paris eröffnen.

Als Karin klein war, hatte sie nie daran gedacht, aber jetzt, da sie auf Småryd sitzt und sich nach ihren Brüdern sehnt, wird ihr bewusst, wie schlecht das Verhältnis zwischen Erik und Henrik ist. Je mehr sie darüber nachdenkt, desto klarer wird ihr, dass es schon immer so gewesen ist. Sie weichen den Blicken des anderen aus und Karin hat sie fast nie freiwillig miteinander verkehren sehen.

Auf dem Gymnasium hatten Erik und Henrik zunächst Probleme mit den Noten in Schwedisch. Sowohl er als auch Erik hatten ihre Sprachkenntnisse immer für perfekt gehalten. Bereits in Moskau hatten sie Schwedischunterricht gehabt und waren angehalten worden, mit ihren Cousins und anderen Verwandten in Sankt Petersburg schwedisch zu sprechen. Aber die Anforderungen an grammatikalische Korrektheit waren an einer höheren Lehranstalt etwas ganz anderes, und sie mussten nun einsehen, dass sie in Bezug auf das schriftliche Schwedisch nicht die Sicherheit ihrer Klassenkameraden besaßen. Aber es gelang ihnen, sich emporzuarbeiten, und am Ende hatten sie gerade in den Sprachen die besten Noten, Erik auch im Zeichnen.

Sprachen Erik und Henrik weiterhin russisch miteinander, als sie auf das Gymnasium gingen? Innerhalb der Familie dürfte man diskutiert haben, ob die Geschwister ihre Umgangssprache ändern und lieber schwedisch sprechen sollten.

Aber sollten sie auch aufhören, mit ihrer Mutter deutsch zu sprechen? Welche Sprache sollten sie stattdessen wählen?

Die Schwedischkenntnisse ihrer Mutter reichten für alltägliche Konversationen, aber sie wollte lieber nicht gezwungen sein, in sozialen Zusammenhängen schwedisch zu sprechen. Und was sollten sie tun, wenn sie einmal zurück nach Moskau ziehen würden?

Während der Sommermonate in Småryd war Deutsch weiterhin die Sprache innerhalb der Familie, und die Geschwister sprachen nach wie vor russisch miteinander. Die Bauern auf den Höfen der Gegend nannten die Brüder Bolin »die Russenjungen«.

Für Karin gab es einen ständigen Wechsel zwischen den Sprachen mit deren unterschiedlichem Sinngehalt und andersartigen Assoziationen. Deutsch stand für Geborgenheit, Lieder und Reime aus der Kindheit, die Beziehung zu Mama und Papa. Russisch war die natürlichste Sprache in ihrer Jugend. Auch Schwedisch konnte sie gut sprechen und schreiben, aber es kam erst an dritter Stelle. Das Französische war hübsch und etwas fremd, aber in einem Brief schrieb sie, dass die neue Gouvernante Madame Beauté so streng sei, dass ihr die Lust an der Sprache vergehe. Das Englische war locker und elegant, aber sie hatte selten Gelegenheit, es zu üben.

Für Karin ist es während des ersten Kriegsjahrs nicht einfach auf Småryd, sie hat entschieden zu viel freie Zeit und keinerlei Umgang mit anderen Jugendlichen. Bereits als sie vor den Sommerferien Moskau verließ, spürte sie, dass sie vielleicht nicht zurückkehren würde. Im Sommer war die Villa bei Båstad bis zum letzten Winkel voll, und sie schätzte es, an dem enormen Esstisch mit all den Menschen zu sitzen, die häufig viel fröhlicher waren als die Leute in Moskau.

Aber jetzt ist Herbst, das Haus leer, und sie träumt tagsüber von Moskau. In ihren Gedanken geht sie durch alle Zimmer an der Uspenskij Pereulok: zunächst den Flur entlang, dann langsam durch die großen Gesellschaftsräume. Sie hört, wie auf dem Flügel gespielt wird, wie Vater singt, wie Gläser klingen und Margit und Maja kichernd an den Resten des Kirschweins nippen, der den Gästen serviert worden war.

Dabei hatte es einmal eine große Szene gegeben. Maja, gerade erst elf Jahre alt, war betrunken und hatte auf der Toilette erbrochen. Wilhelm und Maria verteidigten sie, weil sie ja nicht wisse, dass man von Kirschwein betrunken werden konnte. Sie aber hatte schnell gesagt, dass sie es sehr wohl wisse. Karin fühlte sich manchmal wie die ältere Tante ihrer unausstehlichen kleinen Schwestern.

In den Gedanken geht Karin weiter zur Küche, durch den langen Korridor, wo sich die Leute oft auf Hocker stellen, um in den hohen Kästen etwas zu suchen. Man muss sich vorbeidrängen, und wenn viel zu tun ist, konnte man von der Köchin oder den Hausangestellten ausgeschimpft werden. Ansonsten sind sie sehr freundlich.

Dann lässt sie die Gedanken in die Schlafzimmer wandern, private, stille und stumme Räume mit straff gerichteten Betten. Schließlich die Zimmer der Angestellten, wo sie als Kind stets willkommen gewesen ist.

Småryd aber ist für sie Sommer. Ihr ist unwohl zumute, als sich das Laub rot färbt und fällt. Plötzlich sieht man die große Villa vollkommen nackt vom Weg aus und es wird windiger und ungastlicher.

Das ist nicht ihr Småryd.

Das Jahr vergeht, sie feiert Weihnachten ohne ihren Vater und die Brüder, aber über die Feiertage sind dennoch viele Gäste im Haus. Etliche von ihnen danken ausgiebig und umständlich und mit Tränen in den Augen dafür, dass sie hier sein dürfen, aber Maria tut den Dank mit einer Handbewegung ab.

Als Maria zum Frühjahr hin verkündet, dass sie ab Herbst in Stockholm wohnen werden, wird Karin ganz rot auf den Wangen und ist unendlich froh und erleichtert.

Umzug aus Moskau

Der Erste Weltkrieg war ein Krieg, von dem alle beteiligten Länder glaubten, ihn innerhalb einiger Monate zu gewinnen. »Zu Weihnachten sind wir wieder zuhause«, lautete die muntere Abschiedsphrase der Soldaten.

Aber der Krieg dauerte und die Anzahl der auf den Schlachtfeldern Gemetzelten überstieg alle bis dahin gekannten Zahlen. In den Schützengräben im Westen lagen junge Männer in einem trostlosen Stellungskrieg, bei dem sie sich jahrelang unter fürchterlichsten Entbehrungen immer wieder ein paar Hundert Meter hin und zurück bewegten. Als der Krieg endete, war ein Viertel aller französischen Männer zwischen zwanzig und dreißig Jahren tot. In den Alpen fochten Österreich-Ungarn und Italien einen Krieg in meterhohem Schnee aus, bei dem fast ebenso viele Soldaten erfroren wie im Kampf gefallen waren. Im Osten wurde Russland mitten im Krieg von der Revolution erschüttert.

Europa befand sich im Schockzustand. Die Friedenszeit vor dem Krieg war außergewöhnlich lang gewesen. Die moderne Zeit schien angebrochen zu sein und alle barbarischen Kriege weggefegt zu haben. Aber die Barbarei hatte nur auf der Lauer gelegen und geruht, um nun wie ein wildes Tier mit einer dröhnenden Kraft zutage zu treten, wie sie niemand bislang erblickt hatte oder sich überhaupt vorstellen konnte.

Während der ersten Kriegsjahre reiste Wilhelm Bolin häufig zwischen Stockholm und Moskau hin und her. Erik und Henrik waren in der Firma engagiert und arbeiteten teils in Moskau, teils an der Eröffnung des neuen Geschäfts in Stockholm. Sie bereiteten auch Filialen in Kopenhagen und Oslo vor.

Im Sommer 1917 wurde der Zar durch eine provisorische Regierung abgesetzt, die von Alexander Kerenskij geführt wurde. Aber das neue Russland weigerte sich, Frieden mit Deutschland zu schließen, obwohl die Bolschewiken es für den Fall versprochen hatten, dass sie an die Macht kämen. Kerenskij verhaftete zwar Bolschewikenführer, aber das Chaos im Land ließ sich nicht besänftigen.

Wilhelm sah nun ein, dass er Moskau verlassen musste, zumindest für eine Zeit, bis sich alles beruhigt hatte. Erik und Henrik waren bereits abgereist. Die Datscha der Familie, Mamentowka, lag in der Nähe von Moskau und ließ sich angesichts der politischen Situation nicht verkaufen. Wilhelm hätte sie gern jemandem geschenkt, der sie verwaltete, bis die Zeiten besser wurden. Aber es war zu spät, die Datscha würde aller Wahrscheinlichkeit nach verloren gehen.

Das Lager an Silber, Gold und Edelsteinen hatte er Stück für Stück außer Landes zu bringen versucht, aber es war sinnlos. Vieles musste zurückgelassen werden, und die Firma hatte treue russische Mitarbeiter, die versprachen, Geschäft und Werkstätten zu schützen. Auch in der Filiale in Bad Homburg befand sich ein Lager und Wilhelm hatte es bei Kriegsausbruch holen und damit die wirtschaftliche Lage für eine Weile sichern können.

Aber Wohnung und Möbel in Moskau musste er zurücklassen, weil das Risiko bestand, dass alles beschlagnahmt würde. Er traute den Versicherungen der Behörden, dass schwedische Staatsbürger geschützt seien, nicht im Geringsten.

Im Spätsommer 1917 sitzt Wilhelm Bolin vor seiner Abreise einsam in der gespenstisch leeren Wohnung. Die Stimmung gleicht derjenigen, die er in vereinzelten Sommern erlebt hatte, als er noch einige Wochen geblieben war, nachdem die Familie nach Småryd gereist war. Aber nun sind die Zeiten entschieden schicksalsträchtiger, auch wenn er überzeugt ist, dass sich alles beruhigen und die Familie spätestens nach ein paar Jahren zurückkehren wird.

Die Möbel im Salon haben noch ihre gestreiften Überzüge, die sie gegen das starke Sonnenlicht des Sommers schützen sollen. Die Gemälde sind abgenommen und stehen an die Wand gelehnt auf dem Fußboden. Für einige Werke großer russischer Meister, eine Flusslandschaft von Levitan, ein Wald von Schischkin, hat Wilhelm einen Spezialtransport bestellt. Er sitzt müde und niedergeschlagen auf einem Sessel, die Sonne scheint durch das Fenster herein, der Staub liegt wie ein Schleier aus Rauch in den Sonnenstrahlen. Er schnappt rasch nach Luft und atmet sie mit einem tiefen Seufzer aus.

***

Das Levitan-Gemälde hing später in der Stockholmer Wohnung von Gaba, der Schwester meiner Großmutter. Ich kann mich aus meiner Kindheit gut daran erinnern. Es war enorm, vielleicht zwei Meter lang und gut einen Meter hoch. Es zeigte eine schmutzig gelbe, feuchte Flusslandschaft. Im Kopf habe ich ein Bild mit schwachen Konturen. Wasser, weiter Horizont, vereinzelte Bäume, ein bräunliches Sonnenlicht.

Ich kann mich nicht erinnern, dass Gaba je mit Selbstmitleid über vergangene Zeiten oder zurückgelassene Schätze gesprochen hätte. In meiner Kindheit wohnten die drei

Geschwister, die in Stockholm gelandet waren, jeweils in einer Zweizimmerwohnung: Henrik (Onkel Hinke), Margit (Gaba) und Karin (Babi). »In einer *praktischen* Zweizimmerwohnung«, würde Babi hinzufügen. Erik wohnte in den USA und Maja auf Hawaii.

Viele ihrer Freunde und vor allem die Kunden der Firma W. A. Bolin wohnten in kolossalen Wohnungen oder Villen am Stadtrand. Aber das beeindruckte die Geschwister nicht. Es schien, als seien sie sorgfältig in einem Selbstvertrauen konserviert, das aus der Klassenzugehörigkeit und vielleicht auch aus der Geborgenheit entsprang, drei Muttersprachen und zwei Fremdsprachen fließend zu sprechen. Aber ich glaube auch, dass die Sicherheit daher kam, dass sie Ereignisse mitgemacht hatten, von denen sich die meisten Schweden aus derselben Gesellschaftsschicht keine Vorstellung machen konnten. Das Materielle war vergänglich. Sie kannten zahlreiche russische Freunde, die enorme Mengen an Eigentümern zurückgelassen hatten und nun einfach und bescheiden lebten.

Gespräch mit Vater

Vater sprach selten über die Jahre der Familie in Russland. Sie lagen vor seiner Zeit, und das Einzige, was er sagte, war, dass sein Großvater Wilhelm seiner Mutter Karin versprochen hatte, dass sie sich bei einer Heirat keine finanziellen Sorgen zu machen brauche. Was nicht der Wirklichkeit entsprach, wie sich später zeigen sollte.

Ansonsten war das Russische meistens etwas, das in meiner Kindheit scherzhaft in Gesprächen auftauchte. Mein Vater, der ebenfalls fünf Sprachen fließend und ein paar weitere leidlich sprach, hatte dennoch nie Russisch gelernt, weil es, ihm zufolge, ganz einfach keine Gelegenheit dazu gab. Als Onkel Hinke alt war und in einem Altenheim nördlich von Stockholm wohnte, holte Vater ihn ab, wenn wir ihn zum Essen eingeladen hatten. Er war Vegetarier, und Mutter hatte Omelett mit Pilzen gemacht. Die Pilze hatte mein Vater gepflückt, der davon geradezu besessen war. Im Herbst wurden die Wochenenden damit verbracht, durch die Wälder um Stockholm zu streifen und nach Pilzen zu suchen. Auf einer Decke zu sitzen und in der Herbstsonne Kaffee zu trinken – daran lag ihm gar nichts. Aber Mutter und Babi setzten durch, dass keine Rede davon sein konnte, nur nach Pilzen zu suchen und dann nach Hause zu fahren. So saßen wir auf unseren Decken mit Plastikbechern in der Hand und genossen die herbstliche Sonne. Vater stand daneben.

»Hört mal, jetzt reicht's aber. Kommt, lasst uns endlich losfahren.«

Nachdem die Pilze nun im Omelett gelandet waren, betrachtete Hinke sie und fragte: »Oh wie schön. Was sind das für Pilze?«

»Das sind nur *paganki*«, sagte Vater munter.

Sogar ich wusste, dass *paganki* das russische Wort für Giftpilze war. Es wurde häufig scherzhaft benutzt, wenn jemand mit einem Korb voller Eierschwammerl oder Steinpilzen nach Hause kam.

Hinke schaute lange auf den Teller, aß dann behutsam das Omelett und das Gemüse, aber schob mit besorgt gerunzelter Stirn die Pilze beiseite.

»Aber lieber Hinke, ich habe doch nur Spaß gemacht. Sieh mal, ich esse sie!«

Dann neigte sich Vater über Hinkes Teller und spießte Pilze auf seine Gabel. Er ärgerte sich, weil Hinke sich weigerte, die Pilze zu essen, und Mutter war betrübt darüber, dass Vater sich über einen alten, inzwischen leicht verwirrten Mann lustig machte. Nichts half. Onkel Hinke hatte die Lust auf die Pilze verloren, die auf dem Teller lagen und nicht angerührt wurden. Dabei aß er normalerweise jedes Gemüse mit großem Appetit. Als Kind fand ich es etwas eklig, ihn Karotten, rohen Karfiol oder Salat kauen zu sehen, weil das knirschende Geräusch seiner mahlenden Kiefer das Zimmer erfüllte.

»Rohkost, mein Lieber«, pflegte Onkel Hinke zu sagen, der gern mit seinen Essgewohnheiten missionierte, »ist das Beste, was ein Mensch essen kann!«

Aber diesmal musste sogar mein Vater zugeben, dass er mit seinem Humor zu weit gegangen war. Onkel Hinke blieb unerbittlich: »Vielen Dank, es hat sehr gut geschmeckt, aber auf die Pilze verzichte ich …«

Im Kurort

Im Frühjahr 1917 ist es fast drei Jahre her, seit Karin zuhause in Moskau war. Sie ist fast zwanzig Jahre alt und hat längst eingesehen, dass ihre Schulzeit vorüber ist, obwohl sie nie ein Examen abgelegt hat. Wenn sie nicht auf Småryd ist, wohnt sie mit Maja, Margit und ihrer Mutter in einem Haus, das sie auf Lidingö mieten. Erik hat geheiratet und wohnt mit seiner Frau Greta in Stockholm am Narvavägen.

Wilhelm und Maria suchen nach einer Mietwohnung in Stockholm. Ihnen wird eine am exklusiven Strandvägen angeboten, aber Wilhelm schreibt aus Moskau an Maria, dass er das für keine geeignete Adresse für die Mädchen halte.

Ich lese und überlege. Was mag an so einer noblen Straße ungeeignet sein? Die Turbulenz an Wochenenden, wenn die Restaurantbesucher nach Hause gehen? Ich bekomme keine Antwort, im Brief steht lediglich kurz und wie selbstverständlich: *Es ist keine geeignete Umgebung.*

Stattdessen schauen sich Wilhelm und Maria eine Wohnung an, die in der Rådmansgatan nahe der Engelbrekts-Kirche frei wird. Die Adresse ist ihnen lieber und sie hätten endlich wieder ein richtiges Zuhause. Karin findet es wirklich scheußlich, gedrängt mit ihren Schwestern zu wohnen. In der Rådmansgatan gibt es acht Zimmer und sie hofft, ein eigenes Schlafzimmer zu bekommen, obwohl ihre Mutter auf alle Fragen nur antwortet: »Wir werden sehen.«

Auf Lidingö nimmt Karin Heimunterricht. Maschinenschreiben sei langweilig, aber nützlich, schreibt sie ihrer Mutter, die noch immer auf Småryd ist. Maria bleibt im

Herbst gern länger dort. Karin lernt Englisch und Französisch, aber am liebsten geht sie zu Frau Behle und spielt Klavier. Karin geht in die höchste Klavierklasse. Langsam lernt sie, kleine Stücke zu improvisieren. Sie würde sehr gern weitermachen, wie ihrem flehenden Tonfall in den Briefen an ihre Mutter Maria anzuhören ist, aber sie erklärt auch, dass es wohl nicht so werden wird. Warum muss sie aufhören? Betrachtet man Klavierspiel als ein Vergnügen, auf das man verzichtet, wenn man es zu einer gewissen Fertigkeit gebracht hat? Keine Antwort.

Eines Abends hat Karin einige Leute zu sich nach Haus geladen. Sie sind zu sechst. Sie traut sich nicht, Haushälterin Ida um Hilfe zu bitten, weil sie nur ausgeschimpft wird, wenn sie Besuch hat. Daher hat sie mit einer Freundin selbst gebacken und stellt in einem Brief zufrieden fest, dass Ida sich wohl schämte, als sie sah, wie schön alles geworden war.

Langsam werden alle Familienmitglieder Schweden und Stockholmer. Nach und nach sind ihre persönlichen Dinge nach Schweden gekommen: Fotoalben, Briefe, Erinnerungsstücke aus der Kindheit. Alles trifft in verschiedenen Kisten ein und Maria muss seufzend entscheiden, ob sie weiter nach Småryd geschickt oder in Stockholm gelagert werden sollen, bis die neue Wohnung endlich bezugsfertig ist.

Karin schaut sich die Fotos aus Moskau an. Sie findet, dass sie dort ein anderer Mensch gewesen ist, sogar auf den Bildern, die vor nur drei, vier Jahre aufgenommen wurden. Nahezu all ihre Freunde haben Russland verlassen. Die deutsche Schule ist seit Langem geschlossen, und sie bekommt nun Briefe von Schulkameraden aus Berlin und London. Alles Buben und Mädchen, mit denen sie Deutsch und Russisch gesprochen hat. Jetzt ist Schwedisch ihre Umgangssprache mit den Gleichaltrigen und sie merkt, dass es ihr gefällt. Sie hat einige neue gute Freunde bekommen.

Eriks Frau Greta hat eine Schwester, die Gertrud heißt und die Karin gern mag. Eine kleine Gruppe junger Frauen hat sich gebildet, die gemeinsam zu Gesellschaften und zum Tanz gehen. Unter anderem wollen sie an einem großen Ball teilnehmen und Karin näht ihr Kleid dafür selbst. Sie hat sich einen gelben Stoff nach einem neuen, gewagten Modell aus Paris ausgesucht.

Draußen in Europa ist nach wie vor der Weltkrieg im Gange. In Russland gewinnt die Revolution immer mehr Boden. Karin hört beunruhigende Äußerungen ihrer Mutter und Brüder, wonach man Etliches aus der Firma und von ihrem Besitz in Russland verlieren wird.

Maria ist gerade von einem Kurzbesuch aus Moskau zurückgekommen, Wilhelm ist noch immer dort, geschützt durch seine schwedische Staatsbürgerschaft. Die Pläne, mit der Familie zurückzukehren, werden allerdings nun aufgegeben. Es geht darum, so viel wie möglich außer Landes zu bringen, ehe es zu spät ist. Dennoch möchte niemand etwas anderes glauben, als dass sie in einigen Jahren heimkommen werden.

Im Juni 1917 wird Karin in das Kurhotel Loka Brunn im mittelschwedischen Inland geschickt. Ihre Mutter meint, Karin sehe mager und blass aus. Karin selbst protestiert vehement, aber ein paar Wochen Kuraufenthalt würden ihr guttun. Außerdem würde sie von ihrer Freundin Märta und deren Mutter, Frau Forsberg, begleitet werden.

Es wird entschieden. Karin werde davon stärker werden, davon sind Maria und Wilhelm überzeugt.

Karin und ihre Begleitung reisen dritter Klasse mit einem Zug von Båstad über Göteborg nach Loka. Es sei genauso schön wie zweiter Klasse, schreibt Karin an ihre Mutter und stellt zufrieden fest, dass es ja auch entschieden billiger sei. Aus den Briefen dieser Zeit geht hervor, dass die Sorge über Geld und Zukunft etwas ist, worüber man mit den Kindern gesprochen hat.

Im Kurort bekommt Karin ein winziges, aber gemütliches Zimmer, wo sie gerade eben Platz für ein Bett und einen Schreibtisch hat. Im Haus gibt es kein fließendes Wasser. Die Tage beginnen mit einem Frühstück, das aus Brot, Schinken, Erdäpfeln sowie Kaffee oder Tee besteht. Anschließend ein einstündiger Spaziergang, wie er nach jeder Mahlzeit unternommen wird. Hinterher ruhen alle eine Stunde, dann ein solides Mittagessen. Dreimal in der Woche ein Salzbad.

Karin schreibt ihrer Mutter immer auf Deutsch, mit vereinzelten, scherzhafteren Worten auf Schwedisch oder, mit kyrillischen Buchstaben, auf Russisch.

Das Wasser in Loka soll gesund sein. Die Verbindung von Natrium und Kalium wird durch hinzugefügte Salze ausgewogen und Karin trinkt mindestens drei Liter täglich. Es schmeckt nach Eisen. Sie freut sich, dass Märta dabei ist, und die beiden haben Spaß zusammen.

Auf einer Fotografie aus dem Archiv von Loka sehe ich zwei junge Mädchen unter fast fünfzig Kurgästen, die vor einem der Häuser posieren. Energische Damen mit großen Hüten, Herren mit erheblichem Taillenmaß, die sich in Anzug und Weste, Uhrkette und Hut emporrecken. Rechts vom Eingang, vor der Veranda, stehen Karin und Märta. Karin hat einen kleinen schwarzen Hut mit Feder auf und schaut abwesend weg. Märta hat keine Kopfbedeckung auf und lächelt in die Kamera. Beide stehen, und vor ihnen sitzt eine üppige Dame, die Hände im Schoß, ein sanftes Lächeln auf den Lippen und einen großen hellen Hut auf dem Kopf.

Ich bilde mir ein, dass sie zusammengehören und die Dame die Loka-Mama ist, wie sie nach der Kur genannt wird: Frau Forsberg. Sie lächelt freundlich.

Am ersten Juli reist Karin wieder nach Småryd. Es liegen keine Patientenakten vor, aber ich kann nur davon ausgehen, dass sie ausgeruht und einige Kilo schwerer zurückkehrt. Nie habe ich meine Großmutter als schwach oder mager empfunden. Vielleicht war der Kuraufenthalt lediglich eine übliche Sommerunternehmung für eine junge Dame ihrer Gesellschaftsschicht? Eine Praxis, sie in die Gesellschaft einzuführen?

Meine Großmutter sprach ihr ganzes Leben lang mit Sehnsucht in der Stimme vom »Kuren«. Ich weiß noch, dass sie in den Sechzigerjahren in die Schweiz und nach Jugoslawien, aber auch ins südschwedische Tranås fuhr, um zu »kuren«. Aber ich glaube, es waren reine Erholungsreisen mit Massage, Bad und geruhsamer Gesellschaft.

Revolution vor dem Fenster

Im September 1917 zieht Familie Bolin endlich in die Wohnung in der Rådmansgatan in Stockholm, die sie ihr neues Zuhause nennen können. Sie liegt im ersten Stockwerk eines stattlichen neuen Backsteinhauses. Karin begleitet ihre Mutter und schaut sich das Haus an. Das Treppenhaus ist mit schönen Deckengemälden, Girlanden und Borten entlang der gewölbten Öffnung über den Stufen versehen, die zu einer Art Flur führen, der an einem elektrischen Aufzug endet, um den sich Treppen winden. Die Wohnung ist dreihundertfünf Quadratmeter groß und Maria seufzt glücklich, endlich ein Zuhause in Stockholm zu haben, in dem sie Freunde empfangen und ein ordentliches Familienleben haben kann.

Als zuletzt auch Wilhelm Bolin gezwungen war, Russland zu verlassen, waren seine Töchter seit drei Jahren nicht zuhause in Moskau gewesen. Ihr Zuhause war jetzt eher in der Rådmansgatan in Stockholm. Seine jüngsten Töchter Margit und Maja waren bald mehr schwedisch als russisch, auch wenn sie gegenüber schwedischen Freunden mit ihrer russischen Herkunft prahlten und nach wie vor russisch miteinander sprachen.

Als Wilhelm nach Schweden kam, musste er sich sofort der Probleme annehmen, die Maja ihnen bereitet hatte. In der Schule war sie frech und nachlässig und was am schlimmsten ist: sie hat hartnäckig behauptet, das uneheliche Kind eines Zigeunerpaars von einem Wanderzirkus zu sein.

Ich erinnere mich sehr gut daran, wie Gaba, belustigt und nicht ohne einen gewissen Stolz in der Stimme, von ihrer großen Schwester erzählte. Maria war gezwungen gewesen, mit Maja zur Rektorin der Mädchenschule zu gehen, wo Maja weiter bei ihrer Geschichte blieb und erst nach langem und quälendem Verhör ihre Lüge eingestehen musste. Mit Müh und Not entging Maja dem Schulverweis.

Es gibt mehrere Erzählungen über Majas wilde Jugend. Eine kam von Karins bester Freundin Gertrud, die wir Tante Gertrud nannten. Sie schilderte lebhaft, wie Maja aus dem Fenster der Wohnung im ersten Stockwerk kletterte und sich dann zu einem Tanzvergnügen davonmachte.

Als Tante Gertrud etwa fünfundneunzig war, kam ich einmal zu ihr, um zu hören, was sie über meine Großmutter zu erzählen hatte. Auf dem Band, mit dem ich ihre Erzählung aufgenommen habe, hört man ihre auffordernd kratzige Stimme: »Bist du wirklich sicher, dass du nicht ein Gläschen Sherry …?«

Ich verzichtete, aber Tante Gertrud erzählte von einem entsetzlichen Tag, an dem sie die betrunkene Maja traf: »Gott sei Dank waren Karin und ich in dem Restaurant und stießen auf die vollkommen benebelte Maja in Gesellschaft einiger frecher Buben und Mädchen, die versuchten, mit ihr davonzurennen, obwohl sie kaum aufrecht stehen konnte. Wir mussten hineingehen und Onkel Wilhelm anrufen, der sofort im Taxi kam, und dann mussten wir Maja ins Auto tragen. Grässlich!«, sagte Tante Gertrud mit ihrem Rachen-R und schüttelte den Kopf. »Nein, weißt du, Gunnar, das war ganz grässlich. Maja war unmöglich!«

Karin kann nicht umhin, eine gewisse Erleichterung zu empfinden, als Maja endlich von der schwedischen Schule abgeht und ins Malvern Girls College nach England geschickt wird. Sie konnte sich nicht in eine schwedische Mädchenschule einfügen. Die englische Schule ist ein Internat mit gutem Ruf, und Karin kann förmlich sehen, wie ihre Mutter aufatmet, als sie Maja eines Herbsttages 1917 auf dem Hauptbahnhof verabschieden.

***

In Moskau räumt Wilhelm die letzten Dinge weg. Er stopft Schrankkoffer voll und hofft, dass sie trotz der Ungewissheiten an den Grenzübergängen und der Revolution ankommen werden.

Zwei Dinge betrachtet er als seine Rettung: erstens seine schwedische Staatsbürgerschaft, zweitens die Filialen in Bad Homburg und Stockholm. Es war ein Segen, dass der Bankier K. A. Wallenberg, als der Krieg schlimmer wurde, vorgeschlagen hatte, dass Wilhelm ein Geschäft in dem neuen eleganten Bankpalast in Stockholm aufmachen sollte. Der bringt zwar noch keine großen Einkünfte, aber das wird schon, wenn sich alles beruhigt hat. Immerhin hat er allerlei in das Geschäft überführen können, auch wenn das meiste vor Ort von geschickten schwedischen Handwerkern in Bolins eigenen Ateliers hergestellt wird.

Marias Bruder Karl hat seine Schwester und Wilhelm ständig sowohl vor dem Bolschewismus als auch vor dem Zarismus gewarnt. Viele der Bekannten sind erstaunt, dass Wilhelm so respektvoll von seinem Schwager spricht. Aber es ist nun einmal so: Er schätzt und ehrt Karl Seitz, und nachdem Karl die österreichischen Sozialdemokraten im Frühjahr 1917 bei dem Sozialistenkongress in Stockholm vertreten hatte, war der gegenseitige Respekt größer geworden. In zahlreichen Fragen sind sie gänzlich unterschiedlicher Auffassung, können sich aber erstaunlich oft einigen.

Eigentlich ist Wilhelm seit Langem bereit gewesen, Russland zu verlassen. Aber die Sache ist heikel. Sein Vater, Henrik Conrad Bolin, ist als Achtzehnjähriger nach Sankt Petersburg gekommen. Als dessen Bruder in die Juwelierfirma eingeheiratet hat, ist sie in ununterbrochener Tradition 125 Jahre lang in Russland ansässig gewesen. Und nun sollte Wilhelm gezwungen sein, die Entscheidung zu fällen, mit der Tradition zu brechen. Zwar ist er davon überzeugt, dass es nur vorübergehend sein würde, wenngleich es eine Weile dauern könnte, ehe sie zurückkehrten. Aber es verstimmt ihn, dass er gerade jetzt, da seine Söhne wirklich eine Hilfe sind, die Arbeit in Russland nicht weiterführen kann.

Wilhelm möchte auch dafür sorgen, dass seine drei Töchter finanziell unabhängig werden. So hatte es auch sein Vater gegenüber Wilhelms Schwestern gehalten, was gewisse Probleme mit sich gebracht hatte, als Wilhelm das Geschäft in Moskau aufmachen wollte und seine Schwestern um Kapital bitten musste. Das Erbe der Brüder hatte ja aus der Firma und der Ausbildung zum Juwelier bestanden. Seinem Vater war es darum gegangen, dass die Schwestern nicht gezwungen sein sollten, reich zu heiraten, um ein angenehmes Leben zu führen. Auch wenn diese Übereinkunft beträchtliche Schwierigkeiten für Wilhelm selbst nach sich gezogen hatte, fand er den Grundsatz gut und wollte ihn nun auf seine eigenen Töchter übertragen.

Seit vielen Jahren ist ihm bewusst, dass das Geld auf Bankkonten in Russland keine Zukunft hat, und er hat stattdessen Konten in London angelegt. Die Frage ist nur, wie viel er dort zu sparen in der Lage ist. Er ist überzeugt davon, dass es mit der Zeit genug sein wird, um alle mit ihren Familien bequem leben lassen zu können, aber einstweilen sind es noch keine großen Summen.

Jetzt sitzt Wilhelm allein in einem Sessel mitten in einem Zimmer der großen Wohnung, die er verlassen soll. Wie lange sitzt er schon dort? Er ist ein eleganter, siebenundfünfzigjähriger Mann in einem modernen Anzug mit Krawatte und Krawattennadel. Er spürt, wie es ihm die Kehle zuschnürt. Jetzt ist es unwiderruflich. Er muss abreisen und weiß nicht, wann er in seine Geburtsstadt zurückkehren wird.

Hört er die Revolution vor dem Fenster? Wie viel sieht Wilhelm Bolin von dem Chaos, das in Moskau herrscht?

In Stockholm wohnen bereits mehrere russische Freunde, die gezwungen waren, vor der Revolution zu fliehen. Einige sind vollkommen verarmt angekommen, andere haben ansehnliches Kapital mitnehmen können. Jede Woche hat Wilhelm Briefe oder Grüße von diesen Freunden erhalten, in gewissen Fällen auch von solchen, die sich Freunde nannten, ohne dass er sich erinnern konnte, sie je getroffen zu haben. Der Inhalt der Briefe war immer derselbe: *Lieber Willy* (wie die engen Freunde schrieben), *kannst Du zusehen, ob Du uns in diesem Moment der Verzweiflung möglicherweise helfen kannst?*

Wilhelm hat im letzten Jahr erhebliche Anstrengungen bei Behörden und durch Kontakte unternommen, um Freunden zu helfen, die geflohen sind und ihr Vermögen in Russland lassen mussten. Nun aber kann er nichts mehr tun. Er kämpft nun seinerseits darum, den Besitz der Familie außer Landes zu bekommen.

Die Familie wird schwedisch

In ihrem Arbeitszimmer in der Rådmansgatan widmet sich Maria Bolin mindestens ein paar Stunden täglich ihrer Korrespondenz, ihren Abrechnungen und Telegrammen. Auch wenn sie darauf bedacht ist zu betonen, dass ja niemand wissen könne, wo sie in Zukunft zuhause sein werden, wohnen sie nun in Stockholm, können hier und jetzt glücklich sein – und das sei das Wichtigste.

Vor ihr liegen Briefe von Verwandten aus Österreich, von vereinzelten Freunden, die noch in Moskau wohnen, und nicht zuletzt von Freunden aus Russland, die nun in anderen Ländern im Exil leben. Die Zensur verschiedener Behörden macht sich auf den Briefen unterschiedlich bemerkbar. Einige Umschläge sind mit Stempeln versehen, die verlautbaren, dass der Brief geöffnet und gelesen ist. Andere haben hastig auf das Briefpapier selbst gekritzelte, zuweilen unleserliche Zeilen, begleitet von einem Stempel. Weitere sehen völlig unberührt aus.

In diesem sinnlosen Krieg bemüht sich jede Nation eifrig, den Eindruck zu erwecken, als seien die Siege groß und das Ende nahe. Aber zwischen den Zeilen der Briefe kommt eine ganz andere Wirklichkeit zum Vorschein.

Es ist nun bereits zehn Jahre her, seit sie und Wilhelm erörterten, wo die Buben ihren Schulabschluss machen sollten. Maria kann sich selbst eingestehen, dass sie ihre Kinder ein wenig beneidet, da sie immer schwedischer werden. Sie selbst spricht die Sprache nur leidlich und fühlt sich auch nicht so selbstverständlich in der Kultur zuhause wie die übrige

Familie. Aber sie dankt Gott, in einem Land leben zu dürfen, das nicht am Krieg beteiligt ist.

Die Zeit wird zeigen, wie sich die russische Gesellschaft entwickelt. Niemand glaubt, dass die Bolschewiken längerfristig an der Macht bleiben können, aber eines ist sicher: Solange sie die Herrscher sind, steht der ehemalige Juwelier des Zaren nicht besonders hoch im Kurs.

Aus Wien erhält Maria Briefe ihres Bruders Karl, der sich für die Gastfreundschaft im Frühjahr bedankt und von den Ernüchterungen nach der Stockholmer Konferenz erzählt, bei der sich Sozialisten aus ganz Europa trafen und darüber diskutierten, wie die internationale Arbeiterbewegung für den Frieden wirken könnte.

Karl ist tief enttäuscht darüber, dass es unmöglich war, zwischen den sozialistischen Gruppen, die nach Stockholm gereist waren, Einigkeit zu erlangen. Wenn Delegaten aus Frankreich und Großbritannien es ablehnten zu kommen und außerdem mitteilten, dass die deutsche Politik die Befürwortung eines Friedensdekrets unmöglich mache, ja, dann lasse sich der grundlegende Gedanke nicht verwirklichen. Die französischen Sozialisten hatten die Konferenz sogar verhöhnt und geschrieben, dass sie sich niemals mit »den Verrätern der Arbeiterklasse« zusammensetzen würden, also mit den deutschen und österreichischen Sozialdemokraten, die nur wenige Jahre zuvor den aufflammenden Krieg bejubelt hatten. Dass sie lautstarke Anhänger des Krieges gewesen waren, würden die Franzosen nicht vergessen.

Was eine grandiose internationale sozialistische Friedensmanifestation mit Teilnehmern aus allen kriegführenden Ländern werden sollte, wurde nun vor allem eine Gelegenheit für Sozialdemokraten einiger weniger Länder, einander zu treffen.

Auf seiner dramatischen Reise nach Sankt Petersburg hatte auch Lenin einige Wochen vor der Konferenz ganz kurz Stockholm besucht. Karl war ihm schon einmal begegnet, nämlich 1915 in Wien. Auf dem Kongress in Stockholm brach nun ein stürmischer Streit innerhalb der österreichischen Gruppe aus. Sollte man Lenin und die Bolschewiken oder aber die Menschewiki unterstützen? Julius Martow, ein Vertreter der Menschewiki, war ebenfalls in Stockholm, und man hatte mehrere Besprechungen mit ihm. Rein theoretisch standen die Menschewiki den österreichischen Sozialdemokraten näher. Auch sie wollten, im Gegensatz zu Lenin und den Bolschewiken, den Sozialismus auf parlamentarischem Weg durchsetzen. Aber wie sollten sich Karl Seitz und seine Parteigenossen in der Praxis verhalten? Was sollten sie tun, wenn die Bolschewiken die führende Kraft in Russland würden?

Schließlich hatte Karl eingesehen, dass der österreichische Vorsitzende Victor Adler recht gehabt hatte, als er meinte, die politische Realität in Russland sähe anders aus. Leibeigenschaft und Diktatur der Zarenherrschaft hatten völlig andere Voraussetzungen in diesem Riesenreich geschaffen. Aber eine Arbeiterpartei müsste den Arbeitern eines anderen Landes zur Seite stehen, wenn sie die Macht ergreifen wollen, auch wenn man sich gewünscht hätte, dass sie von einer anderen Führung organisiert wären.

Für die Österreicher war der gegenwärtige Krieg das größte Problem. Nach der Stockholmer Konferenz hatte die österreichische Parteigruppe die Regierung in Wien aufgefordert, für sofortigen Frieden zu wirken. Aber es war vergeblich. In allen europäischen Parlamenten war man überzeugt davon, dass die jeweils eigenen Soldaten den Sieg bald davontragen würden.

Während der Kongress in Stockholm stattfand, traf Maria Bolin mehrfach ihren eleganten Bruder Karl, dessen Ansichten sie gut kannte, da sie sie häufig in der sozialdemokratischen *Arbeiterzeitung* in Wien gelesen hatte.

»Dass auch wir uns hinter Krieg und Kaiser stellten, bedeutete eine Katastrophe für die internationale Arbeiterbewegung. Schau auf dein geliebtes Russland, Maria, sieh, wie es zu zerspalten droht, wenn Revolutionäre und sogenannte Revisionisten einander an die Kehle springen. Stockholm war der letzte Strohhalm für uns, um uns in einer echten sozialistischen Internationale zu vereinen und den Krieg zu beenden. Aber wir werden nicht mit den Revolutionären zusammenarbeiten können, in deren Augen sind wir die Feinde, die Sozialnationalisten.«

Auch Karin, die die Briefe von Karl lesen darf, interessiert sich dafür, was ihr Onkel eigentlich in Stockholm getan hat. Sie hat alle Zeitungsartikel ausgeschnitten, die von der großen Sozialistenkonferenz handeln. Irritiert bemerkt sie, dass die schwedischen Pressefotografen vom schwedischen Ministerpräsidenten Hjalmar Branting nicht genug bekommen können, dessen zottiger Schnurrbart im Gegensatz zur unbändigen Frisur und dem wilden Bart von Victor Adler offensichtlich gut aussieht.

Spricht sie mit ihrer Mutter darüber, was Onkel Karl tun würde, wenn der Krieg vorbei war? Ihr ist bereits klar, dass er einer der Kandidaten für die richtig hohen Ämter ist. Auch glaubt niemand, dass das Kaiserreich wie bisher weiterleben kann, und Maria ist sich mit ihrem Bruder darüber einig, dass die Demokratie auf allen Ebenen eingeführt werden müsse. Aber er hat auch erzählt, wie stark die Kaisertreuen sind und dass sie nicht zuletzt das Militär in der Hand haben. Nachdem er nach Wien zurückgekehrt ist, schreibt er seiner Schwester meistens kurze Briefe, kaum mehr als einige Grüße und Entschuldigungen dafür, dass er nicht mehr Zeit habe.

Maria allerdings schreibt lange Briefe zurück. Karin sieht häufig, wie ihre Mutter versunken dasitzt und schreibt, wobei die Feder rasch über das Papier eilt.

Gegen Ende des Ersten Weltkriegs ist Maria Mutter von fünf Kindern, hat einen Mann, der nach Russland zurückwill, einen Bruder in Wien, einen Sohn in Kopenhagen und eine Familie mit, gelinde gesagt, unbestimmter Zukunft. An manchen Tagen sitzt sie nur da und sieht aus dem Fenster. Es ist Herbst 1917, der Krieg tobt seit drei Jahren, und in Russland ist die Revolution in vollem Gang.

Aber wenn sie mit dem Schreiben erst begonnen hat, gibt es viel zu erzählen. Sie schreibt über die Probleme mit Maja in der Schule, den gezwungenen Wechsel an das Internat in England. Margit ist brav wie immer und macht ihr keinen Kummer, auch wenn die Zeugnisse nicht die besten waren. Immerhin sind sie auch nicht schlecht. Der Übergang zum Schwedischen als erster Sprache fällt ihren Kindern schwer. Sie können es ohne Schwierigkeiten sprechen, aber sie schreiben lieber Deutsch oder Russisch.

Ein großer Teil der Korrespondenz mit Freunden in den vom Krieg betroffenen Ländern handelt vom Mangel an Lebensmitteln. Maria schickt regelmäßig Kleidung und, wenn sie sie entbehren kann, auch Lebensmittel an ihre Verwandten in Österreich. Seit die Rationierungen auch Schweden treffen, ist es schwieriger geworden.

Karin hilft ihr und geht häufig zum Postamt mit großen Paketen, die nach Wien, Moskau oder Berlin geschickt werden. Dank Småryd und durch die Bauern in der dortigen

Nachbarschaft, stehen der Familie noch immer Milchprodukte zur Verfügung. Obst und Gemüse gibt es dank des eigenen Anbaus reichlich, der nun richtig guten Ertrag bringt.

In Stockholm haben viele Arbeiterfamilien kaum zu essen und Unruhen lösen einander ab. So gut wie jede Woche steht in den Zeitungen von Krawallen, die häufig ausgelöst wurden, nachdem Frauen vor Kolonialwarengeschäften vergeblich Schlange gestanden waren. Abend für Abend müssen Arbeiter hungrig zu Bett gehen, auch wenn es nicht ganz so schlimm war wie im übrigen Europa.

Auch die schwedischen Sozialdemokraten nehmen an Stärke zu. Maria verfolgt die Debatte in Schweden, und da alle Männer der Familie woanders wohnen, darf Karin die Gesprächspartnerin abgeben, deren Schwedisch zudem perfekt ist. Maria missversteht die langen und schwierigeren Artikel in den Zeitungen leicht. Aber Karin erklärt sie und erzählt auch, worüber auf Straßen und Plätzen geredet wird. Etliche Namen kommen ihnen nun bekannt vor, nachdem Karl im Frühjahr zu Besuch gewesen ist und seine ständigen Gespräche geschildert hat: mit Ministerpräsident Branting, Parteisekretär Möller und wie sie alle heißen. Aber wie es sich nun mit der Spaltung innerhalb der Linken verhält, mit den stärker werdenden Syndikalisten und ob die neue Linksregierung unter dem Liberalen Nils Edén gut oder schlecht für die Sozialdemokraten ist, das kann Maria nicht entschlüsseln. Sie vermisst Karl, denn als er in der Stadt war, hatte er deutliche Antworten auf alle Fragen zur Politik.

Karin merkt, dass ihre Mutter sich im Innersten in ihrer neuen Stadt fremd fühlt, obwohl sie anderen gegenüber niemals klagte. In Moskau sind Mehrsprachigkeit und unterschiedliche Nationalitäten selbstverständlich gewesen. In Stockholm ist man Schwede und ist man es nicht, solle man seine ausländische Herkunft besser nicht zur Schau stellen, schon gar nicht in diesen Zeiten. Aber Maria kann nicht Schwedisch sprechen, ohne dass man unmittelbar ihren Akzent hört, und viele identifizieren auch ihre deutsche Muttersprache, was schlimmstenfalls zu Hohn oder offener Entrüstung führt.

Karin hat bald bis zum Überdruss gehört, dass niemand wisse, wie die Zukunft aussehen würde, und ihre Mutter wolle, dass die Töchter allein zurechtkommen sollen. Sie hat sich nie etwas anderes vorgestellt, als dass sie sich selbst versorgen können wollte, ehe sie einen Mann trifft, den sie heiraten würde. Das allerdings scheint in weiter Ferne zu liegen. Sie hat sich gerade um eine Arbeit in der französischen Modeabteilung des noblen Warenhauses NK beworben und ist zur Probearbeit eingeladen worden. Maria ist stolz auf das Geschick ihrer Mädchen im Gebrauch von Nadel und Faden, und alle drei haben eine gute Auffassungsgabe in Bezug auf Farbe, Muster und Geschmack. Karin ist konventioneller als Maja, die stets das Neueste haben will und Modemagazine aus London und New York liest.

Dennoch kann Maria nicht begreifen, woher ihre Kinder ihre Selbstständigkeit haben. Erik, der älteste Sohn, wurde des Gymnasiums verwiesen – kurz vor dem Abschluss! Er wurde ertappt, als er auf dem Schulhof Füllfederhalter verkaufte. Er hatte eine große Menge in Moskau eingekauft und offenbar sein Taschengeld gestreckt, indem er die Federhalter nicht nur auf dem eigenen Schulhof, sondern auch an anderen Gymnasien verkaufte.

Die Eltern eines Klassenkameraden hatten ihn beim Rektor angezeigt. Erik hatte sofort gestanden, sich aber nicht vorstellen können, dass es den Schulverweis bedeuten würde.

Er war ein ausgeklügelter Snob und ging seit seinem siebzehnten Lebensjahr mit Stock und Silbergriff herum, aber er war auch der selbstständigste der Söhne, bat seine Eltern nie um etwas und hatte eine fantastische künstlerische Ader. Und ein halbes Jahr nach dem Rauswurf am Gymnasium war er an einer Schule für Kunstindustrie eingeschrieben. Der Rektor dort hatte seine Arbeiten gesehen und ihn aufgenommen, obwohl er die Schule nicht abgeschlossen hatte. Was Erik dort vorgestellt hat, verblüfft sowohl Maria als auch Wilhelm und macht sie stolz.

Zu ihrem eigenen Erstaunen muss sich Maria eingestehen, dass sie es nicht als die große Katastrophe betrachtet, die es sein sollte, dass zwei ihrer fünf Kinder mehr oder weniger offen von ihren Schulen verwiesen worden sind. In vielerlei Hinsicht haben sie dennoch gezeigt, dass sie gute, intelligente Menschen sind. Sie entschuldigt es mit der Weltlage.

Im Herbst 1918 meint Maria abermals, dass Karin blass und mager sei, und schickt sie in eine Privatklinik nach Enköping. Es sind nette Menschen dort, aber schließlich schreibt Karin, dass es nun mit dem Genesungsheim reiche. Sie sei nicht krank. Krankheit sei ihr lediglich begegnet, als Erik und Greta zu Besuch gekommen sind. Nach einem langen Waldspaziergang hat Erik plötzlich so starke Bauchschmerzen, dass er schrie und meinte, es sei der Blinddarm. Sie eilten zur Klinik zurück, wo sie glücklicherweise einen der Ärzte antrafen, der feststellte, dass Erik nur einen empfindlichen Magen hatte. Karin war irritiert. Falls jemand demnächst irgendwo eingewiesen werden solle, dann Erik – und zwar in eine Nervenanstalt.

Dennoch ist Maria sehr zufrieden. Karin hat einige Kilo zugenommen und hat, ihrer Mutter zufolge, einen entschieden klareren Blick.

ZWEITER TEIL

Österreich

Maria war zwanzig Jahre alt und hieß noch Seitz, als sie 1885 nach Moskau reiste. Innerhalb der Familie hieß es immer etwas vage, sie wolle »in einer Familie arbeiten«. Wahrscheinlich hatte sie durch Kontakte in Wien erfahren, dass eine Moskauer Familie eine deutschsprachige Hilfe für die Kinder brauchte.

Aber warum fuhr sie weg? Gab es nicht ebenso gute Aussichten, eine geeignete Stelle in einer Familie in Wien oder etwas näher zu bekommen? Oder vielleicht in Budapest oder Prag? War es Abenteuerlust, die sie bis nach Moskau reisen ließ? Oder fuhr sie vielleicht zu einer Familie, die sie bereits kannte und bei der sie gern arbeiten wollte? Oder ging es um eine »gute Stelle«, die gewisse Zukunftsaussichten versprach?

Ich fragte meinen Vater und er antwortete mit seinem Lieblingsausdruck, wenn er keine Ahnung hatte: »Wie soll ich das wissen? Bin ich Jesus?«

Ich muss meine Schlussfolgerungen selbst ziehen und sehe in alten Eisenbahnverbindungen nach. Maria muss den Zug von Wien nach Moskau genommen haben. Mitte der 1880er-Jahre führte die beste Verbindung entweder über die Ukraine und Kyiv oder über das russische Polen und Warschau. Schaue ich auf die Landkarte, meine ich, dass der Weg über Warschau der natürlichere gewesen sein muss. Die östliche Strecke war wohl etwas abenteuerlicher, sogar für jemanden, der in einem Reich aufgewachsen war, das schlechthin Österreich hieß. Oder sind das nur meine eigenen Vorurteile?

Wenn meine Annahme richtig ist, begab sich Maria Seitz zum Nordbahnhof im zweiten Wiener Bezirk, der Leopoldstadt. Sie muss allerlei Gepäck und ein kleines Gefolge an Verwandten gehabt haben: vielleicht ihren Bruder Karl, sicherlich ihre Mutter. Jeder half tragen – unnötig, teures Geld für Gepäckträger oder Droschken zu vergeuden.

Waren Abschiede damals natürlicher? Reisen, Umzüge, neue Arbeitsplätze in neuen Städten: betrachtete man so etwas als Teil des Lebens, wenn man in einem sogenannten Vielvölkerstaat wie Österreich-Ungarn lebte?

Nun aber sollte Maria in ein Land außerhalb des enormen Kaiserreichs reisen, nicht einmal in das neue Deutschland, wo man sie immerhin verstehen konnte, falls sie keinen zu starken Dialekt benutzte.

Das Österreich-Ungarn, das meine Urgroßmutter Maria 1885 am Zugfenster vorbeigleiten sah, war ein Reich, das in Frieden lebte. 1867, zwei Jahre nach ihrer Geburt, war die neue Doppelmonarchie gebildet worden. Der Nationalismus war ein ständiges Problem für die Zentralmacht in Wien. Der Freiheitsdrang rumorte unter den ethnischen Minderheiten, von denen die Ungarn die mit Abstand größte waren. Gerade ihnen versuchte man nun, durch weitgehende Selbstständigkeit einen höheren Status zu verleihen, aber auch dadurch, dass man das Staatsoberhaupt teils als »König von Ungarn«, teils als »Kaiser von Österreich« betitelte. König Franz Joseph wurde sogar in Budapest im Rahmen einer feierlichen Zeremonie gekrönt.

Der jüngste Krieg Österreichs war derjenige gegen Preußen 1866, der zu den Deutschen Einigungskriegen zählt. Österreich verlor schnell und musste sich damit abfinden, dass das deutschsprachige Europa einen Staat bildete, der

Deutschland hieß und dessen Hauptstadt nicht Wien, sondern Berlin war. Die gesamte deutschsprachige Bevölkerung des Habsburgischen Kaiserreichs Österreich lebte somit außerhalb Deutschlands.

Es hatte schon früher einen deutschen Bund gegeben, der nach dem Wiener Kongress 1815 gegründet worden war, aber seinen Sitz in Frankfurt hatte. Der österreichische Kaiser war Oberhaupt dieses Bundes gewesen. Die neue Staatenbildung von 1871 war ein absurder Gedanke für viele katholische Deutsch-Österreicher. Die Hauptstadt Deutschlands im protestantischen Preußen? Widersinnig! Die deutsche Kultur war doch von zentraleuropäischem Denken geprägt.

In älteren Geschichtsbüchern wird Wien als künstlerischer, ein wenig nachlässigerer Boheme-Kontrast zum strikt preußischen Berlin geschildert. Kaiserliche Bürokratie, Ständegesellschaft, grassierende Armut, Titelsucht – all das gab es auch in Wien, wurde aber durch Kultur, Speisen, Tanz, Feste und nicht zuletzt durch die unterschiedlichen Nationalitäten aufgelockert. Die Stadt war auf nahezu unbegreifliche Weise gewachsen: von 440 000 Einwohnern 1840 auf 840 000 Einwohner 1870. Kreativität brodelte, moderne politische Ideologien formten Parteien und Cliquen. Die jüdische Einwanderung dominierte, seit der Kaiser 1860 den Juden vollständige Bürgerrechte und uneingeschränkte Befugnis auf Bodenbesitz eingeräumt hatte. Aber die Gegensätze zwischen den erfolgreichen und rasch assimilierten Juden und den umfangreichen Gruppen armer, sogenannter Ostjuden, die um die Jahrhundertwende in immer größerer Zahl gekommen waren, erwiesen sich als beträchtlich.

Die Jahre, in denen Maria in Moskau ihre Familie gründete, das letzte Jahrzehnt des neunzehnten und das erste des zwanzigsten Jahrhunderts, werden in Wien, der

Stadt, die sie gerade verlassen hatte, als die glücklichsten beschrieben. Das Kulturleben blühte, die Moderne kam und machte reinen Tisch mit veralteten Wertvorstellungen. Der gesamte Stadtkern war gerade durch die neue Ringstraße umgestaltet worden, in der die Häuser bald zu Privatpalästen der Reichen und die Gehsteige beliebte Flaniermeilen wurden. Auf der Schattenseite existierten schwere Armut und verbreiteter Wohnungsmangel in der Arbeiterklasse.

Gleichzeitig bildete sich eine Avantgarde heran, die für lange Zeit von sich reden machen sollte: Freud, Loos, Klimt, Mahler, Wittgenstein – die Liste der Denker und Künstler, die das gesamte zwanzigste Jahrhundert in der westlichen Welt prägten, ist unüberschaubar. Auch die Frauenemanzipation begann allmählich und es gab massenweise Gelegenheiten zu politischer und kultureller Debatte in Kaffeehäusern, Vorlesungssälen und Zeitungen. Wien verkörperte Kosmopolitismus. Fünfundsechzig Prozent der Einwohner von Wien um 1900 waren nicht in der Stadt geboren. Darin liegt auch die Ursache dafür, dass Adolf Hitler später ständig gegen Wien, dieser »Hauptstadt der Rassenmischung«, hetzen sollte.

Aber der Erste Weltkrieg bereitete jedem Glauben an die Zukunft effektiv ein Ende. Der Untergang der Kaisermacht kam erwartet, aber dass der Traum von einer besseren Welt gleichzeitig in den Staub getreten wurde, sollte eine ganze Generation nur sehr schwer abschütteln können.

Gegen Ende des Ersten Weltkriegs befand sich die große österreichisch-ungarische Monarchie bereits in Auflösung. Der alte Kaiser Franz Joseph, der Mann mit dem stattlichen Backenbart, dessen Porträt in jeder Postfiliale, auf jedem Bahnhof und in jeder Amtsstube von Wien im Osten bis Sarajevo im Süden und Lemberg im Norden hing, der Mann, der das alte Habsburgerreich personifizierte, war 1916 gestorben. Der neue Kaiser, Karl I., versuchte verzweifelt, einen Separatfrieden mit Frankreich zu schließen, was in einem Fiasko endete.

Im Unterschied zu Deutschland spalteten sich die Sozialdemokraten in Österreich nach dem Krieg nicht in einen kommunistischen und einen sozialdemokratischen Flügel. Es gab große Unterschiede zwischen rechten und linken Gruppierungen, aber es gelang, die Partei während der ganzen Zwischenkriegszeit zusammenzuhalten. Einer der starken Linksvertreter war Otto Bauer, dem, als er 1914 in Omsk in russischer Gefangenschaft war, Wilhelm Bolin Hilfe zu schicken versuchte. Der rechte Flügel wurde von Karl Renner geleitet.

Maria Bolins Bruder Karl gehörte zur Führung der Sozialdemokraten und stand politisch zwischen Renner und Bauer. Er war einer derjenigen, die energisch dafür eintraten, dass die Meinungsverschiedenheiten akzeptiert wurden und die beiden Richtungen innerhalb der Partei einander respektierten.

Als im November 1918 endlich der Frieden kam, konnte keine Rede von einem neuen österreichischen Bund sein. Österreich-Ungarn war zerschlagen. Im Oktober hatten Serbien, Kroatien, Tschechien und Polen ihre Unabhängigkeit erklärt. In Wien sollte eine neue Republik ausgerufen werden: Deutsch-Österreich, aber kaum jemand glaubte, dass das kleine Land als eigener Staat weiterleben könnte. Es glaubte auch niemand, dass die großen deutschsprachigen Gebiete Böhmen, Mähren und Südtirol nach den Friedensverhandlungen einem anderen Land zugesprochen werden könnten. Man hielt es für einen absurden Gedanken. Wo

Deutsch gesprochen wurde, müsse doch wohl deutsch-österreichische Oberhoheit ausgeübt werden.

Von der neu gebildeten kleinen Kommunistischen Partei bis zu den konservativen Kaisertreuen waren sich alle einig, dass das Land auch auf längere Sicht im Deutschen Reich aufgehen müsse. Die Christlichsozialen brauchten am längsten, ehe sie sich zu dieser Ansicht durchrangen. Für sie gab es drei Probleme. Das erste bestand darin, zu einem Land zu gehören, in dem Preußen die stärkste Macht darstellte. Das zweite, dass Deutschland damit entscheidend von Protestanten geführt werden würde. Drittens waren Sozialdemokraten und Kommunisten in Deutschland bereits weiter mit ihren Plänen vorangeschritten, die Gesellschaft zu verändern. Schließlich aber sah man ein, dass diese Erwägungen weniger schwerwiegend waren als die Tatsache, dass der Rest, der von Österreich-Ungarn übrig war, niemals als Nation überleben könnte.

Aber die Stadt Wien, in der sich die ganze Macht konzentrierte, war auch ein rotes Tuch für andere Teile des deutschsprachigen Österreichs. In Vorarlberg im Westen stimmten einundachtzig Prozent der Bevölkerung dafür, das Bundesland der Schweiz anzugliedern. Im Wahlkampf war der Antisemitismus deutlich hervorgetreten, indem behauptet wurde, Wien sei eine bolschewistisch infizierte, von Juden gesteuerte Stadt. Auch in Salzburg wurde für eine neue Alpenrepublik propagiert: ohne Wien und nach Schweizer Vorbild in Kantone eingeteilt.

Die provisorische Nationalversammlung der Ersten Republik, wie das neue Österreich genannt wurde, bestand aus drei Parteien: Sozialdemokraten, Christlichsozialen und Deutschnationalen. Es gelang ihnen, einen historischen

Kompromiss einzugehen: Die Sozialdemokraten sahen von allen revolutionären Plänen ab, während die bürgerlichen Parteien Republik und Demokratie akzeptierten. Das Parlament entschied, dass das neue Deutsch-Österreich Teil Deutschlands sein sollte. Auch die Kirche unterstützte diese Politik und der Wiener Kardinal forderte alle Katholiken auf, daran mitzuwirken, dass der neue Staat geboren werden konnte.

Unter den Parteien gab es mehrere radikale Flügel und Kleinparteien mit mehr oder weniger extremistischem Programm. Die Kommunisten protestierten gegen die neu gebildete Republik und wollten einen Staat nach sowjetischem Modell. Sie rissen die weißen Streifen aus der rotweißen Fahne heraus und versuchten, die Macht in einem Handstreich zu übernehmen, der aber rasch vereitelt wurde.

Sogar Kaiser Karl I. verkündete, dass er alle Beschlüsse akzeptiere, hinter denen das neue Parlament stand, weigerte sich aber, auf den Thron zu verzichten.

Der Staatsvertrag von Saint-Germain, der die Grenzen und die Kriegsschuld des neuen Österreichs regelte, wurde im September 1919 unterzeichnet und war ein Schock für die Menschen in Deutsch-Österreich. Große deutschsprachige Gebiete wurden anderen Ländern zugeteilt. Was übrig blieb, musste sich dennoch »Österreich« nennen, und obendrein verboten die Siegermächte einen Zusammenschluss mit dem großen Deutschen Reich.

Das war vollkommen grotesk – darin waren sich alle Politiker einig. *Österreich war doch der Name des Kaiserreichs, das untergegangen war. Wir verbliebenen Deutschsprachigen, wir sind doch Deutsche!*

Maria Bolin sah ein, dass ihr ehemaliges Heimatland am Ende völlig verändert war. Von ihrem alten Kaiserreich war nichts übrig, als der Erste Weltkrieg vorüber war. Sie konnte sich kaum vorstellen, wie ihre Geburtsstadt Wien nun gedeihen sollte, da sich das ganze Reich einfach aufgelöst hatte.

Der Wille zum Kompromiss und der Geist der Versöhnung zwischen den unterschiedlichen Parteien in Wien dauerte lediglich ein gutes Jahr. Die große Koalition platzte 1920 und die Sozialdemokraten gingen in die Opposition.

Gespräch mit Vater

»Onkel Karl traf ich als Kind häufiger. Aber er hatte sehr viel zu tun, er war ja Bürgermeister von Wien, als ich klein war.«

Vater, der selbst konservativ war, war dennoch durchaus stolz auf die Erfolge seines Vaters und seines Onkels als Sozialdemokraten in Österreich.

»Onkel Karl wurde ja nach dem Ersten Weltkrieg sogar der erste Präsident der Republik Österreich! Auch wenn es eine kurzzeitige und vorübergehende Lösung war, so war er doch hinterher ein sehr beliebter Bürgermeister. Aber da er keine Kinder hatte, weiß ich eigentlich nichts weiter über seine Familie.«

In meiner Kindheit wurde darüber geredet, dass wir einen Verwandten hatten, der hochrangiger Politiker in Österreich war und von dem es sogar ein Denkmal in Wien gab, aber ich interessierte mich damals nicht sonderlich für die Verwandtschaft außerhalb Schwedens. Das galt, zum Verdruss meines Vaters, für das meiste, was Österreich betraf.

Andererseits liebte er es, Schweden zu verhöhnen. Es fiel ihm sogar schwer, für die schwedische Fußballnationalmannschaft zu sein, wenn mein Bruder oder ich anwesend waren.

Als ich klein war, tat es mir weh, wenn Vater sich nicht mit meinem Bruder und mir freuen wollte. Sich lustig zu machen, schien ihm das Wichtigste zu sein, er wollte selbst etwas zu lachen haben. Wenn er aber sah, dass wir betrübt waren, schämte er sich – wie ein älterer Bruder, der mit einem jüngeren ringt und plötzlich merkt, dass er zu robust zugepackt hat und das Spiel kein Spaß mehr ist. Oft kam Mutter herein und fragte resigniert, was denn nun schon wieder los war.

»Als die Österreicher Paläste bauten und großartige Kultur hervorbrachten, schaukelten die Schweden an ihren Lianen und wohnten in Grotten. Hahaha.«

Vater spielte Affe, kratzte sich unter dem Arm und zog vor meinem Bruder und mir Grimassen.

Wir hauten und schlugen auf ihn ein, in einer Art Spiel, aber immer noch gekränkt. Er war stets der Österreicher und wir waren die Schweden, und je älter er wurde, desto häufiger sprach er von dem Gefühl, nicht hierherzugehören.

»Ich werde mir wohl eine kleine Einzimmerwohnung in Wien kaufen, dort bin ich zuhause.«

Schmerzlich war, dass er während der letzten Jahre, in denen er Wien besuchte – und das tat er mindestens einmal jährlich –, traurig wurde und meinte, dass alles so verändert sei. *Wie ist das möglich?* Auch dort war er nicht glücklich.

Und als er im Alter von fünfundachtzig Jahren aus Selbsterhaltungstrieb weniger trank, wurden auch die Gasthäuser reizloser. Früher war es die große Freude auf den Reisen gewesen, in einem Gasthaus in Wien zu sitzen, Hausmannskost zu essen, vielleicht Hirn mit Ei, und mit den Menschen an den Tischen zu plaudern.

Ich versuchte, ihn aufzumuntern.

»Du musst ja nicht ins Gasthaus gehen. Ruf deine Cousine Nelly an, sie freut sich doch immer, wenn man sich bei ihr meldet. Sie lädt dich sicher zum Essen ein.«

»Vielen Dank, ein kurzes Mittagessen mit ihr kann ich durchstehen, aber mehr nicht. Meine Güte! Nelly ist ein altes unverheiratetes Frauenzimmer, mit der ich nichts gemein habe.«

»Hör auf, Vater, ich treffe Nelly doch auch immer, wenn ich in Wien bin. Gewiss, sie ist etwas steif, aber gleichzeitig lieb und fürsorglich.«

Ich wusste, dass Vater sich mit Nelly gut unterhalten würde, falls er sich nur ein wenig Mühe geben würde.

»Aber ich möchte nicht in ihrer kalten, ungastlichen Wohnung sitzen und das Gefühl haben, nicht gehen zu dürfen, wann ich will. Nie im Leben.«

Das war eins seiner zahlreichen Paradoxe. Er hatte fast sein ganzes Berufsleben in der Exportbranche gearbeitet und schrieb von all seinen Reisen ständig Postkarten an viele Verwandte und Freunde. Ich weiß nicht, wie oft ich von anderen hörte: *Oh, Gerhard ist ein so zuverlässiger Briefschreiber, wir sind so froh, dass er immer noch schreibt, sobald er im Ausland ist.*

Aber seit dem Tod meiner Mutter 1988 saß er häufig zuhause und jammerte darüber, dass er nichts zu tun hatte. Ich fragte dann, ob er nicht jemanden von all jenen anrufen könnte, an die er sonst schrieb. Viele waren doch ebenfalls alleinstehend und würden sich bestimmt Unternehmungen einfallen lassen.

Die Antwort kam umgehend.

»Nein danke, dann kommen allerlei Verpflichtungen, die Leute meinerseits einzuladen und etwas mit ihnen zu machen. Keinesfalls, mir wird schon beim bloßen Gedanken schlecht.«

In den letzten Jahren, kurz bevor er gezwungen war, in das Altenheim zu ziehen, konnte er mich morgens anrufen und mit ernster Verzweiflung in der Stimme fragen: »Aber Bamsen, was soll ich nur den ganzen Tag tun? Kannst du mir das sagen? Ich habe doch nichts, was ich unternehmen könnte. Das macht mir Angst. Sag mir, was ich heute machen soll. Ich werde ja zu nichts gebraucht.«

Seine Panik war echt, aber das Problem mit ihm war, dass er nichts zu tun haben *wollte*. Der geringste Vorschlag, dass er ein Enkelkind vom Kindergarten abholen oder uns einen anderen Gefallen tun könnte, wurde rasch abgeblockt: »Keine Verpflichtungen. Da bekomme ich noch mehr Ängste.«

Wie oft mein Bruder oder ich ihm auch Filme, Ausstellungen oder Ausverkäufe in Geschäften vorschlugen, immer antwortete er: »Nein danke.«

Und wenn ihm die Vorschläge zu viel wurden, brach er ab, indem er sagte: »Ach, so schlimm ist es nicht. Mir wird schon etwas einfallen.«

Dieses »Etwas« hieß Fernsehen. In den Jahren nach seinem fünfundachtzigsten Geburtstag machte er häufig die Nacht zum Tag und schlief bis elf oder zwölf Uhr vormittags, weil die morgendlichen Fernsehprogramme ohnehin so schlecht waren.

Während dieser Jahre intensiven Fernsehens bestand eins seiner größten Irritationsmomente darin, die Fernsehbeilage der Zeitung nicht kaufen zu können, ohne auch für die Hauptzeitung zu bezahlen.

»Das ist doch völlig verrückt! Ich will sie nicht lesen. Warum soll ich für etwas bezahlen, das ich nicht benutze?«

»Es geht darum zu entdecken, wie fantastisch die Zeitung ist, um sie dann jeden Tag zu kaufen«, sagte ich.

»So etwas unglaublich Dummes! Da steht doch nichts drin.«

»Das Feuilleton würde dich vielleicht interessieren«, versuchte ich es.

»Nein danke, das interessiert mich nicht im Geringsten, das kann ich höchstens als Klopapier benutzen.«

Schließlich hatte sich Vater mit dem kleinen Lebensmittelgeschäft um die Ecke darauf geeinigt, die Fernsehbeilage zum halben Preis der Zeitung zu kaufen. Vermutlich hatte er so lange gejammert, bis der Inhaber meinte, mein Vater würde in Zukunft vielleicht etwas mehr einkaufen. Aber Vaters Repertoire in dieser Hinsicht war eintönig und fahl: Mineralwasser, Kipferl oder Teekuchen.

»Lebensmittel kaufe ich wirklich nicht dort, die sind viel billiger bei Lidl.«

Ein paar Jahre später fiel ihm das Gehen schwerer und ich fuhr ihn zu einem etwas größeren Lebensmittelgeschäft, wo er lange an den Regalen mit Mineralwasser herumsuchte. Dann ging er umständlich mit seinem Stock los, um einen Angestellten zu finden.

»Was möchtest du denn? Vielleicht kann ich dir helfen«, sagte ich.

Er tat, als hörte er mich nicht. Endlich fand er den Filialleiter und ich bilde mir ein, dass der Mann ein Gesicht machte, als wollte er sagen: »Oh nein, nicht der schon wieder!«

Vater nahm ihn mit zu dem Regal und zeigte mit dem Stock auf die verschiedenen Sorten mit Kohlensäure.

»Können Sie mir erklären, wie es möglich ist, dass eine Ramlösa mit Zitronengeschmack genauso viel kostet wie eine ohne?«

Der Mann blickte meinen Vater resigniert an.

»N...nein ... das ist wohl einfach so. Auch bei Loka gibt es keinen Preisunterschied zwischen Citrus und naturell.«

»Ja, aber wenn man etwas hineingibt, müssten doch die Sorten ohne Zusatzstoff billiger sein«, sagte Vater, sichtlich irritiert.

Ich zog mich zurück. Meine Wut fing an aufzuschäumen. Ich hörte, dass die Diskussion weiterging und Vater griesgrämig meinte, dass er seine Ramlösa naturell billiger bekommen müsste, worauf der Filialleiter Gott sei Dank nicht einging.

An der Kasse sah ich, dass sich Vater schnell ein Plastiksackerl in die Manteltasche steckte. Nachdem er seine Kipferl und sein Wasser bezahlt hatte, sagte er: »Das Sackerl hatte ich mit«, und zog es aus der Tasche.

Ich bin mir sicher, dass der junge Mann an der Kasse alles gesehen hatte, sich aber mit dem nachdrücklichen älteren Herrn nicht auseinandersetzen wollte, der schon dabei war, seine Sachen in das Sackerl zu stecken und sich rasch davonzumachen.

Kaum waren wir aus dem Geschäft gegangen und hatten uns ins Auto gesetzt, platzte ich. Aufgebracht schrie ich, dass es, zum Teufel, das letzte Mal war, dass ich mit ihm einkaufen ging. Dass es das Peinlichste war, was ich seit Langem erlebt hatte. Wie kann jemand so wahnsinnig geizig sein und Plastiksackerl stehlen? Und ob er sich vorstellen könne, wie es für mich sei, neben meinem alten Vater zu stehen und zuzusehen, wie er Ladendiebstahl begeht?

»Da steht doch nur eine Menge Reklame drauf, warum soll ich dafür bezahlen? Das ist kein Diebstahl. Es ist doch nur ein kleines Plastiksackerl, mach dich nicht lächerlich. Ladendiebstahl ist doch etwas ganz anderes.«

Vater war verletzt. Auf dem ganzen Rückweg brummelte er beleidigt vor sich hin.

Vaters Geiz lässt sich unschwer mit seiner Kindheit und den Kriegsjahren in Verbindung bringen. Er erzählte gern, dass in den Jahren, in denen er in Wien bei seiner Tante Hilda und »diesem widerwärtigen« Hugo wohnte, eine Straßenbahnfahrt undenkbar war. Der eingeheiratete Onkel Hugo Bohrer züchtigte ihn regelmäßig und er wurde erzogen zu begreifen, dass Buben kein Recht auf irgendein Taschengeld besäßen. Es spielte keine Rolle, wohin er wollte: Buben in seinem Alter bekamen kein Geld für die Straßenbahn, sie konnten zu Fuß gehen.

Kleidungsstücke wurden gewendet und mit Flicken versehen. Kaffeesatz durfte unter keinen Umständen weggeworfen werden, sondern Vater musste ihn zur Portiersfrau bringen, die sich freute und behauptete, Frau Hoffenreichs Kaffeesatz sei der beste, und oft bekam Vater bei ihr heimlich ein Keks zugesteckt.

Wenn Vater Speck briet, hob er das Fett auf, um es aufs Brot zu schmieren.

»Es ist doch schade, es wegzuwerfen, und es schmeckt gut. Solltest du mal probieren!«

Im Kühlschrank in Bromma stand häufig ein farbenfroher Eierbecher mit einem blassgrauen Matsch drin: Vaters Bratfett.

Wenn er fand, mein Bruder und ich verschwendeten zu viel Zahncreme, mussten wir uns zur Strafe die Zähne mit Seife putzen. Ich erinnere mich noch immer daran, wie ekelhaft das schmeckte. Außerdem gab er uns sorgfältige Anweisungen darüber, wie viel Klopapier bei jeder Anwendung verbraucht werden durfte.

Ich habe sogar noch quälend im Gedächtnis, wie mein Vater meinen Cousin nach einem Toilettenbesuch mit der Beobachtung konfrontierte, er habe wahrhaftig gehört, wie viel Papier aus dem Halter gezogen worden war. Worauf eine demütigende und äußerst peinliche Vorführung über den angemessenen Verbrauch begann.

»Diese Verschwendung ist unerträglich«, knurrte Vater.

Zeitweilig war er auch verärgert darüber, dass wir die Handtücher zu nass machten, nachdem wir – höchstens zwei Minuten! – geduscht hatten. Er zeigte uns, wie man das Wasser mit den Händen von den Beinen streichen konnte, ehe man sich abtrocknete.

Viel später fing ich an, darüber nachzudenken, ob seine Fixierung auf die Vergeudung gerade hinsichtlich von Essen und Hygiene mit seinen Erfahrungen aus Kriegszeiten zu tun haben könnte, als Lebensmittel und Seife Mangelware waren. Möglicherweise betrafen die nassen Handtücher auch Erinnerungen an Zeiten, in denen sich mehrere einen zerschlissenen Fetzen teilten.

Aber er war nur bei Kleinigkeiten geizig. Als er das Haus verkaufte, nachdem Mutter gestorben war, sagte er einfach: »Du und Nuffi (mein Bruder) könnt euch das Haus teilen. Aber handelt die Sache bald aus und dann sprechen wir nicht mehr darüber.«

Wien

Mein Großvater und meine Großmutter sahen einander zum ersten Mal, als Karin ihre Mutter nach Wien begleitete. Es muss im Frühjahr oder Herbst 1919 gewesen sein. Ich vermute, es war im Herbst, und in Europa herrschte die Unruhe der Nachkriegszeit. Die Zustände in Deutschland ähnelten einem Bürgerkrieg und das Reisen war mit gewissen Gefahren verbunden. Ich kann mir denken, dass Mutter und Tochter mit dem Besuch bei den Verwandten warteten, bis sich die Situation auf dem Reiseweg etwas beruhigt hatte.

Europa befand sich im Schockzustand. Der Krieg hatte bedeutend mehr Menschenleben gekostet als je ein Krieg zuvor. Und der Frieden wurde von den Verlierern auch nicht als solcher angesehen. Karins Onkel Karl nannte die Friedensbedingungen, die dem Land gestellt wurden, einen »Vernichtungsfrieden und eine Fortsetzung der Kriegshandlungen«.

Die Sozialdemokraten waren besonders verbittert, weil sie den neuen Staat, den sie Deutsch-Österreich nennen wollten, als etwas gänzlich anderes betrachteten als das alte Österreich-Ungarn. Gerade ihre Partei hatte seit Jahrzehnten dafür gekämpft, das Kaisertum abzuschaffen und die Demokratie einzuführen. Als es nun geschehen war, wurde die neue Republik bestraft, als wäre sie identisch mit der Habsburger Monarchie. Karl Renner, der führende sozialdemokratische Politiker, nannte die Reste des alten Kaiserreichs, die nach dem Staatsvertrag von Saint-Germain als Republik Österreich zu bezeichnen waren, »ein Treibgut, das nach einem Schiffbruch an den Strand gespült wurde«.

Für Maria war es dennoch ein ersehnter Besuch im alten Heimatland. In Wien wohnten mehrere Geschwister und viele alte Freunde, um die sie sich ständig Sorgen gemacht hatte. Aber sie empfand auch Scham darüber, dass sie aus einem Land kam, das dem Leiden nicht in derselben Weise ausgesetzt war. Sie schämte sich für ihre eigene privilegierte Stellung und sogar für Karins gesundes Aussehen.

Sie wollte unbedingt ihren Bruder treffen, dessen Briefe immer kürzer geworden waren, je höher sein Posten in der neuen Republik wurde. Sie hatte von der entsetzlichen Armut gehört und hatte sogar eine alte Freundin aus einer mittelständischen Familie, die jetzt in einem Eisenbahnwaggon wohnte, und überall waren es die Kinder, die am meisten zu leiden hatten. Bereits zuhause in Schweden hatte sich Maria in Vereinen engagiert, die Hilfe an die österreichischen Kinder schickten. Sie hatte die Bilder von unterernährten Mädchen und Buben gesehen. Die durchschnittliche Größe eines Elfjährigen in Wien war von 1914 bis 1918 um einen Dezimeter gesunken. Die Hälfte aller Kinder litt an Tuberkulose.

Maria hatte lange überlegt, ob sie Karin wirklich auf die Reise mitnehmen sollte, aber ihre Tochter war mittlerweile eine erwachsene Frau von einundzwanzig Jahren und konnte nicht mehr vor der Wirklichkeit geschützt werden. Außerdem hatte Karin ihren Onkel mehrfach getroffen, zuletzt während des Sozialistenkongresses 1917 in Stockholm. Auch wenn es nur kurze Begegnungen gewesen waren, erlebte sie ihn als nahen Verwandten, vor allem durch alles, was ihre Mutter von ihm erzählt hatte, und durch die Briefe, die sie während der Kriegsjahre lesen durfte. Plötzlich war nun Karl einer der bekanntesten Politiker Österreichs, dieser Onkel, von dem ihre Mutter erzählt hatte, er habe in einem Kinderheim aufwachsen müssen. Jetzt war er Präsident der

Republik Österreich, auch wenn er betonte, dass es nur vorübergehend sei.

Einige Jahre zuvor hatte man ihr erzählt, wie die österreichischen Sozialdemokraten einen Repräsentanten wählen mussten, der den neuen Kaiser Karl I. treffen sollte. Der Kaiser, der den Spitznamen »der Plötzliche« trug, weil er mehrmals täglich seine Meinung ändern konnte, interessierte sich nämlich mit einem Mal für die Sozialdemokraten. Daher waren sie 1917 zu einem Gespräch in die kaiserliche Residenz in der Hofburg eingeladen worden. Nach einer kürzeren Diskussion hatte sich die Partei darauf geeinigt, dass Karl Seitz für diese Begegnung am geeignetsten sei, obwohl er, im Unterschied zu einigen seiner Parteigenossen, die juristische oder andere Universitätsausbildungen hatten, lediglich Lehrer war.

Karl weigerte sich, zu dem Gespräch in Uniform zu erscheinen, da er nie Offizier gewesen war. Auch ein Frack kam für ihn nicht infrage, denn »Sozialdemokraten tragen keinen Frack«. Stattdessen ließ er sich einen Gehrock schneidern, einen Anzug mit langem Sakko, von dem in Wien gemunkelt wurde, dass er teurer sei als ein Frack.

Und Onkel Karl war zufrieden: *Nun haben wir dem Kaiser gezeigt, dass wir Sozialdemokraten ein eigenes Zeremoniell haben.*

Maria liebte diese Geschichte und Karin war unendlich stolz auf ihren Onkel.

Karl Seitz wohnte in einer geräumigen Wohnung in der Schönbrunner Straße, die sich aus der Innenstadt bis hinaus zum Schloss Schönbrunn schlängelte. Dort besuchten ihn Maria und Karin. Er erzählte Karin, wie ungemein mutig ihr Vater in Russland während des Krieges gewesen war. Plötzlich war ein Brief aus Wien gekommen, in dem man ihn um Hilfe für österreichische Sozialdemokraten bat.

»Als sie in Sibirien inhaftiert gewesen sind, sieht der schwedische Juwelier des Zaren zu, dass sie in der Gefangenschaft Geld erhalten – sie, die den Zaren und Russland am meisten verabscheuen. Wenn das keine internationale Solidarität ist!«

Karl Seitz war warmherzig und freundlich, hatte keine eigenen Kinder und interessierte sich sehr für Karin und ihre Geschwister und deren Zukunftspläne. Aber seine Frau Emilie war eifersüchtig und Karin merkte bald, dass Emilie wenig erfreut über Karins Begeisterung für ihren Onkel war.

Karl sprach viel über die Zukunft Österreichs und war wie alle anderen davon überzeugt, dass der Rest, der von der großen Monarchie übrig war, niemals als eigene Nation überleben könne. Bald würde man trotz allem gezwungen sein, Bestandteil des Deutschen Reichs zu werden.

»Hier haben wir doch nur Wien und eine Menge Berge. Der Staatsvertrag ist eine Ohrfeige für uns Sozialdemokraten, die wir die Kaisermacht gehasst haben.«

Karin hatte etliche der Reden Onkel Karls in der *Arbeiterzeitung* gelesen und war mit den Argumenten vertraut.

Soll Wien sich jetzt zu Kleinstädten wie Linz, Graz und Salzburg so verhalten, wie wir uns früher zu Zagreb, Budapest und Prag verhielten? Und wo sollen unsere Einnahmen herkommen? Wo ist unsere Industrie? Unsere Landwirtschaftsflächen? Wir müssen natürlich dem deutschen Reich beitreten, es gibt keinen anderen Ausweg.

Otto Bauer, der große Theoretiker der Sozialdemokraten, war als Außenminister der neuen Republik sogar abgetreten, nachdem die Siegermächte Österreich das Recht verweigert hatten, ein Teil Deutschlands zu werden.

Bereits jetzt hatten die Tschechen damit gedroht, die Kohleeinfuhr aus Böhmen zu drosseln, und ohne andere

Verbündete würden auch die Landwirtschaftserträge nicht ausreichen.

***

Die Kluft zwischen der Wirklichkeit, in der sich die Einwohner Wiens in den Jahren nach dem Ersten Weltkrieg befanden, und dem Leben der Familie Bolin war enorm. Es musste für meine Großmutter ein Schock gewesen sein, nach der Kindheit in Moskau mit Bediensteten und Hausmusikabenden, der Zeit in der großen Villa bei Båstad mit ihren dreizehn Schlafzimmern und der Wohnung in Stockholm mit ihren dreihundertfünf Quadratmetern nach Wien zu kommen, wo die gesamte Bevölkerung Hunger litt und man ehemals wohlhabende Familien auf der Straße stehen und ihren antiken Besitz für ein Kilo Erdäpfel verkaufen sah.

Karl setzte sich vor allem für Schul- und Wohnungsfragen ein und sprach mit seiner wissbegierigen Nichte oft über die Situation. Karin liebte es, ihren berühmten Onkel mit solchem Engagement darüber reden zu hören, was in ganz Wien Gesprächsstoff war: wie die Wohnungsfrage zu lösen sei, wie sich die neue Republik ernähren sollte, seit große Teile der Landwirtschaft nicht mehr innerhalb der Landesgrenzen lagen.

Bei den Parlamentswahlen dieses Jahres waren die Sozialdemokraten mit über vierzig Prozent der Stimmen größte Partei geworden, die Christlichsozialen kamen mit fünfunddreißig Prozent auf Platz zwei. Bei der Gemeinderatswahl in Wien erhielten die Sozialdemokraten sogar vierundfünfzig Prozent und damit die absolute Mehrheit.

Die Arbeitslosigkeit war kolossal, die Inflation war im Begriff zu galoppieren, und in allen Ländern Europas gab es Hunderttausende mehr oder weniger junger Männer, die vier Jahre lang an brutaleren und mehr industrialisierten Schlachten im Feld und in den Dörfern teilgenommen hatten als je ein Soldat zuvor. Große Scharen hatten ihre Waffen nicht abgeliefert und zogen nun durch die Straßen des ehemaligen Kaiserreichs als nicht immer erwünschte Verteidiger verschiedenster politischer Gruppierungen. Auch in Wien gab es bewaffnete Garden unterschiedlicher Couleur.

Karl Seitz war einer der bekanntesten sozialdemokratischen Politiker des Landes und auch ein namhafter Pazifist. Die Entwicklung im übrigen Europa beängstigte nicht nur ihn, sondern zahlreiche Politiker auf dem ganzen Kontinent. In Bayern war kurzzeitig eine sozialistische Räterepublik ausgerufen worden. Sie wurde gestürzt, und ihre Anführer wurden getötet. Es wurde der Wunsch geäußert, Bayern mit Österreich zu verbinden, statt der neuen Republik Deutschland anzuschließen, deren preußische Hauptstadt Berlin verhasst war und wo Spartakisten die Sozialdemokraten von links angriffen. Unter Konservativen und Kapitalbesitzern war die Furcht vor einer gewalttätigen Revolution, wie Lenin sie in Russland geleitet hatte, groß.

Im ehemaligen Bruderland Ungarn hatte der Kommunistenführer Béla Kun die Sowjetrepublik Ungarn gebildet, die einige Monate später vom neuen Herrscher im Land, Miklós Horthy, blutig niedergeschlagen wurde. Der kommunistische Funke war auch in das österreichische Bundesland Burgenland übergesprungen, wo die Grenzziehung zu Ungarn noch unklar war. Auch hier rief man eine Räterepublik aus, die sich aber nur zu einem örtlich begrenzten revolutionären Brand entwickelte, der bald gelöscht wurde.

In mehreren Ländern, die den Krieg verloren hatten, herrschte anschließend mehr oder weniger Revolutionszustand. Die Siege der Bolschewiken in der Sowjetunion führten auch außerhalb zu Kämpfen zwischen parlamentarischer Demokratie und der Diktatur des Proletariats. In Österreich bestand immerhin eine breite Übereinkunft hinsichtlich der Unterstützung der Demokratie.

Karin begleitete ihre Mutter bei verschiedenen Besuchen in der großen Hauptstadt. Im Vergleich zu den Prachtgebäuden entlang der Ringstraße erschien ihr Stockholm wie eine Provinzstadt. An den Häusern zogen Kriegsinvaliden, Bettler und verarmte Familien vorbei und erinnerten Karin an den Krieg, von dem Schweden verschont geblieben war. Es gab Demonstrationen und fast täglich kam es zu Zusammenstößen zwischen der Polizei und ausgehungerten Demonstranten.

Maria, die Wien bereits in den 1880er-Jahren verlassen hatte, bekam häufig Gelegenheit, Tränen zu trocknen und ins Taschentuch zu schnäuzen. In zahlreichen Familien waren Väter und Söhne im Krieg gefallen, die Hungersnot war in den letzten Kriegsjahren groß und viele Waren ließen sich noch immer nicht beschaffen, falls man nicht in der Lage war, horrende Summen zu zahlen. Obendrein wütete die Spanische Grippe.

Meine Großmutter und ihre Mutter stießen häufig auf ausgemergelte Kinder und Mütter mit aschgrauer Haut, die Familienkleinodien gegen einige Laibe Brot tauschten. Wien war voll von ausländischen Aufkäufern von Antiquitäten, die sich an der Verzweiflung der Einheimischen bereicherten.

Karin fand die Besuche deprimierend, besonders wenn weinende Witwen von gefallenen Gatten, Brüdern oder Söhnen erzählten oder wie verwundete und invalidisierte Verwandte in deren Wohnungen pflegten. Oft wurde ihre

Mutter unumwunden um Hilfe gebeten, da sie das Glück hatte, im neutralen Schweden zu leben.

Maria ließ sich nicht entmutigen und bezog sich gern auf ihren Bruder Karl, der Optimist war, überzeugt von den Möglichkeiten der neuen Zeit. Aber die Not all der Menschen, die sie um Hilfe baten, quälte sie sehr.

***

Auch in Schweden hinterließen die Kriegsjahre ihre Spuren, wenngleich in beträchtlich geringerem Ausmaß. Aber es hatte wiederholt Krawalle zwischen hungernden Arbeitern und der Polizei gegeben. Immerhin wohnte auch der sozialdemokratische Ministerpräsident Branting in einer großen Wohnung in Stockholm, führte Karin zu ihrer Rechtfertigung an, wenn sie wieder einmal eine Familie besuchte, die sich in einer Einzimmerwohnung zusammendrängte. Was sollten die sozialdemokratischen Führer tun? Auch Onkel Karl lebte nicht schlecht, plagte sich politisch dafür aber auch zum Wohl der Ärmsten ab, gab sie zu bedenken.

Nachmittags machten Mutter und Tochter Besuche oder trafen Freunde in Kaffeehäusern. Es herrschte noch immer großer Mangel an Zucker, Mehl und Milchprodukten, Kaffee war selten, und wenn man richtigen überhaupt fand, war er wahnsinnig teuer. Die Kaffeehäuser konnten sich Brennholz oder Kohlen nicht leisten, und an kühlen Abenden bekamen die Gäste Wolldecken, um sich einzuhüllen.

An einem Abend waren sie in der Oper und sahen einen Strauss die *Fledermaus* dirigieren und an einem anderen Abend gingen sie ins Burgtheater. Wenige Tage vor ihrer

Abreise aus Wien erzählte Maria, dass sie zu einer Dame, Frau Hoffenreich, eingeladen waren, einer ihrer alten Bekannten. Es wollten auch andere gemeinsame Freunde kommen, einige auch aus Karins Generation, sodass es bestimmt nett werden würde.

Die Familie Hoffenreich

Franziska Hoffenreich wohnte in der Palffygasse im siebzehnten Wiener Bezirk. Die Familie Hoffenreich besaß das gesamte kleine Mietshaus und bewohnte die größte Wohnung im ersten Stockwerk selbst: fünf Zimmer mit geräumiger Küche. Frau Hoffenreich war eine freundliche Dame mit durchdringendem Blick und hatte drei Kinder, von denen zwei an der Geselligkeit teilnahmen: Hilda und Ernst.

Zwei Welten treffen aufeinander. Die weltgewandte Karin, die in den letzten Jahren Modemagazine aus London und Paris gelesen und sich bei der französischen Modeabteilung von NK beworben hat, kommt in eine konservative, katholische Familie, in der die Veränderungen der Mode mit äußerster Skepsis betrachtet werden – und in der man in den letzten fünf Jahren keinerlei Möglichkeit gehabt hat, sich persönlicher Eitelkeit zu widmen. Holz im Kamin und Erdäpfel im Kochtopf haben auch in der Familie Hoffenreich dringendsten Vorrang. Wogegen Frau Hoffenreich nichts einzuwenden hat, im Gegenteil: es sei charakterbildend für junge Leute, wenn sie einsehen, dass materieller Genuss etwas Flüchtiges ist, an das man sein Leben nicht binden sollte.

Karin findet die Hoffenreichs wahnsinnig altmodisch. Deren Kleidung erinnert überwiegend daran, wie sich deutsche Damen und Herren lange vor dem Krieg in Moskau kleideten. Aber sie findet die Hoffenreichs auch freundlich und interessant. Hilda hat sich mit ihren Freunden zurückgezogen, aber Ernst will sich wohl gern mit Karin unterhalten. Bahnte sich hier etwas zwischen ihnen an, ein Funke, ein Blick oder vielleicht ein lachendes, nettes Beisammensein?

Ernst wurde im Krieg verwundet. Dafür hatte man ihn mit einer Menge Medaillen und anderen Auszeichnungen für Tapferkeit dekoriert, wie seine Mutter genauestens erzählt, während er versucht, sie zurückzuhalten. Jetzt ist er, wie jedermann, höchst empört darüber, dass Österreich neben allen verlorenen Ländereien auch Triest, den einzigen Meerzugang, eingebüßt hat, wo er in den letzten Kriegsjahren in der kaiserlichen Verwaltung gearbeitet hat.

Ernst Hoffenreich, stattlich und auf seine altmodische Weise dennoch gut gekleidet, hat auch bei dem prominenten Sozialdemokraten Karl Renner gearbeitet. Er hat eine bedeutende Stellung in dem neuen Amt für den Anschluss von Westungarn an Deutsch-Österreich erhalten, das im August 1919 eingerichtet worden ist.

Er ist fast dreißig Jahre alt und hat seine juristische Ausbildung nahezu abgeschlossen. Zum Entsetzen seiner Mutter und Geschwister ist er vor Kurzem Mitglied der sozialdemokratischen Partei geworden. Als er hört, dass Karin mit dem großen Karl Seitz verwandt ist, ergibt sich das Gesprächsthema von selbst: »Ihr Onkel ist ein richtiger österreichischer Held. Er stellte sich persönlich in den Weg, als die Revolutionäre im Januar einen Staatsstreich versuchten. Kennen Sie ihn gut? Ich meine, Sie wohnen doch in Stockholm, wie häufig treffen Sie ihn?«

Karin trägt dick auf und erzählt, wie nah sie ihrem berühmten Onkel steht.

Vielleicht fanden Ernst und Karin einander in einem scherzhaften Gespräch über die Angst vor der Sozialdemokratie bei ihren konservativen Freunden und Verwandten?

Bei dem Teestündchen in der Palffygasse fragt Ernst auch eingehend nach Wilhelm Bolin: »Wie kam denn Ihr Vater in Moskau zurecht, als Juwelier des Zaren? Sie müssen nach der Revolution große Summen verloren haben? Und ich hoffe, dass Sie sich darüber im Klaren sind, dass ich keinerlei Sympathien für die Bolschewiken habe.«

»Lieber Herr Hoffenreich, Sie müssen schon einsehen, dass auch eine junge Frau sich über den Unterschied zwischen einem Sozialdemokraten und einem Bolschewiken im Klaren ist«, gibt Karin neckisch zurück.

Sie sprechen weiter über die Situation des Familieneigentums in Russland und Ernst redet von der polarisierten politischen Debatte in Österreich.

In den Jahren nach dem Ersten Weltkrieg und der Russischen Revolution wurden die österreichischen Sozialdemokraten ständig beschuldigt, verkappte Revolutionäre zu sein, die das Land in die neue Sowjetunion eingliedern wollten. Die Angst vor bolschewistischer Herrschaft war monumental und die Erzählungen über deren Verheerungen sollten die Leute dazu bringen, keinem Sozialisten zu trauen.

Auch Karins Bruder Henrik hatte ihr haarklein von dem Flügel zuhause in Moskau erzählt, dem Flügel, auf dem Rachmaninow gespielt hatte. Den hatten die Bolschewiken als Abort benutzt! In Karins Ohren klang das wie eine groteske Übertreibung, aber sie wusste nicht, was sie glauben sollte.

Nicht zuletzt durch die Gespräche mit Onkel Karl waren sich aber alle in der Familie durchaus über die Unterschiede zwischen Reformisten und Revolutionären bewusst. Nun befindet sich Karin auf einem Teekränzchen in Wien und unterhält sich mit einem jungen Sozialdemokraten und merkt, dass sie ein gutes Gefühl hat. Seine Mutter und Schwester scheinen streng und altmodisch zu sein, aber Karin findet vermutlich hauptsächlich, dass das politische Engagement des jungen Mannes nett ist, das darauf hindeutet, dass immerhin er ein wenig modern ist.

Ernst Hoffenreich muss ihr ein wenig nähergekommen sein und gespürt haben, dass die erste förmliche Höflichkeit überwunden ist und sie mehr Kontakt bekommen haben. Er beginnt, Karin nach der Familie ihrer Mutter zu fragen. Die Seitz, woher kommen sie? Hatte sie ihre Großeltern mütterlicherseits kennengelernt? Karin erzählt, so gut sie kann, und will gerade nach ihrer Mutter rufen, um die Geschichte genauer zu hören, aber Ernst hält sie zurück: »Nein, nein, so wichtig ist es nicht. Stören Sie Frau Bolin nicht mit meiner Neugier.«

»Dann erzählen Sie von sich. Hoffenreich, reich an Hoffnung, das klingt angenehm. Woher kommen Sie?«

Zum ersten Mal im Lauf des Gesprächs gerät Ernst Hoffenreich ins Stocken.

Dahinter steckt ein dunkles, verbotenes Geheimnis und Ernsts Mutter tut alles, um zu verhindern, dass es ans Licht kommt. Ernst ist väterlicherseits jüdischer Abstammung. Die Eltern seines Großvaters ließen ihren Sohn bereits 1842 taufen, der damit den mosaischen Glauben zugunsten des katholischen aufgab. Gleichzeitig änderten sie seinen Namen von Samuel zu Josef. Danach war das Jüdische aus der Familie wie ausgetilgt, niemand durfte anders als katholisch heiraten und niemand durfte die Vorgeschichte der Familie erwähnen.

Aber Ernst weiß davon und zögert daher mit der Antwort über die Herkunft der Familie Hoffenreich. Er fährt sich mit der Hand über die Stirn, schaut sich um und begegnet vielleicht dem Blick der Mutter, die im Flur gerade dabei ist, sich von einigen Freunden zu verabschieden. Sie lächelt ihn an. Die Familiengeschichte, ja wie war das denn nun …?

»Ja, wir sind wie die meisten Wiener Familien, haben unsere Wurzeln in verschiedenen Teilen des alten Kaiserreichs. Wir kommen wohl ursprünglich aus Mähren, aber das ist lange her. Auch meine Großeltern väterlicherseits und mütterlicherseits sind in Wien aufgewachsen. Wirklich nichts Interessantes. Lassen Sie uns lieber von Ihnen sprechen. Erzählen Sie von Schweden.«

Hier also, während einer ansonsten ziemlich formellen Geselligkeit in Wien, geschieht etwas zwischen Karin Bolin, der Tochter des Hofjuweliers aus Moskau, und Ernst Hoffenreich, dem Sohn des Bankdirektors Josef Hoffenreich. Ernst, der junge Jurist und frischgebackene Sozialist, der der Republik und den Arbeitern dienen will, nicht aber dem Kapital.

Karin schaut ihn an und ist bestimmt freimütiger und selbstsicherer als die österreichischen Mädchen, die er trifft.

Karin ist eingenommen, er ist doch recht ansehnlich, wie er dort steht und immer unsicherer von einem Bein aufs andere tritt. »Wie alt mag er sein?«, fragt sie sich. Bestimmt bald dreißig und dennoch wie ein Schulbub.

Er schenkt ihr Tee ein. Statt Geborgenheit und gutmütiger Wärme, die ihr eben noch an ihm aufgefallen waren, sieht sie plötzlich, wie er unkonzentriert nach den Keksen und dem Wasser auf dem Tisch greift, während er verstohlen und mit leicht erröteten Wangen zu ihr herüberblickt. Mit einem Mal geht ihr auf, dass sie sich hier mit einem Mann unterhalten hat, der sich wie ein Blitz aus heiterem

Himmel in sie verliebt hat. Sie spürt, dass ihr selbst warm wird, erst am Hals, dann Wangen und Ohren, und das Herz schlägt schwer und schnell. Ernst Hoffenreich kommt mit dem dünnen Tee in zwei großen blau-weißen Tassen aus Meißener Porzellan zurück.

»Nehmen Sie Milch? Die ist ja knapp und sieht sehr wässrig aus, dürfte man eigentlich kaum Milch nennen.« Er lacht etwas.

»Sieht doch gut aus«, sagt Karin, »ich nehme ein wenig.«

Meine Großmutter hat sich an die verschiedensten Arten gewöhnt, so etwas wie Backwerk zustande zu bringen, ohne dass Mehl und Fett erhältlich sind. Ernst seinerseits redet nervös über seine politischen Aufträge und die Herausforderungen der ersten österreichischen Republik.

Als das Teestündchen zu Ende geht und Karin und Maria sich von Familie Hoffenreich verabschieden wollen, müssen Ernst und Karin das vielsagende Lächeln und die Kommentare ihrer Mütter über sich ergehen lassen: die beiden scheinen sich wirklich gut amüsiert zu haben.

Wie ging es dann weiter? Von dieser ersten Begegnung bis zu der Tatsache, dass sie bereits ein Jahr später heirateten? Von Reisen zwischen Wien und Stockholm kann keine Rede gewesen sein, kaum auch von längeren Telefongesprächen. Unter den Mengen von erhaltenen Briefen gibt es keine Spur einer Korrespondenz zwischen meiner Großmutter und meinem Großvater aus der Zeit vor ihrer Ehe. Können diese Briefe von jener privaten Art gewesen sein, die man nicht zur allgemeinen Betrachtung hinterlässt? Ein säuberlicher Stapel von Briefen, mit einem roten Seidenband zusammengebunden und mit einem Siegel in geschmolzenem Lack versehen, den ein diskreter Mensch verschwinden lässt, wenn man nach dem Tod eines Verwandten dessen Nachlass durchsieht?

Im Hinblick darauf, dass sie ein knappes Jahr nach dem Besuch in Wien geheiratet hatten, dürften Karin und Ernst bei ihrem Aufenthalt im Herbst 1919 einander mehr als einmal gesehen haben.

In Anbetracht der damaligen Konventionen ist es am wahrscheinlichsten, dass es Ernst war, der erneuten Kontakt aufnahm, vermutlich unmittelbar nach ihrer ersten Begegnung, denn Karin wollte ja zurück nach Stockholm reisen, und es galt, die Gelegenheit nicht zu verpassen.

Vielleicht lag bereits am Abend eine Mitteilung in der Rezeption des Hotels: Ernst Hoffenreich würde sie gern zu einem Ausflug in den Prater einladen, den großen Vergnügungspark in Wien, und zwar schon am nächsten Tag. Eine kurze, förmliche Nachricht mit der Bitte, bis zum nächsten Vormittag zehn Uhr anzurufen.

Am nächsten Tag sitzen Karin und ihre Mutter am Frühstückstisch und sprechen darüber.

»Soll ich allein mit ihm in den Prater gehen, Mama?«

Maria antwortet ausweichend, Karin müsse selbst entscheiden. Wenn sie meint, es könne nett werden, ist es ihrer Mutter recht, wenn sie nur vor dem Abend zurückkehrt. Herr Hoffenreich scheint ja ein netter und seriöser junger Mann zu sein.

»Aber wirkt es nicht ein wenig forsch, einfach so Ja zu sagen?«, fragt Karin.

»Wir fahren Mittwoch zurück nach Stockholm. Würden wir hier wohnen, hättest du ihn bitten können, etwas zu warten. Nun ist es schwieriger und du musst dir selbst gegenüber ehrlich sein. Möchtest du mit ihm in den Prater fahren?«

Möglicherweise fühlt sich Karin dem unsicheren jungen Mann gegenüber, mit dem sie sich am Tag zuvor unterhalten hat, auf merkwürdige Weise überlegen. Er war nervös und linkisch, und sie hatte ihn sogar mit spöttischem Lächeln betrachtet, was ihn noch unsicherer gemacht hatte, sodass er errötet war. Aber Karin gesteht sich ein, dass sie ihn anziehend fand.

»Ja, das möchte ich«, sagt sie. »Ich möchte mit Ernst Hoffenreich in den Prater fahren.«

Karin geht an die Rezeption und bittet, sie mit der Nummer zu verbinden, die auf dem Zettel von Ernst steht.

***

Nach zwei Wochen in Wien geht es mit dem Zug zurück nach Schweden. Karin und ihre Mutter fahren durch ein Europa, in dem sich Krieg, Spanische Grippe und Hunger ständig durch die Fensterscheiben bemerkbar machen. An jedem Bahnhof sind die Bahnsteige voll von bettelnden Menschen, die hoffen, dass die Privilegierten, die es sich leisten können, mit dem Zug zu fahren, etwas abgeben.

In Berlin steigen sie um und bleiben ein paar Tage bei Freunden, die sich darüber Sorgen machen, wie es wohl weitergehen werde. Der Krieg ist zwar vorüber, aber in Deutschland hat man das Gefühl, dass er noch immer andauert. Unterschiedliche Gruppen kämpfen gegeneinander und man spricht über das Risiko eines regelrechten Bürgerkriegs. In München ist die sozialistische Räterepublik zerschlagen worden, in Berlin der revolutionäre Spartakusbund, dessen Führer Rosa Luxemburg und Karl Liebknecht ermordet wurden. Ständig lodern spontane Demonstrationen und Straßenkämpfe auf.

Jetzt, wo beide Kaiserreiche verschwunden sind, das deutsche wie das österreichische, weiß niemand, was an deren Stelle kommen wird. Manche meinen, dass Demokratie in einer solchen Situation undenkbar sei. Nur starke Führer könnten die Länder einigen und sie aus Schreck und Verderben erheben.

Andere glauben hingegen, dass die Zeit gerade reif für Kompromisse und Koalitionen sei. Dringender als je müssten sich nun alle Demokraten einen, um eine weitere Katastrophe zu vermeiden.

Nachts hört man Schüsse auf den Straßen Berlins. Eine Seite beschuldigt die andere. Verstümmelte junge Männer und Mütter mit Kindern im Arm sitzen an den Straßenecken und betteln.

Von Berlin aus reisen Karin und Maria weiter mit dem Zug über Dänemark Richtung Båstad. Sie rollen langsam und schaukelnd durch die flache Landschaft auf Seeland. Karin hat einen langen Brief von Ernst in ihrer Handtasche und er hat versprochen, dass zuhause weitere Briefe auf sie warten. Sie ist verwirrt. Frühere Flirts haben nicht so dringend auf eine Antwort gepocht. Schon als sie den Prater verließen, hatte Ernst ihr einen Heiratsantrag gemacht. Er war stehen geblieben, als sie auf dem Weg zur Straßenbahn waren. Sie fühlte sich geschmeichelt und küsste ihn sogar. Ihr war, als erschrak er ein wenig darüber. Er war zweifellos etwas altmodischer, als sie gewohnt war.

Der Zug hält an einem kleinen Bahnhof kurz vor Kopenhagen. Karin sitzt ihrer Mutter gegenüber, die mit offenem Mund schläft. Karin schaut aus dem Fenster. Auf dem Bahnsteig stehen einige Kinder in Reisekleidung, stramm neben drei zünftigen Schrankkoffern aufgestellt. Das älteste ist ein Mädchen. Sie hat einen großen Hut auf dem Kopf. Karin sieht durch die Scheibe, wie sich der Mund des Mädchens mahnend an die jüngeren Geschwister wendet, kann aber die Worte nicht hören. Das Mädchen redet, der ältere der beiden Brüder kritzelt uninteressiert mit einem Stöckchen im Kies. Er hat ein Seemannshemd, blaue Hosen und Stiefel an. Sein kleiner Bruder, ähnlich gekleidet, sitzt auf einem Koffer und schaut mit leerem Blick auf den Zug.

Offensichtlich sind die Eltern woanders und die große Schwester ist beauftragt, auf die Brüder und das Gepäck aufzupassen. Sie hat eine altkluge, sorgenvolle Falte über den Augen, während sie die Hände in die Seiten stützt und ihre Brüder dazu zu bringen versucht, auf sie zu hören.

Karin schaut zu, der Zug fährt los, sie dreht den Kopf, um zu sehen, was mit den Kindern auf dem Bahnhof geschieht. Ihre Augen fangen an zu tränen, sie möchte ihre Mutter wecken, darüber sprechen, wie es war, als sie selbst noch ein Kind war.

Zum ersten Mal seit Langem sehnt sie sich zurück nach Moskau.

Ernst Hoffenreich

Ich habe in Archiven und im Internet gesucht, finde aber keine exakten Angaben darüber, wann Ernst Hoffenreich Mitglied der österreichischen sozialdemokratischen Partei wurde.

Seit Langem frage ich mich, was diesen Studenten mit ausgezeichneten Zeugnissen, der aus einer gediegenen, bürgerlichen Familie stammte, dazu veranlasst haben mochte, eine Karriere als sozialistischer Politiker einzuschlagen. Mein Großvater dürfte eingesehen haben, dass Reichtum bei dieser Laufbahn nachrangig werden würde und von einer Vollzeitarbeit neben dem politischen Engagement keine Rede sein konnte.

Im Archiv der Arbeiterbewegung in Wien schüttelt ein freundlicher Archivar mit dem Kopf: Leider gibt es keine Mitgliederregister mehr aus den Jahren nach dem Ersten Weltkrieg. Aber er findet eine kleine Mappe über meinen Großvater. Sie enthält nichts, was ich nicht schon kenne: einen Nachruf im Zusammenhang mit seinem Tod, einen aus dem Zusammenhang gerissenen Zeitungsartikel über einen Rechtsstreit in den Zwanzigerjahren, einen Artikel darüber, wie er nach dem Zweiten Weltkrieg jüdische Familien bei ihren Rechtsansprüchen auf Entschädigung vom Staat vertrat.

In einem kurzen Lebenslauf, den mein Großvater selbst verfasst hat und den ich in einem der Ordner meines Vaters finde, schreibt Ernst, dass er am 1. Januar 1919 in die Partei eintrat, die damals *Sozialdemokratische Arbeiterpartei*

Deutschösterreichs (SDAPDÖ) hieß. Die Sozialdemokraten kümmerten sich nicht um die Auflage des Staatsvertrags von Saint-Germain, wonach das Land gezwungen wurde, sich Österreich zu nennen. Bis Hitler 1933 in Deutschland die Macht übernahm, betrachteten sie sich als Sozialdemokraten in »Deutsch-Österreich«. So sprechen die Anführer in Wahlkämpfen der späten Zwanziger noch immer von den kommenden Wahlen in »Deutsch-Österreich«.

Ich suche weiter nach Spuren aus dieser Zeit. In Ausgaben vom letzten Kriegsjahr 1918 der *Arbeiterzeitung*, dem Parteiblatt der Sozialdemokraten, finde ich Kleinanzeigen über Mitgliederversammlungen, die abgehalten wurden. Mein Großvater muss sie gelesen haben. In Wien gab es Zeitungskioske in jedem Viertel. Er nahm die *Arbeiterzeitung* wohl nicht mit nach Hause, falls er keinen Streit mit Schwester, Bruder oder Mutter beabsichtigte. In allen Kaffeehäusern konnte man in aller Ruhe Tageszeitungen lesen, während man, in den Notjahren nach dem Krieg, langsam die verschiedensten Surrogatgetränke zu sich nahm.

Ich nehme an, dass Ernst vor seiner ersten Parteiversammlung unsicher war, was er anziehen sollte. Er stammte ja aus einer oberen Mittelschichtfamilie, deren Großmutter sogar das Mietshaus besaß, in dem er aufgewachsen war: das dreistöckige Haus in der Palffygasse in Hernals, dem siebzehnten Bezirk gleich außerhalb des Gürtels, der die inneren Stadtteile Wiens von den äußeren trennte. Angesichts seiner stabilen und konservativen Herkunft überlegte er wahrscheinlich, wer – und was – ihm bei den Sozialdemokraten begegnen mag. Oder hatte er bereits Freunde, von denen er wusste, dass sie kommen würden? War die Kleidung überhaupt ein Thema im verarmten Österreich des letzten Kriegsjahrs?

Ernst Hoffenreich war während des gesamten Kriegs einberufen gewesen, wurde im letzten Jahr im Kampf verwundet und war 1918 in Triest stationiert. Dort arbeiteten mehrere gut ausgebildete junge Leute aus sogenannten »besseren Familien«. Die Resignation war groß unter Monarchisten und bei denen, die immer mehr an der alten Gesellschaftsordnung zweifelten, die zu all diesem Morden und Leiden geführt hatte. Man kann sich gut vorstellen, dass manche heimlich Marx lasen, aber auch jüngere sozialistische Theoretiker wie Karl Kautsky, Otto Bauer und Victor Adler.

Viele waren aber auch Gegner der Sozialdemokratie. Die Furcht vor der Partei, die die gesamte umfangreiche Arbeiterklasse mobilisieren konnte, war in konservativen Kreisen groß, besonders seit das Revolutionsgrollen aus Russland lauter wurde.

Die Russische Revolution war ein ständiges Gesprächsthema. Ihretwegen hatte sich Russland aus dem Krieg zurückgezogen und einen Separatfrieden angestrebt, und auch die Sozialdemokraten hatten bereits 1917 für einen Friedensvertrag gearbeitet. Ernst Hoffenreich hatte natürlich Hegel und Kant gelesen, aber in jungen Jahren, vor Ausbruch des Kriegs, das Kaiserreich als selbstverständlich betrachtet. Seine eigene Zukunft hatte er in der Verwaltung dieses Riesenreichs gesehen oder möglicherweise als selbstständiger Anwalt irgendwo in einer der Großstädte.

Das Studium war ihm leichtgefallen, er war ehrgeizig und solide. Je festgefahrener und hoffnungsloser der Krieg war, desto mehr verlor er, mit einigen Kameraden, den Glauben an das Überleben des Kaisertums. Das glückliche Reich, das die Kommunisten versprachen, war nichts für ihn, der Ruf nach Gewalt zur Erreichung der politischen Ziele war ihm nicht nur fremd, sondern auch erschreckend für ihn.

Es war der Krieg selbst, der ihn dazu veranlasste, seine Auffassung über den demokratischen Sozialismus langsam zu ändern. Dessen Theorie gefiel ihm: Wenn die alte Kaisermacht erst einmal gefallen war, allgemeines Wahlrecht und Parlamentarismus eingeführt waren, würde der Sozialismus am Ende als historische Notwendigkeit siegen.

Ernst durchdachte die sozialdemokratische Ideologie sorgfältig, las einschlägige Bücher und Parteiprogramme und war einverstanden: *Selbstverständlich war es so.* Wenn das gesamte Volk endlich abstimmen durfte, würde der allmähliche Übergang zur sozialistischen Gesellschaft von selbst kommen, durch Gesetze und parlamentarische Entscheidungen könnten Verstaatlichung und Übernahme privater Vermögen vorgenommen werden, und Ernst war auch sicher, dass man schließlich einsehen würde, dass eine derartige Entwicklung allen nutzen würde. Eine Revolution hingegen war nicht nur unnütz, sie würde auch alle Aussichten auf eine gemeinsame Errichtung einer neuen Gesellschaftsform zunichte machen.

Ernst Hoffenreich hatte ja im Krieg mehrere Auszeichnungen erhalten, von denen die bedeutendsten die Eiserne Krone mit Schwertern und die Große Silberne Tapferkeitsmedaille waren. Schon im ersten Monat des Kriegs nahm er an den Schlachten bei Zamosc und Rawa Ruska teil. In der Endphase war er bei den letzten Schlachten von Isonzo dabei, wo schließlich eine halbe Million junger Soldaten, von denen viele noch nicht erwachsen waren, aus allen Teilen Österreich-Ungarns und Italiens getötet wurden.

Ich frage Historiker, ob ich davon ausgehen kann, dass mein Großvater bei den Kämpfen selbst andere Soldaten getötet hat, bekomme aber ausweichende Antworten, wonach es nicht sicher sei, da er mehr oder weniger nahe der Front eingesetzt gewesen sein könnte. Aber im Hinblick auf seine Tapferkeitsmedaillen? Nein, eine sichere Antwort ist nicht zu erhalten.

Allerdings dürfte seine Tapferkeit mit Sicherheit bedeuten, dass er aus nächster Nähe Widerlichkeiten gesehen haben muss, die er nie wieder vergessen würde. Er hatte vor Angst gelähmten jungen Männern in deren Todesaugenblick die Hand gehalten, und er hatte Hunger gelitten, wie er es sich vorher nie hatte vorstellen können. Vor allem aber hatte er die Angst gespürt, die alle Sinne außer Gefecht setzt, eine Angst, die Soldaten dazu brachte, Handlungen zu begehen, die auszuführen sie sich nie imstande geglaubt hätten und die sie nie wieder loswerden würden. In finsteren Nächten hatte er allzu viele Angstschreie gehört, sowohl von Sterbenden auf dem Schlachtfeld als auch von Kameraden, die aus Träumen aufschreckten.

Er hatte so sehr gefroren, dass er sich schwor, nie wieder freiwillig dort zu sein, wo es Schnee gab, und er hatte gesehen, wie die Kälte ebenso viele Körperteile junger Männer kostete wie die Schussverletzungen. Er hatte so viele Kameraden mit übel ausgeführten Amputationen gesehen, dass er schließlich resignierte. Und nicht zuletzt hatte er auch massenweise junge Männer anderer Nationen sterben sehen, woran er und seine Kameraden schuldig waren, ohne im Geringsten daran zu denken. Wer gleichaltrige Buben und Männer getötet hatte, bereute im Augenblick des Geschehens nichts: es ging um »wir oder sie«. Aber jetzt, Monate später, verspürte er angesichts all der Bilder, die in ihm aufstiegen, Ekel und Schwindel über alles, was geschehen war.

Im Lauf des Kriegs hatte er auch die verschiedenen Nationalitäten innerhalb der Monarchie kennengelernt, als Freunde, aber auch als arrogante Feinde, die ihn ständig merken ließen, dass er Deutscher war. Er sah ein, dass die kaiserliche Armee tatsächlich aus unterschiedlichen Nationen zusammengesetzt war – und alle träumten von eigenen Reichen und Nationen. In Triest arbeitete er eng mit Ungarn, Tschechen, Rumänen und Bosniern zusammen. Die meisten sprachen ausgezeichnet Deutsch, aber nach Feierabend hielten sie sich lieber an ihre jeweiligen Gruppen.

Die jungen Sozialdemokraten verfluchten die Tatsache, dass die Partei – vor allem in Deutschland, aber auch in Österreich – von Beginn an den Krieg unterstützt hatte. Einige Anführer hatten sich sogar als ausgesprochene Kriegshetzer erwiesen. Dadurch wurde der internationalen Sozialdemokratie eine Wunde zugefügt, die nicht heilen wollte, und vor allem die Gegner von links ließen keine Gelegenheit aus, an den Verrat zu erinnern. 1918 aber waren Pazifismus und Antikriegsparolen angesagt. Die Bewegung kannte schließlich keine Nationengrenzen, Krieg zwischen Arbeitern schien absurd.

Aber würde ein neues, sozialistisches Österreich-Ungarn lebensfähig werden können? Ein von Arbeitern gelenktes Reich, in dem die unterschiedlichen Nationalitäten volle Souveränität besaßen, aber Arbeit, Handel und anderes von einer gewählten Regierung zentral verwaltet werden konnte – ohne einen Kaiser als Machtsymbol? Wäre das eine Überlebenschance für den alten Staatenbund? Ernst hatte seine Zweifel, seit er gesehen hatte, wie die Soldaten innerhalb nationaler Gruppierungen zusammenhielten. So war es während des ganzen Kriegs gewesen.

In Triest 1918, in der Schlussphase des Kriegs, schämte er sich dafür, dass er und seine Kollegen vier Jahre zuvor mit dem Versprechen, bald zurück zu sein, ins Feld gezogen waren, einige sogar mit begeistertem Gesang. Sie waren, wie alle anderen, überzeugt gewesen, Weihnachten 1914 zuhause feiern zu können.

Wie konnten sie so naiv sein? Wie hatte er sich bei dem widersinnigen Gedanken mitreißen lassen, dass ausgerechnet die Soldaten Österreich-Ungarns allen anderen Streitkräften überlegen sein würden? Ebenso wie die Soldaten anderer Nationen von der Überlegenheit ihrer Truppen überzeugt waren.

Er saß am Schreibtisch und füllte alle möglichen Papiere aus, zivile und militärische, die die Stadt und Region Triest betrafen. Er seufzte tief und schüttelte den Kopf. Wie hatte sich die Welt in diesen Wahnsinn stürzen können?

Mein Großvater hatte, was man später »schwache Nerven« nannte. Er litt unter Angst und Depressionen, was mein Vater teilweise auf dessen Kriegserlebnisse zurückführte. Aber Ernst Hoffenreich hatte in jungen Jahren gelernt, die Panik zu beherrschen, die plötzlich in ihm aufstieg, rasch und wenn er es am wenigsten erwartete: am Schreibtisch bei der Arbeit an einfachen Aufgaben oder bei Spaziergängen entlang der Strände in Triest, während die Sonne in der Adria versank. Er lernte, damit zu leben, aber er verabscheute seine Panikattacken und wünschte sich, die Furcht vor ihrem plötzlichen Ausbruch loszuwerden.

Die sozialdemokratische Bewegung, an der Ernst Hoffenreich nun teilzunehmen erwog, hatte sich bereits 1911 zu spalten begonnen. In diesem Jahr gründeten die Tschechen ihre eigene sozialistische Partei, obwohl sie zu Österreich-Ungarn gehörten. Viele glaubten, dass die Bewegung damit ihren gesamten Einfluss auf nationaler Ebene, also in Wien, verlieren würde, und kurz darauf wurde die nationale Partei in Sektionen eingeteilt, die von dem jeweiligen Volk innerhalb der großen Monarchie geführt wurden.

Der Hass auf die Deutsch-Österreicher siegte über die Erkenntnis der sozialistischen Theorie, wonach das Proletariat unabhängig von den Nationengrenzen überall dasselbe war. Karl Renner, der Führer der sozialdemokratischen Partei in Österreich, richtete seinen Zorn bei einer Rede auf dem Parteitag in Innsbruck gegen die tschechischen Genossen: »Ihr habt nicht als anständige Genossen gekämpft, sondern als ganz gewöhnliche nationalistische Demagogen!«

Um diese Zeit, also etwa 1911, hatte Ernst über die Sozialdemokratie vermutlich lediglich gelesen. Ein Mann seiner gesellschaftlichen Klasse fand sie bestimmt vulgär und bedrohlich für die öffentliche Ordnung. Aber bei den Diskussionen über Proletariat und Armut im Kaiserreich ging es häufig heiß her. Schon in Ernsts Kindheit hatte der führende Sozialdemokrat Victor Adler in einer Serie weithin beachteter Zeitungsartikel die Situation der Ziegeleiarbeiter an der Wiener Stadtgrenze beschrieben. In Bürgertum und Oberschicht wollten viele nicht glauben, dass es wahr sein konnte. Die Reportagen schilderten Arbeiterfamilien, die zu sechst in Schuppen ohne Fenster wohnten, in denen die Fußbodenfläche bis zum letzten Quadratzentimeter ausgefüllt war, wenn sich alle schlafen gelegt hatten.

Im September 1911, als Ernst ein einundzwanzigjähriger Jusstudent war, kam es in Wien zu schweren Krawallen. Nach einer großen Arbeiterdemonstration gegen erhöhte Lebensmittelpreise begannen Teile der erregten Volksmenge, Steine auf das Rathaus zu werfen. Als sich dann Vierzehn-, Fünfzehnjährige in zerlumpter Kleidung aus den ärmsten Vororten Wiens dem Aufruhr anschlossen, setzten sich die Tumulte auch außerhalb der Innenstadt fort. Schulen wurden in Brand gesteckt, Geschäfte, Mietshäuser, Straßenlaternen wurden zerstört, und ganze Straßen hatten zertrümmerte Scheiben in den unteren Stockwerken. Zum ersten Mal seit der Revolte 1848 schoss die Polizei auf Demonstranten. Am Ende gab es zwei Tote und eine unüberschaubare Zerstörung. Wien befand sich im Schockzustand. Niemand hatte mit derartiger Wut und Gewalt seitens der Demonstranten gerechnet.

Der Auslöser dieser Bewegung musste von den führenden Kräften ernst genommen werden, sonst könnte es in einer Revolution enden. Eine brisante Debatte wütete in der Presse: Hatte die sozialdemokratische Führung die Aufrührer und Randalierer wirklich ausreichend verurteilt? Hatten andererseits Militär und Polizei Anlass gehabt, so hart durchzugreifen?

Auch wenn Ernst das Eingreifen der Polizei sicherlich begrüßt hatte, muss es zuhause am Esstisch dennoch zu einem Streit mit seinem stets felsenfest überzeugten, konservativen Bruder Paul gekommen sein. Seine Mutter bedauerte, dass sich die Söhne nie vertragen hatten, und seine Schwester Hilda pflichtete ihr – und Paul – bei.

Frieden

Als ich in den Neunzigerjahren mit Nelly, der Tochter des Bruders meines Großvaters, sprach und fragte, wie sich Ernst und Paul eigentlich miteinander verstanden, lachte sie: »Die haben furchtbar gestritten, aber wirklich furchtbar.«

Sie erzählte, dass ihr Onkel, mein Großvater Ernst, ein pedantischer junger Mann und immer Bester gewesen sei, sowohl auf dem Gymnasium als auch an der Universität. Er war der Stolz der Familie, aber ihre Großeltern waren auch darüber besorgt, dass er sich in der Rolle als einer derjenigen jungen Männer, denen prophezeit war, das Kaiserreich weiterzuführen, nicht wohlzufühlen schien.

Es mag ihn gequält haben, dass er keine Begeisterung, ja nicht einmal Sympathie für die Studentenverbindungen empfinden konnte, deren Mitgliedschaft von ihm erwartet wurde. Auch die üblichen Ansichten – wie etwa dem Kaiser zu huldigen –, die seine Juskommilitonen hegten, konnten ihn nicht erwärmen, und schon gar nicht die Meinungen, die er zuhause in der Palffygasse hörte.

Als ich Nelly fragte, ob sie eine Ahnung habe, warum mein Großvater Sozialist wurde, schien es, als streifte ein Wind über ihr Gesicht, und sie wurde ernst: »Gunnar, das weiß ich nicht.«

Sie schwieg eine Weile, dann seufzte sie und sagte: »Nein, ich weiß wirklich nicht, woher er diese Ideen hatte. Ich glaube, es war nach dem Ersten Weltkrieg. Plötzlich war er einfach Sozialist. Es war ja vor meiner Geburt, aber ich weiß, dass alle in der Familie völlig verzweifelt waren.«

Tante Nelly blickte grübelnd in die Ferne, ehe sie nachdenklich wiederholte: »Ich weiß es wirklich nicht … aber er war sehr seriös, dein Großvater. Er ging in den Keller, um zu lachen, wie wir hier in Österreich über ernsthafte Menschen sagen.«

Tante Nelly lachte plötzlich, wie sie da in ihrem Wohnzimmer in den unbequemen Biedermeiermöbeln saß, in einer Wohnung des Hauses, das die Familie ihrer Mutter, die Hallwachs, seit dem achtzehnten Jahrhundert besaßen, in der Zieglergasse, einer Querstraße zur belebten Mariahilfer Straße im Zentrum von Wien.

An der Wiener Universität, wie auch im übrigen deutschsprachigen Europa, gab es vor dem Ersten Weltkrieg sogenannte Burschenschaften, und von jedem Studenten, der Anspruch auf höhere Ämter stellte, wurde erwartet, dass er dort Mitglied werden würde. Dort traf man einander, sang Lieder und kleidete sich mit gemeinsamen Hüten und Farben. Gehörte man einer schlagenden Verbindung an, wurde erwartet, dass man sich symbolisch mit älteren Kommilitonen duellierte: eine Mensur, die möglichst zu einer auffälligen Narbe im Gesicht führen sollte.

Noch heute kann man in Wiener Kaffeehäusern junge Männer mit einer diskreten Narbe im Gesicht sehen. Burschenschaften sind nach wie vor höchst lebendig, besonders unter konservativen und nationalistischen Studenten, von denen einige nicht einmal ihre faschistischen Wurzeln verbergen.

Ernst Hoffenreich suchte allerdings lieber die friedlichere Reitschule der Universität auf. Er liebte das Reiten und in seinem kurzen Lebenslauf schreibt er, dass er dort »leidenschaftlich Mitglied« war. Er war froh, dass ihm durch dieses

Engagement erspart blieb, Energie auf eine Burschenschaft zu verschwenden. Der Reitverein bot einen einigermaßen ehrenhaften Ausweg.

Die allgemeine Auffassung im Wiener Bürgertum war jedoch, dass es ehrbar und fesch sei, wenn junge und ältere Herren ihre Mensurnarben wie Dekorationen nach einer Feldschlacht im Gesicht trugen. Auch etliche Politiker betrachteten Mensuren als formende und wichtige Bestandteile der Erziehung junger Männer.

Als Kaiser Franz Joseph 1916, mitten im Krieg, starb, meinten viele, dass es nun ein Ende haben müsse. Nicht mit dem Land, denn der Krieg konnte ja noch immer gewonnen werden, aber es musste etwas Neues kommen. Die junge Generation vermochte nie, den neuen Kaiser Karl richtig ernst zu nehmen. Franz Joseph hatte mit seinem unzeitgemäßen riesenhaften Backenbart achtundsechzig Jahre auf dem Thron gesessen und die Vorstellung, dass noch ein Habsburger nun ein weiteres Mannesalter dort sitzen würde, schien vollkommen absurd. So dachten sicher auch Ernst und viele Gleichaltrige. Ernst wünschte nicht die Auflösung des Kaisertums, aber die politische Macht des Kaisers müsse gänzlich an das Parlament übergehen.

Gegen Kriegsende, am 2. Oktober 1918, legten die österreichischen Sozialdemokraten ihren Vorschlag zu einem Friedensvertrag vor, der unter anderem von Karl Seitz formuliert worden war. Er wurde in der *Arbeiterzeitung* gedruckt und Ernst war mit jedem Punkt einverstanden. Offensichtlich war dies auch die Zeit, in der er erwog, in die Partei einzutreten.

Gemäß dem Friedensvertrag wollten die Sozialdemokraten, dass die verschiedenen kleinen Nationen innerhalb

Österreich-Ungarns eigene allgemeine Wahlen abhalten und dann Vertreter in die Regierung nach Wien berufen sollten. Sie sollten auch vorschlagen können, inwieweit die Verwaltung des Landes bei der eigenen Nation bleiben und welcher Anteil davon der Zentralmacht überlassen werden würde. Eine allgemeine Abrüstung wurde gefordert und ein internationaler Fonds, der von allen kriegführenden Seiten finanziert werden sollte, würde den Wiederaufbau Europas bestreiten.

Als der Frieden endlich kam, befanden sich viele Sozialdemokraten im deutschsprachigen Teil Österreich-Ungarns im Schock, nicht nur darüber, dass ihr Land von fünfundsechzig Millionen Einwohnern auf sechseinhalb Millionen zu schrumpfen drohte, sondern auch, weil Victor Adler, einer der Parteigründer, am Tag vor der Erklärung des Waffenstillstands gestorben war.

Einen Tag später konnte die Zeitung der Sozialdemokraten konstatieren, dass das Kriegsende, unabhängig von den Ergebnissen kommender Friedensverhandlungen, mit sich gebracht hatte, wofür sie seit fast dreißig Jahren gekämpft hatten: »Der Untergang des Kaisertums und die Einführung der Republik. Die Abschaffung der Privilegiengesellschaft und die Geburt der wahren Demokratie.«

Die Monate nach dem Friedensschluss wurden chaotisch und unruhig. Berichte über Vergewaltigungen und Plünderungen waren alltäglich auf dem europäischen Kontinent. Waffen waren im Überfluss vorhanden, die Behörden hatten keine Kontrolle, am wenigsten in den besiegten Staaten. Allmählich entstanden bewaffnete Freikorps, um verschiedene politische Gruppierungen zu schützen.

Auch wenn der Winter 1918/19 feucht und mild war, gab es in Wien einen gewaltigen Mangel an Kohle und Brennholz.

Die Straßen waren voller Menschen aller Gesellschaftsschichten, die Handwagen mit Stöcken, Zweigen und Stämmen aus dem Wienerwald und von den Hängen vor der Stadt zogen. Das war verboten, aber die Behörden schauten durch die Finger. Hunger war die Realität, und in den Schlangen vor den Volksküchen sah man Bürgerliche und Arbeiter Seite an Seite. Alle waren permanent hungrig, auch Ernst Hoffenreich und seine Familie.

Sein Bruder Paul machte einem Mädchen die Aufwartung, Fräulein Hallwachs, deren Eltern in Liebau in Mähren wohnten, und Ernst hatte seinen Eltern geholfen, eine große Fuhre Brennholz der Familie Hallwachs entgegenzunehmen. Aber seine Mutter Franziska fand es etwas unpassend, ein so großzügiges Geschenk von einer Familie anzunehmen, die sie nicht kannten. Die Kinder waren ja noch nicht einmal verlobt, falls davon überhaupt je die Rede sein würde. Herr Hallwachs, dem eine Seidenbandfabrik in der Zieglergasse im siebten Wiener Bezirk gehörte, hatte wohl gemeint, wenn man seinen Fabriken ohnehin Holz lieferte, bereite es keine besondere Mühe, mit einer Fuhre in der Palffygasse vorbeizufahren. Die Not war groß, und das Geschenk wurde schließlich dankbar angenommen. Die Hoffenreichs hatten im letzten Winter nur zwölf Grad zuhause, und Ernsts Mutter hatte durch die Kälte schwere Gliederschmerzen bekommen.

Als Ernst zu seiner ersten Parteiversammlung ging, war ihm bewusst, einen lebensentscheidenden Entschluss gefasst zu haben: Er würde nicht in erster Linie Jurist mit eigener Praxis oder einer von denen werden, die darum kämpften, dass das alte Kaiserreich auf die eine oder andere Weise fortleben konnte, sondern er würde an einer totalen Umbildung der Gesellschaft mitwirken.

Man hielt Karl Renner für denjenigen, der am besten geeignet war, das Land bei den Friedensverhandlungen zu vertreten, und mit einem Sozialdemokraten als Staatsoberhaupt dürfte es doch unstrittig sein, dass das neue Österreich etwas ganz anderes darstellte als der kaiserliche Vielvölkerstaat alter Zeiten. Ernst war überzeugt davon, dass nur die Sozialdemokratie das Reich retten und einen konnte.

Es gingen Gerüchte um, wonach Südtirol für immer an Italien verloren sein sollte. Gewisse Pessimisten glaubten auch, dass die neu gebildete Tschechoslowakei das Sudetenland und alle anderen rein deutschsprachigen Gebiete und Städte in Böhmen und Mähren umfassen würde. Das schien so bizarr, dass niemand, weder Ernst noch irgendein anderer, es für realistisch halten konnte. Würden Italiener und Tschechen überhaupt große Gebiete haben wollen, in denen fast niemand etwas anderes als Deutsch sprach? Und wie könnte jemand glauben, dass die Deutschen, die seit Jahrhunderten dort gelebt hatten, sich in einer neuen tschechoslowakischen oder italienischen Nation einzurichten vermochten?

Nachdem Ernst erst Parteimitglied geworden war, begann er auch, sich um Arbeit in der Parteiorganisation zu bewerben, und 1919 wurde er in der Kanzlei von Karl Renner angestellt. Später im selben Jahr traf er Karin Bolin bei einer Teegesellschaft zuhause bei seiner Mutter.

Hochzeit

Ein Jahr nachdem Maria Bolin und ihre Tochter Wien besucht hatten, haben sich Ernst Hoffenreich und Karin Bolin für das Hochzeitsfoto vor der Marienkirche in Båstad aufgestellt. Es ist September 1920 und das Brautpaar steht neben Familie Bolins russischer Galakarosse mit Kutscher, umgeben von etwa zwanzig Hochzeitsgästen. Auf einem anderen Foto stehen sie vor der Treppe der Villa auf Småryd, Ernst kerzengerade im Jackett, Karin in weißem Kleid mit langer Schleppe, die von zwei etwa zehnjährigen Buben gehalten wird, die Seemannsblusen anhaben. Der Eingang des Hauses ist mit Laub geschmückt. Es war eine schlichte Hochzeit, und auf Småryd ist lediglich eine Karte erhalten, die dazu einlädt, »dem Trauungsakt beizuwohnen«. Keine Spuren eines Hochzeitsfestes und nur Karins Eltern, Wilhelm und Maria, stehen als Gastgeber auf der Karte.

In der Villa auf Småryd lassen sich ohne Weiteres vierzig Gäste zu einem Festessen unterbringen. Auf dem Bild vor der Kirche sind natürlich alle feierlich mit Frack und langen Kleidern angezogen. Aber obwohl emsig dokumentiert wurde, in Form von Bildern für das Fotoalbum oder ungeordnet in Schubladen und Kartons, habe ich keine Bilder von dem Hochzeitsfest gefunden, das immerhin erfolgt sein muss.

Ernst Hoffenreich war aus einem Land angereist, das vom Krieg zerschlagen war, wo enorme soziale Probleme herrschten und das Volk hungerte. Ein großes gesellschaftliches Ereignis wurde vielleicht als unpassend empfunden, zumal der Bräutigam ein idealistischer Weltverbesserer mit äußerst geringem Interesse für pompöse und teure Feste war.

Meine Großmutter sprach häufig davon, wie schwierig es für ihre Eltern während der ersten Zeit in Schweden gewesen war, wie unsicher die Zukunft der Juwelierfirma. Auch sie dürfte also mit einer kleinen Familienhochzeit zufrieden gewesen sein. Niemand aus Ernsts Familie war gekommen, sodass sich die peinliche Frage, wer bezahlen sollte, nicht stellte.

Ich betrachte das Bild lange. Hatte sich Ernst das Jackett leisten können? Wie war er nach Schweden gekommen? War er verlegen?

Karins Bruder Erik hatte sich gerade entschlossen, mit seiner Frau Greta, die ihr zweites Kind erwartete, nach Paris zu ziehen. Dort wollte er versuchen, eine Filiale der Juwelierfirma zu gründen. Auch sie waren bei der Hochzeit nicht dabei, sondern sind in Stockholm geblieben, weil die Reise in Gretas Zustand zu mühsam gewesen wäre.

Karin mag sich etwas alleingelassen gefühlt haben, denn Erik stand ihr unter den Geschwistern am nächsten. Stattdessen nahmen der polternde Henrik und ihre jüngeren Schwestern Margit, die in der Familie Gaba genannt wurde, und Maja an der Hochzeit teil.

Als wir siebzig Jahre später über meinen Großvater sprachen, sagte Gaba kurz und bündig: *»He was a bore.«*

Dann lachte sie, fast ein wenig verschämt darüber, so deutlich zum Ausdruck gebracht zu haben, was sie von meinem, in ihren Augen, sterbenslangweiligen Großvater hielt. Aber sie fügte auch hinzu: »Ja, was willst du? Er war ja so viel älter ... wir fanden ihn eben nicht gerade sexy ...« Dann lachte sie wieder. Mit »wir« meinte sie ihre Schwester Maja und sich selbst.

Mein Großvater war vierzehn Jahre älter als Gaba. Die jüngeren Bolin-Schwestern, die übereinstimmenden Angaben zufolge vor allem an Festen und Feiern interessiert waren, dürften meinem Großvater wie ungeheuer kindische und unausstehliche Oberschichtmädchen vorgekommen sein.

Sah meine Babi bereits hier ein, dass ihre Schwestern fanden, sie habe sich einen Langweiler ausgesucht? Empfand sie einen plötzlichen, vorbeiflatternden Zweifel? Wahrscheinlich nicht gerade an diesem von Fest und Freude geprägten Wochenende.

Maria Bolin jedenfalls genoss in vollen Zügen, dass ein Wiener in die Familie einheiratete. Sie konnte ihr gepflegtes Deutsch ein wenig lockern, ihrem Wienerischen in den Gesprächen mit Ernst freien Lauf lassen und mit ihrem Schwiegersohn sogar Wienerlieder singen. Die Wiener waren ganz verrückt nach ihren kitschigen Heimatliedern.

Aber würde Wien die Heimatstadt des jungen Brautpaares werden? Ernst hatte bereits eine Wohnung in Wiener Neustadt besorgt, ein wenig südlich von Wien, aber wie lange würden sie dort wohnen?

Karin hatte zu ihren Verwandten gesagt, dass sie hoffe, nur vorübergehend dortzubleiben. Der Ort war nett, aber eine Kleinstadt mit zwanzigtausend Einwohnern, und sie fürchtete, dass es dort nicht allzu viel zu unternehmen gab.

Die Siegermächte hatten die Regierung gezwungen, Teile der großen Flugzeugfabriken zu sprengen, das Einzige, wofür Wiener Neustadt bekannt war. Nun sprach man davon, die Produktion auf Autokarosserien umzustellen, aber noch war nichts entschieden. Würde die Stadt irgendwann wachsen können?

Maria ging davon aus, dass die Sache mit Wiener Neustadt nur eine kurzfristige Lösung war. Sie hatte mit ihrer Tochter bereits darüber gesprochen, in welchen Wiener Stadtteilen sie eine Wohnung suchen sollten.

Ernst war nicht sonderlich erbaut über die Ansichten seiner Schwiegermutter. Er war selbst in Wien aufgewachsen und kannte die Stadt besser als sie, die vor fünfunddreißig Jahren weggezogen war. Guter Rat über seine Heimatstadt war das Letzte, was er brauchte. Er war sehr froh, seinen eigenen Familienmitgliedern gezeigt zu haben, dass er andere Präferenzen im Leben hatte als sie. Er brauchte keine elegante Adresse auf der Visitenkarte, um sich bedeutsam zu fühlen. Er fand auch, dass ihn Wilhelms schwiegerväterliche Fürsorge um seinen und Karins zukünftigen Lebensstandard als ahnungslosen Studenten abstempelte, was ihn verletzte.

Karin versuchte, es scherzhaft abzutun, aber letztlich hoffte sie, irgendwann eine nette Wohnung mitten in Wien finden zu können. Innerlich machte sie bereits Pläne, wie es wäre, Mutter und Vater dort zu empfangen.

Aber zunächst hatte Ernst also eine kleine Wohnung in einer Villa in Wiener Neustadt gefunden. Vier Zimmer und eine nette Küche, und Karin sehnte sich danach, ihr erstes Heim einrichten zu dürfen.

***

Das Haus in Wiener Neustadt ist eine große Villa mit vier Wohnungen, und Ernst und Karin ziehen in das erste Stockwerk. In den Briefen an ihre Mutter schreibt Karin, wie viel Ernst unterwegs sei und erzählt, dass er sich im Süden befinde und sich dafür einsetze, dass das ehemalige Westungarn zum neuen Österreich gehören kann. Ständig wird darüber diskutiert, wo die Hauptstadt des neuen Bundeslandes Burgenland liegen soll. Ödenburg wäre eine selbstverständliche

Entscheidung, aber noch ist unklar, wo die Grenze zwischen Österreich und Ungarn verlaufen wird.

Karin ist den ganzen Tag zuhause und nimmt Möbel entgegen. Einige wurden schon vorher aus Schweden geschickt, andere kommen von Verwandten, sowohl vonseiten ihrer Mutter als auch von Ernsts Familie. Eine große Polstergarnitur wird neu angeschafft.

Karin putzt Fenster und will Vorhänge nähen. Ernsts Schwester Hilda kommt aus Wien, um zu helfen, aber meistens ist es Karin, die Hilda helfen muss. Überraschend schickt Ernsts Mutter auch ihre Haushaltshilfe Elisabeth, um während der ersten Tage behilflich zu sein. Es gibt viel sauber zu machen, Fenster, Fußboden und Leisten zu putzen. Karin scheint die handfeste Arbeit zu genießen und bittet ihre Mutter auch um Strickanleitungen. Sie arbeitet an einem Winterpullover für Ernst, ist aber unsicher darüber, wo welche Maschen zu setzen sind.

Hilda und Elisabeth fahren jeden Nachmittag zurück nach Wien. Die Zugfahrt dauert eine gute Stunde. Hilda möchte nicht zum Abendessen bleiben, worüber Karin ein wenig gekränkt ist. Sie kocht gern zusammen mit anderen, vor allem im Alltag, wenn es nicht so wichtig ist. Aber Hilda entschuldigt sich damit, dass ihre Mutter nicht allein essen möchte, und nimmt daher spätestens den Fünf-Uhr-Zug nach Wien.

In den ersten Wochen in Wiener Neustadt kreisen Karins Gedanken hauptsächlich um praktische Angelegenheiten und die Tatsache, dass Ernst so viel arbeiten muss. Sie schreibt ihre Briefe in heiterem Stil, aber eine übertriebene Keckheit scheint dennoch hindurch, vielleicht um die Einsicht zu verjagen, dass dies nun das Leben ist, ihr Dasein für absehbare Zeit.

Plötzlich aber wird es brenzlig, nämlich als sie schildert, dass ihre Schwiegermutter eine zweite Trauung erzwungen hat: sie sollen auch katholisch heiraten.

Was soll sie tun? Ernst ist wieder einmal in Ödenburg und diskutiert die Grenzfrage. Er will am nächsten Tag zurückkommen, und dann wollen sie die Einzelheiten der zweiten Heirat besprechen. Karin will sich wehren und hat bereits deutlich zu verstehen gegeben, dass sie keinesfalls eine katholische Trauungszeremonie haben möchte. Es reiche vollkommen mit der Zeremonie in Båstad.

Ernst fühlt sich bedrängt.

»Du weißt, dass es nicht meinetwegen ist, sondern Mutter besteht darauf. Du hast doch gesagt, dass du es mit dem Kirchlichen nicht so genau nimmst. Kannst du es nicht für Mutter und die Verwandtschaft tun?«

»Aber dann ist es doch, als wären unsere richtige Trauung und das Hochzeitsfest nur simuliert«, klagt Karin.

Sie ist sicher, dass dies der Grund ist, weshalb niemand aus seiner Familie nach Småryd gekommen war: Sie wussten, dass es eine neue Hochzeit in Wien geben würde.

Aber nun ist es einmal so. Die neue Hochzeit wird festgelegt. Am kommenden Sonntag soll sie stattfinden und in kleinem Kreis gehalten werden, nur mit Ernsts Eltern. Karin schreibt, dass sie angeordnet habe, dass keine Geschwister von Ernst kommen dürfen, es reicht mit Schwiegermutter und vielleicht Emerl, Ernsts Onkel Emil. Ihn mag sie. Aber sie verbittet sich alle Fotografien, und in Zukunft darf niemand diese Zeremonie als »deren Hochzeit« erwähnen.

Gespräch mit Vater

Von diesem Onkel Emerl hörte ich erst, als Vater schon sehr alt war und ich anfing, ihn etwas systematischer auszufragen. Da erzählte er unter anderem, dass Onkel Emerl Vaters Dasein während der Jahre angenehmer machte, als er bei seiner Tante Hilda und deren Mann, »diesem widerlichen Hugo«, wohnen musste.

»Auf dem Heimweg von der Schule in Wien ging ich sehr gern bei Onkel Emerl vorbei. Ich brauchte dann nicht zuhause zu sein und zu büffeln, und außerdem war er ein amüsanter alter Mann, der Geschichten erzählte und nett zu mir war«, erzählte Vater.

»Er lag in seinem Bett und war Kettenraucher – die billigsten Zigaretten, die es gab. Ich bekam etwas Kleingeld, um neue zu kaufen, die unten im Tabakgeschäft lose zu erwerben waren. Dann saß ich auf seiner Bettkante und hörte ihm zu, während er paffte.«

Vater erzählte, dass Emerl ein ehemaliger kaisertreuer Soldat war, der von alten Zeiten und der Auferstehung der Doppelmonarchie träumte. Daher verabscheute er die Sozialdemokraten und später auch die Nazis, die er für widerwärtig und unzivilisiert hielt.

»Emerl war völlig verarmt«, erzählte Vater, »er besuchte alle Verwandten, die wir hatten, um zu einer Mahlzeit eingeladen zu werden. Einmal ist er bei einem entfernten Verwandten mit einem Anhänger der Nazis in die Haare geraten. Sie warfen ihn hinaus, und er durfte nie wieder kommen«, sagte Vater und lächelte liebevoll.

»Oh, er war so lieb, der Emerl. Er mochte mich und begriff wohl, wie ich es bei Hilda und Hugo hatte. Hugo konnte er aus politischen Gründen natürlich nicht leiden. Übrigens«, fuhr Vater fort und wurde immer energischer, »Emerl wohnte gleich an der Votivkirche an dem Platz, der erst Maximilianplatz hieß, nach dem Bruder des Kaisers. Nach dem Ersten Weltkrieg änderten die Sozis den Namen in Freiheitsplatz. Als die Faschisten 1934 an die Macht kamen, nannten sie ihn Dollfußplatz, und als 1938 die Deutschen kamen, hieß er Adolf-Hitler-Platz, aber nur für zwei Tage. Hitler war beleidigt, weil der Platz zu klein war, also wurde er stattdessen in Hermann-Göring-Platz umbenannt. Seit dem Krieg heißt der halbe Platz Rooseveltplatz und die andere Hälfte Sigmund-Freud-Park. Hahaha, das ist wirklich die Geschichte von Österreich als Konzentrat!«

Vater lachte in sich gekehrt und blickte in die Ferne.

»Mein Onkel Emerl hätte sicher gewollt, dass er wieder Maximilianplatz heißt, wie zu Anfang«, sagte er lächelnd.

Allein in Österreich

Die katholische Trauung von Karin und Ernst findet in einer Kapelle der Schottenbastei statt, ganz in der Nähe von Ernsts ehemaligem Gymnasium im Zentrum von Wien. Es wurde vereinbart, dass sein alter Professor in Christenlehre sie trauen soll. Anschließend will man im Rathauskeller essen – und danach würden sie nie mehr darüber reden, das hat er Karin versprochen.

An ihre Mutter schreibt Karin:

Ernsts übrige Verwandten waren beleidigt, weil wir ihnen nichts gesagt hatten, aber Ernst und ich hatten uns darauf geeinigt, dass nicht darüber gesprochen werden sollte. Es war sehr unangenehm für mich, dass der Rest der Verwandtschaft überhaupt davon erfuhr. Die ganze Situation ekelte mich derart an, dass ich nicht davon reden wollte.

Eine kleine feierlich gekleidete Gruppe versammelt sich mitten in Wien, weil eine Zeremonie stattfinden soll. Emerl hebt sich in seiner Paradeuniform von den anderen ab, die dunkle Anzüge tragen, während die Frauen farbenfroher gekleidet sind. Eine Fremde ist dabei, eine junge Frau aus einem anderen Land, alle anderen sind wohlbekannt. Eine in der Gruppe, die Schwiegermutter, hat diesen Augenblick erzwungen, die Übrigen treten von einem Bein aufs andere und warten auf den Priester.

Eine Fremdheit, die nicht nachzulassen scheint, schwebt über dem gesamten Dasein meiner Großmutter. Da ist die Schwiegermutter, die vielleicht etwas säuerlich, aber dennoch triumphierend lächelt, als sie einander flüchtig auf die Wangen küssen. Ernst, der inständig hofft, dass Karin keine Szene machen wird. Aber das Wort, das Karin bei ihrer Schilderung an die Mutter benutzt, ist »ekelhaft«. Ein Beweis dafür, dass sie sich nicht demütigen lässt: *Tut, was ihr wollt, aber zwingt mich nicht zu behaupten, dass ich es mag. Ekelhaft.*

***

Ich kann Babi deutlich vor mir sehen, wie sie sich in diesen ersten Wochen im Herbst 1920 zuhause in Wiener Neustadt einrichtet. Eine einsame junge Frau mit einem bangen Gefühl in der Magengegend.

Auch ich bin allein in Österreich gewesen, gerade erst angekommen, um in Wien zu wohnen, in einer fremden Stadt in einem fremden Land, obwohl es das Heimatland meines Vaters war. Ich war neunzehn Jahre alt und Vater hatte mir eine Arbeit als Volontär beim schwedischen Handelsbeauftragten verschafft. Ich hatte ihm erklärt, dass ich mir vorstellen konnte, nach Wien zu fahren, aber keine Absicht hatte, mich »ins Wirtschaftsleben« zu begeben, das er ständig als einzige spätere Arbeitsmöglichkeit beschrieb.

Mein Bruder studierte Wirtschaftslehre, ich wollte Journalist werden, was meine Eltern unterstützten, jedenfalls meine Mutter. Vater war widerstrebender und verstand nicht recht, wofür ich mich da interessierte, aber er unternahm nichts dagegen.

1976 arbeitete ich im Herbst nach dem Gymnasium als Pflegehelfer in einem Pflegeheim, wo es mir gefiel. Aber plötzlich hatte Vater die Einwilligung auf seine Anfrage in Wien erhalten und nach Neujahr fuhr ich los – ohne größere

Begeisterung. Zuhause in Bromma hatte ich nicht besonders viel über Österreich oder Wien gehört.

Wir waren einmal in den Ferien dort gewesen, nachdem Mutter die Reise erzwungen hatte. Vater war ein paarmal im Jahr geschäftlich dort, aber in den Ferien wollte er am liebsten jeden Tag auf Småryd verbringen. Schließlich fuhren wir nach Wien in dem Sommer, als ich die siebte Klasse beendet hatte, um endlich die Verwandtschaft zu besuchen und Vaters Kindheitsorte zu sehen.

Die Reise begann auf Småryd im Fiat 125 S der Familie – das S war wichtig. Vater war ein Meister darin, sich selbst und seinen Nächsten einzureden, dass dieser Fiat eigentlich ein verkleideter Mercedes oder sogar ein Ferrari war. Seine Geschäftsfreunde, die Grigorinis in Mailand, hatten ihn davon überzeugt, dass der Fiat ein weit angemessenerer Wagen für einen Auto-Snob war als Vaters Volvo 142. Also wurde der Volvo verkauft, und nun saßen wir in Fiats größtem und sportlichstem Familienwagen. Sosehr Vater auch über die stattlicheren Volvo- oder Mercedes-Autos der Kameraden die Nase rümpfte – unser Fiat fand keine größere Wertschätzung bei gleichaltrigen Autonarren.

Für mich, der sich kaum daran erinnern konnte, je mit der ganzen Familie in einem Restaurant gegessen zu haben, der in keinen anderen Ländern außer Norwegen und Dänemark gewesen war, schien die Reise wie eine Sensation. Nicht nur die Tatsache, dass wir im Restaurant aßen, oft zweimal am Tag, sondern dass wir zu jeder Mahlzeit Coca-Cola trinken durften. Mein Bruder und ich aßen eine gute Woche lang jeden Tag Wiener Schnitzel.

Ich weiß noch, dass wir vom Autofenster aus die kümmerliche Kleidung der österreichischen Jugendlichen bemängelten. Gab's hier keine Gul&Blå-Jeans, die in Schweden in

Mode waren? Warum waren sie so lächerlich gekleidet? Als wir lachend meinten, es müsste eher *An der schönen* braunen *Donau* heißen, stieg mein Vater auf die Bremse. Tief gekränkt erklärte er, dass wir sofort umkehren könnten, falls uns etwas nicht passte.

Aber er war es selbst, der dann die Reise abbrach. Wir hatten zehn Tage geplant, kamen aber schon nach acht Tagen zurück. Vater bekam es mit der Angst zu tun und wollte nach Småryd zurück. Ich erinnere mich noch immer, dass unser Hotel in Wien »Michelbeuern« hieß und an der Antonigasse Ecke Eduardgasse lag. Wir mussten es auswendig lernen, falls wir uns in der pulsierenden Großstadt verlaufen würden. Die Familienessen und die Treffen mit Vaters Freunden waren langweilig, wurden aber durch weitere Schnitzel aufgewogen.

Damals war Österreich für mich gleichbedeutend mit einem Brief von Wetti zu meinem Geburtstag. Seit Vater sieben Jahre alt war, war Wetti Haushälterin in seiner Familie. Sie schrieb auf diesem dünnen Luftpostpapier, das so wenig wie möglich wiegen sollte, damit das Porto nicht so teuer wurde. Im Kuvert, das pünktlich zu meinem Geburtstag eintraf, lag immer ein Hundert-Schilling-Schein.

1977 sollte ich also in Wien als Volontär an der Handelsabteilung der schwedischen Botschaft arbeiten. Ich nahm den Zug von Stockholm, ein ostdeutscher Waggon, der abgeschlossen wurde, nachdem wir eingestiegen waren. Der Nachtzug fuhr direkt nach Ostberlin. Im selben Abteil saß ein älterer Herr, der über Weihnachten seine Kinder in Västerås besucht hatte. Der Schaffner war gleichzeitig Kellner und servierte Bier und Salamibrote. Ich spürte, wie sich die Welt der Erwachsenen vor mir ausbreitete, als ich dem älteren Mann gegenübersaß, Bier trank und in meinem holprigen Schuldeutsch mit ihm plauderte. Als er sein fünftes Bier bestellte, war mir etwas muffig zumute. Er sprach immer lallender und beim sechsten Bier – oder war's das siebte? – weinte er und erzählte von der Schande seines Lebens: Seine Frau hatte ihn verlassen, abgehauen wie eine billige Hure! Dann stand er auf und schrie: *Mit einem anderen Mann! Das Schwein!*

Ich wusste nicht, was ich seinem Gefühlsausbruch entgegnen sollte, die ganze Situation war peinlich, und ich wollte am liebsten schlafen gehen. Aber als der Schaffner kam und die Pritschen für die Nacht herrichtete, sank der ältere Mann vollkommen bekleidet zurück und schlief wie ein Kind. Als der Zug schaukelnd und quietschend auf die Fähre nach Ostdeutschland rollte, stieg ich aus. In einer düsteren Cafeteria saßen einige Lastwagenfahrer und tranken Bier. Vereinzelte Gäste, die wie zivile Reisende aussahen, unterhielten sich in einem kalten Neonlicht. Der Januarabend vor dem Fenster war pechschwarz. Ich trank noch ein Bier. Es war das erste Mal, dass ich Alkohol ohne die Absicht trank, betrunken zu werden. Es war fast Mitternacht und wir sollten gegen sechs Uhr in Ostberlin sein. Ich hatte Bedenken, in mein Abteil zurückzugehen. Aber als ich endlich hineinkam, lag mein Reisegefährte noch immer in tiefem Schlaf versunken, schnarchte und brummelte zuweilen vor sich hin. Am Morgen bat er mich um Entschuldigung dafür, dass er mich mit seinem Elend gequält hatte.

Nach dem Umstieg in Berlin und einer weiteren Zugfahrt über Prag, kam ich am Nachmittag in Wien an. Geld für ein Taxi hatte ich nicht, aber eine ausführliche Beschreibung, wie ich mit der Straßenbahn vom Westbahnhof zur Boltzmanngasse im neunten Bezirk kommen würde. Dort klopfte ich an eine gigantische Pforte zum Pazmaneum, einem Wohnheim für Theologiestudenten. Da es nicht leicht war, junge Männer zu finden, die Priester werden wollten, hatte Tante Sigrid, eine jener alten Verwandten, deren Platz im Stammbaum ich aus dem Stegreif nicht zu erläutern in der Lage wäre, mich dort einschleusen können, nachdem sie dafür gebürgt hatte, dass ich ein guter Christ sei.

Später blinzelte mir Tante Sigrid zu und sagte, wo die Grenzen für die Güte gezogen werden, entscheide man selbst. Ihr Mann Luigi, Ludwig Hoffenreich, war einer der extremen Künstler der Stadt gewesen, Hoffotograf der Wiener Aktionisten. Auf die Bilder der Happenings in den Sechzigerjahren stieß ich erst viel später: Körperflüssigkeiten, Schafsdärme, nackte Leiber und Exkremente. Heute hängen sie in modernen Museen der ganzen Welt.

Bei sich zuhause zeigte mir Sigrid später einige von Luigis eher vorzeigbaren Fotografien, aber auch sie hingen hinter einem schwarzen Tuch im Flur. Tante Sigrid zog das Tuch kichernd beiseite und ich erinnere mich vor allem an eine Fotomontage, die Hitler vorstellte, dessen erhobener rechter Arm im Hintern eines Schweins steckte. Tante Sigrid gluckste vergnügt.

Sie war Cellistin und hatte auf Wiens wichtigsten Bühnen gespielt, aber als ich nach Wien kam, war sie nur Lehrerin, und junge Cellisten kamen zum Unterricht zu ihr nach Hause. Nach dem Zweiten Weltkrieg war sie mit ihrer Familie aus Litauen vertrieben worden und sie zeigte mir ihre gekrümmten Finger, die sie nicht mehr strecken konnte.

»Das kam von all den schweren Taschen mit unseren Sachen, die ich monatelang tragen musste, als wir immer nur gingen und gingen, nachdem wir aus unserem Zuhause vertrieben worden waren.«

Schon damals war mir klar, dass Tante Sigrid allerlei durchgemacht hatte.

Ich schleppte meinen Koffer die kolossalen Steintreppen im Pazmaneum hinauf. Das Haus glich einer alten Schule. Ein junger Pförtner empfing mich im ersten Stockwerk und zeigte mir ein Tragesackerl, das eine alte Dame abgegeben habe. Er gestikulierte, um zu veranschaulichen, wie alt und krumm sie war. Es musste Tante Sigrid gewesen sein, die mir einigen Hausrat lieh und mir etwas Obst und eine große Dose Nescafé gekauft hatte.

Ich sollte mir das Zimmer mit einem jungen Herrn Biedermann aus Klagenfurt teilen, aber er war noch in den Weihnachtsferien. Der Pförtner zeigte mir Küche, Toilette und Badezimmer – alles im Korridor. Er gab mir die Schlüssel und schloss die Tür hinter mir. Ich stand da und hörte, wie sich seine Schritte entfernten. Ich öffnete die Tür einen Spaltbreit und schaute in den Korridor. Über einer Tür etwas weiter weg leuchtete eine Notausgangslampe, machte man das Licht an, tickte die Zeitschaltuhr der Deckenbeleuchtung. Es war in den letzten Tagen der Weihnachtsferien und es war totenstill. Ich machte die Tür wieder zu.

Ein graublaues Dämmerlicht erfüllte mein Zimmer, die Sonne ging gerade über dem Prater unter, den ich in der Ferne durch die beiden großen Fenster sah. Die Boltzmanngasse lag auf einer Anhöhe, und die Silhouette des Riesenrads verschwand langsam in der Dunkelheit. Hier drinnen gab es zwei Kleiderkästen, zwei Betten mit braunen Tagesdecken, einen Tisch und zwei Sessel. Ein gräuliches Dunkel legte sich über das Zimmer, das bis zum Sommer mein Zuhause sein sollte. Ich machte Licht an und die nackte Deckenlampe verbreitete eine kalte, durchdringende Helligkeit.

Langsam fühlte ich die Beklemmung in mir aufsteigen, das Herz schlug schneller, ich atmete heftiger. Ich hatte solche Gefühle früher schon gehabt, aber das war lange her.

Ich legte den Koffer auf das Bett, zog mir meine Jacke an und lief die große Marmortreppe hinab, drückte die enorme Pforte auf und war schnell wieder draußen auf der Straße. Es piepte ein wenig in den Ohren und ich wanderte im Viertel herum, bis sich Puls und Atmung beruhigten.

In einem Geschäft kaufte ich ein Bier, eine Packung Roggenbrot in Scheiben und eine Dose Thunfisch. Dann ging ich auf mein Zimmer und legte mich aufs Bett, um in Joseph Hellers *Catch-22* weiterzulesen.

Was hatte ich eigentlich hier zu suchen? Wie sollte ich es ein halbes Jahr aushalten?

Am nächsten Tag sollte ich zum Mittagessen bei Verwandten erscheinen, was mich gar nicht freute. Ich befürchtete, dass die uralten Verwandten irgendeinen entfernten Cousin zweiten Grades hervorgekramt hatten, der zufällig in meinem Alter war, einen Österreicher, mit dem ich zu verkehren gezwungen wäre. Das würde keinem von uns gefallen, davon war ich überzeugt.

War es meine eigene Ankunft in Wien, durch die ich Babi so deutlich vor mir sehen konnte, wie sie siebenundfünfzig Jahre zuvor nach Wiener Neustadt gekommen war? Meine eigene Unruhe, meine Beklemmung? Obwohl es bei mir lediglich um einen halbjährigen Aufenthalt ging, nicht um eine lebenslange Verpflichtung?

Frau Hoffenreich werden

Ich habe mehrmals vor dem großen Haus in Wiener Neustadt gestanden und über das Gartentor geschaut. Zwar war Deutsch eine von Babis Muttersprachen, aber sie war vorher nie allein gewesen, in ihrem ganzen Leben nicht. Sie kam aus einem Milieu, in dem sie ständig Menschen um sich hatte und nie wusste, wie viele Leute zum Essen auftauchen würden.

Jetzt ist sie plötzlich Frau Hoffenreich und oftmals allein in ihrer Wohnung, die noch nicht fertig eingerichtet ist, in einer kleinen und fremden Stadt.

Da sitzt sie nun, hinter einer leichten Gardine an einem der Fenster des Hauses in Wiener Neustadt, meine Babi, inzwischen Frau Karin Hoffenreich, eine junge Frau in nur halb geputzter, halb möblierter Wohnung im Herbst 1920. Ich sehe sie vor mir auf einem Hocker in der Küche mit einer Tasse Kaffee in der Hand, Frau Hoffenreich, die nunmehr sorgsam doppelt verheiratet ist. Babi, ein ausgeprägt geselliger Mensch, wird in ein paar Monaten dreiundzwanzig Jahre alt werden. Ein neues Leben hat begonnen. »Ein in jeder Hinsicht neues Leben«, antwortet sie mir seufzend über fast ein Jahrhundert hinweg.

Was tut man als einsame, frisch verheiratete, junge Frau in einem fremden Land? Was hat ihre Mutter getan, als sie in Moskau mehr als dreißig Jahre zuvor in derselben Situation gewesen ist? Was tat ihre Mutter jetzt gerade? Karin weiß, dass die Saison in Småryd beendet ist und ihre Mutter, ihr Vater und ihre Schwestern wieder in der Rådmansgatan in Stockholm sind.

Ihre Briefe an die Mutter nach Hause triefen in diesem Herbst förmlich vor Heimweh: *Schickt Rezepte, schickt Fotos, was tut Ihr? Gibt es reichlich Pilze? Wie geht es Papa? Hast Du Bilder der Kinder von Erik und Greta?*

Aber sie muss versuchen, die Gedanken zu verscheuchen, die nun so stark aufsteigen. Nicht an die Familie denken, nicht an Stockholm, nicht jetzt. Sie muss versuchen, ihr Leben anzupacken, ihr neues Leben.

Es ist Licht in der Küche, aber die anderen Zimmer sind dunkel. Strom ist teuer, und Karin möchte sparen, denn Ernst hat angedeutet, dass es mit den Finanzen nicht gut bestellt ist. Die Not im Land ist groß und vor allem die Kinder leiden. Ein gewisser Doktor Strauss betreibt ein Kinderheim in der Stadt, das nicht alle aufnehmen kann, die Pflege nötig haben, da es nach dem Krieg an fast allem fehlt, was so ein Heim braucht.

Mama, schicke, was Du kannst, das Kinderheim ist vorbildlich, und der Bedarf ist enorm unter den Kindern, schreibt Karin in einem Brief nach Hause.

Sie ist froh, nicht in einem eigenen Haus zu wohnen, sondern Lebenszeichen anderer Menschen zu hören, zum Beispiel von dem Hausmeisterpaar unter ihr. Aber sie sehnt sich nach jemandem, mit dem sie Gedanken austauschen kann. Unschwer lässt sich zwischen den Zeilen ihrer Briefe lesen, dass Ernsts Schwester Hilda dazu nicht die Richtige ist. Sie ist hilfsbereit und lieb, aber gänzlich anderer Natur. Und ihre werdende Schwägerin Friedl, die sie gerade zum ersten Mal getroffen hat, beschreibt sie als »nett, aber nicht gerade bezaubernd«. Deutlicher kann sie kaum zum Ausdruck bringen, dass sie mit ihren neuen Verwandten nicht viel gemeinsam hat.

Karin hat ein überwältigendes Bedürfnis nach Ordnung, aber sie weiß nicht, wo sie anfangen soll. Es ist schwierig, sich ein Dasein aufzubauen, von dem sie sich keine innere Vorstellung machen kann. Wen soll sie vor sich sehen, der als lachender Gast zum Abendessen kommt? Welche Freunde werden mit Blumen in raschelndem Papier kommen, sodass sie sagen kann: »Oh, wie hübsch!«, um sie dann in eine Vase zu stellen und die Gäste ins Wohnzimmer zu bitten?

Und wie soll das Wohnzimmer aussehen? Worüber würden sie reden? Worüber lacht man in Österreich? Falls man hier überhaupt lacht, denkt sie und lächelt vor sich hin.

Nach zwei Monaten in der Wohnung schreibt sie, dass sie noch keine Gäste haben möchte, weil noch nichts in Ordnung ist.

Von ihrer Mutter hat sie eine Liste mit Familien bekommen, die in Wien leben, russische, die aus Russland geflohen sind, sowie Freunde von Verwandten der Familie Seitz. Karin betrachtet es als Reserve. Erst möchte sie einen eigenen Kreis aufbauen, weiß aber nicht, wie.

Sie löscht das Licht in der Küche. Die Stimmen aus der unteren Wohnung werden leiser, das Gefühl der Einsamkeit steigt in ihr auf. Ernst ist wie üblich unterwegs und agitiert, oder er arbeitet bis spät am Abend in der Kanzlei.

Was tut sie also, allein an einem Oktoberabend in dem kleinen Ort Wiener Neustadt, wo sie niemanden kennt? Sie steht mitten im Zimmer, schaut hinaus, der große Baum ist still, kein Zweig regt sich. Langsam geht sie zum Fenster, legt ihre Handflächen auf den kalten Marmorrahmen und atmet tief ein. Unten im Garten sieht sie den säuberlich geharkten Kiesweg, der zur Gartentür und der Straße dahinter führt. Etwas weiter weg ist der Bahnhof. Sie kann die Züge in der Abendluft rasseln und quietschen hören. Sie weiß, dass Wien nur eine Stunde entfernt ist.

Karin schreibt nach Hause: *Ich freue mich so über jeden Brief, der kommt, aber Ihr schreibt so selten. Ich hätte gern schwedische Zeitungen, könnt Ihr die besorgen?*

Ich sehe, dass sie von ihrer Mutter mindestens einen Brief pro Woche bekommt. Und ihre Antworten sind lang, immer zwei, drei Seiten. Dort erwähnt sie auch Briefe von Greta aus Paris und Gertrud aus Stockholm und schämt sich, dass sie ihnen noch nicht geantwortet hat.

Ernst hat davon gesprochen, dass es nur eine kurze Übergangszeit sei, denn bald würden sie Kinder bekommen, und Karin würde sich dann keine Sorgen mehr zu machen brauchen, wie sie ihre Zeit verbringen könnte. Er hat auf eine so innige Weise gelächelt, dass Karin erschrocken ist.

Kinder? Die kommen in ihrer Fantasie ebenso wenig vor wie ihre zukünftige Wohnung. Wie feiert man hier Geburtstage und Weihnachten? Im Gedanken an Weihnachten merkt sie allerdings, dass sie sich tatsächlich darauf freut, das Fest mit Ernst zu begehen.

Karin, meine Babi, geht wieder in die Küche. Eine einsame, zweiundzwanzigjährige, frisch verheiratete, schwedisch-russische Frau, die in ihrer Vorstellung nach etwas Festem tastet, woran sie sich halten kann: Gewohnheiten, Beschäftigungen und nicht zuletzt etwas, worauf sie sich freuen kann.

Soweit ich mich erinnere, tat Babi ständig etwas mit den Händen. Sie kochte, backte, nähte. Sie liebte es auch zu basteln, auszuschneiden, zusammenzukleben und zu dekorieren. Ist es diese Art von Arbeiten, nach denen ihre Hände in diesen ersten Tagen als Frau Hoffenreich in Wiener Neustadt suchen? Ich kann mir denken, dass sie ihre Gedanken auf etwas Angenehmes richtet, das sie mit Familienleben in Verbindung bringt – Gemeinschaft, viele Menschen. Sie muss fantasieren und planen, um ihre Furcht abzuwenden.

Babi macht das Licht an, geht ins Badezimmer, vermeidet es, in den Spiegel über dem Waschbecken zu schauen, holt ihre Zahnbürste, geht in die Küche zurück und putzt sich die Zähne über dem Spülbecken. Sie stellt ihre Zahnbürste in das Glas auf der Marmorplatte, holt einen großen Block und mehrere Stifte hervor, geht ins Schlafzimmer und wirft alles auf das Bett. Sie zieht ihre Kleider aus, das Nachthemd und die Bettjacke an, macht die Bettlampe an, baut die Polster hinter sich auf, krabbelt unter die Bettdecke und beginnt, einen Plan für Weihnachten zu skizzieren.

So kann es gewesen sein, denn auf diese Weise ist sie in ihrem Element. So etwas hat sie gern. Der Puls wird gleichmäßiger, die Unruhe verglimmt.

Sie zeichnet einen Tisch, um den sie zwölf Personen platziert, überlegt, welche es sein könnten. Vielleicht würden Mutter und Vater über Weihnachten kommen können? Nein, das schlägt sie sich aus dem Kopf. Erik hat zwei Kinder und falls sie überhaupt zu reisen vorhatten, würden die Eltern lieber ihn und Greta in Paris besuchen, um mit ihnen Weihnachten zu feiern. Stattdessen zeichnet sie Ernsts Geschwister und Eltern, Onkel Karl und dessen Frau Emilie – obwohl sie meistens unverschämt ist –, Onkel Emerl und zwei erfundene Namen, die neue, nette Freunde darstellen sollen, die sie und Ernst kennengelernt haben. Sie widmet sich der Sitzordnung lange. Die Namen schreibt sie auf lose Zettel, die sie um den gezeichneten Tisch anordnet. Dann geht es mit dem Menü weiter. Sie zählt alle Lieblingsgerichte zu Weihnachten auf, ergänzt sie mit Dingen, von denen sie weiß, dass Ernst sie mag, was nicht einfach ist, da er fast alles isst, freundlich und gewissenhaft, aber ohne übertriebene Begeisterung.

Schließlich schreibt sie Listen von Geschenken für alle Gäste, zwölf Spalten mit allen möglichen Ideen. Sie lacht, als sie merkt, dass ihre eigene Liste am längsten geworden ist. Unter Ernst steht »etwas, das glitzert«. Sie hat an ihre Mutter geschrieben, dass sie bemerkt zu haben meint, Ernst liebe Silber, aber da es absolut nicht teuer sein dürfe, müsse es Neusilber sein, es gäbe fantastisches Neusilber aus England und Deutschland und sie würde bestimmt etwas finden.

So sitzt meine Großmutter auf dem Bett und notiert, benutzt unterschiedliche Farben für die einzelnen Personen, zeichnet kleine Einladungskarten und skizziert die Weihnachtsdekoration. Ihr ist nun viel besser zumute. Für die Weihnachtstage hat sie einen Vorhangstoff ausgesucht und Hilda hat ihr versprochen, die Vorhänge zu säumen und aufzuhängen.

Sie löscht die Lampe und hofft, dass ihre Weihnachtspläne Ernst gefallen werden. Es ist kalt im Zimmer, sie streckt sich zum Bettrand, wo eine weitere Wolldecke liegt, legt sie über sich und zieht die Decke so hoch über den Kopf, dass nur der Mund herausschaut. Sie hört noch immer leise Stimmen von unten. Sie lächelt und versucht, so schnell es geht einzuschlafen. Sie möchte nicht, dass die Stimmen verstummen, ehe sie schläft.

Familienleben

Es gibt kein Weihnachtsfest zuhause bei Ernst und Karin. Aber das macht nichts, sie feiern bei Hilda, Paul und der Schwiegermutter in der Palffygasse in Wien, und es wird richtig nett, abgesehen von einer nicht enden wollenden Lesung aus den Evangelien. Onkel Emerl schneidet ihr Grimassen, sodass Hilda schließlich Paul beim Lesen unterbricht und Emil energisch zurechtweist, der sich brummelnd seinen Zigaretten und seinem Marillenbrand widmet.

Karins Mutter hat einen großen Schinken aus Schweden geschickt, gesalzen, damit er den Transport übersteht, aber sie müssen ihn mehrmals kochen, um ihn einigermaßen zu entsalzen. Trotzdem genießen ihn alle: In Österreich ist Fleisch noch immer ein seltener Luxus, da dafür nach wie vor Lebensmittelkarten erforderlich sind und die Fleischration für einen Erwachsenen nur hundert Gramm pro Woche beträgt.

Karin hat hübsche Geschenke gekauft, die dennoch nicht zu teuer waren. Hilda bekommt einen Regenschirm, den Karin in einem Brief an Schwägerin Greta als »irre schick« bezeichnet. Und Ernst bekommt endlich »etwas, das glitzert«: eine Teekanne aus Neusilber, über die er glücklich ist.

Nach Neujahr steht die große Hochzeit von Ernsts Bruder Paul und Elfriede »Friedl« Hallwachs an. Die Schwiegermutter ist äußerst zufrieden mit der Partie, denn ihr Sohn hat in eine Familie eingeheiratet, die ein großes Grundstück mit einer Seidenweberei in Wien besitzt. Das Einzige, was die Schwiegermutter stört, ist die Tatsache, dass das Haus der Familie Hallwachs in der Zieglergasse in Wiens siebtem Bezirk liegt, einer eleganteren Adresse als die Palffygasse.

Paul soll sich in der Firma engagieren und hört Gott sei Dank nicht, als Ernst etwas über die Arbeitsverhältnisse der Seidenweber und darüber murmelt, wie die Kapitalisten für sich beiseiteschaffen und die Arbeiter hungern lassen.

Die Streitereien zwischen den Brüdern sind berühmt und unerhört aufreibend. Es endet jedes Mal damit, dass die Schwiegermutter weint und Karin hinterher Ernst ausschimpft und ihn fragt, warum er so viel Energie darauf verwendet, mit Paul zu argumentieren, da sie ja ohnehin nie auf einen Nenner kommen würden.

Aber die Hochzeit wird dennoch sehr nett und den vierzig Gästen wird sogar etwas Fleisch und Wein angeboten. Eine gute Kapelle spielt und Ernst tanzt obendrein mehrere Tänze mit ihr.

Bereits in Karins erstem Jahr als Frau Hoffenreich werden die Konflikte mit Ernsts Familie immer deutlicher. Nach der Auseinandersetzung um die zweite Trauung haben sich die Spannungen zwischen ihr und der Schwiegermutter etwas gelegt, und die Stimmung ist besser geworden, bis nun nach Weihnachten Adja und Marguscha gekommen sind, um bei ihnen zu wohnen. Sie gehören zu den ältesten und engsten Moskauer Freunden der Familie Bolin, außerdem sind Adja und Wilhelm Cousins.

Karin schreibt einen langen Brief an ihre Mutter über einen fürchterlichen Auftritt zwischen ihr, Hilda und der Schwiegermutter. Weder Hilda noch die Schwiegermutter können ihren Widerwillen dagegen verbergen, dass Karin und Ernst Untermieter haben: »Es gibt doch Hotels. Ich begreife nicht, wie ihr diese Menschen bei euch wohnen lassen könnt. Aber wollt ihr euch ausnutzen lassen, ist es eure Sache. So ein Gesindel!«

Die Schwiegermutter sitzt auf dem Sofa und schaut Karin nicht in die Augen, während sie spricht. Sie nimmt ein Schlückchen Tee und Karin sieht, dass ihre Hand zittert.

Ernst sitzt schweigend neben Mutter und Schwester, die sich offensichtlich vorgenommen haben, heute diese anstößige Situation anzusprechen, da die Wohnung ihres Sohns beziehungsweise Bruders in »eine Art Flüchtlingslager« verwandelt wird. Karin kann kaum Ruhe bewahren.

»*Gesindel?* Ihr habt sie ja noch nicht einmal getroffen. Sie sind gebildete, freundliche Menschen, nicht wahr, Ernst? Ich bin erzogen worden, ein offenes Heim zu haben, besonders für Menschen in Schwierigkeiten. Tante Adja und Marguscha mussten aus Russland fliehen, und ihr meint allen Ernstes, wir sollten sie auffordern, im Hotel zu wohnen? Hier … in Wiener Neustadt?«

Selbstverständlich kann sich Karin nicht anmerken lassen, wie wunderbar sie es findet, endlich mit mehreren Menschen am Esstisch zu sitzen, Russisch sprechen zu dürfen, auch wenn sie es mit Rücksicht auf Ernst zu vermeiden versuchen. Oder wie herrlich es ist, auch in diesen schweren Zeiten jeden Tag ein wenig lachen zu dürfen.

»Ich habe Verständnis dafür, dass es für deinen Vater wichtig ist, seine Kunden zu behalten«, sagt die Schwiegermutter kurz, »und dass ihr deshalb diese Schwindler bei euch wohnen lasst.«

Da platzt es aus Karin heraus und sie beginnt zu schreien. Wie lange es auch dauern würde, wie wenig Geld sie auch haben, so hoffe sie doch, dass sie nie so geizig und boshaft werde wie ihre Schwiegermutter.

Sie stellt ihre Teetasse so heftig ab, dass die Untertasse zerspringt. Dann verlässt sie das Zimmer und schlägt die Tür hinter sich zu.

Sofort bereut sie, sich nicht beherrscht zu haben.

Als sie einige Wochen später hofft, dass Gertrud zu Besuch kommen und natürlich ebenfalls bei ihnen wohnen wird, rümpft Hilda die Nase: »So ein Blödsinn!«

Karin weiß nicht, was sie antworten soll. Sie fragt ihre Mutter, was man mit solchen Menschen tun soll. Sie versteht Hildas Kommentar nicht und noch weniger, was sie darauf entgegnen soll. Gewiss ist es etwas umständlich mit Gästen, wenn man nur ein Badezimmer hat, aber das ist doch kein Problem. Ernst steht meistens sehr früh auf und verlässt das Haus, ehe die anderen aufwachen, und ihre Gäste sind wirklich diskret.

An ihre Mutter schreibt Karin, dass sie immerhin glücklich über das freundliche Hausmeisterpaar ist, die Niederhubers, die sich Zeit für sie nehmen und ihr gerade den ganzen Garten gezeigt haben.

In diesem ersten Frühjahr im Haus ist Karin neugierig auf die Blumen, die bald sprießen werden, und ihr wird auch der Gemüsegarten gezeigt, der zu ihrer Wohnung gehört. Da sie die Sommer in Schweden verbringen werden, könne sie sich dann nicht um die Pflanzen kümmern, erklärt sie. Vielleicht könne man einige Sorten pflanzen, die allein zurechtkommen und erst im Spätsommer Früchte bringen? Frau Niederhuber ist gern bereit, Frau Hoffenreich zu helfen, falls es ihr nichts ausmache. Und dann kommentiert sie, was sie gerade erfahren hat und andere demnächst bemerken werden: »Aber wollen Sie wirklich die anstrengende Reise bis nach Schweden machen, in Ihrem Zustand, Frau Hoffenreich?«

Ja, Karin ist schwanger, und das Kind soll Ende August kommen. Dennoch ist sie mit Ernst übereingekommen, dass sie Mitte Juni nach Småryd fahren und Ende Juli zurückkehren. Marguscha, die ausgezogen ist und vorübergehend in Wien wohnt, will sie begleiten. Die Reise geht über die Tschechoslowakei und Berlin und die Züge seien heutzutage sehr bequem, sagt Karin beruhigend zu Frau Niederhuber.

Sie sehnt sich intensiv danach, aus Wiener Neustadt wegzukommen. Die Vorstellung, im Sommer nicht nach Småryd fahren zu können, lässt Beklemmung in ihr aufsteigen. Nein, sie verwirft alle Zweifel und will fahren, um jeden Preis. Sie gesteht sich selbst, dass es sogar wunderbar wäre, falls das Kind etwas früher kommen würde. Dann könnte sie ein halbes Jahr in Schweden bleiben und mit ihrer Mutter auf Småryd wohnen. Aber sie schämt sich ihrer Gedanken, denn Ernst soll schließlich ein teilhabender Vater werden.

Im Übrigen hat der Winter nicht viel Entspannung geboten. Sie sind recht häufig in Wien gewesen. Karin genießt die schönen Kaffeehäuser und geht ausgesprochen gern in die Oper, aber sie können sich Reisen selten und Restaurantbesuche fast nie leisten. Sie merkt, dass ihr auch die Haushaltsarbeit Freude macht, Dinge, von denen Hilda meint, dafür habe man Angestellte.

Sie haben gerade eine Haushaltshilfe angestellt. Marie arbeitet tagsüber bei ihnen. Als sie einmal einen freien Tag hat, kocht Karin Gemüsebouillon und schreibt stolz an ihre Mutter, dass sie »herrlich« gelungen ist. Sie nimmt die Gelegenheit wahr, die Wäscheschränke gründlich aufzuräumen, und am Nachmittag fühlt sie sich glücklich: es war ein richtig guter Tag. Aber am nächsten Tag ist Marie entrüstet, denn sie findet es unangebracht, dass Frau Hoffenreich solche Arbeiten macht, da sie doch schwanger ist. Außerdem fürchtet sie, was die Nachbarn sagen würden, wenn Frau Hoffenreich die Laken zum Lüften aus dem Fenster hängt.

»Sie müssen doch glauben, dass ich meiner Arbeit nicht nachkomme!«

Aber es gelingt Karin, die Angelegenheit mit einem Scherz aus der Welt zu schaffen. Und Marie ist leicht zum Lachen zu bringen – im Gegensatz zu Hilda.

Es ist erst Anfang Mai, aber der Flieder hat bereits zartlila Knospen und die Narzissen beginnen, ihre Blüten zu verlieren. Karin wird klar, dass der Winter hier kürzer ist als in Schweden oder Russland. Das ist immerhin ein Anlass zur Freude.

»Zum Frühjahr« war Ernsts ewige Antwort auf die Frage, wann er endlich etwas mehr zuhause sein würde. Seit Karin und er nach Wiener Neustadt gezogen sind, arbeitet er Tag und Nacht daran, eine juristisch haltbare Konstitution für das neue Bundesland Burgenland zustande zu bringen. Im Januar hat eine verfassungsgebende Versammlung stattgefunden und Mitte Mai sollte ein Gesetzestext über den Grenzverlauf zu Ungarn fertig sein, aber es gibt noch immer Unruhen und allerlei bewaffnete Milizen an der Grenze, die Gewalt androhen, falls die Grenzlinie nicht in die eine oder andere Richtung verschoben wird.

Ernst vertritt die Sozialdemokraten und wurde dafür direkt vom ehemaligen Staatskanzler Renner ernannt. Das Gehalt ist niedrig und der Arbeitseinsatz hoch. Die Partei ist voller Idealisten, für die politische Ziele den persönlichen übergeordnet sind. Nach einer kurzen Zeit der Koalition mit den Christlichsozialen stehen die Sozialdemokraten im Parlament nun außerhalb der Regierung. In der Stadt Wien haben die Sozialdemokraten hingegen eine stabile eigene Mehrheit und Onkel Karl leitet zahlreiche soziale Projekte, von denen der Wohnbau das wichtigste ist.

Das politische Klima im Land ist stark polarisiert. Die Konservativen warnen vor den Sozialdemokraten, die angeblich eine Diktatur nach sowjetischem Modell einführen wollen, falls sie an die Macht kämen. Die Sozialdemokraten nennen ihre Gegner Faschisten, und beide Seiten veranstalten Märsche und Demonstrationen, um ihre Stärke unter Beweis zu stellen. In alten Wochenschauen sehe ich Tausende von Sozialdemokraten die Ringstraße entlangmarschieren, Männer und Frauen in Zivil, die lächelnd in die Kamera winken, etliche so gut angezogen, als wären sie auf dem Weg zur Oper, andere, die offensichtlich der ärmeren Arbeiterklasse angehören, einige winken mit weißen Taschentüchern. In regelmäßigen Abständen kommen disziplinierte Reihen des Schutzbunds, dem paramilitärischen Zweig der Sozialdemokraten, ernste Männer unterschiedlichen Alters, bewaffnet und uniformiert.

Karin ist in vieler Hinsicht mit Ernsts sozialem Pathos einverstanden, aber es quält sie, dass sie kein Geld haben. Im März erhält sie siebzig Pfund vom elterlichen Konto in London, aber sie weiß, dass die Zeiten auch für die Juwelierfirma in Stockholm schwierig sind. Der Wechselkurs des Pfunds ist sehr vorteilhaft, aber Karin bekommt immer seltener Geld von ihren Eltern.

Ernst beklagt sich manchmal und erinnert daran, dass sein Schwiegervater versprochen hatte, dass sie sich um Geld nie zu sorgen brauchten. Aber es zeigt sich, dass Wilhelm Bolin allzu vielen Menschen gegenüber großzügig gewesen ist. Marguscha und Tante Adja erzählen beunruhigt von all den russischen Flüchtlingen, denen Wilhelm mit Wohnungen oder akuten Darlehen zu helfen versucht hat.

Schon am Hochzeitswochenende auf Småryd hat Henrik Karin beiseitegenommen und sie gewarnt, es könne Schwierigkeiten mit den Finanzen der Firma geben. Man wisse nicht, wie sich die Finanzquellen in Russland gestalten würden, und nach dem Krieg ist die Nachfrage nach Schmuck und Silber minimal gewesen. Ihr Vater war in guten Zeiten ein glänzender Geschäftsmann, einer der hervorragendsten europäischen Fachleute für Edelsteine und andere richtig wertvolle Gegenstände, aber er wusste nicht, was es hieß zu sparen oder billigere Produkte für einen Kundenkreis zu finden, der nicht über unbegrenzte Ressourcen verfügte. Karin hat eingesehen, dass sie nicht auf größere Summen als Hilfe von zuhause rechnen konnte.

Nach wie vor gibt es viele Österreicher, die hungern. Elsa Björkman-Goldschmidt, die für das Rote Kreuz in Wien arbeitet, erzählt Karin von Adelsfamilien und Gutsbesitzern, die an den Volksküchen anstanden. Die Not trifft alle, aber die Arbeiter und Allerärmsten leiden dennoch am meisten.

Im öffentlichen Dienst sind nun die Gehälter am niedrigsten, und ein Hotelportier kann plötzlich das Vielfache eines staatlich angestellten Arztes verdienen. In vielen Wartezimmern der Arztpraxen hängen in den kältesten Monaten des Winters Anschläge, auf denen die Patienten gebeten werden, Briketts für den Kamin mitzubringen.

Das schlimmste Problem aber ist die Inflation. Das Geld ist nichts mehr wert und Elsa erzählt Karin angewidert von ausländischen Händlern, die Wien nach Kunst, Schmuck und Handwerk zu Preisen abschöpfen, die nur ein Bruchteil dessen betragen, was man noch vor zehn Jahren bezahlte.

Karin selbst engagiert sich bei einem sozialdemokratischen Armenprojekt in Wiener Neustadt, wo man Familien mit Kindern hilft, bei denen der Mann im Krieg gefallen ist, sodass die alleinstehende Mutter versuchen muss, die Familie zu versorgen. Davon gibt es Hunderte, allein in ihrer kleinen Stadt.

Nachdem Karin mit Frau Niederhuber über die Anpflanzungen gesprochen hat, fährt sie in die Gärtnerei. Sie findet ein Pferdefuhrwerk, das sie zu einem nahezu peinlich niedrigen Preis sowohl hin- als auch zurückfährt. Es zeigt sich, dass der Kutscher vor dem Krieg Gärtner war und gern mitkommt, um ihr ein paar Ratschläge zu geben. Schließlich kauft Karin vier Rhabarberpflanzen, zwei schwarze und zwei rote Ribiselsträucher sowie Samen für Karotten und rote Rüben, von denen der freundliche Mann meint, sie würden zum August gerade recht sein, falls sie sofort gesät würden.

Auf dem Rückweg sitzt sie neben ihm auf dem Kutschbock und unterhält sich. Ihr ist, als sei sie auf Småryd und Einar käme mit der Droschke, um etwas zu transportieren, und sie führe aus reinem Vergnügen mit. Sie merkt die scheelen Blicke einiger Damen, als sie die Straße entlangfahren und der Kutscher laut über etwas lacht, das sie erzählt. Gleich nach der Rückkehr setzt sie die Pflanzen.

Sie kniet im Beet mit einem kleinen Spaten in der Hand, als sie plötzlich spürt, dass sich in ihrem Leib etwas regt. Sie richtet sich auf und legt die Hand auf den Bauch. Ja, jetzt noch einmal. Sie lächelt, aber das Lächeln verschwindet rasch. Das Kind ist ihr Glück und ihr Unglück. Kurz bevor sie erfahren hat, dass sie schwanger ist, hatte sie sich entschlossen, Ernst zu sagen, dass ihre Ehe ein Fehler war, dass sie ihn hoch achtet und respektiert, sie aber zu verschieden seien und sich daher scheiden lassen müssten.

Nun fühlt sie abermals ein Strampeln. Ein Gruß von einem Unbekannten, der sie dazu bringt, letztlich doch eine österreichische Gattin und Mutter zu werden. Sie streichelt sich über den Bauch und sagt zu sich selbst: »Kleiner Freund, wie sollen wir das bloß schaffen?«

Osterglocken in Wiener Neustadt

Karin macht sich auf nach Småryd und bleibt sechs Wochen dort. Ihr Sohn Gerhard, mein Vater, wird am 22. August in Wien geboren. Im Winter schreibt sie nach Hause, dass sie sich nicht für eine gute Mutter halte, das Kind aber unbeschreiblich süß sei.

Im Sommer darauf, 1922, reist sie ebenfalls nach Småryd, aber im Frühjahr 1923 fehlt ihnen das Geld und sie fürchtet, in Wiener Neustadt bleiben zu müssen.

Ihre Briefe nach Haus enthalten noch mehr Wünsche, was Fotos und Neuigkeiten über die Verwandtschaft angeht. Sie hat bei ihrem letzten Aufenthalt in Schweden keine Bilder von Eriks Kindern mitbekommen, weder von Gusti noch von Kickan, und weiß, dass ihre Mutter einige hat, die richtig süß sind. Sie hat mehrfach darum gebeten, aber keine Bilder kommen. Dabei hat sie sogar geschrieben, dass sie eigene Abzüge von den Negativen machen könne, falls ihrer Mutter die Abzüge zu umständlich seien. Sie würde dann die Negative unmittelbar zurückschicken. Sie bekommt Tränen in die Augen, wenn sie an ihre Mutter und die kleinen Nichten und Neffen denkt. Aber Ernst darf nicht merken, dass sie traurig ist.

Im Mai kommen Karin und Ernst überein, dass sie in diesem Jahr, 1923, nicht nach Småryd reisen können. Karin wäre bereit, ihren Vater um weitere Auszahlungen ihrer Ersparnisse zu bitten, aber das traut sie sich nicht zu sagen. Ernst ist ohnehin schon irritiert über ihre ständige Sehnsucht nach Schweden und ihrer Familie. Außerdem ist sie sich nicht sicher, ob ihr Vater in der Lage sein würde, ihr noch einmal zu helfen. Auch in Stockholm herrschen schlechte Zeiten. Maria und Wilhelm sind gezwungen, sich eine kleinere Wohnung zu suchen, und Henrik ermahnt die Familie zu strenger Sparsamkeit.

Marie, die Haushaltshilfe, ist wirklich vortrefflich, aber sie können sie sich nur ein paar Stunden am Tag leisten. Karin weiß, dass es Ausgaben gibt, die Ernst viel wichtiger sind als ihre Reise nach Schweden.

Jetzt steht sie mit einem gerade geöffneten Brief in der Hand da, aber es sind wieder keine Fotos darin. Immerhin lauter Neuigkeiten von der Familie in Stockholm. Maria schickt einige Rezepte russischer Gerichte, die Karin seit ihrer Kindheit in Moskau kennt und liebt. Ernst gefällt es gar nicht, ungewohnte Dinge zu essen, aber Karin fehlt die Küche ihrer Mutter, die russische und österreichische Mischung. Ihre Mutter interessierte sich überhaupt nicht für schwedische Hausmannskost. Sie meinte, schon einmal neu kochen gelernt zu haben, als sie von Wien nach Moskau gezogen war, und an den süßen Geschmack schwedischer Gerichte, vor allem des Brotes, konnte sie sich nur schwer gewöhnen. In Stockholm und auf Småryd wollte sie daher Haushaltshilfen und Köchinnen finden, die nicht nur mit der schwedischen Speisentradition vertraut waren.

In einem Sommer hatten sie auch eine Köchin, die mit ihnen aus Moskau mitgekommen war. Karin war gern bei ihr in der Küche und sprach russisch mit ihr. Eines Tages fragte die Köchin sie, was »Abbelentehao« im Schwedischen bedeuten mochte. Die Mädchen in der Küche sagten es so häufig, wenn sie ihnen etwas anbot. Karin musste lange überlegen und sich das Wort mehrfach wiederholen lassen, ehe sie begriff, dass es sich um breit entstellten südschwedischen

Dialekt handelte und »Ich möchte nicht mehr haben« bedeutete.

Noch in den Neunzigerjahren sagte Gaba »Abbelentehao«, wenn ihr etwas angeboten wurde, von dem sie nicht mehr haben wollte.

In Wiener Neustadt strengt sich Karin an, die Mahlzeiten zu Höhepunkten des Tages zu machen. Sooft es geht, versucht sie, Freunde einzuladen, und sie bittet Ernst immer wieder, seine politischen Genossen zum Essen mitzubringen. Er betrachtet es als unnötige Ausgaben, aber Karin bemüht sich, ihn zu überzeugen, dass die Kosten für vier oder sogar sechs Personen nicht viel höher sind als für zwei. Man könne einfach etwas mehr Wurzelgemüse in den Eintopf geben, es müsse nicht doppelt so viel Fleisch sein, nur weil doppelt so viele am Tisch sitzen.

Die Kontraste zwischen ihren derzeitigen, stillen Mahlzeiten und denen, die sie in ihrem früheren Leben gehabt hat, sind so groß, dass sie eine unbändige Lust zu lachen verspürt. Sie schreibt ihrer Schwägerin Greta in Paris und es macht ihr Spaß, Umgangssprache zu benutzen:

Du kannst Dir nicht denken, wie verwöhnt Ernst war. Er hatte sich noch nie selbst ein Hemd oder ein Paar Strümpfe geholt, sondern alles hatte seine Mami ihm hingelegt. Aber Du glaubst doch wohl nicht, dass er bei mir damit durchkam! Er kann schon froh sein, dass ich flick' und stopf' und für Anstand in den Schubladen sorge. Unser Haushalt ist wirklich so komisch, dass man sich krummlachen kann, aber mir gefällt's und ich hab' Spaß, und das ist die Hauptsache.

Karin schämt sich, wenn sie Ernsts Blicke spürt. Sie weiß, dass es ihn stört, wenn sie ihr gemeinsames Leben und ihren

Umgang ständig mit dem Leben in Schweden oder Russland vergleicht. Einmal war es ihr entschlüpft, dass sie das Lachen vermisse und alles so ernsthaft sei. Obwohl sie nicht religiös erzogen sei, wisse sie ja, dass Ernst auch nicht auf orthodoxe Weise gläubig ist. Dennoch lebe er meistens wie ein Asket.

Ihre Schwiegermutter hatte sich gewünscht, dass Karin konvertieren würde, aber das kam nie infrage, und Karin möchte auch nicht, dass ihre Kinder Katholiken werden. Gerhard ist nun evangelisch getauft und die Schwiegermutter hat sich geweigert, zur Taufe in die Kirche zu kommen, ist aber hinterher bei der Familienfeier erschienen.

Karin machte es überhaupt nichts aus, aber Ernst war unangenehm berührt. Für Karin war es eine Pointierung: Der Zwang zur katholischen Trauung war in Ordnung, aber die Kinder? Nein, das geht zu weit.

Obwohl Karin glücklich darüber ist, eine so gute Hilfe wie Marie gefunden zu haben, geht sie am liebsten selbst auf die kleinen Märkte der Stadt, um ihre Einkäufe zu machen. Langsam, aber sicher sind die Österreicher dabei zu lernen, dass man sich nicht mehr auf die enormen Vorräte an Agrarprodukten des alten Kaiserreichs verlassen kann. Die ehemaligen Kronländer sind im Begriff, einen eigenen Export aufzubauen, und Österreich ist nicht der bevorzugte Handelspartner. Man will nach neuen Wegen suchen.

Schließlich ist Karin gezwungen, ihre Eltern verzweifelt um weitere Teile ihres Kapitals zu bitten. Sie kommen gerade rechtzeitig, um Marie zu bezahlen. Karin möchte keinesfalls, dass die Haushälterin ahnt, wie schlimm es um ihre Finanzen steht, weil dann, davon ist sie überzeugt, bald die ganze Stadt darüber reden würde.

Karin hat ihre Mutter auch gebeten, einige der Modezeitschriften zu schicken, von denen sie weiß, dass Margit und Maja sie lesen. Nun muss sie selbst nähen und ändern und möchte Bilder aus Paris und London. Sie ist fest entschlossen, nicht eine dieser bürgerlichen Damen in Wiener Neustadt mit deren entsetzlich altmodischem Geschmack zu werden.

Ernst hingegen fürchtet, sie könne sich zu sehr von der Menge abheben. Er fühlt sich schon jetzt vom Zeitungsgeschreibsel behelligt, wonach Karin vermutlich die uneheliche Tochter von Karl Seitz sei, die er seinerzeit zu der Schwester nach Russland geschickt habe. Das Gerücht war hin und wieder in den christlichsozialen Blättern aufgetaucht, um Onkel Karl anzuschwärzen, der sich selbst darüber nur zu amüsieren schien. Jedes Mal, wenn Ernst so einen Artikel las, wurde er tiefrot.

»Findest du nicht, dass es entsetzlich ist? Und was sollen deine Eltern sagen? Man deutet doch an, dass ich meine politischen Ämter über deinen Onkel Karl bekommen habe. Das ist doch ehrenkränkend!«

Endlich willigt Karin ein und lässt sich aus Schweden alle Geburtsurkunden und Taufscheine schicken, die ihr einfallen, aber sie warnt Ernst: Wenn er die Sache zu sehr aufbläst, werden die Journalisten nur glauben, dass tatsächlich etwas dahinterstecken könnte.

Er selbst ist vollauf mit der Ungarnfrage beschäftigt gewesen. Was früher Westungarn genannt wurde, ist endlich ein Bundesland der neuen Republik Österreich geworden, und man hat sich auf den Namen Burgenland geeinigt. Aber die Ungarn haben eine Volksabstimmung darüber durchgesetzt, ob die größte Stadt, Ödenburg, in Ungarn oder Österreich liegen sollte. Diese Abstimmung hatten die Österreicher im Dezember 1921 deutlich verloren, aber sie waren überzeugt, dass die Siegermächte des Kriegs in Zusammenarbeit mit ungarischen Faschisten die Stimmauszählung manipuliert hatten. Aber zur Wahrheit gehörte auch, dass es den Österreichern nicht gelungen war, den Beamten in den Städten plausibel zu machen, dass Österreich eine lebensfähige Nation war. Viele hatten für ein ungarisches Ödenburg gestimmt, weil es ihnen am sichersten schien.

Karin war dieser Frage unendlich überdrüssig, denn Ernst hatte in den letzten Jahren von nichts anderem gesprochen. Und als die Volksabstimmung 1921 endlich vorüber war, fing das Gerede über den Wahlbetrug an. Er war immer wieder verärgert, wenn sie meinte, er müsse die Tatsachen akzeptieren.

»Hör doch endlich auf, Ernst! Die Abstimmung ist bald zwei Jahre her und ihr habt alles getan, was ihr konntet.«

Aber er konnte davon nicht ablassen.

»Über sechzig Prozent der Bevölkerung waren deutschsprachig, und dennoch haben wir die Volksabstimmung mit dreißig zu siebzig verloren. Jeder versteht doch, dass das absurd ist.«

Ernst betrachtete es als eine persönliche Niederlage, dass Ödenburg an Ungarn gefallen war – oder Sopron, wie die Stadt auf Ungarisch hieß. Der Ort wäre doch die logische Hauptstadt des neuen Bundeslandes Burgenland. Nun wusste niemand, welche Stadt infrage kam. Die besten Aussichten hatte Eisenstadt, ein kleiner und entschieden weniger bedeutsamer Ort – dessen bemerkenswerteste Sehenswürdigkeit ausgerechnet das Schloss des ungarischen Adelsgeschlechts Esterházy war.

»Sopron!« Ernst spuckte das Wort aus. Er würde sich daran gewöhnen müssen.

Das Burgenland hatte eine gemischte Bevölkerung, aber die Mehrheit war deutschsprachig. Das Bundesland war neu, der Name erfunden, und die Menschen dort wurden im übrigen Österreich oft verhöhnt. Es ging so weit, dass viele derjenigen, die im nördlichen Teil des Burgenlands wohnten, auf die Frage nach ihrer Herkunft sagten, sie kämen aus der Gegend von Wien.

Gleichzeitig ist Karin besorgt darüber, dass es nun aussieht, als würden sie und Ernst auf dem Land bleiben. In den letzten Jahren hatte sie mit ihm hin und wieder im Burgenland herumreisen können, einer ausgeprägt bäuerlichen Gegend: einige wogende Hügel mit Weinbau im Süden, aber ansonsten meist flaches Land, findet sie, mit Dörfern, in denen Störche auf den Dächern nisten und wo es höchstens ein Kaffee- oder Gasthaus auf dem einzigen Marktplatz gibt. Pittoresk, hübsch – und sterbenslangweilig.

Auch Wiener Neustadt, immerhin in Niederösterreich, einem Bundesland mit Tradition, findet sie so geruhsam, dass sie es nur schwer erträgt. Sie sehnt sich ständig nach Wien.

Dort wurde Onkel Karl gerade zum Bürgermeister gewählt. Dadurch stehen ihm freie Logen zur Verfügung, sowohl in der Oper als auch im Burgtheater. Karin und Ernst dürfen sie gern kostenlos benutzen. Aber Ernst schätzt es nicht, in der Loge des Bürgermeisters zu sitzen, schon gar nicht mit dessen angeblicher Tochter an seiner Seite. Alle würden dann mit vielsagenden Blicken reden: *Jaja, kein Wunder, dass er sein Pöstchen in der Regierung von Burgenland hat. Zwar im Dorf … aber immerhin.*

Karin indessen hat nichts dagegen, wenn alle sie neugierig anglotzen, aber sie schämt sich, dass sie nur zwei repräsentable Kleider für den Opernbesuch hat. Was sollen die Leute denken, wenn sie jedes Mal mit denselben Kleidern aufkreuzt?

Außerdem schreibt sie an ihre Mutter, wie schwer sie sich mit dem Kind tut. Gerhard ist nun fast drei Jahre alt, aber sie findet nicht, dass sie mit ihm umgehen kann.

Verschiedene Kindermädchen sind gekommen und wieder gegangen und sie wünscht sich, eine Hilfe zu finden, die bleiben würde, sodass sie selbst sich mehr um Haushalt, Wirtschaft und Garten kümmern könnte. Wer könne schon ein kleines Kind bewältigen und gleichzeitig den Erwartungen hinsichtlich des Hauses, der Repräsentation und des Gartens genügen und außerdem gezwungen sein, zu nähen, zu flicken, zu stopfen und sich unablässig um das Geld zu sorgen?

Karin sieht sich im Spiegel des Flurs an. Aus dem Wohnzimmer hört sie Ernst irritiert etwas vor sich hin reden, während er die Zeitung liest. Sie neigt sich vor und schaut sich tief in die Augen. Sie ist erst fünfundzwanzig, fühlt sich aber wie fünfzig. Sieht so das Leben aus? Wie lange? Ein Gefühl der Beklemmung bebt in der Magengegend auf. Sie seufzt so tief und laut, dass Ernst ruft: »Was ist denn?«

Die Zeitung raschelt. Sie antwortet nicht und er fragt nicht noch einmal. Bald hört sie wieder seine verärgerten Selbstgespräche: »Aber das ist doch nicht möglich! Wie kann so etwas geschehen?«

So hört er sich immer an, wenn er Zeitung liest. Immer geschieht etwas, obwohl es vollkommen undenkbar ist. Karin weiß nicht, ob er erwartet, dass sie sein Schnauben kommentiert, hat sich aber entschlossen, nur zu antworten, wenn sie direkt angesprochen wird.

Sie verlässt den Spiegel und setzt sich an den Schreibtisch. Sie versucht, den Gedanken daran zu verjagen, dass sie Ernst und seiner Verwandtschaft überdrüssig ist. Sie stört sich an Umsicht und Geiz, auch wenn Ernst es Sparsamkeit nennt.

Sie beginnt einen weiteren Brief an ihre Mutter, weil sie unbedingt etwas erzählen muss:

Vor einigen Wochen waren sie bei Ernsts Cousin Toni und dessen Frau Det eingeladen. Sie fuhren den ganzen Weg von Wiener Neustadt bis nach Wien, und das Einzige, was ihnen angeboten wurde, war – Tee und gekaufte Kekse!

Karin war so beleidigt, dass sie den Vorfall kaum einzuschätzen vermochte. Zunächst glaubte sie, man würde später essen, aber nachdem ihr klar geworden war, dass nicht mehr zu erwarten war, konnte sie sich nur mühsam beherrschen. Sie schildert die Episode ausführlich, empört und mit vielen Ausrufezeichen.

Ihre Erwiderung war ein dreigängiges Menü beim nächsten Mal, als Toni und Det zu ihnen kamen. Drei Gänge und sogar Wein servierte sie. Marie musste zu Fuß nach Ungarn und wieder zurück gehen, um das Fleisch zu kaufen. Ernst meinte hinterher, Karin sei fürchterlich kindisch, und sagte, sie würde nur deren Auffassung befestigen, dass sie ein verwöhntes Kind betuchter Eltern sei. Nun bekam Karin einen Wutausbruch.

»Für mich ist es eine Liebestat, jemanden zum Essen einzuladen. Ich freue mich, mich so hübsch wie möglich herrichten und manchmal fröhliche Gäste an unserem Tisch sehen zu können. Hat man kein schönes Leinentuch, kann man schöne Blumen auf den Tisch stellen, hat man nicht genug Fleisch, kann man mit Wurzeln ergänzen. Es geht nicht um Geld. Toni und Det haben doch viel mehr als wir.«

»Du bist mit unbegrenzten Geldmitteln aufgewachsen, und jetzt musst du dich dem Standard anpassen, der uns möglich ist. Wir wohnen in Wiener Neustadt, nicht in einer edlen Adresse in Moskau oder Stockholm oder in einem wahnwitzig großen Sommerhaus voller Bediensteter.«

Ernst rang aufgeregt nach Atem.

Karin hatte Tränen in den Augen und wusste, dass Ernst, der Zänkerei verabscheut, wahrscheinlich gleich einen langen Spaziergang machen würde. Er würde es damit begründen, dass er unter Druck stehe und an entschieden wichtigere Dinge zu denken habe. Und richtig: sie hörte, wie die Haustür kräftig zugeschlagen wurde. Sie stand im Wohnzimmer und kämpfte gegen die Tränen an. Dann hörte sie Gerhard im Kinderzimmer aufwachen. Er wimmerte ein wenig, wurde wieder leise und fing dann langsam an, zu brabbeln.

Sie kniete neben seinem Gitterbett nieder, nahm seine kleine Hand und sah, wie er richtig aufwachte und zu lachen begann. Schnell trocknete sie ihre letzten Tränen aus den Augen und hob ihn hoch.

Sie spürte seinen Leib gern an ihrem, er brabbelte weiter, und sie antwortete ihm. Aber sie hatte auch ein anderes, ein dumpfes und dunkles Gefühl, das in der Magengegend saß. Sie wünschte sich so sehr, dass sie zwei Kindermädchen hätten, die ganztags arbeiten. Gewiss und gern möchte sie bei ihrem Kind sein, aber nicht den ganzen Tag. Sie beneidete Ernst, der dem Kind nur dann ein Küsschen gab, wenn es satt und zufrieden war.

***

Knapp ein Jahr später, im März 1924, wird in Wien eine große Schmuck- und Antiquitätenmesse veranstaltet. In den Monaten vorher enthalten die Briefe meiner Großmutter die Hoffnung, dass ihr Vater zur Messe kommen werde. Sie beschreibt anschaulich, dass er in einem netten Hotel übernachten könne, das sie ausgesucht hat, und möchte unter keinen Umständen, dass Ernst vorschlägt, ihr Vater könne bei seiner Mutter und Hilda wohnen. Die Vorstellung, dass ihr fröhlicher und lieber Vater an deren düsteren Esstisch sitzen würde, macht sie beklommen. Aber je näher der Termin der Messe rückt, desto verzweifelter klingt in den Briefen ihr Flehen, dass er kommen möge. Herzzerreißend schildert sie, wie sehr sie sich nach ihm sehnt und wie nett es sein würde. Sie hat sogar ausfindig gemacht, welche Art von Waren sich in Wien vermutlich gut verkaufen ließen.

Schließlich aber sieht sie ein, dass alles vergeblich war: ihr Vater Wilhelm kommt nicht. Sie ist verzweifelt und weint oft, bemüht sich aber, es nicht vor Ernst zu tun.

Karin weiß nicht, wie sie den Winter ohne die neuen Freunde, die Frühwalds, überlebt hätte. Es sind die Einzigen unter ihren Bekannten, die sie wirklich mag. Zusammen mit ihnen kann sie lachen, und sie verstehen sie und ihre Gedanken. Frau Frühwald, Olly, und sie haben sich gemeinsam ausgeweint und festgestellt, dass sie es ohne die andere nicht ertragen hätten.

Auch für Gerhard sind die Frühwalds wichtig. Karin ist erleichtert, dass er so gern mit deren Sohn Nowo spielt, denn er interessiert sich sonst nicht für andere Kinder. Und Karin wird ungeduldig, weil er ständig bei ihr sein will und sich nicht beschäftigen kann. Jetzt, da ihr Selbstvertrauen in Bezug auf Gerhard zerrüttet ist, ist sie besonders dankbar für Nowo.

Ist es normal, seinem eigenen Kind gegenüber solche Gefühle zu haben?

Auf dem Boden zu sitzen und mit Klötzen oder Holzbooten zu spielen, verabscheut sie. Wie ist es gewesen, als sie selbst klein war? Ihre Mutter hatte sechs Kinder und Karin kann sich nicht erinnern, je abgewiesen worden zu sein. Aber sie hat auch Asana gehabt, das wunderbare Kindermädchen, die immer zur Stelle war, wenn die Kinder etwas brauchten.

Sie kann nicht verstehen, warum es so schwierig war, vernünftige Kindermädchen zu finden, die für ein paar Stunden kommen, wenn sie gebraucht werden. Wiener Neustadt ist doch immerhin kein Dorf.

Das letzte Mädchen, Hermine, hatte eine Sprache und einen Dialekt, dass sogar Marie sie unablässig zurechtwies. Es war ausgeschlossen, ihr Gerhard anzuvertrauen. Da Karin nun versucht, ein wenig Schwedisch mit ihm zu sprechen, liegt ihr besonders daran, dass das Kindermädchen ein gepflegtes Deutsch spricht.

Wenn sie sich doch nur eine ausgebildete Kinderpflegerin leisten könnten, die auch über Nacht bleibt! Sie haben es einmal versucht, aber es wurde katastrophal, und Marie hatte weinend behauptet, dass »dieser Mensch« für fünf aß und im Verhältnis zu ihr viel zu gut bezahlt wurde. Karin wollte unter keinen Umständen Marie verlieren, also musste die Kinderpflegerin gehen.

Wieder denkt Karin an ihre Kindheit in Moskau. Wie viele Gouvernanten und Kindermädchen hat sie gehabt? Wenn sie es recht bedenkt, waren es nicht so viele, und die meisten kamen lediglich für einige Stunden, um Französisch oder Englisch zu sprechen oder Klavier zu spielen. Aber in Moskau hat es immer andere Erwachsene gegeben, hier aber sind es nur sie und Marie. Ernst geht morgens um halb acht und kommt abends gegen halb acht nach Haus, falls er keine Abendsitzungen hat, wodurch es noch später wird. Und wenn er zuhause ist, hat er stets an einer Rede oder einem Artikel zu schreiben.

Das Leben nur mit Gerhard und Marie macht sie fast wahnsinnig. Sie sehnt sich ständig nach Ausflügen in Frühwalds neuem Automobil, das Karin ihrer Mutter als »herrlich« schildert. Ein großer Daimler. Zwei Personen können vorn, drei hinten sitzen, er ist bequem und die moderne Federung fantastisch: man merkt die holprigen Straßen kaum. Auf den besseren Strecken hat man das Gefühl zu fliegen. Olly liebt es, selbst zu steuern, und Karin ist stolz, wenn sie und Olly allein in dem großen Wagen sitzen. Es gibt nicht viele Frauen, die ohne ihre Männer fahren.

Als sie mit Ernst die Frage erörtert, ob sie einen Führerschein machen sollte, ist er der Meinung, dass es keinen Anlass gibt und sie genügend Ausgaben haben.

Immer deutlicher sieht sie ein, wie hoffnungslos verschieden sie sind. Sie schätzt ihn und seinen Idealismus und prahlt ihren Freundinnen und ihrer Mutter gegenüber häufig mit seiner selbstlosen Arbeit. Für Ernst ist das politische Engagement kristallklar: Die Situation der Arbeiter muss verbessert werden, sie müssen sich organisieren, und die Reichen müssen gezwungen werden, auf einen Teil ihrer Einkünfte und Vermögen, aber auch ihrer Privilegien zu verzichten. Der Sohn eines Fabrikbesitzers sollte in Zukunft nicht leichter studieren können als der Sohn eines Fabrikarbeiters. Und das Wichtigste: Arbeiter in der ganzen Welt sollten dafür sorgen, dass es nie wieder Krieg geben würde.

Es ist bereits März, und die Schmuckmesse ist nur noch einen Tag geöffnet, aber Wilhelm hat schon vor einem Monat mitgeteilt, dass er nicht kommen wird.

Karin ist beleidigt. Sie hatte ihrem Vater eine Menge Dinge vorgeschlagen, von denen sie wusste, dass sie hier gefragt waren. Hübsche Zigarettenetuis, Perlen, Lippenstifthalter aus Silber. Sie konnte geradezu Ernsts verächtliches Schnaufen hören, wenn sie an solche Luxusartikel nur dachte. Sie war ganz in ihrer Planung aufgegangen, um ihrem Vater den Besuch nahezubringen, und hatte mit den Frühwalds, den

Löwys und den Franks gesprochen, die alle ihren einflussreichen Freunden empfehlen würden, sich die Ausstellung des Hofjuweliers des Zaren anzusehen.

Nun ist nichts daraus geworden und Karin spürt die Angst in sich aufsteigen. Bis zum Sommer und der Reise nach Schweden ist es noch lange hin. Diesmal muss sie versuchen, länger zu bleiben. Schließlich ist es zwei Jahre her, seit sie dort waren, und Ernst würde bestimmt Verständnis dafür haben, dass sie einen Monat länger bleiben würde.

Karin kann sich nur schwer vorstellen, dass die Juwelierfirma nach außen immer mehr von Henrik vertreten wird. Sie ist aus ihrem Bruder nie schlau geworden. Er beharrt auf seinem Vegetarismus, den sie für eine vorübergehende Laune gehalten hat, und ist nun äußerst aktiv in Stockholmer Vereinen, die sich dafür engagieren, dass in der Stadt ein vegetarisches Restaurant eröffnet wird. Außerdem ist er strenger Abstinenzler geworden.

Henrik ist auf vielen Gebieten exzentrisch. In sozialen Zusammenhängen kann er sehr charmant sein, aber Karin findet, er spiele ständig die Rolle »Henrik Bolin«, und sie ist peinlich berührt, wenn sie ihn hört. Mit Erik ist es anders. Mit ihm kann sie vertraulich reden, aber er wohnt mit Greta und den beiden Kindern seit Jahren in Paris, wo er eine eigene Ausstattungs- und Antiquitätenfirma führt.

In Eriks ersten Jahren in Paris hatte W. A. Bolin eine Filiale an der Rue Lafayette und es ist aus dieser Zeit ein umfangreicher Briefwechsel zwischen Erik und seinem Vater Wilhelm erhalten. Erik war der internationale Mann der Familie. Er hatte die Filiale in Kopenhagen eröffnet und musste sie wieder schließen, und dann ließ er sich in Paris nieder. Aus der Filiale in Oslo wurde nie etwas. Dass er es vermied, in Stockholm zu arbeiten, lag größtenteils daran, dass er mit Henrik nicht auskam.

In langen Briefen an seinen Vater hat Erik immer wieder Vorschläge für neue Standorte der Firma. Vielleicht Monte Carlo? Oder Nizza? Es gleicht geradezu einer Höflichkeitsphrase, wenn jeder Brief mit dem Wunsch nach besseren Zeiten abgeschlossen wird. Er schreibt resigniert, dass seine Frau Greta der Firma sogar eine größere Summe ihrer eigenen Ersparnisse ausleihen musste, als der Gerichtsvollzieher drohte. Er regt sich darüber auf, dass sie von Fieber und Weinkrämpfen heimgesucht worden ist und das Leben mit zwei kleinen Kindern und der ungewissen Finanzsituation unerträglich sei.

Aber auch in Stockholm sind die Zeiten nicht besser. Ich kenne Wilhelms Antworten nicht, aber aus Eriks Briefen kann ich ersehen, dass er von seinem Vater keinen Trost in Form von Zuschüssen erhält.

Ich lese Eriks Briefe parallel zu denen von Karin aus Wiener Neustadt an ihre Mutter. Es handelt sich um gegensätzliche Welten. Erik lebt, als Repräsentant der stolzen Juwelierfirma, auf großem Fuß und verkehrt in vornehmen Kreisen, wo ein gewisser Lebensstil erwartet wird. Da er mit Greta Lindholm verheiratet ist, einer Frau mit ansehnlichem Kapital, fällt ihm das auch leichter. Karin hingegen sitzt in Wiener Neustadt mit einem Mann, der gar kein Geld hat. Erik reist zwischen der Riviera und Paris hin und her, trifft wichtige Kunden in feinen Hotels, aber auch er leidet unter einem fortwährenden Mangel an Geld. *Heute haben wir fast gar nichts verkauft, ich weiß nicht, was ich tun soll. Einmal muss es doch besser werden.* Erik schreibt über verschiedene Juwelen und günstige Preise, über Schliff und Farbqualitäten. Aber nach jedem Abschnitt ist es, als höre man einen Seufzer – dann folgt etwas über die schwierigen Zeiten und ob alles überhaupt einen Sinn habe. Hinter manchen Zeilen ahne ich die Kritik des Vaters und Erik rechtfertigt sich und seine Käufe.

Schließlich aber geht es nicht mehr und Erik Bolin muss die Juwelierfirma der Familie völlig aufgeben, sodass nur noch das Geschäft in Stockholm übrig ist. Das Mobiliar der Firma in Paris stand in meiner Kindheit noch zu Teilen auf Småryd. Erik konzentriert sich ganz auf seine eigene Ausstattungs- und Antiquitätenfirma. Er gewinnt rasch einige angesehene Kunden und stattet den neuen schwedischen Club an der Rue Rivoli aus. Dennoch sind die Aufträge dünn gesät und seine Briefe sind von Verzweiflung gekennzeichnet: Er hat Magenbeschwerden bekommen, Greta noch öfter nervöses Fieber.

Für Karin sind die Briefe, die sie erhält, wie Romane – ob sie nun von Greta aus Paris, von Gertrud, ihrer Mutter oder wem auch immer kommen. Sie liest sie immer wieder. Es sind Erzählungen über ein anderes Leben, ein Leben, das sie idealisiert und nach dem sie sich sehnt. Ständig schreibt sie an ihre Mutter und bittet um Neuigkeiten über alle Freunde und Verwandten.

Sie versucht, die Briefe zu beantworten, wenn Ernst nicht zuhause ist, denn sie findet es scheußlich, wenn er etwas an ihre Mutter hinzufügen möchte. Er ist dann wie eine Zensurbehörde und kommentiert alles.

Sie haben sich gerade über einen Brief gezankt, in dem sie über die finanzielle Situation klagt. Nun fühlt er sich verletzt und als Familienversorger infrage gestellt.

»So schlimm ist es doch wohl nicht? Was meinst du damit, dass wir im Winter keine Kohlen hatten? Warum schreibst du deiner Mutter über meine Kleidung? Und warum hast du mir nicht erzählt, dass Onkel Karl dir Handschuhe gekauft hat, als du in Wien warst? Deiner Mutter erzählst du es, aber mir nicht!«

Er liest weiter und wird noch ärgerlicher.

»Du schreibst: Er ist so aufmerksam und hat die Löcher in meinen Handschuhen gesehen. Was glaubst du, wie mir das vorkommt? Bin ich nicht aufmerksam und sehe die Löcher in deinen Handschuhen? Und warum hast du sie nicht gestopft? Warum fährst du mit löchrigen Handschuhen nach Wien? Wolltest du sie deinem feinen Onkel, dem Bürgermeister zeigen, damit er mit dir in das Geschäft geht und neue kauft?«

Sie antwortet, dass Karl ihm immerhin ein Halstuch gekauft habe. Warum hatte er es eigentlich angenommen?

Der Streit ist zermürbend, und Karin fragt, warum Ernst immer so reizbar ist, sobald es um Onkel Karl geht. Aber es endet damit, dass Gerhard aufwacht und weint. Ernst beruhigt sich und räumt ein, zu empfindlich reagiert zu haben.

»Aber du musst einsehen, dass ich unter keinen Umständen möchte, dass Onkel Karl den Eindruck bekommt, dass wir in Armut leben und ich dich nicht versorgen kann.«

»Onkel Karl weiß doch sehr gut, wie es um unsere Finanzen bestellt ist«, antwortet Karin.

Sie liebt den Kontakt zu ihrem Onkel, nicht nur, weil er ihr den Vorwand bietet, nach Wien zu fahren, sondern weil er ein fröhlicher, amüsanter und großzügiger Mensch ist. Außerdem erzählt er ihr fesselnd von seiner Arbeit als Bürgermeister der großen Stadt.

Karin bringt Gerhard ins Bett und erledigt ihre Küchenarbeiten. Sie sieht sich um, nimmt noch einmal den Putzfetzen und wischt den Küchentisch ab. Sie bringt die Blumentöpfe vom Fenster zum Spülbecken, befühlt die Blumenerde und gießt einige Tropfen Wasser darauf, obwohl sie noch feucht ist. Dann schaut sie sie an. Keine verwelkten Blätter, die sie abnehmen könnte. Die Tränen haben aufgehört, aber finsterer Kummer steigt in ihr auf, vom Becken über den Oberkörper in den Kopf. Sie hat das Gefühl, nie wieder froh werden zu können. Was immer sie tut, sie muss versuchen, die Zeit nicht als eine lange Strecke vor sich zu betrachten. Sie schließt die Augen und sagt immer wieder zu sich selbst: »Du darfst das Dasein nicht als einen Ablauf sehen, bei dem Tag auf Tag, Monat auf Monat, Jahr auf Jahr folgt. Sonst gehst du unter. Heute kommt Olly, das wird nett. Am Wochenende können wir mit Gerhard einen Ausflug nach Wien machen, hat Ernst gesagt. Schönbrunn ist hübsch, auch im März. Wirklich.«

Sie schaut in den Garten hinaus und atmet schwer. Die Osterglocken blühen bereits. Auf Småryd dauert es bestimmt noch drei Wochen, ehe sich Blumen blicken lassen.

Nein, nein. Nicht an Småryd denken. Karin schließt die Augen fest und wiederholt: »Die Osterglocken. Sie sind schön, wie sie hier stehen. Hier im Garten. In Wiener Neustadt.«

Gespräch mit Vater

Wenn mein Vater von seiner Mutter und ihrer Zeit in Österreich erzählte, kam er immer wieder darauf zurück, dass es ihr dort nicht gefiel. Wiener Neustadt war eine langweilige Kleinstadt, und Sauerbrunn, wohin sie 1928 zogen, war sogar eher ein Dorf.

Auch der Nachbar in Sauerbrunn, Zuckerbäcker Lehner, dessen Sohn ich einige Monate vor seinem Tod 2015 traf, erzählte lachend, dass Karin, Frau Hoffenreich, »eine Sorte für sich« war.

»War sie nicht von russischem Adel?«, fragte er lächelnd. »Jedenfalls war sie eine feine Dame und fand natürlich, dass Sauerbrunn nur ein kleines Dorf war. Ich erinnere mich nicht mehr deutlich, aber man redete über sie und ihre russische Vergangenheit. Sie war wie aus einer anderen Welt.«

Vater erzählte, dass ihm seine Mutter später im Leben anvertraute, dass sie sich nicht nur in Sauerbrunn, sondern auch in ihrer Ehe unwohl fühlte. Sie deutete sogar an, einen Liebhaber in Wien gehabt zu haben.

»Sie sagte es nicht geradeheraus, aber ich denke, dass sie es meinte. Und ich kann sie gut verstehen. Sie gehörte nicht in die Kleinstädte, und sie und Vater waren einander nie wirklich nah. Aber damals merkte ich nie etwas. Sie respektierten einander und ich kann mich an keinen Streit oder eine sonstige Uneinigkeit erinnern. Allerdings war ich ja meistens draußen und machte Unfug. Haha, ich war schon ein fürchterliches Kind!«

Vater liebte es, seine Kindheit so darzustellen, als sei er vollkommen unmöglich, unstetig und ungehorsam gewesen und hätte nie stillsitzen können.

»Ich musste ja dauernd die Schule wechseln. Keiner hielt es mit mir aus«, sagte er und lachte laut.

Aber wenn ich Großmutters Briefe lese, scheinen Gerhards Schulzeugnisse recht gut gewesen zu sein, während sie selbst darunter litt, in ihrer Mutterrolle keine Erfüllung zu finden. Das Muttersein reichte ihr nicht. In den ersten Jahren in Wiener Neustadt kam sie immer wieder auf die »wunderbare« Hausmeisterfamilie Niederhuber zurück, die sich gern um Gerhard kümmerte, sodass sie etwas anderes tun konnte.

Vater erinnerte sich sehr gut an die Niederhubers.

»Oh, ich war liebend gern bei ihnen. Es war so gemütlich dort und Tante Berta kochte so gut. Wirklich feine Menschen …«

Vater bekam glänzende Augen und schaute verträumt in die Ferne.

»Sie waren so nett zu mir«, wiederholte er, schüttelte leicht mit dem Kopf und seufzte.

Besuch in Wien

Vaters kleiner Bruder Hans wurde 1926 am 22. August, seinem eigenen Geburtstag, geboren. Babi behauptete sogar, es seien auf den Tag und auf die Stunde genau fünf Jahre zwischen den Brüdern gewesen.

Sie fühlte sich nach wie vor zerrieben zwischen Ernsts Idealvorstellung einer guten Mutter, die gern ihre Zeit mit den Kindern verbrachte, und ihrem eigenen Wunsch, sich mehr Kindermädchen leisten zu können, damit sie Zeit für andere Dinge hatte. Geld war immer noch ein ständiges Gesprächsthema, wenn von Haushaltshilfen die Rede war.

Solange Hans Säugling war, hatten sie eine Pflegerin, Resel, die einen Teil des Tages bei ihm war. Marie kam täglich, übernachtete aber immer noch nicht bei ihnen.

Das Ehepaar Niederhuber war also die Rettung. Sie liebten Gerhard. Karin schämte sich fast, wenn sie Frau Niederhubers glückliches Gesicht sah, weil Gerhard sie anlächelte.

Es kam vor, dass sie sich in die lockende Großstadt davonmachte, nachdem sie Gerhard beim Hausmeister abgegeben hatte und wusste, dass der kleine Hans bei seiner Pflegerin Resel war. Die Selbstverachtung brodelte in ihr und sie musste sie mit Vernunftargumenten zum Schweigen bringen, indem sie vorgab, sich nach Vorhangstoffen umsehen zu müssen, mit deren Einkauf sogar Ernst einverstanden war.

Ich sehe Karin Hoffenreich vor mir, wie sie die Pleyergasse in Wiener Neustadt entlanggeht und halblaut mit sich selbst erörterte: »Wir müssen uns ja bald für die Stoffe entscheiden und ich könnte die Gelegenheit nutzen und nach

Weihnachtsgeschenken für Schweden schauen. Das Paket muss schon nächste Woche geschickt werden. Ernst hat ja nie Zeit, schon gar nicht bei der politischen Turbulenz in letzter Zeit.«

Nachdem beim Parteitag in Linz im November 1926 das neue Programm angenommen worden war, wurde es für alle führenden Sozialdemokraten hektisch. Man hatte unter anderem eine Formulierung akzeptiert, die andeutete, dass eine gewaltsame Übernahme des Staats für die Partei nicht ausgeschlossen war – falls Bürgerschaft und Kapitalisten nicht bereit waren, die Macht von sich zu geben. Das war gegen die reaktionären bewaffneten Kräfte und die klerikalen Nationalisten gerichtet, die der Demokratie misstrauten.

Nun raste die christliche Presse und warnte davor, dass die österreichischen Sozialdemokraten einen sowjetischen Kurs eingeschlagen hatten.

Ernst war darüber gar nicht erfreut und musste als Landtagspräsident des Bundeslandes Burgenland immer wieder Erklärungen abgeben, sowohl gegenüber konservativeren Parteifreunden als auch oftmals gegenüber der rechten Presse.

Karin fehlte die Kraft, um sich mit seiner Unruhe auseinanderzusetzen. Die Ereignisse in Russland vor zehn Jahren, als ihr Vater mit Müh und Not das Land verlassen konnte, verursachten ihr noch immer Albträume. Ihr Zuhause in Moskau war wie ein Teil ihres Leibes, obwohl sie seit zwölf Jahren nicht dort gewesen war. Die Geschichte, wonach die Bolschewiken den Flügel als Abort benutzt hatten, ließ ihr keine Ruhe, auch wenn Ernst fauchte, dass es nur eine der üblichen Schreckensnachrichten sei, die den Leuten Angst vor dem Sozialismus machen sollten.

Und wenn es dennoch stimmte? Karin hatte viele russische Freunde getroffen, die zu fliehen gezwungen waren und mit ihrem gesamten Besitz in einem Koffer in Stockholm oder Wien landeten. Sie waren zahlreich genug, um zu verstehen, dass die bolschewistische Gesellschaft, die in Russland geschaffen wurde, auf Blut und Mord gebaut war. Schreckensnachrichten über die sowjetische Gesellschaft füllten die reaktionäre Presse, und wie sehr Ernst und andere Sozialdemokraten auch Abstand von Moskau nahmen, half es dennoch nichts: Immer wieder bekamen sie zu hören, dass sie die Kapitalisten ermorden und alle Kirchen niederbrennen wollten.

Der Verlauf, den die Russische Revolution genommen hatte, führte dazu, dass Karin ständig Angst vor bewaffnetem Aufruhr hatte, und die geringste Andeutung, dass der Kampf mit militärischen Mitteln ausgefochten werden müsse, entsetzte sie. Ernst versuchte, sie damit zu beruhigen, dass man die Formulierung des Parteitags in ihrem Zusammenhang sehen und verstehen müsse, dass sie sich gegen die gesellschaftlichen Kräfte richtete, die ihrerseits nicht vor Gewaltanwendung zurückschreckten. Die Situation war ernst, und die Sozialdemokraten mussten zeigen, dass man nicht die Absicht hatte, vor Kapital und Militarismus zu kapitulieren.

Als Karin Ende November 1926 im Zug nach Wien sitzt, kann sie sich fast einreden, dass Wiener Neustadt wie ein Vorort sei. Sie schaut aus dem Fenster und nach gut einer halben Stunde sieht sie die ersten Gebäude der Außenviertel und empfindet wie immer Ruhe und Freude.

Alle Alltagssorgen sind wie weggeblasen, als sie eine Stunde später durch die Straßen der Innenstadt bummelt.

Sie schaut sich ein wenig in verschiedenen Geschäften um, schlendert über den Ring, vorbei an Karlsplatz und Naschmarkt. An einem der Stände kauft sie ein Pfund Kastanien, weiß eigentlich nicht, warum, aber sie hat so lange herumgeschaut, dass sie etwas kaufen musste. Vielleicht könnte sie mit Resel Püree daraus machen?

Sie weiß, wohin sie unterwegs ist, auch wenn sie es sich nicht eingesteht. Bald sitzt sie im Café Sperl, tut, als warte sie auf jemanden, und trinkt inzwischen einen *Kleinen Braunen:* eine kleine Tasse Kaffee mit nur ein paar Tropfen Milch.

Traf sie hier ihren Liebhaber, den mein Vater erwähnte? In den Briefen wird ein Emil genannt – kann er es gewesen sein?

Emil ist ein Freund von Peppi Löwy. Alle Österreicher, die Josef heißen, werden Peppi genannt. Karin findet das lustig, weil es klingt, als sei von einem kleinen Kind die Rede. Karin und Emil haben sich bei einer Geselligkeit kennengelernt und einander dann mehrfach getroffen. Das schreibt sie, aber keine weiteren Einzelheiten.

Der Kellner füllt ihr Glas mit Wasser, sie blättert in ihrer Zeitung und bereut, sich nicht schon gestern dazu entschieden zu haben, nach Wien zu fahren, dann hätte sie sich mit Elsa oder einer anderen Freundin verabreden können. Aber auch allein ist es herrlich. Nach einer Stunde zahlt sie und gibt dem Kellner reichlich Trinkgeld.

Zunächst zögert sie, die große Geschäftsmeile Mariahilfer Straße entlangzugehen. Wenn sie jemandem begegnen würde? Dann zuckt sie mit den Schultern: In einer Stadt mit knapp zwei Millionen Einwohnern wäre es doch wohl recht unwahrscheinlich.

Bald ist sie bei Herzmansky drinnen, einem der größten Warenhäuser, das sich anfangs auf Stoffe spezialisiert hat, nunmehr aber jede Menge anderer Waren anbietet, auch wenn die Stoffabteilung immer noch erstklassig ist.

Hier kann meine Großmutter leicht in eine andere Rolle wechseln und braucht nicht mehr die etwas ärmliche Gattin eines der jungen Sozialdemokraten zu sein, die für die Republik kämpfen.

Sie lässt die exklusivsten Stoffe durch ihre Hände gleiten. Sie weiß, dass sie sich nach wie vor wie eine wohlhabende Dame der Oberklasse kleiden und aufführen kann. Aber zuhause in Wiener Neustadt ist es unmöglich, denn alle wissen, wer Frau Hoffenreich ist und dass sie nicht mit den teuersten Dingen heimkommen konnte.

Jetzt lässt sie zwei Verkäuferinnen mit großen Stoffballen aufwarten, die auf einem enormen Tisch ausgebreitet und wieder zusammengerollt werden. Gemeinsam wird diskutiert, was am besten passt. Sie hat eine frei erfundene Wohnung mit großen und neuen Möbeln geschildert, die mit modernen Stoffen überzogen sind, und hat die neuen Tapeten an den Wänden beschrieben. Die Fensterpartien, für die die Vorhänge bestimmt sind, sind gewaltig.

Die Stoffe rascheln, wenn die Verkäuferinnen mit ihren großen schwarzen Scheren Probestücke abschneiden, die sie mitnehmen darf. Sie kommt gänzlich aus dem Konzept, als eine von ihnen sagt: »Frau …?« Und sie antwortet: »Bolin.«

Hoffenreich ist ein ungewöhnlicher Name und sie möchte nicht das Risiko eingehen, dass eine Verwandte von Ernst Kundin hier sein könnte. Sie genießt es derart, die vermögende Frau Bolin zu spielen, dass sie sich ein wenig schämt. Schließlich sagt sie, dass sie in einigen Tagen mit einer Freundin wiederkommen werde, und die Verkäuferinnen sind von ihrem Spiel so überzeugt, dass sie versprechen, ihr einige Meter des allerschönsten Stoffs aufzuheben, den mit den chinesischen Anspielungen, mit Pagoden und Reisfeldern. Der Stil ruft bei Karin Erinnerungen an eins der Schlafzimmer auf Småryd wach, und hätte sie es sich leisten können, würde sie genau diesen Stoff für das Wohnzimmer kaufen.

Draußen auf der Straße weht sie ein Hauch von Scham an, aber sie redet sich ein, dass sie immerhin in Erfahrung gebracht hat, welche Stoffe auf dem Markt sind und was als modern angesehen wird. Dennoch ist ihr der kleine Auftritt peinlich und am meisten grämt es sie, dass sie nicht mehr zu Herzmansky gehen kann, jedenfalls nicht in den nächsten Monaten. Sie konnte nur hoffen, dass Ernst nicht einen Besuch dort vorschlagen würde, wenn sie wieder einmal nach Wien kämen.

In den Briefen an ihre Mutter beschreibt Karin oft ihre Einkäufe. Triumphierend kann sie eine praktische Klemme für Briefe und andere Papiere schildern, die sie zu ermäßigtem Preis in einer exklusiven Schreibwarenhandlung gefunden hat, oder zehn Bleistifte, die ebenfalls beträchtlich reduziert waren. Allein derartige Gelegenheitskäufe seien die Fahrt nach Wien wert, redet sie sich ein, als sie dann in der Straßenbahn auf dem Weg zum Bahnhof sitzt.

Auf dem Heimweg kann sie durch das Zugfenster sehen, wie sich die Sonne über einem der schmutzigen Industriegebiete senkt. Auf den Straßen bewegen sich vereinzelte Gruppen von Menschen. Pferdefuhrwerke gehen langsam im Schritt, und sporadisch auftauchende Automobile hupen verärgert, um vorwärtszukommen.

Die allermeisten Menschen können es sich noch immer nicht leisten, öffentliche Verkehrsmittel zu benutzen. Auch in Wien sind Straßen und Bürgersteige voller Menschen in zerschlissener Kleidung, die augenscheinlich einfach immer nur gehen und gehen. An den Straßenecken sitzen Bettler, darunter viele Männer, die im Krieg Beine oder Arme verloren haben. Blinde stehen und halten in der Hoffnung auf ein Almosen einen Zinnbecher hin.

Karin kommt in Wiener Neustadt an und geht das kurze Stück zu ihrem Haus. Als sie es sieht, atmet sie tief und schnaufend ein. Es sieht so groß und verlassen aus.

Wenn sie nur mehr Erwachsene um sich hätte. Sie würde so gern mit anderen Leuten reden. Auch wenn sie der Gedanke an eine Umarmung von Gerhard oder das Brabbeln von Hans warm werden lässt, muss sie sich gestehen, dass sie ein paar Wochen verreisen könnte, ohne dass es ihr das Geringste ausmachen würde. Im Gegenteil, es wäre für sie wahrscheinlich ebenso gut wie für die Kinder.

Es knirscht unter ihren Füßen, als sie über den feuchten Kiesweg geht. Ihre Füße hinterlassen Abdrücke, denen man ansieht, dass es unter der obersten Kiesschicht trocken ist. Es staubt leicht um ihre Schuhe.

Dann öffnet sie die Tür zum Windfang, kneift sich in die Wangen, räuspert sich und klopft bei den Niederhubers an, um Gerhard abzuholen.

Der Tag der Republik

Zu gleicher Zeit, als Karin und Ernst Hoffenreich im August 1926 ihren zweiten Sohn bekamen, wurde die Arbeitsbelastung für Ernst stärker. Mehrmals in der Woche gab es irgendwelche Sitzungen. Ernst war ein gefragter Redner und Versammlungsteilnehmer.

Da ihm daran lag, seine Zeit nicht nur in der burgenländischen Hauptstadt Eisenstadt zu verbringen, trat er auch bei unterschiedlichen Treffen in vielen der kleineren Städte des Bundeslands auf. Das bedeutete viele späte Abende, vielleicht sogar Übernachtungen in kleinen Pensionen oder schlimmstenfalls bei freundlichen Parteigenossen, die ihm ein Schlafzimmer überließen – was er verabscheute.

Die größte sozialdemokratische Zeitung, die *Burgenländische Freiheit*, war häufig mit einem Reporter vor Ort. Da wird zum Beispiel eine Versammlung in Pöttsching am 31. Oktober beschrieben, die mit »minutenlangem Applaus und heftigem Beifall für Genosse Hoffenreichs Rede« endete.

Der 12. November, der Tag der Republik, wurde für die Sozialdemokraten plötzlich zu einem Problem. Nach dem Ersten Weltkrieg wurde an diesem Tag die österreichische Republik geboren und das Kaisertum abgeschafft. Zunächst war es ein allgemeiner Feiertag, aber in den letzten Jahren hatte er sich mehr und mehr in einen Tag der Sozialdemokraten verwandelt.

Zwar war auch Ernst der Ansicht, dass die Sozialdemokraten am stärksten für die Abschaffung der Monarchie und die Ausrufung der Republik gekämpft hatten, aber er fand es fatal, dass die unnachgiebigsten Parteigenossen meinten, die Christlichsozialen seien auf den Straßen nicht willkommen und es sei der Tag, an dem die Sozialdemokraten »ihre Stärke« zeigen sollten. Ernst wusste, dass viele die Formulierung nicht nur intellektuell, sondern durchaus physisch verstanden.

Gleichzeitig belastete es ihn, dass die Partei in eine ewige Opposition geraten zu sein schien. Die Polarisierung in der Politik war massiv. Die Konservativen stellten die Sozialdemokraten immer wieder als Marxisten und Revolutionäre dar und verweigerten jegliche Zusammenarbeit.

Zufällig stand zum Tag der Republik wieder ein Besuch in der kleinen Stadt Pöttsching auf dem Programm. Am Vorabend, dem 11. November, veranstalteten nahezu tausend Personen einen Fackelzug zugunsten der Republik, unter ihnen etliche Mitglieder des republikanischen Schutzbunds, des militärischen Verbands der Sozialdemokraten.

Ernst betrachtete es als Misserfolg, dass es diese bewaffnete Arbeitermiliz nun auch im Burgenland gab. Als er sich gegen Ende des Krieges der Sozialdemokratie näherte, lag das nicht zuletzt auch am Pazifismus und der selbstverständlichen Erkenntnis, dass Verstümmelung und Tötung von Millionen junger Männer keineswegs dem Wohl des Volkes dienten.

Nun war es in Österreich so weit gekommen, dass man es für unmöglich hielt, dass die Sozialdemokraten im Burgenland ohne eigene Streitkräfte auskommen könnten. Die christlichsozialen »Schwarzen« hatten ihre Heimwehr, die als Schutzmiliz bei ihren Versammlungen dienen sollte, aber oft genug auch Proteste und spontane Demonstrationen der Arbeiter bekämpften.

Der Regierung war es nicht gelungen, die paramilitärischen Organisationen zu entwaffnen oder zu verbieten. Bei gewissen Gelegenheiten, das musste Ernst zugeben, waren die Gruppen allerdings als Schutz der Allgemeinheit aufgetreten und hatten eingegriffen, als vereinzelte Soldaten versuchten, Geschäfte zu plündern oder Privatpersonen auszurauben.

Vor einigen Monaten hatte Ernst schließlich mit ansehen müssen, wie Parteigenossen dafür stimmten, eine sozialdemokratische Miliz zu bilden, auch in seinem Bundesland. Das Schlimmste war, dass er keine guten Gegenargumente hatte. Nahezu jede Woche kam es zu Schlägereien und sozialdemokratische Aktivisten wurden überfallen. Auch die Christlichsozialen waren zuweilen betroffen, aber seltener.

Man rechnete damit, dass die nationalistische Heimwehr allein im Burgenland bis zu zehntausend Mitglieder hatte.

Nun gab es also einen Demonstrationszug durch Pöttsching am Tag der Republik 1926, dem Tag, den Ernst als Tag des Pazifismus betrachtet hatte. Jetzt musste er sich damit abfinden, dass bewaffnete Parteigenossen in voller Uniform neben ihm marschierten.

Nur acht Jahre früher hatte er vor dem Rathaus in Wien gestanden und Hurra gerufen, als die neue Republik proklamiert worden war. Die Kommunisten hatten einen Staatsstreich versucht, wurden aber schnell zurückgeschlagen und hatten seitdem keinen nennenswerten Einfluss auf die österreichische Politik.

Der sozialdemokratischen Partei war es gelungen, die allermeisten Sozialisten unter ihrem Dach zu vereinen, im Gegensatz zur Situation in Deutschland, wo ununterbrochene Streitigkeiten mit den Kommunisten vonstatten gingen, auf den Straßen wie in Debatten.

Karins Onkel Karl war eine der führenden Persönlichkeiten gewesen, die 1918 die Massen besänftigten, als die

Kommunisten das Volk aufgehetzt hatten, das Rathaus zu stürmen. Alles hatte sich beruhigt, und in den Tagen darauf hatte Ernst tatsächlich geglaubt, dass man gemeinsam eine neue und bessere, eine demokratische Welt aufbauen könnte.

Aber die Unruhen waren wieder aufgelodert. In den folgenden Jahren war es unablässig zu Zusammenstößen zwischen »Schwarzen« und »Roten« gekommen und Todesopfer waren nicht ungewöhnlich. Das Volk hungerte und wurde von der Propaganda beider Seiten ausgenutzt.

Einige Jahre später, 1923, am Jahrestag der Französischen Revolution, hielt Ernst Hoffenreich eine viel beachtete Rede im Burgenländischen Landtag, die mit folgenden häufig zitierten Worten endete: *Waffen gehören in die Hand von Soldaten oder der Polizei. Im politischen Kampf unseres Grenzlands wollen wir die Grundregel gelten lassen: Nieder mit den Waffen.*

Dafür hatte er tosenden Beifall bekommen, und auch einige Christlichsoziale gratulierten ihm anschließend. Damals herrschte im Burgenland politische Einigkeit darüber, dass militarisierte Verbände draußen bleiben sollten. Die kroatische Partei im Bundesparlament war besonders dankbar und auch ungarische Abgeordnete dankten ihm dafür, dass er mit seiner Rede Öl auf die nationalistischen Wogen gegossen hatte, die sonst leicht zu einem Sturm anzuwachsen drohten.

Der Republiktag 1926 wurde im selben Lokal beendet, in dem Ernst drei Wochen zuvor einen Vortrag gehalten hatte, nämlich im Gasthaus Marchardt in Pöttsching. Diesmal hatte sich Ernst entschlossen, vor allem über das Bedürfnis nach internationaler Solidarität und Sozialismus innerhalb der Bauernklasse zu sprechen. Die Rede erhielt großen Beifall, obwohl die Bauern traditionellerweise nicht die Sozialdemokraten wählten.

Der große Raum war voll besetzt. Seit einiger Zeit hatte Ernst eine zunehmende Erschöpfung und Resignation angesichts der Situation im Land und seiner eigenen Kapazität als Politiker verspürt. An vielen und langen Abenden hatte er mit Karin darüber gesprochen, wie die Zukunft wohl aussehen mochte.

Aber gerade an diesem Abend in Pöttsching, unter dem Beifall der Zuhörer, fühlte er etwas von dem Rückenwind, den er in jüngeren Jahren so oft empfunden hatte. Er hoffte, dass dieser Tag der Republik 1926 eine Wende für seine Partei und ihn selbst einläuten würde.

Ungleichheiten

Mein Vater kam häufig auf das Wort »Idealist« zurück, wenn er von seinem Vater sprach, meistens mit der Bedeutung von etwas völlig Fremdem, ihm Entgegengesetztem. In seinen Memoiren schreibt Vater vom Widerstreben seines Vaters, die Parteikarriere mithilfe von Karl Seitz zu befördern. Der Wahrheitsgehalt darin ist schwer zu beurteilen.

Ebenso oft wie von der idealistischen Persönlichkeit meines Großvaters die Rede war, sprach Vater auch von dessen »schwachen Nerven«. Sie wurden häufig auf die Nachkriegszeit zurückgeführt, aber kann es nicht auch so gewesen sein, dass Ernst Hoffenreich keineswegs ins Zentrum der Partei nach Wien strebte? Vielleicht war das Leben als Lokalpolitiker genau das, was er wollte? Aus den Briefen meiner Großmutter geht sehr deutlich hervor, dass er intensiv arbeitete und der Arbeitstag selten endete, ehe es Zeit war, ins Bett zu gehen – und manchmal noch später. Und seine Anwaltstätigkeit, die er neben seinen politischen Aufträgen langsam aufzubauen begann: hatte sie, statt in Wien, bessere Aussichten im Burgenland, wo er inzwischen ein prominenter Mann war?

Ernst selbst war überzeugt davon, dass er seine Veranlagung zu Depressionen und panischen Ängsten von beiden Elternteilen geerbt hatte. In einem Brief an meinen Vater aus der Zeit nach dem Zweiten Weltkrieg schreibt er, Gerhard solle sich ein Bauernmädchen suchen und heiraten: »Die einzigen wahrhaft unneurotischen und gutmütigen Menschen findet man unter denen, die auf einem Hof in der

Nähe zu den Tieren und der Natur arbeiten.« Das habe seine Mutter gesagt und er gab ihr recht.

Ernsts Mutter verbarg auch ihre Furcht vor seiner wiederholten Schwermut nicht. Sie erkannte darin ihre eigenen nervösen Anfälle und hatte so lange wie möglich gehofft, er würde ein Bauernmädchen finden – selbstverständlich von einem größeren Gut mit gehörigen Ländereien. Dann würden sie garantiert glücklich werden, nicht zuletzt deren Kinder.

Aber ein deutlicherer Stadtmensch als Karin Bolin war kaum vorstellbar, das war Ernst klar. Gewiss mochte sie Natur und Landschaft, aber eben so, wie Stadtmenschen es tun. Sie liebte den Sommer und die Wanderungen im Wald, wenn es ihr passte. Ernst seinerseits mochte die organisierten Waldspaziergänge und Pilzsammelausflüge weniger, die Karin ständig vorschlug, am liebsten mit Scharen von Freunden und großen Picknickkörben. Auf unvergleichliche Weise wusste sie, welche Pilze essbar waren und lachte über die Österreicher, die ihrer Meinung nach die besten Pilze im Wald stehen ließen.

Ernst liebte stattdessen die Ruhe der ländlichen Kleinstädte. Das leise Stimmengewirr auf den Marktplätzen, die Stille am Abend. Das Gefühl, die Haustür öffnen, Vogelgesang hören und den Duft frisch gemähten Grases einatmen zu können. Das war es, wonach er sich sehnte.

Er gestand sich ein, dass er in den Gefühlen seiner Frau gegenüber gespalten war. Sie liebte es zu kochen, den Tisch zu decken, Blumen zu arrangieren, aber auch Menschen in unterschiedlichen Notsituationen zu helfen. Sie waren sich in politischen Fragen einig: Sie verabscheuten den Antisemitismus und die Menschenverachtung der Christlichsozialen und der Hakenkreuzler, wie Karin die Nationalsozialisten in ihren Briefen immer nennt.

Allzu viel Gefühl und Nähe jedoch waren ihr lästig. Nach dem Zweiten Weltkrieg schreibt Ernst in einem anderen Brief an meinen Vater über Karins Naturell. Aus dem Brief kann ich ersehen, dass mein Vater ihm geschrieben und von einer Situation erzählt haben muss, in der es ihm selbst schlecht ging. Vielleicht war er von der Angst oder Depression befallen gewesen, gegen die er sein Leben lang ankämpfte. Er hatte versucht, mit seiner Mutter zu sprechen, die ich für den empathischsten Menschen hielt, wurde aber abgewiesen. Nun rechtfertigt Ernst seine Frau in dem Brief und schreibt, dass sie im Innersten durch und durch gut und liebevoll sei, aber zu starke Gefühle und Inanspruchnahme nicht bewältigen könne. Sie könne nicht lange stillsitzen und Probleme ausdiskutieren.

Wenn sich Karin längere Zeit bedrängt und eingeschlossen gefühlt hatte, wusste Ernst, was geschehen würde: Sie würde mit einem Block in der Hand zu ihm kommen und Reisen oder Einladungen planen wollen. Das, meinte er, könnten sie sich nicht leisten, aber in Wirklichkeit musste er auch zugeben, dass er dazu keine Lust hatte.

Karins ungezwungene und unkonventionelle Einstellung zu gesellschaftlichem Umgang machte ihn ebenfalls nervös. Einmal hatte sie sich sogar von den Mittagsgästen in der Küche helfen lassen, ehe man sich zu Tisch setzte. Ernst hasste es, Gastgeber zu sein, ohne zu wissen, welche Regeln eigentlich galten. Er war es nicht gewohnt, Erdäpfel in einer Schüssel zu servieren oder Paradeiser für einen Salat zu schneiden. Als er nun ihre Freunde in der Küche helfen sah, merkte er, dass es auch der Haushälterin Marie nicht recht war.

Die Zeiten werden schwieriger

Im Frühjahr 1928 wurden die wirtschaftlichen Probleme akut und Karin ist gezwungen, nach Wien zu fahren, um eine kleinere Summe von Onkel Karl zu leihen. Er freut sich wie üblich darüber, dass sie ihn fragt, und sagt immer wieder, dass er, der keine Kinder hat, es wirklich schätzt, sich von der Familie gebraucht zu fühlen.

Aber Karin schämt sich, obwohl sie natürlich unendlich dankbar ist. Das Geld sollte unter anderem an eine Schneiderin gehen, die ihr und Gerhard Kleider anfertigte. Sie weiß aber, dass ihre Mutter und vor allem Ernst es peinlich finden, dass sie zu ihrem berühmten Onkel geht und um einen Kredit bittet.

Ernst bekommt einen Wutausbruch, als er hört, dass sich Karin Geld geliehen hat – ausgerechnet von Karl. Der Streit beruhigt sich, flammt aber wieder auf, da Ernst zufällig zuhause ist, als die Schneiderin mit allen Kleidern kommt. Karin ist es überdrüssig, darüber zu debattieren, was notwendig ist und was nicht. Ernst ist durchaus korrekt, sorgsam um sein Äußeres bemüht und immer gediegen und hübsch gekleidet, aber wenn er zwei Anzüge guter Qualität besitzt, pflegt er sie und ist völlig desinteressiert an weiteren, und noch weniger kümmert er sich um »Launen der Mode«.

Karin sagt nichts. Einmal ist ihr entschlüpft, was sie von seiner Familie und deren Kleiderstil hält, nachdem sie sie zum ersten Mal gesehen hat, und Ernst ist tief verletzt gewesen.

Aber sie liebt nun einmal schöne Stoffe, genießt es, Gerhard in seiner Matrosenbluse zu sehen, und jetzt möchte sie sich ein hellgeblümtes Sommerkleid nähen lassen, das sie anziehen will, wenn sie ihre Freundin Gullan in Falsterbo besucht. Karin schreibt ihrer Mutter, dass Gullan sie gern zwei Wochen bei sich hätte, aber sie habe nicht die Absicht, Småryd länger als höchstens eine Woche zu verlassen. Ob Mutter und Doris, das Kindermädchen von Boris, inzwischen wohl nach Hans und Gerhard schauen könnten? Boris ist der Sohn von Maja und dem kanadischen Geschäftsmann Harold Baker und ist häufig allein mit seinem Kindermädchen in Schweden, wenn Maja und Harold in den USA sind.

Jetzt gilt es für Karin, äußerst diskret zu sein, wenn sie mit der Schneiderin Stoff und Stil diskutiert. Greta hat einige Beispiele aus Pariser Zeitschriften geschickt, aber im Sommer zuvor ist Karin aufgefallen, dass Greta und sie nicht denselben Geschmack haben. Daher erörtert sie den Stil ihres Sommerkleids lieber mit ihrer Mutter.

Im Vergleich zu ihren Freundinnen in Wien oder auch zu Greta und Gertrud ist ihre Garderobe nicht nur viel spärlicher, sondern auch schlichter. Immer muss sie etwas billigere Stoffe wählen, als sie eigentlich haben möchte, aber das stört sie nicht. Es gibt fantastische Muster in Halbseide und bei einer so geschickten Schneiderin, wie sie sie in Sauerbrunn haben, wird es dennoch hübsch werden, da ist sie sich sicher. Karin näht auch gern selbst und fertigt oft die Alltagskleidung für die Kinder an, aber es ist natürlich etwas anderes, wenn sie bei der Schneiderin bestellen darf: es ergibt ein ganz anderes Ergebnis.

Im Juni erfährt Karin, dass ihr Vater ihre und Ernsts Reise nach Schweden bezahlen könne, falls Ernst mitkommen wolle. Die Firma hatte ein besseres Jahr hinter sich und Henrik war es durch eine Reihe kluger Entscheidungen gelungen, neue Kunden zu finden. Die wohlhabenden

Familien machen nach wie vor einen wichtigen Kundenstamm aus, aber nun stellt die Firma auch einfachere Schüsseln und Becher aus Silber her, einiges sogar aus Neusilber, das von Schützenvereinen und Unternehmen in ganz Schweden für Jubiläen und Preisverleihungen bestellt wird. Man fertigt auch einfachere Onyx-Untersetzer mit Silberkante an, die sich, in unterschiedlichen Größen, gut verkaufen.

Ernst hat nichts dagegen, sich zur Reise in das Sommerhaus seiner Schwiegereltern einladen zu lassen. Warum nicht? Aber bitte keine Beihilfe für Ausgaben des eigenen Haushalts!

Es ist bereits entschieden, dass Karin reisen soll, sobald Gerhard Ende Juni Ferien hat. Sie überredet Ernst, seine Reise für Anfang August zu buchen, und er will drei Wochen bleiben.

Eine Woche vor ihrer Abreise eröffnet sie Ernst, dass sie und Hans im Herbst ein paar Monate länger auf Småryd bleiben wollen. Sie möchte so gern ihrer Mutter bei allen Herbstverrichtungen helfen und es wäre so schön für Hans, mit seinem Cousin Boris spielen und dabei sogar ein wenig Schwedisch lernen zu können. Ernst könne doch mit Gerhard zum Schulanfang allein zurückfahren, schlägt sie vor.

Ernst möchte nicht protestieren, will vor allem seine einsamen Wochen im Juli genießen und freut sich sogar darauf, die Heimreise allein mit Gerhard anzutreten. Vielleicht tut es Karin gut, so lange wie möglich in Schweden zu bleiben, und er möchte unter keinen Umständen einen Streit darüber, wie aufopfernd es ist, in Sauerbrunn zu wohnen – gerade jetzt, da sie in ihr neu gebautes Haus eingezogen sind.

In Sauerbrunn haben sie Wetti, ihre neue Haushälterin. Gerhard liebt sie und sie kommt ausgezeichnet mit dem Buben aus. Es wird schon gut gehen, meint Ernst.

Das Haus in Sauerbrunn ist zwar groß und geräumig, hat allerdings ihre Ersparnisse ausgehöhlt und sie haben sich mehr verschuldet, als Ernst es für angemessen hält. Aber beide wollten gern ein eigenes Haus mit Garten, und da Ernst nun als Lokalpolitiker im Burgenland verankert ist, möchte er natürlich auch hier wohnen.

Die Sommer auf Småryd

Auf Småryd wohnt in diesen Jahren, außer der Familie, auch Doris Sjölin, das Kindermädchen von Boris. Maja und ihr kanadischer Geschäftsmann hatten eine äußerst diskrete Hochzeit in den USA. Niemand aus der Familie war dabei und es gab auch keine größere Feier, was Karin erstaunte, da Maja sonst immer möglichst große »Partys« feiern wollte. Sie liebte es doch zu tanzen und wollte nie zu Bett gehen.

Ein Jahr nach der Hochzeit wurde Boris in Schweden geboren. Karin war in Österreich, entnahm den Briefen ihrer Geschwister und ihrer Mutter aber, dass irgendetwas nicht so war, wie es sein sollte. Maja hatte von Anfang an erklärt, dass der Bub mit einer »Nanny« aufwachsen würde, denn sie habe nicht die Absicht, mit dreiundzwanzig Jahren Vollzeitmutter zu werden. Deshalb stellte Wilhelm Doris an, um nach Boris zu sehen, und nach nur einem halben Jahr reisten Maja und Harold Baker in die USA zurück – ohne ihren Sohn. Harold versprach allerdings, selbstverständlich alle Kosten zu tragen.

Also wurde entschieden, dass Boris bei seinen Großeltern aufwachsen und Doris bei sich haben sollte.

Und auch Babi kommt immer wieder darauf zurück, wie schwierig es für sie mit Gerhard und Hans sei und dass sie es nicht schaffe, mit ihnen allein zu sein.

Ich stelle mir vor, dass diese Sommer auf Småryd für alle Cousins eine erhebliche Dosis an kollektiver Erziehung mit sich gebracht haben müssen.

Vater bekam immer eine zärtliche und milde Stimme, wenn er von seiner Babi, Maria, sprach.

»Oh, sie war so lieb, meine Babi. Du kannst dir nicht vorstellen, wie sehr wir Kinder sie liebten.«

Er lächelte in sich gekehrt.

Aber das beste Bild von Maria – und auch von Wilhelm – und wie es war, die Sommer bei ihnen zu verbringen, bekam ich von Gustav Bolin, dem Cousin meines Vaters.

Innerhalb der Verwandtschaft wurde er nur Gusti genannt. Im Lauf der Zeit war er ein bekannter Künstler in seiner Heimat Frankreich geworden. Ich interviewte ihn in den Neunzigerjahren und er erzählte mir von seiner Babi, Großmutter Maria.

Wenn seine Mutter Greta ihn, gemäß einer ihrer Erziehungsmethoden, auf Småryd in eine dunkle Abstellkammer sperrte, saß er angsterstarrt zwischen Besen, Kübeln und Mopps. Aber nach einigen Minuten in der Finsternis ging in der Regel die Tür vorsichtig einen Spaltbreit auf und eine Hand steckte ihm ein Stück Schokolade oder einen anderen Trost zu. Großmutter Maria konnte die Erziehungsmethoden ihrer Schwiegertochter nicht ertragen.

»Babi rettete mein Leben«, sagte Gusti ernst. »Sie war immer da.«

Noch siebzig Jahre später war er sichtbar gerührt, schwieg und schaute auf den Tisch hinunter.

»Ich liebte Babi wirklich.«

Dann atmete er tief ein und begann, begeistert zu erzählen: »Es gehört zu den allerschönsten Erinnerungen meiner Kindheit, als ich etwa sieben, acht Jahre alt war. Es war in Paris und meine Mutter holte mich von der Schule ab und sagte geheimnisvoll: ›Heute gibt es eine richtige Überraschung, wenn du nach Hause kommst.‹ Ich wurde natürlich ganz ungeduldig und fragte unterwegs immer wieder: ›Was ist es denn? Bekomme ich ein Fahrrad? Einen Fußball?‹ Aber Mutter lächelte nur, ohne etwas zu sagen. Als wir nach Hause kamen, musste ich im Flur warten. Mutter ging vor mir ins Zimmer und rief dann: ›Jetzt kannst du kommen.‹ Auf dem Sofa sah ich ein großes Paket mit einer Decke darüber, Mutter stand daneben und lachte, ich lief hin und zog die Decke weg – und da lag Babi! Etwas Herrlicheres hätte ich mir wirklich nicht wünschen können. Babi war mitten im Winter aus Stockholm gekommen. Ich kann mich nicht erinnern, dass ich als Kind je ein schöneres Geschenk bekommen hätte.«

Von unserem Gespräch damals in den Neunzigern ist mir auch im Gedächtnis geblieben, wie eifrig Gusti wurde, wenn er auf die Verwandtschaft zu sprechen kam. Er hatte noch eine Anekdote, lächelte zufrieden und fuhr in seinem reizvollen, etwas französisch gefärbten Schwedisch fort.

Er erzählte, wie sein Großvater ihn einmal an die Hand nahm, als er noch so klein war, dass er ihm kaum zur Hüfte hinaufreichte. Sie verließen die Villa auf Småryd und gingen die Böschung zur unteren Wiese hinunter, wo eine Rundschaukel, Sprossenwände und andere Spielgeräte standen. Eine Zeit lang gab es dort sogar einen Tennisplatz. Nun aber wollten sie nicht spielen, sondern gingen weiter zu dem kleinen Waldpfad nach Westen, den die Familie damals den »Weg ans Ende der Welt« nannte.

»So heißt er noch immer«, unterbrach ich. »Oder die ganze Stelle heißt heute mit einem Wort: *Weltenende.*«

»Dann weißt du ja, was ich meine. Dort gingen wir entlang.«

Damals war alles so gepflegt. Es gab mindestens drei Gärtner, die dort draußen Ordnung hielten. Als Gusti mit seinem Großvater fast am Ende des Pfades angelangt war, kamen sie an eine kleine Öffnung … und nun fand Gusti nicht das passende Wort: »… wie sagt man auf Schwedisch?«

Gusti war mit seinen Eltern Erik und Greta nach Frankreich gezogen, als er fünf Wochen alt war, und er zog nie nach Schweden zurück. Er behauptete, dass alles Intellektuelle bei ihm französisch war – er konnte nicht korrekt auf Schwedisch schreiben –, während alles, was mit dem Gefühl zu tun hatte, dennoch schwedisch war.

»Sage ich *forêt*, sehe ich eine Menge Bäume vor mir, aber sage ich *skog*, ja, dann spüre ich, wie es duftet!«

Als nun Gusti und sein Großvater zum Ende der Welt gingen, erschien eine Öffnung … er blieb stecken: »… wie heißt das nun?«

»Glänta«, half ich aus, »Lichtung.«

»Richtig, *glänta.*«

Plötzlich ließ Großvater Gustis Hand los, atmete tief ein und – begann zu singen. Laut und kräftig sang er, sodass die Vögel flohen und man erschrockene Tiere im Gestrüpp rascheln hörte. Es war ganz liebevoll gemeint, aber gleichzeitig wahnsinnig peinlich, erzählte Gusti. Er wusste nicht, wie er reagieren sollte.

Nun lachte Gusti herzlich und schüttelte den Kopf.

»So war er, mein Großvater. Aber Babi war anders. Sie war immer für mich da, schlicht ein wunderbarer Mensch«, sagte er ernst.

Als Ernst nach dem Urlaub 1928 nach Wien zurückfährt, nimmt er Gerhard mit, während Karin mit Hans in Schweden bleibt. Gerhard freut sich darauf, allein mit seinem Papa Zug zu fahren. Aber er mag es nicht, dass sein kleiner Bruder bei seiner Mutter und Babi auf Småryd bleiben darf.

In einem Brief an seinen Sohn Erik schreibt Wilhelm über die Abreise von Gerhard und Ernst: »Als der arme kleine Knirps seine Tränen nicht mehr zurückhalten konnte, weinte auch Karin, aber ich hoffe, dass Vater und Sohn eine angenehme Reise haben werden.«

Als Ernst und Gerhard in die Kutsche steigen, sitzt Einar auf dem Kutschbock, um sie zum Bahnhof zu bringen. Ich habe selbst unzählige Male zur Schar derjenigen gehört, die einer Familie zum Abschied zuwinken, wenn sie nach den Sommerferien in die Stadt zurückfährt. Der Tradition gemäß nehmen so viele wie möglich am Lebewohl teil, und das abfahrende Auto hupt intensiv. Cousins und Cousinen ersten und zweiten Grades hüpfen im Gras umher und winken.

Aber Ernst und Gerhard fahren mit dem Pferdefuhrwerk. Sie rollen die Ausfahrt mühsam hinauf, mein Vater muss sich auf den Sitz gekniet und an der Rückenlehne festgehalten haben, um seiner Mutter, Hans, Boris, Doris und seinen Großeltern zuzuwinken, die vor der Treppe zur Villa standen und zurückwinkten.

Ernst und Gerhard fahren mit dem Zug von Båstad nach Kopenhagen, wo sie in einen Zug nach Berlin umsteigen. Gerhard ist stolz, seinem Vater als Dolmetscher dienen zu können, sowohl in Schweden als auch in Dänemark. In Berlin haben sie noch Zeit für einen Besuch im Zoo, ehe der Nachtzug nach Prag und Wien abfährt.

Antisemitismus

In Österreich war das Frühjahr 1928 in vielerlei Hinsicht fürchterlich. Die Politik polarisierte immer stärker, auf beiden Seiten wuchsen die Freikorps an, ebenso das Waffenlager der faschistischen Heimwehr. Gewalttaten waren an der Tagesordnung und viele fürchteten einen Bürgerkrieg.

Im Mai vernichteten schwere Hagelstürme nahezu die gesamte Weinernte im Burgenland und Ernst bemühte sich eindringlich, die schwer betroffenen Weinbauern zu überzeugen, dass die Sozialdemokraten eine Partei für sie waren.

Im selben Monat hielt Ernst eine viel beachtete Rede im Landtag in Eisenstadt, wo er wieder einmal dafür warb, dass Österreich und Deutschland *ein* Reich werden müssten.

»Wir Deutsch-Österreicher fühlen alle, dass Deutschland auch unser Mutterland ist«, schloss er und erntete langen Beifall.

Die Möglichkeit, dass Österreich Bestandteil des Deutschen Reichs werden könnte, betrachtete Ernst als Aussicht auf die Vereinigung mit der großen sozialdemokratischen Partei und den Gewerkschaften dort, aber auch als Chance, einen Bürgerkrieg in Österreich zu vermeiden.

In seiner gegenwärtigen Form war Österreich keine Nation, auf die sich aufbauen ließe, darüber waren sich die meisten auch 1928 noch vollkommen einig. Nach dem Krieg schien das Land nicht mehr auf die Beine kommen zu können. Erst die Hungersnot, dann die Spanische Grippe, danach die Hyperinflation und der Kredit der Siegermächte mit der Auflage, die Staatsfinanzen zu sanieren, was zur Folge hatte, dass jeder dritte Beamte seine Stellung verlor. Nein, niemand fand, dass dieses kleine Land genügend Lebenskraft besaß. Das einzig Angemessene war, ein Teil des großen Deutschen Reiches im Norden zu werden. Bald würden auch die Siegermächte einsehen müssen, dass dies die einzige Lösung war. Der Krieg war bereits zehn Jahre her – wie lange sollten sie denn noch gezwungen werden, vor Frankreich und England niederzuknien?

Ernst hatte auch deshalb ein schweres Jahr hinter sich, weil er immer wieder versichern musste, dass die Sozialdemokraten vollkommen verlässliche Demokraten und keine Kommunisten waren. Aber nach den schweren Krawallen im Juli 1927 waren sie verdächtigt worden, Aufrührer und Revolutionäre zu sein.

Alles hatte damit begonnen, dass bei einer sozialdemokratischen Demonstration in Schattendorf im Burgenland ein Arbeiter und ein sechsjähriger Bub von Soldaten eines faschistischen Freikorps, das sich »Frontkämpfer« nannte, erschossen wurde.

Nachdem die Mörder einige Monate später vor Gericht freigesprochen worden waren, brachen in Wien Unruhen aus und Zehntausende aufgebrachte Demonstranten versammelten sich auf den Straßen. Als sie am Justizministerium vorbeikamen, wurde das Gebäude gestürmt und der Palast in Brand gesteckt. Das Feuer verbreitete sich, der Tumult nahm zu, und schließlich schoss die Polizei auf die Demonstranten. Neunundachtzig Menschen wurden getötet und bis zu tausend verletzt, sowohl Polizisten als auch Demonstranten. Karl Seitz gehörte zu denen, die unermüdlich versuchten, die Massen zu beruhigen, aber es war vergeblich.

Nach den Ausschreitungen vom 15. Juli 1927 blieb in der österreichischen Politik nichts, wie es gewesen war. Das Volk war schockiert: Sozialdemokraten und Arbeiter über die Gewalt seitens der Polizei und der Behörden sowie den Freispruch der Mörder von Schattendorf, Konservative über die Geschwindigkeit, mit der sich die demonstrierende Masse in eine revolutionäre Armee verwandelte, die sogar das Justizministerium anzuzünden vermochte. Die Fotografie von Onkel Karl, der auf einem Feuerwehrwagen steht und versucht, zu den Demonstranten zu sprechen, hatte Karin ausgeschnitten und auf den Sekretär im Flur zuhause in Sauerbrunn gelegt.

Ernst konnte nicht verstehen, dass die Liberaleren unter den Konservativen nicht einsahen, dass es ohne Unterstützung der Arbeiter und deren Partei unmöglich sein würde, ein demokratisches Österreich aufzubauen. Falls sie den Sozialdemokraten, die ehrlich daran interessiert waren, die junge Republik auf parlamentarischem Weg zu retten, nicht die Hand reichen würden, wäre ein Bürgerkrieg nahe. Aber er wusste auch, dass es im sozialdemokratischen Parteiprogramm Formulierungen gab, die das Misstrauen der Konservativen hervorriefen. Andeutungen, wonach die Sozialdemokraten die Macht, wenn sie sie einmal hätten, nie mehr von sich geben würden, wurden von den Gegnern als Drohung mit einer Diktatur des Proletariats ausgelegt.

Nun machten die Christlichsozialen unter der Führung des konservativen Priesters Ignaz Seipel stattdessen gemeinsame Sache mit den Deutschnationalen und der Bauernpartei, aber auch mit den Nationalsozialisten, nur um in den Wahlen eine Einheitsliste aufzustellen, die die »Marxisten«, also die Sozialdemokraten, bremsen sollte. Seipel betrachtete die Sozialdemokraten als seine größten Feinde und sorgte dafür, die Heimwehr zu bewaffnen, die somit dem Militär immer ähnlicher wurde. Ihre Aufgabe bestünde, so Ernst, darin, sozialdemokratische Demonstrationen zu überwachen und Schlägereien und Hass zu provozieren. Auch die antisemitischen Andeutungen wurden immer offener.

Die Einheitsliste gewann die Wahl und die Sozialdemokraten blieben weiterhin in der Opposition, hatten aber nach wie vor die absolute Mehrheit in der Stadt Wien, sodass Onkel Karl Bürgermeister blieb.

***

In ihren Briefen nach Hause erzählt Babi häufig von ihren zahlreichen jüdischen Freunden. Einmal schreibt sie, dass sie ein paar von ihnen nach Småryd mitbringen möchte und fügt hinzu: *Aber Du kannst beruhigt sein, Mama, sie sind nur dem Aussehen nach jüdisch.*

Mich fröstelt, wenn ich das lese. Was meinte sie? Will sie vielleicht nur sagen, dass ihre Mutter nicht daran zu denken braucht, koscher zu kochen oder den Sabbat einzuhalten?

Ich kann mir keinen Reim darauf machen, denke aber, dass es wohl so sein dürfte. Babi ist empfindlich gegen Antisemitismus, die Vergangenheit der Familie Hoffenreich hat keinen Einfluss auf sie, aber die Tendenzen in Deutschland und auch der alltägliche Rassismus in Österreich erschrecken sie. Später wird sie Briefe schreiben, in denen sie sich Sorgen über die Behandlung der Juden in Deutschland macht, und ihre Furcht darüber zum Ausdruck bringen, dass diese Situation auch Österreich erreicht, wo es einen starken alltäglichen Antisemitismus gibt.

Auch in der *Burgenländischen Freiheit*, der Zeitung der Sozialdemokraten, für die Ernst häufig schreibt, lässt sich ein unterschwelliger Antisemitismus erkennen, sogar in Texten von Personen, die sich als ausgesprochene Gegner des »Judenhasses« betrachten. Ernst hat weder sich noch die Partei je für antisemitisch gehalten. Das wäre ein völlig absurder Gedanke. Über seine eigenen entlegenen jüdischen Wurzeln wird nie gesprochen und da sie drei Generationen zurückliegen, denkt er kaum daran, zumal es sein Urgroßvater war, der konvertierte, und nicht seine Mutter.

In einem unsignierten Leitartikel steht Mitte der Zwanzigerjahre, dass sich die Sozialdemokraten jetzt der »Judenfrage« annehmen würden, nachdem sie von den Christlichsozialen beschuldigt wurden, von einer internationalen jüdisch-marxistischen Gruppe gesteuert zu werden, um die Macht in Europa zu ergreifen. Man reagiert nicht auf die antisemitischen Vorwürfe, sondern äußert sich stattdessen empört darüber, dass gerade die Christlichsozialen auf dem Schoß des Judenkapitals säßen.

Welche Haltung nahm mein Großvater gegenüber einem Artikel ein, der den Antisemitismus verbreitet, statt ihn anzugreifen?

Wie reagierte meine Großmutter, die ihr ganzes Leben lang jüdische Freunde hatte? Fehlte ihr, da sie aus einem anderen Land kam und anderer Herkunft war, vielleicht das Verständnis für das, was man in Österreich die »Judenfrage« nannte?

Falls mein Großvater diesen Artikel gegenüber meiner Großmutter rechtfertigen wollte: wie würde eine solche Rechtfertigung aussehen? Der Artikel stand immerhin in seiner Parteizeitung. Hätte er damit begonnen, die Geschichte der Juden im Land zu schildern, die Liberalisierung und die neuen Gesetze von 1867, die es jüdischen Familien ermöglichte, durch Handel vermögend zu werden? Dass sie palastähnliche Häuser an der Ringstraße bauten und der Neid dazu führte, dass der Antisemitismus wuchs? Würde er dann beschreiben, wie die verarmten Ostjuden, die in immer größerer Zahl einwanderten, die assimilierten und erfolgreichen Familien erschreckten und bei den konservativen Katholiken die Vorurteile über angeblichen religiösen Fanatismus anstachelten?

Zu Beginn des zwanzigsten Jahrhunderts wurde der Antisemitismus auch durch den Bürgermeister Karl Lueger angestachelt, und die Bezichtigungen, wonach eine internationale jüdische Verschwörung hinter der Politik der Sozialisten stünde, wurden immer häufiger.

Vielleicht war der alltägliche Antisemitismus so tief verwurzelt, dass nicht einmal die Partei, die die meisten Juden in ihrer Führung hatte, auf die widersprüchliche Rhetorik reagierte.

Gespräch mit Vater

Sowohl die russische als auch die österreichische Familiengeschichte lag wie ein Hintergrundrauschen über meiner Kindheit. Damals hatte es eigentlich keine Bedeutung, auch wenn ich, je älter ich wurde, immer mehr einsah, dass es da etwas gab, das gegen die Norm im Villenvorort Bromma verstieß, in dem ich aufwuchs. Wenn ab und zu davon die Rede war, dann stets auf positive Weise. Alles konnte ein wenig aufgebauscht werden: die Anzahl der Apfelbäume auf Småryd, oder wie die Familie vor der Russischen Revolution geflohen war. Und es erregte einen gewissen Neid, einen Vater zu haben, der am Zweiten Weltkrieg teilgenommen hatte – zwar auf der falschen Seite, aber ich kann mich nicht erinnern, dass es von Nachteil gewesen wäre. Dass Vater Österreicher war und einen Vater hatte, der Sozialdemokrat war, trug sicherlich dazu bei, dass er keinerlei Schuldgefühle hatte.

»Ich bin doch in den Krieg gezwungen worden!«

Mein eigenes Leben aber war ein voll und ganz solides, schwedenblondes Villenvierteldasein ohne das geringste Gefühl von Andersartigkeit oder Außenseitertum.

Anders war es für meine Cousins. Mein Onkel Hans hatte Jackie, eine Holländerin, geheiratet. Die Vorfahren meiner Mutter waren urschwedisch und bürgerlich, ihre Eltern ließen sich scheiden, heirateten neue Partner und bildeten neue Familien. Dadurch hatten mein Bruder und ich zwei große Familien mütterlicherseits, beide gediegen bürgerlich. Auf diese Weise lebte ich in zwei Welten: der eher exotischen, unübersichtlichen Bolin-Familie sowie der stillen, geborgenen und konservativeren Seite der beiden Familien meiner Mutter, die für große Weihnachtsfeste und traditionelle Geburtstagsfeiern sorgten.

Bei meinen Cousins auf der Bolin-Seite verhielt es sich anders. Sie waren nicht in einer gänzlich schwedischen Familie mit all den zugehörigen Traditionen verankert.

Neben seiner österreichischen Identität hatte mein Vater eine deutlich schwedische. Als er acht Jahre alt war, ging er sogar ein halbes Jahr lang in Båstad zur Schule. Aber warum er in jenem Herbst in Schweden blieb, statt nach Sauerbrunn zurückzufahren, wusste er nicht.

»Keine Ahnung. Aus irgendeinem Grund wollte Mutti nach den Sommerferien wohl nicht zurück nach Sauerbrunn. Aber ich blieb sehr gern und meine Lehrerin war so nett. Ich wurde ja extra gefördert, weil ich nicht so gut Schwedisch schreiben konnte. In der Schule wurde die Grundlage meiner Kontakte zu den netten Leuten hier in Båstad und Umgebung geschaffen.«

Auf diese Kontakte verwies Vater auch, wenn wir verlangten, er solle sich im Sommer nicht immer des südschwedischen Dialekts bedienen. Sobald wir mit dem Auto die Grenze nach Skåne passiert hatten, wurde jeder außerhalb der Familie ausschließlich mit blökendem Dialekt angesprochen. Uns war das peinlich. Vater fühlte sich gekränkt: »Seid nicht albern, das war doch mein erstes Schwedisch, und niemand hört mir an, dass ich nicht von hier bin.«

Nein, vermutlich sprach er korrekteren Dialekt als die Leute, die in Båstad wohnten. Wir seufzten.

»Was kann ich denn dafür, dass ich ein solches Ohr für Sprachen habe?«

Der Herbst in der Volksschule in Båstad dürfte kaum einen anderen Grund gehabt haben, als dass es in der Ehe seiner Eltern stärker kriselte als gewöhnlich. Das Haus in Sauerbrunn war fertig gebaut, es kann also nicht daran gelegen haben, dass sie auf die Wohnung warteten.

»Was weiß ich«, sagte Vater kurz angebunden.

Wenn wir das Familiengrab auf dem Friedhof in Båstad besuchten, was wir mindestens einmal jeden Sommer taten, oft häufiger, ging Vater immer am Grabstein seiner Lehrerin vorbei, um auch sie »zu besuchen«. Er liebte Gräber und Friedhofbesuche. Als Kind war es mir unangenehm, wenn wir vor dem Grab seiner Großmutter, der alten Babi, und seines Großvaters, Wilhelms, standen, er mich still zu sein bat, mild lächelte und auf Deutsch ein wenig vor sich hin brabbelte. Dann seufzte er, rüttelte sich auf und sagte: »So, jetzt gehen wir!«

In den letzten Jahren warf ich die Angel in immer trübere Gewässer des Gedächtnisses meines Vaters aus, fragte ungeplant nach allen möglichen Dingen aus seiner Kindheit, versuchte es mit Namen, Orten, Ereignissen. Einmal fragte ich nach Nazis in Sauerbrunn. Ehe Vater nachdenken konnte, antwortete er schnell: »Ja, dieser Weissensteiner natürlich.«

Dann schwieg er eine Weile.

»Und Sobota.«

Wer waren sie? Ich hatte die Namen noch nie gehört. Was hatten sie getan?

Ich setzte mich aufrecht auf den Sessel, den ich geholt und an Vaters Bett gestellt hatte.

»Wie hießen sie gleich? Wer waren sie? Hast du sie getroffen?«

Er lag auf seinem Bett und schaute mit leerem Blick ins Zimmer.

»Ich wohnte doch in Wien, bei Hilda und diesem ekelhaften Hugo. Ich war ja damals nicht in Sauerbrunn.«

Bis gegen Ende der Achtzigerjahre hatten weder ich noch mein Bruder viel von Hugo Bohrer gehört, dem Mann von Vaters Tante Hilda. Er war nie Teil der Familiengeschichte gewesen. Erst 1986, als wir erwogen, unseren Sohn Hugo zu taufen, war von ihm die Rede. Mein Vater wurde wütend und ich sah ein, dass es ihn offensichtlich tief verletzen würde, falls wir uns für diesen Namen entschieden. Aber er wollte auf keine Einzelheiten eingehen, sondern sagte lediglich, dass er »diesen widerlichen Hugo« nie gemocht hatte und unter keinen Umständen wollte, dass sein Enkel so hieß.

Aber in den letzten zehn Jahren seines Lebens wurde Hugo immer häufiger erwähnt, stets wie ausgespuckt und mit der Bezeichnung »der Ekelhafte« oder »der Widerliche«.

»Und was weißt du sonst noch über Sobota und Weissensteiner?«, fragte ich.

Aber er biss nicht an. Vater schlummerte auf seinem Bett.

Ich holte mein Telefon hervor, schrieb die Namen Weissensteiner und Sobota mit dem Zusatz Sauerbrunn auf und erhielt unmittelbar Treffer im Internet. Sogar einen Treffer, bei dem sich zeigte, dass mein Großvater, Ernst Hoffenreich, nach dem Krieg jüdische Bürger in Entschädigungsprozessen gegen Nazis vertreten hat – unter anderen gegen eben jenen Sobota!

Sobota und Weissensteiner wurden wegen Misshandlungen von Juden und wegen Diebstahls zu Gefängnis verurteilt. Zwei Jahre später wurden sie begnadigt und auf freien Fuß gesetzt.

Vater wachte auf, schaute mich an und fragte irritiert wie immer, wenn er mich mit dem Telefon sah: »Was machst du bloß die ganze Zeit mit diesem Ding?«

Ich zeigte ihm aufgeregt die Angaben über Sobota und Weissensteiner und seinen Vater, aber davon wusste er nichts mehr.

»Vater vertrat eine Menge Juden nach dem Krieg, aber da wohnte ich ja in Schweden.«

Und dann wurde er etwas ungehalten: »Ach, hör mit deinen Fragen auf. Ich bekomme nur Angst, wenn du darin gräbst. Außerdem erinnere ich mich an nichts mehr.«

Sauerbrunn

Die Familie Hoffenreich hat sich nun in Sauerbrunn niedergelassen, einem kleinen Kurort ein Dutzend Kilometer südöstlich von Wiener Neustadt und anderthalb Zugstunden von Wien entfernt. Heute heißt der Ort sogar Bad Sauerbrunn.

Hier haben sie sich ein Haus mit drei Schlafzimmern im Obergeschoß sowie zwei Gesellschaftsräumen, Küche und Dienstmädchenkammer im unteren Stockwerk bauen lassen. Im Garten wachsen Obstbäume und Beerensträucher.

Ernst Hoffenreich ist Bürgermeister der kleinen Stadt, die zu einem Touristenort anwächst und auch immer mehr Ganzjahresbewohner bekommt. Aber nach wie vor ist es eine Kleinstadt, fast noch ein Dorf.

Im August 1931 feiert die Familie die Geburtstage der Söhne nach einem weiteren Sommer, in dem sie sich die Reise nach Småryd nicht leisten konnten. Die Feier ist geschafft, es ist Abend, und die beiden Buben sind endlich eingeschlafen. In gewisser Weise ist es praktisch, dass sie am selben Tag Geburtstag haben.

Gleichzeitig findet Karin es ein wenig schade, dass Hans in den Schatten seines großen Bruders gerät. Andererseits möchte sie auch nicht, dass Gerhard sich vernachlässigt fühlt, falls er merken sollte, dass sie sich mehr um seinen kleinen Bruder kümmert.

Der fünfte beziehungsweise zehnte Geburtstag war dennoch etwas feierlicher. Auf Småryd bewältigte man die Kindergeburtstage, indem man die Cousins Boris und Hans am 8. August feierte, dem Geburtstag von Boris, während Cousin Gusti mit Gerhards Tag am 22. August gefeiert wurde. Gustis Schwester Marianne hatte am 31. Juli Geburtstag, sodass es gegen Ende des Sommers immer eine ganze Reihe von Familienfesten gab.

In diesem Jahr aber hatte Karin kein Geld, um nach Småryd fahren zu können. So schlimm sie es auch findet, wenn der Sommer mit seiner Hitze kommt und sie von den kühlen Abenden in Skåne träumt, so muss sie doch zugeben, dass es ihr diesmal etwas leichter fällt. Früher, als sie vereinzelte Male nicht reisen konnte, waren der Familie die Sommer noch heilig: alle waren dort. Damals litt sie darunter, sich vorzustellen, wie alle versammelt waren und ohne sie lachten und sangen. Nun aber würden Margit und Maja höchstens für eine Woche und Erik und Greta vermutlich gar nicht kommen, obwohl deren Kinder Gusti und Marianne dort waren.

Gerhard war gerade in einem Internat in Wiener Neustadt angenommen worden, und Karin hoffte, dass sie mit Hans diesmal im Herbst nach Schweden fahren und Ernst dann mit Gerhard über Weihnachten kommen könnte. Aber in den Briefen an ihre Mutter Maria schreibt Karin, dass sie fürchte, keinen Platz im Haus zu finden. Offensichtlich reiste die Stockholmer Familie häufig nach Småryd, um dort Weihnachten zu feiern, und da Karin sich trotz aller Schlafzimmer unsicher ist, ob der Platz ausreicht, müssen auch zahlreiche Freunde eingeladen worden sein.

Immerhin war die heutige Geburtstagsfeier wirklich gelungen. Wetti hatte wunderbare Torten und Brezeln gebacken, zwanzig wilde Kinder hatten im Garten gespielt, und es waren Geschenke und Glückwunschkarten von der ganzen Verwandtschaft gekommen, aus New York, Paris und

Båstad. Die älteren Kinder hatten eine Zirkusvorstellung eingeübt und Laken als Vorhänge über die Bäume gehängt. Alles hatte Gott sei Dank gut funktioniert. Einige der Kleineren sind während der ganzen Vorstellung mit dem Daumen im Mund dagesessen und haben große Augen gemacht.

Wetti war den ganzen Nachmittag über im Garten und spielte mit den Kindern, sodass Karin mit einigen Müttern, die geblieben waren, im Esszimmer sitzen konnte. Sie hatte Gretas Mandelkuchen gebacken. Im letzten Augenblick war ihr eingefallen, ihrer Schwägerin in Paris zu schreiben und um das Rezept zu bitten. Der Kuchen schmeckte wunderbar und wurde ein voller Erfolg, aber es war dennoch ein wenig langweilig gewesen, da die anderen Mütter nicht gerade das waren, was Karin »interessante Menschen« nannte.

Aber sie will sich nicht beklagen, sondern denkt stattdessen an Doktor Mayer, den sie kürzlich kennengelernt hatte. Er hatte sie auf Spazierfahrten im Auto mitgenommen und ihr sein altes, aber gemütliches Zuhause gezeigt. Überhaupt ist Karin froh, dass der Spätsommer noch immer Besuche, gesellschaftliche Essen und Feste bot.

Noch ist Leben in Sauerbrunn. Sie versucht, die Gedanken an den Winter in der Stadt zu verdrängen. Aber sie tauchen dennoch auf, und wie von einem feuchten Nebel wird die kleine Stadt in die Gefühlskälte von Herbst und Winter gehüllt. Ein Tag ist wie der andere. Langsam vergilben die Blätter, werden rot, fallen ab, allmählich tauchen erste Weihnachtsdekorationen in den Schaufenstern auf. Dieselben Menschen grüßen auf dieselbe Weise in denselben kleinen Geschäften. Nichts Unerwartetes geschieht. Die großen Sommerhäuser stehen leer, die Fenster bilden schwarze Löcher, dann ziehen ärmere Sauerbrunner ein, wohnen in den Kellern und kümmern sich während des Winters um die Häuser.

Aber noch duftet es durch das offene Fenster. Es kommt noch immer vor, dass Karin im Park unbekannten Menschen begegnet.

Sie seufzt und denkt an ihre Ehe. Im Frühjahr stritt sie sich mit Ernst darüber, ob er sich einen Smoking anfertigen lassen sollte oder nicht. Sie beschwor ihn: »Es gibt doch massenweise Gelegenheiten, bei denen erwartet wird, dass du einen Smoking trägst, und wenn du nicht hingehst, muss ich auch zuhause bleiben, das weißt du doch.«

»Es ist eine Frage der Priorität. Wir haben kein Auto, du klagst darüber, dass wir mehr Hilfe im Haushalt brauchen, und nun soll ich ein Vermögen für einen Smoking ausgeben. Das ist doch lächerlich!«

Ernst war unerbittlich.

Karin konnte ihm schlecht widersprechen. Ernst arbeitet inzwischen Teilzeit als Anwalt, steht jeden Morgen um sechs Uhr auf und geht die acht Kilometer nach Mattersburg zu Fuß, wo er sich Punkt sieben in seinem Büro einfindet. Es macht sie verrückt, dass er jeden Morgen mit dem Glockenschlag zur Tür hinausgeht. Wenn er wenigstens etwas weniger pünktlich wäre … zumindest manchmal.

Aber darin versteht Ernst keinen Spaß. Er ist zu bestimmten Zeiten mit Menschen verabredet, die dafür bezahlen, ihn zu treffen. Häufig sind es die Armen, die tief in die Tasche greifen müssen, um es sich mithilfe ihrer armseligen Ersparnisse leisten zu können. Nein, die kann er nicht warten lassen.

Dann aber, Anfang September, kommt eine Einladung zu einem großen Fest bei Familie Leitner: Kleidung Smoking, hundertfünfzig Gäste.

Karin ist überglücklich. Sie hat mehrere Ausgaben französischer Modemagazine, und nun gilt es nur noch, einen hübschen Stoff für ein Kleid zu finden. Außerdem mag Ernst die Leitners, sodass er seine Entscheidung hinsichtlich des Smokings vielleicht noch einmal überdenkt.

Familie Leitner gehört zu dem großen Anteil der jüdischen Bevölkerung, die vor allem im Sommer in Sauerbrunn wohnt. Sie halten sich nicht an die Koscher-Regeln, was Karin angenehm ist. Sie merkt deutlich, dass auch Ernst sich in Gesellschaft der Leitners wohlfühlt, und er weiß, dass sie für Karin eine Art Rettungsanker in der Stadt sind.

Sie gesteht sich auch gern selbst ein, dass häufig gerade jüdische Familien ihre engsten Freunde und damit ihre Zuflucht sind. Etliche von ihnen haben etwas von der Welt außerhalb vom Burgenland oder sogar außerhalb von Österreich gesehen. Viele haben Verwandte in Russland, Galizien oder Ruthenien. Eine Dame spricht sogar ausgezeichnetes Russisch und Karin liebt es, mit ihr einige Worte zu wechseln, sobald sie Gelegenheit dazu hat. Josef »Peppi« Frank und vor allem seine schwedische Frau Anna trifft sie, sooft sie kann, wenn sie nach Wien kommt.

Ernst hingegen ist mit sehr wenigen jüdischen Freunden aufgewachsen. Die Hoffenreichs waren gute Katholiken und als solche verkehrte man mit anderen guten, häufig stark konservativen Katholiken, damit Punktum! Beim letzten Besuch von Ernsts Mutter diskutierte man die ausgebliebene Kommunion von Gerhard und Hans. Karin sagte, dass Gerhard selbstverständlich evangelisch konfirmiert werden würde, da sie ja Lutheraner sind. Sie widersprach ihrer Schwiegermutter entschieden und konnte einen grimmigen Kommentar über scheinheilige Religiosität nicht unterdrücken.

Das Ganze endete in einer großen Szene. Ihre Schwiegermutter Franziska und Hilda fuhren früher als geplant nach Wien zurück. Karin bereute ihre Worte bald, aber bemerkte, dass der Schaden bereits angerichtet war. Nun konnte man nur warten, bis die Zeit die Schwiegermutter zum Einlenken bringen würde.

Hilda schrieb einen langen Brief, in dem sie Karin anflehte, an Mama Fannerl zu denken, wie Franziska genannt wurde, und ihr angesichts ihres hohen Alters derartige Gefühlsausbrüche zu ersparen. Allerdings gab sie auch zu, dass ihre Mutter fürchterlich starrköpfig sein konnte.

Dieses Eingeständnis betrachtete Karin als einen Teilsieg. Nie zuvor hatte sie Hilda ihre Mutter in irgendeiner Weise kritisieren hören.

Dass es im Allgemeinen die gut ausgebildeten und wohlhabenden Juden sind, die ein Sommerhaus in Sauerbrunn besitzen, führt nicht gerade dazu, dass weniger über die Gattin des sozialdemokratischen Bürgermeisters geredet wird, die man ständig in deren Gesellschaft sieht. Aber die Leitners sind beliebt. Sie besitzen drei große Häuser in der Stadt und sind großzügig mit Zuwendungen für verschiedenste öffentliche Ausgaben.

Im Sommer verdoppelt sich die Bevölkerung von Sauerbrunn nahezu. Ein Artikel der Lokalzeitung berichtet darüber, dass in den Dreißigerjahren knapp zweitausend Sommergäste in der Stadt wohnten, von denen achtzig Prozent aus Wien kamen. Es wird auch erwähnt, dass Sauerbrunn bei jüdischen Familien besonders beliebt ist. Wer kein eigenes Haus besitzt, mietet Schlafzimmer und Küchen, während die Sauerbrunner auf Dachböden, in Kellern oder Schuppen schlafen. Auf diese Weise haben sie willkommene Nebenverdienste.

»Nie habe ich so gut geschlafen wie unter dem schönen Kruzifix, das die Leute hier an der Wand haben«, witzelt eine von Karins zahlreichen jüdischen Freundinnen.

Im Nachbarhaus, in der Schubertallee 3, hatte eine jüdische Familie aus Wien ihre Ferienwohnung: Max und Margarethe Fischof. Karin freute sich auf die Sommermonate, da sie kommen würden und deren Kinder mit Hans und Gerhard spielen könnten. Seufzend musste sie feststellen, dass sie leider meistens in Schweden war, wenn Sauerbrunn endlich auflebte.

Einen Monat nach dem ersten Brief schreibt Karin glücklich an ihre Mutter, dass Ernst nachgegeben habe: Sie werden am Fest der Leitners teilnehmen und er will sich einen Smoking nähen lassen.

Austrofaschismus

Anfang der Dreißigerjahre verschärfte sich das politische Klima in Österreich noch stärker. Die Aufrüstung der privaten Schutzkorps ging weiter. 1930 legten Heimwehrmitglieder in Niederösterreich ein Gelübde ab, das als »Korneuburger Eid« den Auftakt einer faschistischen politischen Bewegung im Land bildete. Man nahm deutlichen Abstand vom marxistischen Klassenkampf, dem liberalen Kapitalismus und dem Parlamentarismus. Aber die Zeit war noch nicht reif für eine derart radikale Politik, sodass sich die paramilitärische Heimwehr auf nationaler Ebene vom Korneuburger Eid distanzierte. Gleichwohl entstand aus dieser Bewegung mit dem »Heimatblock« eine Partei, die bei den Wahlen 1930 gut sechs Prozent erhielt. In den folgenden Jahren wuchs auch die Stärke der Nationalsozialisten, die für etliche gewalttätige Straßenkämpfe verantwortlich waren und dabei meistens Arbeiter und Sozialdemokraten angriffen.

Die Gewalt war in der Politik allgegenwärtig, auf Straßen und Plätzen. Allmählich entstand in Österreich eine eigene Form des Faschismus, wobei der Heimatblock im Mittelpunkt stand: der Austrofaschismus, der sich mit Mussolini und Italien verbündete, wo man noch nicht für Hitler Partei ergriffen hatte.

Aber auch die nationalsozialistische Partei wuchs im Laufe der Dreißigerjahre und bei vielen Lokalwahlen war sie erfolgreich. Allerdings gelang es ihr nicht, die Wähler auf nationaler Ebene zu erreichen. 1930 erhielt sie drei Prozent der Stimmen.

Der Christlichsoziale Engelbert Dollfuß wurde Landwirtschaftsminister und betrachtete die Bauern als Bewahrer der österreichischen Kultur. Aber er war der Demokratie gegenüber skeptisch und machte Mussolini in Italien seine Aufwartung. 1932 wurde er zum Bundeskanzler ernannt und löste 1933 das österreichische Parlament auf, nachdem die Personen aus den verschiedenen Fraktionen infolge einer Geschäftsordnungskrise eine nach der anderen vom Posten des Parlamentspräsidenten zurückgetreten waren. Auf diese Weise erhielt Dollfuß unerwartete Hilfe, das Parlament auszuschalten und das Land autoritär zu führen. Zunächst wurden die Sozialdemokraten zugelassen, aber deren militärischer Schutzbund wurde verboten.

Die schwedische Tageszeitung *Svenska Dagbladet* schrieb in einer Überschrift: »Verschärfte Krise in Österreich. Großdeutsche gehen zum Angriff über. Seitz wird gewarnt.«

Weiter unten kann man lesen, dass Karl Seitz' Protest gegen die Auflösung des Parlaments folgende Antwort von Dollfuß erhielt: »Sie haben kein Recht, Kritik zu üben, und gleichzeitig weise ich mit Entschiedenheit den unangebrachten Ton Ihres Schreibens zurück.«

Die Nationalsozialisten protestierten öffentlich dagegen, vom Dollfußregime ebenso schlecht wie die »Marxisten« behandelt zu werden.

Die schlimmsten Feinde für Dollfuß waren die Sozialdemokraten und die Nationalsozialisten. Sein Ziel war ein österreichischer Staat ohne Einmischung des nationalsozialistischen Deutschlands, dessen Ideologie Dollfuß teilweise fremd war. Aber seine Politik nahm immer mehr klassisch faschistische Züge an, die Verbindung mit Mussolinis Italien wurde enger und die Spannungen in der Gesellschaft stiegen.

Mein Großvater spürt davon noch mehr als der Rest der Bevölkerung. Er arbeitet weiterhin im burgenländischen Landtag und als Bürgermeister von Sauerbrunn, sorgt sich aber nicht nur seinetwegen, sondern auch um die Sicherheit seiner Familie. Immer stärker werden die Sozialdemokraten angegriffen, sowohl verbal im Parlament als auch physisch auf den Straßen. Die Sorge wächst mit jeder Woche. Gleichzeitig konstatiert Ernst, dass die Demokratie seit Gründung des Landes 1918 nie eine wirkliche Chance bekommen hat, um vollständig zu funktionieren. Unablässig ist es zu Bedrohungen und offenen Gewalt- und Terroranschlägen gekommen.

Zu dieser Zeit schreibt Karin in ihren Briefen an die Mutter immer öfter darüber, dass Ernst sich Sorgen um sie und die Kinder mache. Sie selbst denke nicht so, schreibt sie. Es findet sich aber keine offene Andeutung, wonach ein Umzug nach Schweden infrage käme. Vermutlich ist mein Großvater aus sprachlichen und politischen Gründen zu sehr mit Österreich verbunden.

Ostern 1933

An jedem Osterfest bereitete meine Großmutter Paschka zu. Das ist eine russische Süßspeise, die aus Topfen, Butter, Sauerrahm, Zucker, Mandeln, Eigelb, Zitrone und Zitronat besteht. Bei uns zuhause lag in einem Küchenschrank ein merkwürdiges Holzgestell, in das man ein Passiertuch spannte, in dem der Topfen einen Tag lang abtropfen konnte. Auch ich wurde von der Faszination dieses Rituals ergriffen, das ja nur einmal im Jahr stattfand.

Meine Mutter machte dann Paschka, weil mein Vater meinte, dass es zu einem richtigen Ostern gehöre. Es war in der Familie meiner Großmutter stets ein selbstverständlicher Bestandteil. Als Gaba, Karins Schwester Margit, Ostern 1999 in einem Pflegeheim lag, kam ich zu ihr ins Zimmer, als gerade die Tochter eines russischen Freundes dort war. Sie fütterte Gaba aus einer kleinen Plastikschale: Paschka. Und Gaba rollte glücklich mit den Augen und aß.

»Ich dachte mir, dass Margit vielleicht in diesem Jahr keine richtige Paschka bekommen hat. Hoffentlich hast du nichts dagegen.«

Ich kann mich an die Enttäuschung in meiner Kindheit erinnern, weil mir Paschka gar nicht schmeckte. Säuerlich, schmierig, eine seltsame Mischung aus Creme und Kuchen. Wenn es auf die Zunge gelangte, hatte man die Hoffnung auf etwas Süßes, aber das Saure bekam die Oberhand. Wie so vieles aus der Kindheitsküche meines Vaters begegneten mein Bruder und ich der Paschka mit größter Skepsis.

Ostern 1933 kam Gerhard für die Ferien aus seinem Internat in Wiener Neustadt nach Hause. Aber nach langem Quengeln bekam er als verfrühtes Ostergeschenk eine Fahrkarte nach Wien. Hildas neuer Mann Hugo hatte versprochen, ihn zu einem Fußballländerspiel gegen die Tschechoslowakei mitzunehmen. Schon seit Weihnachten hatte Gerhard darum gebettelt. Als Hilda kurz vor Ostern anrief und sagte, dass Hugo Gerhard gern mitnehmen würde und Gerhard auch bei ihnen übernachten dürfe, entschieden sich Ernst und Karin, ihrem Sohn die Karte sowie Geld für die Fahrt zu schenken.

Österreich verlor das Spiel 1:2, es war der erste Verlust nach dreizehn Länderspielen. Karin und Ernst hatten die Übertragung im Radio gehört und am Tag darauf war es das große Gesprächsthema in Sauerbrunn.

Wenn in meiner Kindheit die schwedische Nationalmannschaft richtig schlecht spielte, versäumte Vater nie, höhnisch zu lachen und Vergleiche mit den Helden seiner Jugend anzustellen: »Haha, oh, wie miserabel! Ihr hättet das Wunderteam sehen sollen, *das* war Fußball! Bimbo Binder, der aus fünfunddreißig Metern direkt ins obere Eck schoss – das war doch was. Und Sindelar, der Papierene, wie er genannt wurde, ach, solche Spieler gibt's heute nicht mehr.«

Matthias Sindelar wurde in den Dreißigerjahren als einer der besten Fußballspieler der Welt betrachtet. Er bekannte sich offen zu den Sozialdemokraten und weigerte sich, für die deutsche Nationalmannschaft zu spielen, nachdem Österreich 1938 von Hitlerdeutschland annektiert worden war. Im Januar 1939 wurde er zusammen mit seiner Freundin tot in der Wohnung gefunden. Einem Schornstein soll Gas entwichen sein und man spekuliert noch immer darüber, ob das Paar ermordet wurde, sich selbst tötete oder einem Unglück zum Opfer fiel.

»Sieh an«, sagte Vater, als ich ihn nach Sindelars Schicksal fragte. »Daran erinnere ich mich nicht mehr.«

Als Vater über neunzig war, konnte er noch immer die österreichische Mannschaftsaufstellung aufsagen, die in seiner Jugend zu den besten der Welt zählte. Es glänzte hinter seinen grautrüben Augen, wenn er Verteidiger, Mittelfeldspieler und Stürmer aufzählte.

Als Vater zu Ostern 1933 nach Sauerbrunn kam, war die kleine Stadt noch immer eine stabile sozialdemokratische Hochburg. Aber Karin fand, dass die vulgäre antisozialistische Propaganda in ihrem Heimatort immer lauter wurde, die Propaganda, die die Sozialdemokraten unbedingt mit Worten wie »revolutionär«, »marxistisch«, »antikirchlich« oder »aufrührerisch« in Verbindung bringen wollte. Karin konnte sich nicht zurückhalten und musste stets widersprechen. Vater schreibt in seinen Memoiren, dass »Mutter nie ihre Zunge im Zaum halten konnte, wodurch es für Vater noch schwieriger wurde, als die Nazis in Österreich das Sagen hatten«.

Aber 1933 waren kleine Anfeindungen noch Ausnahmen. Sauerbrunn war sozialdemokratisch und die meisten schätzten Ernst als Bürgermeister. Allerdings führte die politische Unruhe im Land dazu, dass der Ton roher, die Stimmung angespannter wurde.

Um diese Zeit schreibt Karin an ihre Mutter, dass Ernst sie gebeten habe, in enger Verbindung mit ihrer Freundin Elsa Björkman-Goldschmidt zu bleiben, da sie gute Kontakte zu den schwedischen Behörden hatte. Er fürchte, dass es zu einer Situation kommen könnte, in der Karin und die Kinder schnell das Land verlassen müssten. Dabei könne Elsa wichtige Hilfe leisten.

Karin hingegen war keinesfalls beunruhigt, das entsprach nicht ihrer Natur. Sie konnte sich nicht wegen einer Sache aufregen, die *eventuell* eintreffen würde. Gerhard war ungefährdet an seinem Internat und Hans hatte nie erwähnt, dass irgendjemand behauptet hätte, sein Vater sei ein Feind Österreichs. Im Gegenteil, er hörte eher, dass der Herr Bürgermeister ein Mann sei, der viel Gutes für die Stadt tat. Da die Sparkasse und vor allem das große Freibad auf Ernsts Initiative zurückgingen, war er, seit Eröffnung des Bades, sogar unter den Buben bekannt.

Auch die Bedrohung durch Dollfuß und seinen Anhang konnte Karin nicht recht ernst nehmen. Waren denn nicht die Nazis seine ärgsten Feinde?

Der nationalsozialistische Terror allerdings erschrak Karin. Die Berichte über nächtliche Aktionen in Deutschland, bei denen Juden aus ihren Wohnungen geschleppt und misshandelt oder sogar ermordet wurden, waren so widerwärtig, dass sie es nicht vermochte, sich näher damit zu befassen.

Im Frühjahr 1933 schreibt Karin einen empörten Brief an ihre Mutter und fragt, wie viel die Schweden darüber wissen, was in Deutschland geschieht. Waren ihnen die Wellen von Selbstmorden in jüdischen Familien bekannt, die Quälereien, die Ausstoßung aus der Gesellschaft? Dass alle Firmen in jüdischem Besitz schließen mussten? Warum protestiert die schwedische Regierung nicht entschiedener?

In Österreich bekam man reichlich Information aus Deutschland, aber wie war es in Schweden? Was wusste man dort?

Karin schreibt, die Nazis sollten nicht nur alle Juden an Universitäten, Krankenhäusern und Unternehmen verbieten, sondern auch deren Unternehmungsgeist, die Resultate jeglicher Forschung, die von Juden betrieben wurde – dann würden die Deutschen schon sehen, was von ihrer Gesellschaft übrig bleiben würde. Es sei eine beispiellose Idiotie, die Juden von ihren Arbeitsplätzen auszuschließen. Sie seien doch die fähigsten, intelligentesten von allen und arbeiteten am meisten. Karin schreibt in offensichtlicher Verzweiflung und Empörung.

Ostern wird immerhin ein gelungenes Fest. Gerhard freut sich, das Länderspiel gesehen zu haben, kann es aber nicht sein lassen, Hans damit zu ärgern, dass er zu klein sei, um mitzukommen. Als er aus Wien zurückkommt, erzählt er, dass Onkel Hugo nett sei, aber allerlei Vorstellungen darüber habe, wie man sich benehmen soll. Hugo mochte es nicht, dass sich Gerhard unter die Anfeuerungschöre mischte. Überhaupt kommentierte er ununterbrochen die »Vulgarität und Primitivität« der Masse ungebildeter Menschen. Gerhard imitiert ihn, und obwohl Ernst sagt, er solle nicht so unverschämt gegenüber einem älteren Verwandten sein, müssen alle lachen.

Karin freut sich am meisten darüber, dass sowohl Wetti als auch deren Mutter zu Ostern am Tisch sitzen. Wetti hat protestiert, aber die Buben lieben die alte Frau Arthofer, die zu Tränen gerührt war, als Hans ihr entgegenlief und sie herzlich umarmte. Gerhard behauptet stets, dass sie das beste Essen in ganz Sauerbrunn koche. Er geht abends oft zu ihr hinüber, um ihr zu helfen, Petroleum aufzufüllen, oder ihr einen anderen Gefallen zu tun. Er weiß, dass er dafür mit einem guten Essen belohnt werden würde.

Karin dürfte einen Anflug von Traurigkeit gespürt haben, als Gerhard glücklich sagte: »Ich bin so gern bei Frau Arthofer, dort ist es so gemütlich.«

In seinen Memoiren schreibt Vater ausführlich darüber, wie angenehm es bei Frau Arthofer war und dass er noch immer ihren Bohneneintopf und andere schlichte Gerichte vermisse.

Auch Hilda und Hugo sind zum Osteressen gekommen und nicht einmal sie kommentieren, dass die Haushälterin und deren Mutter mit am Tisch sitzen. Dabei hat Ernst so etwas befürchtet. Aber seine Schwester und ihr Mann sind derart miteinander beschäftigt, dass keine Zeit für die sonst üblichen säuerlichen Anmerkungen bleibt. Hilda ist vierzig Jahre alt und ihre vorige männliche Bekanntschaft hat sich als Betrüger erwiesen, der keineswegs Witwer, sondern nach wie vor verheiratet war. Im letzten Augenblick wurde er entlarvt, und Hilda war untröstlich.

Nun aber scheint es etwas Ernsthaftes zu sein. Das einzig Bedauerliche ist, dass Hugo geschieden ist, weshalb sie sich nicht angemessen kirchlich trauen lassen konnten. Aber erfreulicherweise ist Hildas religiöse Glut erkaltet. Karin notiert, dass Hilda nicht einmal darauf besteht, das Tischgebet zu sprechen, was ihr sonst immer so wichtig gewesen ist. Stattdessen betet die alte Frau Arthofer still für sich und bringt die anderen dazu, sich ihr anzuschließen.

Karin hätte schon Lust, etwas zu Hildas ständigen Bemerkungen über unchristliches Verhalten und mangelnde Gottesfurcht zu sagen, nun, da sie einen Gotteslästerer, einen geschiedenen Mann, heiraten will. Aber sie hält sich zurück und freut sich lieber darüber, dass die Mahlzeit ohne Zwischenfälle abläuft. Man erörtert Wetter und Essen und als es um Politik geht, wird gerade das Freibad zum Gesprächsthema. Alle sind sich darüber einig, dass es für die kleine Stadt sehr erfreulich sei.

Als Karin dann in der Küche steht und die Paschka herrichtet, lächelt sie und genießt das Geplauder aus dem

Esszimmer. Sie legt die Holzspachtel weg, mit der sie eben die silberweiße Topfenmasse glatt gestrichen hat. Sie schaut zum Fenster hinaus und spürt: ja, sie ist glücklich in diesem Moment. Sie hat Menschen um sich, Gelächter, gutes Essen, und es ist nicht so wichtig, um wen es sich handelt, worüber oder wie man miteinander redet.

Was sie beruhigt, ist die einfache Tatsache, dass mehrere Menschen am Esstisch sitzen und sich dabei unerwartete Konstellationen ergeben: die alte Frau Arthofer und Hildas neuer Mann Hugo Bohrer – was für ein originelles Paar!

Und wie nett es ist, wenn überraschende und neue Gesprächsthemen aufkommen. Sie hat den beiden zugehört, während sie eine ganze Weile Vor- und Nachteile beim Lesen mit Petroleumlampen beziehungsweise elektrischen Lampen abhandelten. Es endete damit, dass Frau Arthofer ihre Petroleumlampe pries: selbst falls ihr Haus Elektrizität bekommen würde, zöge sie zum Lesen das wärmere, gelbliche Licht dem stechend kalten elektrischen Licht vor.

***

An den Ostertagen spielt Hans mit einigen seiner Schulkameraden. Wetti hat keine Nachsicht mit schmutzigen Kindern aus einfacheren Verhältnissen. Immer weiß sie, aus welchen Familien die Kinder kommen, und sie kann es nicht akzeptieren, dass Kinder halb krimineller Väter das Haus vom Herrn Doktor betreten. In der warmen Jahreszeit dürfen sie allerdings im Garten spielen.

Nach österreichischem Brauch wird eine Person stets mit entsprechendem Titel angeredet. Noch heute sprechen die Menschen, denen ich in Sauerbrunn begegne, vom Herrn

Doktor, wenn sie meinen Großvater meinen. Immerhin war er ja Doktor der Rechte.

Das galt zum Beispiel auch für Rudi Lehner, den Sohn des Zuckerbäckers. Wenn wir auf Wetti zu sprechen kamen, sagte er lachend: »Wetti, die bewachte das Haus vom Herrn Doktor wie eine Löwin!«

Als Karin und ihre Söhne einige Monate später endlich nach Småryd fahren, hat sie einen jungen Studenten ausfindig gemacht, der sich für Reisekosten, Aufenthalt und ein kleines Entgelt in den Sommermonaten um Gerhard kümmern und ihn halbtags in Mathematik unterrichten soll. Gerhard schreit und weint, als im klar wird, was da auf ihn zukommt. Der gesamte Sommer, auf den er sich so gefreut hatte, ist ruiniert.

Aber Karin ist unnachgiebig. Sie schreibt an ihre Mutter, dass sie es unter keinen Umständen schaffen würde, allein mit den Buben zu sein. Hans ist unproblematisch, aber sie meint, mit Gerhard nicht zurechtzukommen. Erst sollte Wetti mitfahren, worüber sowohl Gerhard als auch Hans glücklich wären. Sie würde nach ihnen schauen und könnte auch im Haushalt behilflich sein. Aber als der Sommer naht, wird Frau Arthofer krank und Wetti möchte nicht verreisen.

Dagegen kann Karin nichts sagen, denn Frau Arthofer ist tatsächlich schwach. Aber Karin ist erstaunt darüber, dass Wetti fast erleichtert scheint, nicht mit nach Schweden fahren zu müssen.

In dieser Situation empfiehlt ihr eine Wiener Freundin den jungen Herrn Fink, der gern ins Ausland wollte und sich auf naturwissenschaftliche Fächer versteht.

In der Schule wurde immer wieder hervorgehoben, dass Gerhard mehr könnte, als er zeigte. Er sei ganz einfach faul. Das soll sich nun ändern.

Karin fühlt sich ausgesprochen erleichtert, als sie endlich im Zug sitzen, mit Herrn Fink zwischen Hans und Gerhard. Sie hofft nur, dass sein Redefluss auf seine Nervosität zurückzuführen ist und er etwas weniger gesprächig wird, wenn ihm die Familie erst vertrauter geworden ist. Jetzt zu Beginn der Reise gibt es nicht einen Baum, nicht ein Dorf, an dem der Zug vorbeifährt, ohne dass Lehrer Fink, wie er von Hans und Gerhard angeredet werden möchte, etwas zu zeigen und zu erklären hat, worauf er die Buben auffordert zu wiederholen, was er ihnen beigebracht hat.

Karin kann sich vor Lachen kaum halten, als er einen dicken Notizblock hervorholt, auf dem er Angaben zur Geografie von Wien bis Båstad aufgezeichnet hat. Gerhards Augen füllen sich mit Tränen, und mit zusammengekniffenen Lippen blickt er seine Mutter zornig an. Aber er wird sich schon daran gewöhnen, denkt sie.

Vater schreibt in seinen Memoiren:

In einigen Sommern hatte Mutti gemeint, wir müssten für einen Teil der Ferien einen Lehrer mitnehmen. Mein Gott, wie wir das hassten, wie unglücklich wir waren! Erst als er im August abreiste, konnten Gusti und ich aufatmen und Småryd genießen.

Im Mai hat Dollfuß seine »Vaterländische Front« gegründet, die in dieser schweren Zeit alle Österreicher einen sollte. Alle Parteien sollten sich zusammenschließen. Allerdings betraf »alle« nicht die große sozialdemokratische oder die kleine nationalsozialistische Partei. Ernst war überzeugt davon, dass Dollfuß etwas im Schilde führte und seine ärgsten Feinde ein für alle Mal ausradieren wollte. Aber wie? Und in welcher Reihenfolge?

Ernst bat Karin, die Nachrichten sorgfältig zu verfolgen, ehe sie im August von Småryd nach Hause fuhr. Babi erwähnte es in einem Brief an ihre Mutter, nahm es aber nicht besonders ernst.

Gespräch mit Vater

Småryd war in vielerlei Hinsicht die Rettung, nicht nur für meine Großmutter, sondern auch für meinen Vater. Für ihn rein physisch, als Zufluchtsort in seiner Jugend. Aber als ihn im Alter das Gedächtnis im Stich ließ, boten sich durch Småryd auch Bruchstücke fester Materie in der stetig spärlicheren Datenbank der Erinnerungen.

Er kam häufig auf seinen Großvater Wilhelm und noch öfter auf seine Großmutter Maria, seine Babi, zu sprechen.

Aber im Lauf der Jahre bedurfte es eines Fotoalbums, um Vaters Gedächtnis auf die Sprünge zu helfen. Er sah hinein, während ich blätterte, aber ich merkte, dass er schließlich auch dadurch Ängste bekam. Ob es an der Einsicht lag, dass diese Zeiten nun unwiderruflich hinter ihm lagen, oder daran, dass er sich immer schlechter an Namen erinnerte, weiß ich nicht.

In seinen letzten Jahren wurde es immer schwieriger, Gesprächsthemen zu finden. Auch ohne Fotos konnten nach wie vor Fragmente von Kindheits- oder Jugenderinnerungen aufglimmen. Aber sobald wir uns den letzten fünfzig, sechzig Jahren näherten, waren Chronologie, Personen und Einzelheiten wie weggeblasen. Er konnte mich empört ansehen und ausrufen: »Was, du hast nicht in Österreich gewohnt? Wie ist das möglich?«

»Du hast Mutter doch hier in Schweden kennengelernt und bemängelst ständig mein Deutsch – wie könnte ich wohl dort geboren sein?«

»Da hast du recht. Aber das Haus, in dem du mit deinem Bruder aufgewachsen bist, war das nicht in Österreich?«

»Nein, das war in Bromma.«

»Eben, in Österreich.«

»Aber Bromma liegt doch in Stockholm.«

Vater sah unglücklich und verwirrt aus.

So konnten sich unsere Gespräche abspielen. Aber meistens versuchte ich, uns von diesem nutzlosen Wie, Wann, Wo zu lösen, vor allem, da es Vaters ohnehin schon ziemlich starke Unruhe verstärkte. Um Gesprächsstoff zu finden, bei dem wir etwas länger bleiben konnten, landeten wir häufig in Wien, Sauerbrunn oder auf Småryd.

Einmal, als nichts an Vaters Wirklichkeitsauffassung stimmte, ließ mein Bruder ihn alle Zimmer der Villa auf Småryd beschreiben, eins nach dem anderen, und es lief ausgezeichnet, auch wenn die Einzelheiten aus der Zwischenkriegszeit stammten. Vater war selbst erstaunt darüber, wie viele Menschen sein Sommerparadies bewohnten.

Bei einer anderen Gelegenheit versuchten Vater und ich uns darüber klar zu werden, wie die Schlafplätze verteilt wurden, wenn vielleicht sechzehn Verwandte und Freunde mit vier Köchinnen und Haushälterinnen gleichzeitig dort wohnten. Die Betten reichten wohl, aber wer schlief wo?

Vater sah skeptisch aus. Vielleicht waren doch nicht alle gleichzeitig dort?

Auf Småryd gibt es noch heute schwarze Wachstuchhefte mit Menüs, die seine Babi Maria und später meine Babi Karin eingetragen hatten. Daraus wird ersichtlich, dass meistens acht, zehn oder zwölf Personen an den Mahlzeiten teilnahmen, manchmal noch mehr. Es kamen auch Nebensaisonen mit nur fünf oder sechs Leuten vor. Aber es sind nur wenige Hefte erhalten, und die Zeit der Kindheit in den Zwanzigerjahren, als sich das Bild vom Leben auf Småryd bei meinem Vater ausgeprägt hat, existiert lediglich in Briefen und auf Fotografien.

Ich versuchte, meine Erinnerungsbilder in diejenigen meines Vaters einzuflechten, um zu sehen, ob er etwas wiedererkennt. In den Sechzigerjahren war die Villa ein Ort für die Älteren, wohin man ging, nachdem man streng ermahnt wurde, sich zu benehmen, und vor allen Dingen: keinesfalls hineinzugehen, wenn Ruhezeit war! Das hieß zwischen halb zwei und drei oder halb vier am Nachmittag.

Da waren alle Gäste in ihren Zimmern verschwunden.

Anschließend schauten sie, grauhaarig und faltig, aus ihren Nestern wie Igel aus einem Gestrüpp im Wald. Befand man sich in der Nähe und geriet in ihr Blickfeld, wurde einem oft etwas Süßes an der Bettkante angeboten, dargereicht von einer Tante – wo waren alle Männer? Bestenfalls redeten sie seltsam gebrochen, schlimmstenfalls in einer unbegreiflichen Sprache.

Vater lächelte über meine Erinnerungen, aber eher, als höre er sie zum ersten Mal. Er kannte alle Namen der Gäste, die ich nannte, hatte aber keine Ahnung von meiner Relation zu ihnen.

Für meinen Vater hingegen war die Villa ein Ort, der vor jungem Leben brodelte. Boris, sein Cousin, und Hans, sein kleiner Bruder, waren vier beziehungsweise fünf Jahre jünger als er und daher immer im Weg. Er und sein gleichaltriger Cousin Gusti schikanierten sie auf unterschiedliche Weise, wenn sie meinten, den Kleinen müssten die Leviten gelesen werden – also meistens.

»Dein Alter war nicht so schlimm, von ihm bekam man hin und wieder blaue Flecken. Aber Gusti, von dem bekam man Albträume«, erzählte mir Boris später, wenn von den Sommern auf Småryd die Rede war.

In den späten Sechzigern und frühen Siebzigern war er oft bei uns in Bromma zum Sonntagsessen. Boris war der

Bohemien der Familie und wohnte allein in einer Einzimmerwohnung im Erdgeschoß in der Riddargatan in Stockholm. Dort hatte er etwas für mich Zehnjährigen so Wunderbares und Fantasieanregendes wie einen Vorhang aus Ringen, mit denen man damals Bierdosen öffnete. Er hatte Diabetes und tat alles, um die Krankheit zu vernachlässigen, sodass er am Mittsommerabend 1972 an einem blutenden Magengeschwür starb, siebenundvierzig Jahre alt. Er hinterließ nicht viel, aber seine Bücher stehen heute auf Småryd, unter vielem anderen Gesamtausgaben von Hemingway, Evelyn Waugh und Aldous Huxley, etliche davon mit feinen Bleistiftnotizen am Rand.

»Gusti hingegen«, erzählte Boris, als er in den Sechzigerjahren bei uns zuhause war, »er liebte es, mit vertraulicher Stimme, eingebettet in sanftestem Honig, ganz nah zu kommen und zu sagen: ›Sag mal, Boris, diese nächtlichen Geräusche im Kasten, die hast du doch gehört, oder?‹ (Jedes Kind hatte ein eigenes Zimmer auf dem großen Dachboden.) ›Weißt du, dass es Klagerufe der Toten sind? Sie kommen, um dich zu holen, das ist dir doch klar? Du bist an der Reihe … Und wenn sie kommen, ja, dann stirbst du den qualvollsten Tod, den man sich bei einem kleinen Jungen vorstellen kann.‹ Fies«, sagte Boris und schüttelte sich. Er lachte auf, nippte an seinem Dry Martini und nahm einen tiefen Zug aus seiner Philip Morris ohne Filter, die er mit einem Sturmfeuerzeug angezündet hatte, das nach Benzin roch.

»Nein, dann lieber deine Hiebe und Kniffe, Gerhard, haha. Weißt du noch, wie ihr Hans und mich in eine Kiste gesteckt und dann immer mit Stöcken durch die Ritzen gestochen habt?«

Er tat, als gebe er Vater einen Tritt, und beide lachten fröhlich.

Auch Boris und Hans idealisierten Småryd in einer Weise, die ich als Kind liebte. Boris blieb Junggeselle, hatte noch immer sein Kinderzimmer auf dem Dachboden der Villa, und es war streng verboten, dort einzutreten. Hier verwahrte er seine Sammlungen von kleinen gelben Schneckengehäusen, schönen Steinen und Büchern. Auf seinem Nachttisch lag ein großer Zettel, auf dem stand, dass sämtliche Dinge im Zimmer ihm gehörten und nichts verändert werden dürfe.

In einem Sommer stahlen mein Bruder und mein Cousin Geld und Zigaretten von Boris. Er fühlte sich weniger gekränkt von dem Diebstahl als von der Respektlosigkeit gegenüber seinem Zimmer und seinen Schubladen. Mein Bruder und mein Cousin mussten jeweils zu einem Gespräch unter vier Augen mit Boris, wobei er ihnen erklärte, was er empfand. Es wurde als milde Strafe angesehen, verhinderte aber dennoch wirkungsvoll jeglichen Rückfall.

Über Boris' Junggesellendasein hatte ich mir nie Gedanken gemacht. Er gehörte eben zu den nahen Verwandten, zu denen man nie eingeladen wurde, war ständiger Gast, schien aber freier, spannender zu leben als seine Cousins Gerhard und Hans. Meine Mutter mochte Boris sehr. Er hatte eine sanftere Seite, die meinem Vater völlig abging. Als Vater zum Beispiel gänzlich uninteressiert daran war, *Ich bin neugierig (gelb)* zu sehen, den namhaftesten schwedischen Film der Sechzigerjahre, sah ihn sich meine Mutter zusammen mit Boris an. Gern hätte ich hinterher ihre Meinung gehört.

***

Nach den Kleinkindjahren zogen Vater, Hans und ihre Cousins auf den Dachboden der Villa, wo es vier Schlafzimmer, eine Toilette und ein Badezimmer gab. Im Stockwerk darunter befanden sich drei große Doppelzimmer und drei Einzelzimmer. Dort übernachteten die verschiedenen Tanten und Onkel, oftmals wochenlang.

Im Keller lagen die Küche mit Speisekammern sowie die drei Zimmer der Köchinnen. Im Erdgeschoß ein Anrichtezimmer, zu dem ein Küchenaufzug führte, in der Mitte das große Esszimmer mit einem kleinen Salon zum Meer hin sowie das Spielzimmer der Kinder und der große Salon. Neben dem Flur gab es auch ein Telefonzimmer. Nie war es still. Vater schilderte die unablässige Betriebsamkeit: Immer sollte etwas getan werden, und man lief Gefahr, eine Arbeit aufgehalst zu bekommen. Welche Art Arbeit, wusste er nicht mehr.

»Wir hatten ja Personal für alles, aber ich hatte trotzdem das Gefühl, dass ich ständig irgendetwas Langweiliges aufgedrückt bekam. Babi hatte immer etwas vor, entweder war sie draußen und schälte Erbsen, oder sie putzte Pilze, war im Anrichtezimmer oder in der Küche mit dem Tischdecken beschäftigt, oder sie hatte ein Auge auf das Backen und Kochen.«

Nach meiner eigenen Erinnerung erlebte ich die Villa in meiner Kindheit gigantisch und eher etwas langweilig. Alle Fußböden knarrten und man unterhielt sich in gedämpftem Ton. Meine Großmutter war meistens in der Küche, die in den Fünfzigerjahren im ersten Stockwerk eingebaut wurde, als die Köchinnen verschwanden und die Küche im Keller aufgegeben wurde. Zwei riesige gusseiserne Herde stehen noch immer dort, lautlos und kalt. Der Küchenaufzug ist heutzutage eine kleine Speisekammer in der Küche – und im Keller ein klaffendes Loch hinter einer Kastentür.

Noch heute kann ich im Haus stehen und deutlich spüren, wie es war, wenn ich als Kind dorthin kam. Ich sehe Babi vor mir: Sie hat ein Kopftuch über ihrem blau getönten Haar, praktische Kleider, bequeme Schuhe ohne Absatz, die Brille hängt an einer Schnur um den Hals. Sie ist in der kleinen Küche und trägt Töpfe und Tröge von hier nach dort, bewegt sich schnell und zielbewusst. Ich merke, dass jetzt keine Zeit für Märchenlesen oder Spielen ist. Aber wenn ich mich auf einen Hocker stellen und Erdbeeren abspülen oder Erdäpfel schrubben möchte, darf ich mitmachen.

Meine Babi Karin übernahm Mitte der Vierzigerjahre die Regie über die Villa, nachdem ihre Mutter Maria zu alt geworden war, um den Haushalt zu führen. Das Haus wurde von einer Menge Freunde bevölkert, die alle einen festgesetzten Tagessatz bezahlten. Die Zeit, da die Familie Bolin Wohltäter armer russischer Freunde und Flüchtlinge oder Verwandter war, war mit dem Krieg beendet.

Neben dem Telefon stand eine Sanduhr und in einem Notizbuch schrieb jeder auf, wie lange er gesprochen hatte.

Babi zeigte mir, wie man nach einem Fest die Papierservietten nutzen konnte, da es eine frevelhafte Verschwendung sei, sie wegzuwerfen.

»Schau mal, man kann damit ausgezeichnet die Spüle abtrocknen oder etwas aus dem Becken auflesen.«

Babis Geschwister, Onkel Hinke, Henrik und Gaba, hatten keine Kinder. Hinke und Gaba waren unangenehm albern bei ihren plumpen Versuchen, Kontakt mit uns Kindern zu suchen. Wenn ich kam, um sie zu begrüßen, wurden sie theatralisch, schlugen sich auf die Knie und sagten: »Ach, sieh einmal an, ist das nicht unser lieber Freund, der junge Herr Gunnar!«, wobei sie hysterisch ihre Augenbrauen hoben. Ich fand das ausgesprochen scheußlich.

Nachdem wir Cousins geboren waren, sagten meine Mutter und meine eingeheiratete Tante Jackie, dass man nicht mehr in der Villa wohnen könne. Unser Sommerparadies wurde stattdessen, ein paar Hundert Meter weiter, ein reetgedeckter Hof, um den alle Gebäude, wie es für die Gegend typisch ist, in einem Viereck zusammengebaut sind. Hans und Jackie bekamen ihre Kinder zuerst und ließen ein Langhaus renovieren. Im Jahr darauf zogen auch meine Eltern hierher und ließen das gegenüberliegende Gebäude herrichten. Zwischen uns stand das niedrige Rauchstubenhaus. Vater und Hans strichen es selbst und arbeiteten schwer, damit alles bewohnbar wurde. Aber es gab kein Warmwasser und das Klosett teilten wir uns mit den Obstbauern: ein Häuschen mit drei Türen und hinter jeder Tür zwei Plumpsklos.

Meine Mutter und Jackie genossen es, eigene Haushalte zu führen.

Als ich etwa dreizehn oder vierzehn Jahre alt war, kam Babi plötzlich zu uns herüber und weinte mehrere Abende hintereinander. Ich machte mir Sorgen und beobachtete sie aus der Entfernung, während Mutter und Vater neben ihr saßen und sie trösteten, so gut es ging.

Sie sagte, sie fühle sich ausgenutzt und sei völlig erschöpft. Alle kommandierten sie herum und niemand habe Verständnis dafür, wie anstrengend es war, seit sie keine Küchenhilfe mehr hatten und dennoch zehn, zwölf Personen zu jeder Mahlzeit erschienen, die sowohl mittags als auch abends warmes Essen auf dem Tisch sehen wollten.

Vater ging hinüber und redete mit Maja, die am wenigstens mit ihrer Schwester übereinkam. Sie wollte wie üblich Partys feiern. Zwei Stunden vor Eintreffen der Gäste konnte sie verkünden, dass zehn Personen zum Cocktail erscheinen würden. Sie sagte zu Vater, sie könne die Küche eine Woche lang übernehmen, falls Karin Erholung brauche.

Babi lachte höhnisch: Vielen Dank, das wäre gerade das Rechte!

Aber sie reiste dennoch für einige Tage zu ihrer Freundin Ely Fischer nach Kopenhagen, um sich auszuruhen.

Nachdem Maja gut zehn Jahre lang nicht dort gewesen war, stellte sie nun auf Småryd alles auf den Kopf. Ich hatte keine Erinnerungen an sie von früher, aber jetzt – ich war etwa fünfzehn – wollte sie mich davon überzeugen, dass ich statt meiner üblichen Zigaretten lieber Marihuana rauchen sollte. Mutter fand das überhaupt nicht amüsant. Außerdem hatte Maja meine Eltern sowie Hans und Jackie zu einem Meditationsabend eingeladen. Alle saßen mit gekreuzten Beinen im Salon der Villa. Sie schlossen die Augen und übten zu meditieren.

Vater weigerte sich, noch einmal mitzumachen: »So etwas irrsinnig Dämliches!«

Aber hier gab es eine Ebene, auf der Karin und Maja einander begegnen konnten. Beide interessierten sich für spirituelle Dinge, die nicht an das Christentum geknüpft waren, und Karin fühlte sich von Majas Meditation angesprochen. Aber die Art ihrer jüngeren Schwester ging ihr auf die Nerven.

Einmal betrieb Maja mit uns Cousins eine Schule für höflichen Umgang. Babi schüttelte den Kopf und ließ uns im Esszimmer der Villa zurück. Hier brachte Maja uns zum Beispiel bei, wie man sich benimmt, wenn man ein zähes Stück Fleisch im Mund hat, wie man einander zutrinkt oder wie man mit mundfaulen Menschen konversiert. Nach einer halben Stunde war es vorüber und wir liefen schnell davon und verbrachten den Rest des Tages damit, Majas Art zu sprechen nachzuahmen: jedes vierte Wort auf Englisch.

Eines Tages nahm mich Maja beiseite und fragte, ob ich sie immer als Schwester meiner Großmutter vorstellen müsse. Als ein Kamerad uns besucht hatte, waren wir bei Maja gewesen und ich hatte wohl so etwas gesagt. Ich verstand nicht recht – war sie es denn nicht?

»Schon, schon. Aber es klingt, als wäre ich *an old lady* … du kannst doch einfach sagen … *an aunt?*«

Maja hatte sich einem sorgfältigen Facelifting unterzogen und ging noch im Alter von siebzig Jahren im Bikini umher, was in unserer Umgebung schockierend war. Auf Hawaii leitete sie eine Tanzschule und soll angeblich ihren Eintrag beim Einwohnermeldeamt geändert haben, sodass sie jünger als ihr Sohn Boris war.

Aber nach dem Sommer 1972, in dem Boris starb, änderte sich Maja radikal. Sie wurde ruhiger und war immer häufiger mit ihrem neuen, freundlichen Mann Ray auf Småryd. Nach wie vor meinte sie, die jüngere Generation erziehen zu müssen, aber nun nicht mehr, indem sie davon sprach, wie vortrefflich der Pornofilm *Tief im Hals* sei, oder indem sie das Rauchen von Marihuana befürwortete. Stattdessen kam sie eines Abends auf unseren Hof und sprach mit mir über den Kosmos. Sie hatte vorher angerufen, um sich zu vergewissern, ob ich tatsächlich Zeit hatte, denn sie wollte etwas Wichtiges besprechen.

Sie saß in einem gelben Kostüm in unserer kleinen Polstergarnitur, hatte gewaltig aufgebauschtes blondes Haar und ein stark geschminktes Gesicht, zog ihre Beine auf den Sessel hoch und blickte mich ernst an.

»Du glaubst doch nicht, dass unsere mickrige Welt alles ist, was es gibt? Oder?«

Sie lächelte und der Mund wurde eher zu einem Strich als zu einem Mond: eine Reihe von Faceliftings hatten ihre Spuren hinterlassen.

Ich antwortete mit einem lang gezogenen »N...nein«.

Sie fuhr fort: »Natürlich nicht. Es gibt Kosmos nach Kosmos, und wir sind nur etwas Fliegendreck im *universe*, aber wir sind *part of it all, of eternity*, und der Tod ist nicht das Geringste *to worry about.* Wenn du tot bist, *will your soul travel on.* Dein Körper ist nur wie ein Haufen von *old clothes. I couldn't care less*, was ihr alle mit mir machen wollt, *when I'm dead.*«

Ich war sechzehn Jahre alt und schielte auf die Uhr. Ich hoffte, dass uns mein Bruder oder mein Cousin nicht sehen würden. Ich war entschieden ruhiger als mein Bruder und Christian, mein Cousin. Ihnen näherte sie sich nicht auf dieselbe Weise.

Ich weiß nicht, ob Christians Schwester Anita, die auch ein stillerer Typ war, derselben Vorlesung teilhaftig wurde. Ich las viele Bücher und eingehend die Tageszeitungen, aber existenzielle Fragen interessierten mich nicht sonderlich.

Ich kann mich nicht erinnern, wie Majas kosmischer Abend bei mir endete, aber solange sie in den Sommern kam, traf ich sie gern, doch am liebsten in Gesellschaft mit anderen. Ich vermochte nie ihren Panzer aus Jargon zu durchbrechen. Ihre plötzlichen Behauptungen über das Dasein oder den Sinn der Existenz belästigten mich eher. Ich erinnere mich nicht, dass sie mich je etwas gefragt hätte, aber ihr lag etwas daran, Kontakt zu haben.

Jeden Sommer zog Småryd Verwandte und Freunde an. Wir, die jüngere Generation, fanden allmählich unsere eigenen Orte, die besten Forellenstellen im Bach, die Verstecke der größten Zangenkrebse, die Winkel in Häusern und Schuppen, wo man am besten spielen konnte, wenn es regnete. Später dann, wie und von wem man am besten Zigaretten stehlen und wohin man sich zurückziehen konnte, um sie zu rauchen, ohne ertappt zu werden.

Vater schnaubte immer verächtlich, wenn wir etwas taten, was er und Gusti nie getan hatten.

»Sitzt ihr drinnen und spielt Karten, mitten im Sommer? Das hätten Gusti und ich nie gemacht. Wir hatten immer etwas im Freien vor.«

Schlimmer wurde es, als mein Bruder und ich im Gymnasiumalter waren und Sprachreisen oder Interrailfahrten unternehmen wollten.

»Das begreife ich nicht. Ihr wollt Småryd freiwillig einen ganzen Monat lang verlassen?«

Vater sah aufrichtig bekümmert aus. Aber wir setzten uns durch.

Nun saß er in der kleinen Sofaecke vor seinem Zimmer im Altenheim. Ich hatte eins seiner zahlreichen Fotoalben mitgebracht, um Gesprächsstoff zu finden. Er schaute und seufzte.

»Mir wird Angst dabei. Ein einziges Durcheinander.«

Lieber sich erinnern und halb träumend zu erzählen: »Meine Sommer auf Småryd waren vollständig wunderbar«, sagte er. »Wir hatten so viel Spaß. Und Babi ...«, er wandte sich an mich, »... also meine richtige Babi, nicht deine unechte«, sagte er mit einem Lächeln. Dann wurde er ernst.

»Babi war der wunderbarste Mensch. Oh, ich hatte sie so gern. Du nicht auch?«

»Aber Papa, die alte Babi (wie sie genannt wurde, um sie von der Babi meiner Generation zu unterscheiden) starb doch schon mehrere Jahre bevor ich geboren wurde«, sagte ich so freundlich ich konnte.

»Was? Tatsächlich? Das ist doch nicht möglich!«

Vater sah völlig entsetzt aus.

Das Licht wird gelöscht

1934 war ein widerwärtiges Jahr in Österreich. Wie Ernst befürchtet hatte, war das Dollfußregime schließlich über die Sozialdemokraten hergefallen. Im Februar brachen regelrechte Feuergefechte zwischen den militärischen Verbänden der Schwarzen und der Roten aus, die man später Bürgerkrieg nannte. In Wiener Arbeitervierteln schoss das Militär mit Granatwerfern auf Mietskasernen. Mit der Erklärung, das Land vor einer sozialistischen Revolution zu schützen, war die Rechtsregierung fest entschlossen, die Sozialdemokraten zu vernichten.

Eines der Hassobjekte der Regierung war der soziale Wohnbau in Wien. Man nannte die modernen Arbeiterwohnungen »rote Festungen«. Einige davon waren in gut situierten Gegenden gebaut worden, und die Regierung behauptete, das sei zu provokativen Zwecken geschehen. Das »Rote Wien« wurde seit 1918 von den Sozialdemokraten mit absoluter Mehrheit verwaltet, was unter anderem dazu geführt hatte, dass erhebliche Summen in den sozialen Wohnbau ganzer Viertel für Arbeiter investiert wurden. Dollfuß und seine Sympathisanten hassten alles, was mit der Wiener Verwaltung zu tun hatte.

Zu den verhasstesten Arbeitersiedlungen gehörte der Karl-Marx-Hof im neunzehnten Bezirk, in Döbling, einer ansonsten ausgeprägten Mittel- und Oberschichtgegend. Der Gebäudekomplex war gewaltig: mehr als ein Kilometer lang und mit Platz für fünftausend Bewohner. Hier gab es auch eine Arztpraxis, eine Zentralwäscherei, eine Bibliothek und selbstverständlich Badezimmer in jeder Wohnung. Der Karl-Marx-Hof war eins von den Projekten, auf das Onkel Karl als Bürgermeister besonders stolz war.

Wer stattlich wohnte, steuerte durch eine besondere Abgabe zum Bau moderner Wohnungen für Ärmere bei. Außerdem wurde eine Reihe von anderen Steuern eingeführt, die vor allem die Wohlhabenden betrafen. Wiens Finanzstadtrat Hugo Breitner war als »Bolschewikenjude« harten antisemitischen Angriffen ausgesetzt, weil er schleichend privates Eigentum konfiszieren wollte.

Sowohl Karin als auch Ernst waren durch den Karl-Marx-Hof geführt worden, als er 1930 fertig war. Sie waren tief beeindruckt von den Wohnungen, die zwischen dreißig und sechzig Quadratmeter groß waren und Arbeitern angeboten wurden, von denen die meisten bislang erbärmlich ohne Strom oder Wasser gehaust hatten. Nun gab die konservative Regierung vor, das Gebäude werde als verborgenes Waffenlager für den verbotenen Schutzkorps der Sozialdemokraten benutzt, die eine Revolution vorbereiten würden.

Ernst war empört über die Lüge der Regierung hinsichtlich der Wohnungen und der revolutionären Pläne der Partei. Obwohl Pazifist, war er froh, dass der militärische Schutzbund trotz Verbots noch existierte und immerhin ein wenig Schutz gegen die Faschisten bieten konnte, nachdem die Auseinandersetzungen begonnen hatten.

Aber die Übermacht war zu stark und es dauerte nur einige Tage, ehe die Arbeiter besiegt wurden. Bald darauf wurde die sozialdemokratische Partei verboten und ein Einparteienstaat unter der Führung von Engelbert Dollfuß ausgerufen.

Ernst war außer sich vor Zorn: »Dieser kleine Wichtigtuer! Wie soll es nun weitergehen? Alles, wofür wir gekämpft haben.«

Zudem zeigte sich, dass alle führenden Sozialdemokraten Gefahr liefen, verhaftet und in politische Umschulungslager gesteckt zu werden. Die neue Regierung beschuldigte sie, gegen das Wohl der Nation verstoßen zu haben, sodass sie nun bestraft werden müssten. Die Gefangenen sollten mit Kommunisten und Nationalsozialisten zusammen sitzen, weil sie als Feinde des Dollfußregimes und damit der Nation betrachtet wurden.

Ernst mochte nicht glauben, dass es wahr sein konnte: »Das ist doch vollkommen entsetzlich! Soll ich mit Nazis in einer Zelle sitzen? Das wäre ja wie eine Hinrichtung!«

Im Land war die Verbreitung von Gerüchten in vollem Gang. Ernst fiel auf, dass ihn bestimmte Personen auf der Straße nicht mehr grüßten, während andere zu ihm kamen und vorsichtig ihr Wohlwollen bekundeten. Er verlor sein Amt als Bürgermeister von Sauerbrunn. Die Ungewissheit war für alle zermürbend, und als einige Wochen nach dem Verbot der Partei die Aufforderung an Ernst Hoffenreich erging, sich im Gefängnis der Nachbarstadt Mattersburg einzufinden, war er fast erleichtert.

Karin und Wetti waren allerdings in Sorge.

Ernst war über sich selbst erstaunt, dass er nun, da alle Umstände gegeben waren, einigermaßen ruhig blieb. Der politische Einsatz der letzten Jahre hatte an seiner Psyche gezehrt. Todesdrohungen gehörten zum Alltag, die Arbeitstage dauerten selten weniger als vierzehn Stunden, und er hatte sich alleingelassen gefühlt, als er sah, welche Ideologie die Massen in Deutschland anlockte und dass sie auch in Österreich die Oberhand zu gewinnen drohte.

Ernst hatte immer gemeint, dass mit den Austrofaschisten unter Dollfuß zu reden sein müsse. Die wirkliche Bedrohung würde eher von Hitler und seinen Hakenkreuzlern kommen. Aber nun wurde er unsicher.

Die üblichste Ansicht über die Nationalsozialisten war, dass Herr Hitler nicht lange bleiben würde und ein simpler, aber widerwärtiger Opportunist sei. Karin war überzeugt davon, dass der Sturm abflauen, Deutschland Hitler bald abschütteln und Dollfuß früher oder später gezwungen sein würde, in Österreich Neuwahlen auszuschreiben.

Wöllersdorf 1934

In dem schriftlichen Befehl an Ernst Hoffenreich steht, dass er sich innerhalb von fünf Tagen bei der Polizeiwache in Mattersburg einzufinden habe, andernfalls würde er von der Polizei abgeholt werden. In der Zwischenzeit wurde ihm ein Reiseverbot auferlegt.

Ernst schnaubt verächtlich.

»Ja, das hätten sie gern, mich mit Handschellen abzuführen und in ein Polizeiauto zu werfen. Nein danke. Dieses Vergnügen werde ich ihnen nicht bereiten.«

Zwei und einen halben Monat lang wird Ernst in der Nachbarstadt Mattersburg in Gewahrsam genommen. Das Gefängnis ist primitiv und verfügt über minimale Zellen. Ein Lokalhistoriker schreibt, die Mitgefangenen seien fasziniert darüber gewesen, dass Ernst Hoffenreich trotz der elenden Verhältnisse stets elegant erschien, mit gepflegter Kleidung und perfekten Bügelfalten.

Am 29. April kommt der Befehl, ihn in das große Lager nach Wöllersdorf zu verlegen. Als der Zug in Sauerbrunn anhält, dürfen Karin und die Buben Ernst begrüßen. Anschließend darf Karin mitfahren, während sich Wetti um die Kinder kümmert.

Nur ein einziger Brief dieser dramatischen Zeit ist erhalten. Darin beschreibt Karin, wie sie und Ernst zusammen zum Lager in Wöllersdorf reisen dürfen. Der Ton ist nahezu heiter, vielleicht eher erleichtert. Ein freundlicher Gendarm begleitet sie, der sich geradezu ein wenig entschuldigt. Er weiß nicht, wie er um Entschuldigung dafür bitten soll, dass der Herr Bürgermeister in dieser Weise behandelt wird, und verspricht, dass Ernst und Karin sogar allein einen Spaziergang in Wiener Neustadt machen dürfen, wo der Zug einen unfreiwilligen Aufenthalt von einer Stunde hat.

Ernst und Karin gehen unter der Eisenbahnbrücke hindurch zu dem Haus in der Pleyergasse, in der sie in den ersten sechs Jahren ihrer Ehe wohnten. Karin bleibt stehen und schaut vorsichtig in den Garten. Sie erinnert sich an die ersten Monate zurück, als sie überzeugt war, nicht in Österreich zu bleiben. Nun hätte sie Lust hineinzugehen, um nachzusehen, wie sich die Johannisbeersträucher entwickelt haben, aber sie wollen unter keinen Umständen alte Bekannte treffen und begnügen sich damit, von außen über den Zaun zu schauen.

Karin fühlt sich Ernst näher als je zuvor. Es ist ihr letzter gemeinsamer Spaziergang, ehe er ins Lager gesperrt wird. Für wie lange? Für Monate, vielleicht Jahre? Er wird kein Einkommen mehr haben und muss obendrein für Aufenthalt und Verpflegung im Lager bezahlen.

Das sei eine effektive Art, politische Gegner zu zerbrechen, meint Ernst.

Alles ist vollkommen unwirklich. Karin weint, Ernst beruhigt sie.

Sie schämt sich, weil sie spürt, nicht nur über die Internierung von Ernst zu weinen. Seit sie von der Pleyergasse weggezogen sind, ist sie nicht mehr hier gewesen, und sie fühlt eine bodenlose Verzweiflung in sich. Schluchzend wendet sie sich an Ernst.

»Was tun wir eigentlich hier? Wie hat es nur so kommen können? Warum sind wir nicht nach Schweden gezogen? Oder in die Schweiz?«

»Du kannst beruhigt sein, in einigen Monaten wird es eine allgemeine Amnestie geben. Und man kennt mich ja als Pazifisten. Ich habe nie dem radikalsten linken Flügel angehört. Ich freue mich sogar darauf, mich dann Vollzeit meiner Anwaltspraxis widmen zu können. Es wird uns finanziell viel besser gehen und ich werde auch mehr zuhause sein.«

»Du redest davon, zuhause zu sein – kurz bevor du auf unbestimmte Zeit interniert wirst.«

Karin lacht und putzt sich die Nase. Dann nimmt sie wieder seinen Arm, und sie gehen langsam weiter.

Ernst spricht ruhig davon, dass die Sozialdemokraten wiederkehren werden. Dollfuß fürchte vor allem die Nazis und die werde er nicht so einfach freigeben. Die Sozialdemokraten würden sicher nur eine oder vielleicht zwei Wochen bleiben müssen.

»Man kann keine Zukunft in Österreich aufbauen und gleichzeitig die Arbeiter und deren Partei für kriminell erklären. Das muss sogar Dollfuß verstehen.«

Sie wandern die Zehnergasse hinunter und passieren die Brücke zum Bahnhof, wo der freundliche Gendarm auf sie wartet. Vertraulich flüstert er, dass Ernst Hoffenreich für ihn nach wie vor der Herr Bürgermeister sei. Er reicht Karin helfend die Hand, als sie wieder in den Zug steigt.

Sie bekommen ein eigenes Abteil und haben während der kurzen Weiterfahrt nach Wöllersdorf erstaunlicherweise ein völlig zwangloses Gespräch mit dem jungen Gendarmen, der von seiner Zukunft und seiner Familie erzählt. Es scheint, als ob alle drei wünschten, dass alles wie gewohnt sei: drei Menschen, die einander im Zug begegnen und über kleine Belanglosigkeiten des Lebens plaudern, um die Zeit zu vertreiben.

Karin schreibt an Ämter und beantragt Amnestie für ihren Mann. Sie haben kein Geld und die Auflage der Gefangenen, für ihren Aufenthalt zu zahlen, droht, sie finanziell zu ruinieren. In der Eingabe bescheinigt der Priester in Sauerbrunn, dass Ernst Hoffenreich als Bürgermeister den Bau einer neuen Kirche im Ort unterstützt habe. Karin tut, was sie kann, um zu betonen, dass ihr Mann alles andere als ein Revolutionär sei, der verhaftet werden müsse, weil er »eine Gefahr für die Sicherheit des Landes ausmacht«.

Sechs Wochen später wird Ernst Hoffenreich aus dem Lager Wöllersdorf entlassen. Er hat eine Menge Papiere unterschreiben müssen, auf denen er beteuert, nicht mehr an die marxistische Lehre zu glauben, und eidesstattlich versichert, nicht mehr politisch zu arbeiten.

Karin hatte ihn mehrmals besuchen können, ein paarmal mit den Kindern, und sie hat dafür sorgen können, dass er Proviantpakete bekam, sodass ihm der Fraß aus der Kantine erspart blieb.

Trotz der Pakete von Karin und Wetti hat Ernst sechs Kilo abgenommen und ist in schlechter psychischer Verfassung, als er wieder nach Haus kommt. Immerhin hat Karin nach einem flehentlichen Brief eine gewisse Entschädigung von den Behörden erhalten.

Das »Anhaltelager« Wöllersdorf war keinesfalls mit den Konzentrationslagern zu vergleichen, die die Nationalsozialisten bereits eingerichtet hatten und in denen die Gefangenen täglich gefoltert und häufig zu Tode misshandelt oder hingerichtet wurden. In Wöllersdorf behielten die Insassen ihre private Kleidung und sie durften Essen und Geld von ihren Angehörigen entgegennehmen. Aber sie saßen in einem Lager, das von Stacheldraht umzäunt war, und wurden unentwegt beschuldigt, Umstürzler und Revolutionäre zu sein. Zahlreiche Häftlinge erlitten psychische

Schäden wie Depressionen, die in gewissen Fällen zu Selbstmorden führten.

Im Sommer 1934, gut einen Monat nachdem Ernst aus dem Lager entlassen worden war, wurde der Diktator Engelbert Dollfuß von nationalsozialistischen Attentätern in Wien ermordet. Einige Tage lang schien es, als würde Österreich von den Nationalsozialisten eingenommen werden, aber die Lage beruhigte sich und die faschistische »Vaterländische Front« unter der Führung von Kurt von Schuschnigg behielt die Macht. Nach dem Mord intensivierte sich die Jagd auf Nationalsozialisten und bald war das Lager Wöllersdorf zu neunzig Prozent mit ihnen gefüllt. Aber die Sozialdemokratie blieb weiterhin verboten.

Obstessig aus Småryd

Der Sommer 1934 ist der wärmste, den Schweden je erlebt hat. Die Bauern aus dem Dorf Småryd gehen mehrmals täglich an den Strand hinunter, um sich im Meer abzukühlen. Gerhard, Hans und ihre Cousins, die einen großen Teil des Tages am Strand verbringen, stieren auf die Bauern, deren Gesicht, Hals und Unterarme braun wie Leder sind, während der Rest des Körpers im prallen Sonnenlicht strahlend weiß aussieht. Einige machen ein paar weite Schwimmzüge, andere gehen nur ins Wasser, setzen sich, tauchen mit dem Kopf unter und kommen wieder an den Strand zurück. Rasch ziehen sie sich an, nehmen ihre Pferdewagen und fahren wieder zur Arbeit.

Karin aber genießt die Wärme, meistens weht immerhin ein Lüftchen vom Meer, und in Skåne ist die Luft trockener als in Österreich. Dort hat man den Eindruck, sie würde stillstehen.

Nachdem Ernst aus dem Lager entlassen wurde, bemüht sich Wetti, ihm die verlorenen Kilo wieder angedeihen zu lassen. Sie kümmert sich rührend um ihn, findet Karin.

Langsam erholt er sich physisch, aber psychisch ist er noch immer labil. Seine panischen Angstanfälle aus der Kriegszeit tauchen wieder auf, aber er hat sie nun, da er älter ist, besser im Griff. Auch hat er angefangen, seine Anwaltspraxis in Mattersburg aufzubauen, und als abermals eine Spende aus Schweden für die Reise der Familie nach Småryd kommt, ist er froh, absagen und darauf verweisen zu können, wie viel er arbeiten müsse, damit die Firma funktioniere.

Karin freut sich über die Sommerwärme und darüber, wieder auf Småryd zu sein, aber es ist auch der erste Sommer ohne ihren Vater, dem Großvater der Kinder. Wilhelm Bolin ist im Januar an einer Lungenentzündung erkrankt und nach vier Tagen zuhause in der Villa Småryd gestorben, vierundsiebzig Jahre alt.

Karin war die Einzige aus der Familie in Österreich, die zum Begräbnis nach Schweden reiste. Von ihrer Mutter erfährt sie, dass das Ereignis vielleicht doch auch sein Gutes hatte: Seit dem Umzug nach Schweden hatte Wilhelm in seinem Dasein nicht mehr recht Fuß fassen können.

Nun ist Karin zurück in Sauerbrunn. Die Föhnwinde des frühen Herbstes verursachen ihr fortwährende Kopfschmerzen. Sie sitzt unter dem großen Kirschbaum im Garten. Es raschelt leicht im Laubwerk, wenn der Wind vorbeizieht, und einige gelbe Blätter fallen zu Boden.

Der laue Wind riecht muffig, Karin dreht den Kopf, während sie in ihrem Liegestuhl sitzt, stöhnt leicht und denkt an ihre Eltern.

Maria und Wilhelm verbrachten einen immer größeren Teil des Jahres auf Småryd. Wilhelm engagierte sich in den letzten Jahren fast mehr für die Herstellung des Obstessigs auf Småryd als für die Juwelierfirma in Stockholm.

Schon 1925 hatte er neben dem alten Hof ein großes, niedriges Industriegebäude aus Holz errichten lassen. Aber der Absatz an Apfelessig war gering und Henrik, der inzwischen Chef der Juwelierfirma geworden war, forderte Wilhelm mit immer deutlicheren Worten auf, seine unrealistischen Träume von einem erfolgreichen Småryd-Essig aufzugeben. Bereits bei der Aufnahme des Kredits für das Fabrikgebäude hatten sich Wilhelm und Henrik heftig gestritten.

Der Aufwand war immens und die Ausgaben waren hoch. Wilhelm annoncierte regelmäßig in den Tageszeitungen *Svenska Dagbladet* und *Dagens Nyheter* und ließ massenweise Broschüren und Handzettel drucken.

Aber Henrik war der Ansicht, sein Vater lebe in einer Traumwelt, in der der Obstessig aus Småryd angeblich ein großer Erfolg werden würde, sodass die Familie sichere Einkommen bekäme, da nun die Weltkonjunktur dazu geführt hatte, dass die Nachfrage nach Schmuck schwankte.

Henrik war wütend. Nachdem er einen Brief geschrieben hatte, den Wilhelm nicht beantwortete, rief er seine Mutter an, damit sie versuchen solle, ihren Mann zur Vernunft zu bringen.

Aber Maria stand nur schweigend da und hörte zu. Sie litt unter der heftigen Kritik ihres Sohns. Henrik war aufgebracht und meinte, das Essig-Abenteuer seines Vaters könne auch die Juwelierfirma wirtschaftlich gefährden.

Auch Maria fühlte sich aufgerieben durch die täglichen Briefe aus Stockholm, die Wilhelm von der Juwelierfirma bekam. Sie schilderten die schlechten Zeiten und die fehlenden Erträge. Als sie im Frühjahr nach Berlin wollte, um Freunde zu besuchen, war sie dritter Klasse gereist: eher eine Provokation nach all den Vorhaltungen, dass sie kein Geld hätten und daher gezwungen sein würden, auch bei Kleinigkeiten zu sparen. Nachdem die Quittungen beim Wirtschaftsprüfer auf dem Tisch lagen, schrieb er einen zornigen Brief, indem er ihr vorwarf, die Situation zu übertreiben.

»Selbstverständlich brauchen Sie nicht in der dritten Klasse Zug zu fahren, Frau Bolin, das ist doch Wahnsinn!«

Aber Maria war zufrieden. Schließlich hatte man ihr ja gesagt, dass in der Kasse Ebbe herrschte. Was sie am meisten quälte, war die Tatsache, dass ihr aufgefallen war, dass Wilhelm sich verändert hatte. Er war derjenige in der Familie, der sich am schwierigsten an ein Leben ohne größeres Vermögen anpassen konnte. Als die Finanzen in den Zwanzigerjahren am unsichersten waren, hatte er den Architekten Grut plötzlich einen Ausbau der Villa auf Småryd entwerfen lassen.

Maria glaubte, nicht recht gehört zu haben. Das Haus verfügte bereits über dreizehn Schlafzimmer mit achtzehn Betten. Dass Wilhelm nun meinte, es reiche nicht aus, beunruhigte sie und ließ sie an seinem Verstand zweifeln. Grut fertigte hübsche neue Zeichnungen mit einem Laubengang zum Bach im Westen und einem großen Anbau im Osten an.

Wilhelm aber fühlte sich missverstanden und verletzt, als seine Kinder in herben Worten erklärten, dass ein größeres Haus sowohl unrealistisch als auch unnötig sei. Dennoch sah Maria ihn häufig mit den Skizzen auf dem Schreibtisch. Er fuhr mit den Fingern über die Blätter und seufzte. Selbstverständlich wurde nichts davon verwirklicht. Es gab weder Bedarf noch Geld.

In den Dreißigerjahren wurde es offensichtlich, dass Wilhelm sich im Geschäft vor allem um die alten Kunden kümmerte. Er war noch immer als einer der besten Juweliere Schwedens und Kenner exklusiven Schmucks bekannt und sein Ruf war unbefleckt. Dennoch übergab er Henrik ständig weitere Anteile der Betriebsführung. Nach einigen Jahren schien es, als habe er an Selbstvertrauen verloren. Er ging selten in das Geschäft in der Drottninggatan und setzte sich stattdessen stärker für die Essigfabrik auf Småryd ein.

Von den fünf Kindern war Henrik nun der Einzige, der permanent in Stockholm wohnte. Der älteste Sohn Erik war endgültig nach Paris gezogen. Maja wohnte zunächst in England, dann in den USA und versuchte jetzt, sich in

Schweden niederzulassen. Ihren kanadischen Mann Harold Baker hatte Wilhelm freundlicherweise als eine Art Vorsteher und Buchhalter auf Småryd angestellt. Margit wohnte in London mit ihrem Mister Kingston, den sie in aller Eile einige Jahre vorher geheiratet hatte, und Karin befand sich in Österreich.

Zwar war Wilhelm glücklich darüber, dass sich alle nach wie vor bemühten, im Sommer nach Småryd zu kommen. Aber er fand auch, dass seine Kinder ihn immer überheblicher behandelten. Die Art seiner Töchter, »Papachen« zu sagen oder zu schreiben, um gleichzeitig mit allerlei Ermahnungen darüber zu kommen, was er essen oder wie viel er arbeiten durfte, hatte ihn mehrfach dazu veranlasst, sie darum zu bitten, ihn nicht wie ein Kind zu behandeln, aber es half nichts. Henrik hingegen schrieb Briefe mit etlichen wütenden Vorwürfen, nicht zuletzt wegen der Essigfabrik. Aber er würde es ihnen schon zeigen. Bald würde die Fabrik Einnahmen bringen, die alle in Erstaunen versetzen würden, dachte er.

Er saß oben in dem kleinen Büro der Essigfabrik und schrieb an Krankenhäuser und Apotheken, da der Apfelessig als »für empfindliche Mägen geeignet« auf den Markt gebracht werden sollte. Er hatte auch Kontakte zu großen Warenhäusern und Lebensmittelketten und bald würde sich alles zum Guten wenden, da war er ganz sicher.

Im Spätherbst 1933 wurde Henrik schließlich der Arbeit seines Vaters mit dem Obstessig von Småryd überdrüssig. Er fuhr nach Skåne und nach einem schmerzlichen Auftritt mit seinem Vater, an dem auch der Firmenanwalt Littorin teilnahm, musste Henrik am Ende den gesamten Betrieb selbst umbauen. Der Essig hatte seine Unkosten nie getragen, und nun wollte man den Betrieb einige Jahre lang verringern, um ihn schließlich ganz einzustellen. Danach sollte das Gebäude als Lagerzentrale für den gewöhnlichen Obstverkauf dienen.

Wilhelm war wütend und beleidigt. Er ließ sich auf Småryd nicht sehen, solange Henrik dort war. Harold Baker wurde als Buchhalter gekündigt und er und Maja verließen Schweden. Um ihr Sorgerecht in Bezug auf Boris hatten sie sich nie gekümmert, aber der hatte seine Doris und vor allem Maria, seine Babi.

Davon erholte sich Wilhelm nie mehr. Seine Lebenslust schien zerronnen zu sein, als er im Januar 1934 an den Folgen einer Lungenentzündung starb.

Nun sitzt Karin in der Septemberwärme im Garten in Sauerbrunn. Auf dem Schoß hat sie einen Brief von ihrer Mutter. Maria ist noch mit einigen Freunden auf Småryd. Karin fragt sich plötzlich, ob ihre Mutter nicht ebenso gut nach Wien ziehen könnte. Dieser Gedanke ist ihr noch nie gekommen, aber ihre Mutter ist doch keineswegs Schwedin. Was ist sie eigentlich? Russin? Nein. Österreicherin? Nein, vermutlich nicht mehr.

Maria hat immer gesagt, sie fühle sich fremd in dem neuen, kleinen, deutschsprachigen Österreich. Und Karin muss auch einsehen, dass ihre Mutter in Schweden bleiben würde, solange sich die Firma und Henrik in Stockholm befanden. Von dort war es nun einmal näher nach Småryd.

Karin legt den Brief auf den Schoß. Wie staatenlos sich ihre Mutter auch fühlen mochte, so ist sie doch auf Småryd zuhause. Dennoch kann Karin nicht umhin, sich vorzustellen, wie gern sie ihre Mutter in der Nähe hätte. Vielleicht eine Wohnung in Wien? Die Unruhe im Land wird sich wohl bald legen. Davon ist sie ebenso überzeugt wie Ernst.

Palffygasse

Das Haus der Familie Hoffenreich in der Palffygasse befindet sich gleich außerhalb des »Gürtels«, der Verkehrsader, die die zentralen Teile der Stadt von denen abgrenzt, die in Weinbergen und dem flachen Land enden. Das dreistöckige Haus wurde zu Beginn des neunzehnten Jahrhunderts gebaut und verfügt über einen großen Hof, in dem ein Gärtner nach einem kleineren Gemüsegarten schaut.

Nachdem Gerhards Großmutter Fannerl gestorben ist, besucht seine Familie die Palffygasse immer seltener. Seine Tante Hilda, die schon ihr ganzes Leben in dem Haus lebt, hat ihren Brüdern deren Erbteil ausgezahlt und wohnt nun in der größten Wohnung, einer Fünfzimmerwohnung im ersten Stockwerk.

Wenn das Schuljahr beginnt, soll Gerhard hier einziehen. Seine neue Schule liegt nämlich nur einen Kilometer entfernt. Er soll bei seiner kinderlosen Tante Hilda und ihrem Mann, Onkel Hugo, in der Großstadt Wien wohnen. Hugo hat einen Sohn, der aber woanders wohnt, und man soll am besten nicht darüber reden, hat Karin gesagt.

Gerhard weiß, dass ihn sowohl seine Mutter als auch sein Vater für ein schwieriges Kind halten, das nicht tut, was man ihm sagt, und es nicht sein lassen kann, bis zum Überdruss dumme Späße zu machen. Außerdem kann er sich nur schwer auf seine Schularbeit konzentrieren und er zankt sich viel mit Hans. Der Einzug bei Hilda und Hugo ist also die beste Lösung für alle. Das musste er sich immer wieder anhören. Zudem hätte er ohnehin in eine Schule gehen müssen, die weit entfernt von Sauerbrunn war, und tägliche Fahrten könnten sie sich nicht leisten.

Tante Hildas Mann Hugo kommt leider aus keiner vermögenden Familie und mit seinem Beruf ist auch kein Staat zu machen: er ist Volksschullehrer. Gerhards Vater hat gesagt, man solle in Hugos Gegenwart nicht über Politik reden und in diesen Zeiten sei das besonders wichtig. Er nimmt Gerhard sogar beiseite und ermahnt ihn, seine Zeit als Bürgermeister nicht zu erwähnen, wenn Hugo dabei ist, und schon gar nicht das Lager in Wöllersdorf.

»Hugo ist nämlich etwas anstrengend. Wenn wir anfangen, über Politik zu reden, hört er nie auf«, erklärt Ernst.

Im gerade zu Ende gegangenen Sommer auf Småryd hat Gerhard die Sorgen in Österreich fast vergessen, auch wenn er hin und wieder gehört hatte, wie seine Babi und Mutter beunruhigt über Ernst und auch Onkel Karl gesprochen hatten, als sie glaubten, dass die Kinder nicht zuhörten. Und Gusti und Marianne waren sehr neugierig und hatten allerlei Fragen zu seinem Vater gestellt. Auch wenn ihn ihr Interesse stolz machte, so merkte er doch, dass er nicht viel über die politische Arbeit seines Vaters wusste.

Und nun hat seine Mutter gesagt, dass das Politikgerede unbedingt ein Ende haben müsse und es die Sozialdemokraten nicht mehr geben dürfe. Gerhard war wie versteinert, denn er hatte von den Arbeitern gehört, die Dollfuß hinrichten lassen hat. Dann aber wurde ihm klar, dass es die Gedanken und Ideen der Sozialdemokraten waren, die es nicht mehr geben durfte. Die Menschen können weiterleben, wenn sie nur nichts gegen den neuen Kanzler Schuschnigg unternehmen.

Was aber sollen alle Freunde seines Vaters jetzt tun? Und Onkel Karl, auf den alle so stolz waren? Sitzen sie alle in

Lagern? Was machen sie dort? Und warum darf niemand über sie reden?

Auch Gerhard merkt, dass sein Vater nach der Rückkehr aus Wöllersdorf schweigsamer geworden ist. Er ist mager und seufzt oft tief: als ob sein gesamtes bisheriges Leben vergessen werden soll. Gerhard hofft wirklich, dass sein Vater nicht mehr Politiker wird.

Solange er zurückdenken kann, hat sein Vater mit anderen Erwachsenen immer über Politik geredet: auf den Straßen, in den Geschäften, im Zug oder im Bus. Stets hatte ihn jemand auf die politische Lage hin angesprochen. Kamen Gäste zu Besuch nach Hause, wurde sofort über Politik gesprochen. Er war stolz darauf, dass sein Vater ein wichtiger, bekannter Mann in Sauerbrunn war.

Nun hat er sich langsam daran gewöhnt, dass sein Vater nicht mehr mit Herr Bürgermeister, sondern mit Herr Doktor angeredet wird. Und man spricht immer seltener über Politik – jedenfalls nicht außerhalb der eigenen vier Wände.

Abends liegen Gerhard und Hans im Schlafzimmer und plaudern. Hans versteht noch weniger und Gerhard versucht es zu erklären. Hans möchte, dass Vater wieder Bürgermeister sein soll, und Gerhard sagt, dass er es bald werden würde. Das hat ihre Mutter gesagt.

Aber er spürt eine kalte Unruhe in der Magengegend und hüllt sich fester in die Decke ein. Bärli, sein Teddy, steht auf der Kommode mitten im Zimmer, und als Gerhard hört, dass Hans ruhig atmet, steht er behutsam auf, nimmt Bärli, zieht ihn rasch unter die Decke und drückt ihn an die Brust. Dann schläft er ein.

Was Gerhard am meisten beunruhigt, ist der Umzug zu Tante Hilda und Onkel Hugo. Er möchte dort nicht hin.

Er mag Tante Hilda, aber Onkel Hugo ist so streng, dass es Gerhard davor graut, mehrere Jahre bei ihnen zu wohnen.

Aber so ist es nun einmal beschlossen.

***

Es kam der Tag, da mein Vater seiner neuen Familie übergeben werden sollte. Während er dort wohnen würde, sollten Hilda und Hugo seine Eltern sein, mit allen Konsequenzen. Vater hat erzählt, dass ihm das vollkommen bewusst gewesen war.

Es handelt sich um einen entscheidenden Augenblick im Leben meines Vaters, einen Augenblick, der die Tür nicht nur zu einem neuen Zuhause und einem Leben in der Großstadt Wien öffnete, sondern auch zu fünf Jahren physischer und psychischer Misshandlung.

Je älter mein Vater wurde, desto häufiger sprachen mein Bruder und ich mit ihm über seine Zeit bei Hilda und Hugo. Früher hatte Vater alle Fragen abgewehrt, oftmals lachend und mit der Entgegnung: »Ich bin für kollektive Erziehung nicht geeignet.«

Das hatten die Lehrer seines Internats in Wiener Neustadt gesagt, erzählte er und deutete an, dass er frech und unbändig gewesen ist und einen strengen Erzieher für sich allein brauchte.

In Babis Briefen wird Vaters Schulgang allerdings relativ positiv geschildert. Ab und zu kommt sie darauf zu sprechen, dass er nicht stillsitzen und den Mund halten kann, aber sie erwähnt nichts Ernsteres, das einen fünfjährigen Aufenthalt bei einem sadistischen, eingeheirateten Onkel und einer braven, aber kuschenden Tante veranlassen könnte.

Vermutlich wäre Vater in jedem Fall aufs Internat geschickt worden, denn in Sauerbrunn gab es keine weiterführende

Schule. Aber wie war es möglich, dass die Wahl auf Hilda und Hugo fiel? Waren es finanzielle Gründe? Brauchten sie Hilda und Hugo nichts zu bezahlen? Freute sich Hilda vielleicht darüber, ein Kind im Haus zu haben, da ihre Ehe kinderlos war und bleiben würde?

Ich habe häufig versucht, mir ein Bild von dem Augenblick zu machen, da Vater in die Hände von Hugo geriet, denn hier wurde ein großer Teil seiner Persönlichkeit geformt.

Wie mag dieser Tag ausgesehen haben? Vater weiß es nicht mehr.

»Ich kann mich nicht an den Tag erinnern, als ich ankam. Schließlich bin ich viele Male in der Palffygasse gewesen, solange meine Großmutter lebte. Hör mit deinen dummen Fragen auf«, schimpfte er irritiert.

Also muss ich selbst versuchen, den Tag mithilfe dessen nachzubilden, was ich von meinem Vater und meiner Großmutter weiß. Außerdem gibt es aus Vaters letzten Jahren vereinzelte Erinnerungen an die Zeit bei Hilda und Hugo.

Ich kann mir nicht denken, dass er aus Sauerbrunn abgeholt wurde. Hilda und Hugo hatten kein Auto und es war wohl höflicher, wenn jemand aus der Familie mit Gerhard und seinem Gepäck nach Wien fuhr.

So etwas gehörte zu den Aufgaben einer Mutter. Karin wollte wohl zumindest anwesend sein, als ihr Sohn der neuen Familie übergeben wurde. Ernst und Hugo mieden einander, daher zweifle ich, dass die ganze Familie fuhr. Hans und Ernst blieben mit Wetti in Sauerbrunn. So muss es gewesen sein.

***

Gerhard und Karin sitzen im Zug. Sie ist aufgedreht und nervös, spielt aber fröhlich und redet begeistert davon, was für eine herrliche Stadt Wien sei und wie gut es ihm dort gefallen werde.

Er schweigt.

Hugo holt sie vom Bahnhof ab.

»Liebe Karin, wie nett, euch zu sehen.«

Er küsst ihr die Hand.

»Aber Hugo, die Freude ist natürlich auf unserer Seite, weil ihr unseren Gerhard so großzügig aufnehmen wollt.«

Hugo sieht den Buben an und fährt ihm mit der Hand durchs Haar. Gerhard zieht rasch den Kopf zurück. Karin lacht nervös. Dann sieht sie Hugos Aufmachung und muss einen ironischen Kommentar unterdrücken. Er hat Kniestrümpfe, kurze Hosen und eine kurze, kragenlose Lodenjacke an, dazu einen passenden Hut mit Dachspinsel.

Ernst hat stets alles vermieden, was an klassische österreichische Trachten erinnert, die für ihn Beschränktheit und Chauvinismus signalisieren. Aber Karin weiß ja, dass die beiden Männer in vielerlei Hinsicht einander gegensätzlich sind, warum nicht also auch im Kleidergeschmack, denkt sie.

Hugo nimmt Gerhards Koffer und zusammen steigen sie in eine Straßenbahn. Karin holt rasch einen Geldschein hervor und es entsteht ein kleiner Wortwechsel darüber, wer die Fahrt bezahlen soll. Karin gibt nicht nach.

»Das fehlt gerade noch, jetzt, wo der Bub bei euch wohnen soll. Bis dahin möchte ich bezahlen.«

Im Haus angekommen, schleppt Gerhard den größten Koffer die Treppe hinauf, während Hugo seinen kleinen Rucksack nimmt und ihm zeigt, in welches Zimmer er seine Sachen stellen kann.

Karin bleibt zum Mittagessen. Hilda hat herrliches Gulasch mit Knödeln gemacht und Karin weiß nicht, warum sie dennoch ein so unbehagliches Gefühl hat. Dabei hat sie sich eingeredet, dass es bestimmt gut werden würde, spürt aber nun eine anhaltende Verstimmung.

Sie bemüht sich, das Gespräch in Gang zu halten, schlängelt sich an Themen vorbei, die sie nicht ansprechen möchte, vor allem nichts über Ernst und seine gegenwärtige Situation. Aber Hilda muss unbedingt sagen, wie glücklich ihre Mutter an dem Tag gewesen wäre, an dem Ernst der Anwalt Doktor Hoffenreich wurde und den Bürgermeister Doktor Hoffenreich abgelöst hat.

Dann preisen Hilda und Hugo die Stabilität im Land. Hugo ergreift das Wort: »Jetzt haben wir die Sache mit der Demokratie und dem Parlamentarismus ausprobiert, mit allen möglichen Menschen ohne Bildung, die etwas zu sagen haben wollen. Danke, nun reicht's. Jetzt wird eine feste Hand, eine nationale Sammlung gebraucht, sonst bekommen wir einen vollständigen Bürgerkrieg und ein Blutbad. In Russland haben wir ja gesehen, wozu der Pöbel bereit ist. Ich hoffe wirklich, dass du das ebenso einsehen kannst wie Ernst.«

Hugo isst seine Knödel unter emsigem Kauen, ohne Karin anzusehen.

Doch Karin kann sich nicht zügeln: »Lieber Hugo, ich glaube, was tatsächlich gefährlich ist, ist der Versuch, fast die halbe Bevölkerung von der Mitbestimmung auszuschließen und die Arbeiter als eine Art Gefahr für das Vaterland zu betrachten. Das ist es doch, was die Stabilität bedroht, von der du sprichst.«

Auch Hilda möchte sich äußern, aber Hugo unterbricht sie und sagt, dass Weibsbilder doch nicht dazu taugen, über Politik zu reden. Außerdem wollten sie wohl hier nicht streiten, kaum dass der junge Herr ins Haus gekommen ist.

Der Rest der Mahlzeit wird unter zunehmendem Schweigen gegessen. Gerhard fragt mehrmals, ob er den Tisch verlassen dürfe, aber Hugo sagt jedes Mal Nein. Er solle still auf seinem Sessel sitzen, bis man sich an ihn wendet.

Karin hat geplant, um halb fünf den Zug zurück nach Sauerbrunn zu nehmen, aber als das Mittagessen um zwei Uhr überstanden ist, behauptet sie, der Zug gehe um halb vier, und sie wolle keineswegs zum Bahnhof begleitet werden.

Sie möchte nur so schnell wie möglich das alte Haus mit den alten Möbeln und der stickigen Luft verlassen. Alles erinnert sie an alte Konflikte zwischen ihr, Hilda und der Schwiegermutter.

Die ganze Situation ist ihr zuwider. Hilda, die ihre Zufriedenheit darüber zum Ausdruck bringt, dass Ernst nicht mehr Politiker ist und sich nun ganz auf den Anwaltsberuf konzentrieren kann. Sollte Karin vielleicht dasitzen und Andeutungen über sich ergehen lassen, dass Ernst fünfzehn Jahre seines Lebens weggeworfen habe? Hugo kennt sie kaum, findet ihn nur ordinär und unverschämt. Sie kann es nicht erwarten, endlich zu verschwinden.

In mehreren Briefen hat meine Großmutter beschrieben, wie wenig sie mit der Familie von Hilda und Ernst gemeinsam hat. Und da sie nun obendrein durch die Tränen in den Augen ihres Sohns und von ihrem schlechten Gewissen geplagt wird, weil sie ihn bei diesen beschränkten Menschen untergebracht hat, gibt sie lieber auf.

Als sie geht, weint Gerhard still in sich hinein. Zwar leidet sie mit ihm und muss sich rasch davonmachen, damit er nicht sieht, dass auch ihre Augen sich mit Tränen füllen, aber insgeheim schämt sie sich auch dafür, dass sie erleichtert ist, ihn fortzugeben.

In Sauerbrunn würde es nun ruhiger im Haus werden. Hans ist entschieden leichter zu handhaben und kann sich außerdem stundenlang selbst beschäftigen.

Draußen auf der Palffygasse atmet Karin tief ein. Sie dreht sich um und sieht, dass Hilda und Gerhard am Fenster stehen und winken. Sie winkt zurück und wirft einige Kusshände, ehe sie schnell um die Ecke in die Ottakringer Straße geht, wo sie stehen bleiben und Luft holen muss.

Mein Bruder und ich haben dieses Ereignis oft diskutiert. Was mag sich unsere Großmutter gedacht haben, als sie ihren Sohn in eine Familie gab, von deren Mann sie wusste, dass er völlig andere Ansichten über Leben, Politik und nicht zuletzt über Kindererziehung hatte? Zu jener Zeit gaben viele Eltern der Mittel- und Oberschicht ihre Kinder in die Obhut anderer – in Internate oder Ortschaften mit besseren Schulen –, und es war auch eine Zeit, in der strenge Disziplin und Züchtigungen an europäischen Schulen hoch im Kurs standen.

Was aber sagte Babi sich selbst, als sie die Palffygasse verließ, wo ihr dreizehnjähriger Sohn gerade einen fünfjährigen Aufenthalt bei seiner Tante und deren leicht sadistischen Mann angetreten hatte, einem Mann, der sogar ein starker Anhänger von Schuschniggs Faschisten war und verständnisvoll über die Nazis geredet hatte? Einem Mann, dem ausdrücklich das Recht erteilt worden war, Gerhard Prügel zu verabreichen.

Was ging in ihrem Kopf vor?

Dachte sie, dass Gerhard gerade dreizehn geworden war und bald erwachsen sein würde? Dass sie ihn liebte, aber nicht die Kraft hatte, ihn den ganzen Tag um sich zu haben? Dass es einem Dreizehnjährigen in Wien viel besser gefallen würde als in einer Kleinstadt?

War es überhaupt etwas Besonderes?

Er war ja schon zwei Jahre lang auf einem Internat gewesen, also wäre der Unterschied wohl nicht so groß? Überlegte sie auf diese Weise? Dass es außerdem eine viel billigere Lösung war als das Internat, ließ sie außer Acht.

Es ist schwierig, darüber zu spekulieren, warum ein Elternpaar sich entschließt, sich fünf Jahre lang von seinem Sohn abzuwenden, sich zu sehen weigert, wie er leidet. Vater selbst sagte ausweichend: »Ja, was sollten sie tun? Ich brauchte wohl eine feste Hand, und ich traute mich nicht zu klagen.«

Nun macht sich Babi davon, weg von dem Haus in der Palffygasse, das sie nie gemocht hat – mit Ausnahme des kurzen Augenblicks, als sie bei der Teegesellschaft 1919 Ernst kennenlernte. Sie biegt um die Ecke und geht den Gürtel entlang. Gedanken gehen ihr durch den Kopf, häufig wiederkehrende Gedanken.

Straßenbahnen fahren quietschend vorbei, Autos hupen. Sie entscheidet sich für einen späteren Zug und schiebt es auf Hilda. Es geht ein Zug um halb sieben. Sie möchte die Großstadt ein wenig genießen. Ernst würde sich ohnehin kein Telefongespräch mit seiner Schwester leisten, sodass er wohl nichts erfährt.

Was macht eine gute Mutter aus? Warum denkt sie so oft daran, wie ihre eigene Mutter zuhause in Moskau gewesen ist? Sie hat sogar Greta geschrieben, um zu fragen, ob sie dieselben Schwierigkeiten als Mutter von Marianne und Gusti hat. Greta hat lediglich geantwortet, dass Karin sich ein gutes Kindermädchen anschaffen soll. Ein solches hatte sie selbst, denn sie habe wirklich nicht die Absicht, rund um die Uhr durch ihre Kinder gebunden zu sein. Karin beneidet sie. Ernst meint, der bloße Gedanke an ein Kindermädchen sei absurd. Sie haben ja Wetti als Haushälterin, das würde wohl reichen? Was sollen die Leute denken? Und woher sollen sie das Geld nehmen?

Schließlich kommt Karin zum Westbahnhof, atmet die Gerüche tief ein und labt sich an den Geräuschen der Menschen, die unterwegs sind, Paare, die Schrankkoffer schleppen, Träger, die Karren ziehen, Familien und einzelne Menschen, die zum Bahnhof eilen.

Sie überquert den Gürtel, schaut in die Fenster des Cafés Westend, kreuzt die Mariahilfer Straße und nimmt eine Straßenbahn zum Ring. Kurz vor dem Getreidemarkt steigt sie aus und geht rasch die kurze Königsklostergasse zum Café Sperl hinunter. Sie geht durch die hohen Türen und spürt, wie sich Ruhe in ihrem Körper breitmacht.

Die Auswahl an Tageszeitungen ist radikal geschrumpft, seit die Regierung jegliche Opposition verboten hat, und Karin ist die dröhnenden rechten Zeitungen nicht gewohnt, die nun zur Verfügung stehen. Sie greift nach einem Damenmagazin und setzt sich an einen Fenstertisch.

***

Ich weiß nicht, wie es ablief, als der »widerliche« Hugo meinen Vater mit seinen Erziehungsmethoden bekannt machte. Aber ich kann mir vorstellen, dass er sich vorgenommen hatte, ihm gleich am ersten Tag zu erklären, wie es in der neuen Familie des Buben vonstatten ging und wer in dem Haus, in dem Gerhard nun wohnen sollte, das Sagen hatte.

Vater war jetzt ein Jugendlicher an der Grenze zwischen Kindheit und Erwachsenenwelt. Hugo hatte sicher gehört, dass er schwierig sei, frech sein konnte und eine feste Hand brauche. In seinen Memoiren schreibt mein Vater: »Hugo hat von meinem Vater die totale Vollmacht erhalten, einschließlich körperlicher Züchtigung, und in den verbleibenden fünf Jahren bis zu meinem Abitur erlebte ich die absolute Hölle. Gewiss brauchte ich eine feste Hand, aber …«

Dieses »aber« mit den drei Punkten ist alles, was dort über die systematische Misshandlung steht, der er ausgesetzt war. Später erzählte Vater kurz: »Er schlug mich. Die ganze Zeit.«

Ich versuche, mir ein inneres Bild davon zu machen, wie die Begegnung zwischen dem »frechen« Dreizehnjährigen und seinem neuen Vormund ablief – während Karin mit ihrem Kaffee und ihren Gedanken einige Kilometer davon entfernt im Café Sperl saß. Ich muss mir Klarheit darüber verschaffen.

Gerhard steht in dem Zimmer, das sein Schlafzimmer sein wird. Hugo hat Hilda gebeten, sie allein zu lassen, da die beiden Herren im Haus ein Gespräch unter Männern haben sollten.

»Kannst du deinen Koffer aufmachen?« Hugo steht mitten im Zimmer neben dem Koffer.

Gerhard setzt sich auf den Fußboden und zerrt an den Riemen, die den abgenutzten Koffer zusammenhalten.

Dann geht alles schnell. Er merkt, dass Hugo von hinten kommt und seine Arme um ihn schlingt. Gerhard wird rabiat hochgerissen und Hugo presst den Brustkorb des Buben zusammen, ohne den Griff zu lockern.

»Jetzt sind Hilda und ich deine Eltern. Und Ernst hat mir ausdrücklich deine leibliche Erziehung auferlegt. Daran hat es bei deinen Eltern wohl gehapert, wenn ich ihn recht verstanden habe. Das wird jetzt anders werden. Ist dir das klar?«

Er lässt ihn los und Gerhard geht zu Boden.

Gerhard kann ihn durch die Tränen kaum sehen, will schreien, wagt es aber nicht. Er weiß nicht, was »gehapert« heißt, ahnt aber die Bedeutung. Er hustet wegen des Drucks auf seiner Brust.

»Ob du verstanden hast?« Hugo beugt sich über ihn.

»Was habe ich denn getan?«, schluchzt Gerhard.

»Was du getan hast? Das werde ich dir sagen. Du hast dich wie ein kleines Kind verhalten und das machst du bei uns nicht. Du setzt dich nicht auf den Fußboden, als wärst du sechs Jahre alt. Glaubst du, ich setze mich auf den Fußboden, wenn ich etwas machen will? Hast du deine Tante Hilda irgendwann so etwas tun sehen?«

Er sieht Gerhard an, seine Augen sind klein und abscheulich.

»Jetzt bitte ich dich noch einmal: mach deinen Koffer auf. Aber wie ein erwachsener Mann.«

Gerhard hat sich an die Wand gelehnt und hält die Arme vor der Brust gekreuzt, die nach Hugos Griff schmerzt.

»Wie?«, stößt er hervor.

»Ich habe nicht viel Geduld, mein junger Herr. Ich bitte dich noch einmal.«

Hugo öffnet seinen Gürtel und zieht ihn aus seinen Schlaufen. Er wickelt ihn um die Hand und schlägt damit gegen die offene Fläche der anderen Hand.

»Mach den Koffer auf, habe ich gesagt!«

Gerhard geht rasch zum Koffer und hält dabei schützend die eine Schulter gegen Hugo erhoben. Er beugt sich nieder.

»Setz dich *nicht* auf den Fußboden wie ein Schuhputzer. Ich sage es dir nur einmal.«

Hugo packt Gerhard hart im Nacken und schüttelt ihn.

Die Hände zittern und es dauert eine Weile, ehe Gerhard, mit gebeugtem Rücken, die beiden Riemen lösen kann, die den prallen Koffer halten.

»Sieh an, es geht doch. Jetzt wird ausgepackt. Eine Sache nach der anderen.«

***

Als ich im Frühjahr 1977 in Wien wohnte, schrieb mir Babi. Unter anderem gab sie mir den Rat, mir ein Stammcafé zu suchen. »Dort kannst du sitzen und lesen und Kaffee trinken. Die Kellner werden deine Vertrauten und erzählen dir, falls deine Freunde dagewesen sind oder sonst etwas Spannendes passiert ist. Die Kaffeehäuser sind wie dein zweites Zuhause.«

Ich verbrachte die meiste Zeit im Café Hawelka in der Dorotheergasse, bei Haag in der Schottengasse und Hummel in der Josefstädter Straße, wurde aber nie mit einem Kellner vertraut. Falls meine Großmutter im Sperl saß, während mein Vater lernte, was bei Hilda und Hugo Erziehung hieß, kann ich mir denken, dass sie mit den Kellnern »vertraut« war.

»Herr Karl, können Sie mir helfen?«

»Frau Hoffenreich, es freut mich, Sie zu sehen.«

»Ich wüsste nur gern, ob Sie Herrn Steiner heute gesehen haben?«

»Herrn Steiner? Nein, aber vor einigen Tagen war er mit Herrn Langenfeldt hier.«

»Nun gut, es ist nicht so wichtig. Bringen Sie mir bitte eine Melange und einen Topfenkuchen.«

Karin spürt, wie ihr Herz schlägt. Da er noch nicht hier war, besteht die Möglichkeit, dass er noch kommt. Er kommt sonst jedes Wochenende, um die internationalen Zeitungen zu lesen, aber in diesen Zeiten … Vielleicht ist er woanders hingegangen. Sie blättert in der Zeitschrift, kann aber ihre Gedanken nicht sammeln.

***

Hugo setzt sich breitbeinig auf einen Sessel und hält den Gürtel noch immer fest in der rechten Hand. Gerhard öffnet den Koffer und sieht Hugo fragend an. Wo ist Tante Hilda? Warum kommt sie nicht?

»Auspacken!«

Gerhard blickt ihn ängstlich an.

»Ist es so schwierig? Kannst du eine einfache Anordnung nicht verstehen? Zwar weiß ich, dass du in der Schule keine Leuchte bist, aber dumm bist du, glaube ich, wirklich nicht.«

Gerhard nimmt eine Hose aus dem Koffer und hält sie ein wenig fragend vor sich.

»Wo soll ich sie hinlegen?«

Hugo beugt sich auf seinem Sessel nach vorn.

»Nun, kleiner Gerhard. Tut mir leid, dich so anzureden, aber ich finde, du bist jetzt wie ein richtig kleiner Bub. Kleiner Gerhard, wohin nur mit der Hose? Sieh dich um. Was glaubst du?«

Das Zimmer ist klein. An der einen Wand steht ein Bett mit einer braunen Tagesdecke und dunkelbraunen Mustern an den Enden. Über dem Kopfende hängt ein Bild eines Engels, der seine Flügel über zwei kleine Kinder breitet. Darunter ein schlichtes Kruzifix aus Holz. An der anderen Wand steht eine Kommode, daneben ein hoher brauner Kasten mit zwei Türen oben und Schubladen unten. Ein Fenster geht zum Hof hinaus. Auf dem Fensterbrett steht eine Blume mit grünen Blättern.

»In den Kasten?«

»Geh und mach ihn auf, dann wirst du schon sehen.«

Gerhard öffnet den Kasten. Er ist leer. An einer Stange hängen vier Bügel. Er nimmt einen davon, legt die Hose darüber und hängt ihn zurück in den Kasten.

Er merkt, dass Hugo sich von hinten nähert, kann aber nicht reagieren, ehe er mit sausendem Ohr und brennender Wange auf dem Boden liegt. Er weint und schreit: »Hör auf, was habe ich getan? Schlag mich nicht!«

»Schlagen? Sieh mal, Gerhard, jetzt pass einmal auf. Ich schlage dich nicht, ich erziehe dich. Und darin sind wir uns völlig einig, deine Eltern und ich. Das gehört zur Erziehung. Ein junger Mann braucht eine feste Hand, die ihn züchtigt und ihm den Weg weist. Was deine Mutter oder deine Tante dazu sagen, ist nicht relevant. Verstehst du das Wort? Dieser Bestandteil der Erziehung eines jungen Mannes wird unter Männern abgemacht. Damit brauchen wir das schwache Geschlecht nicht zu behelligen.«

Hugo steht mitten im Zimmer und schaut Gerhard ausdruckslos an.

»Und solchen wie dir muss man offenbar ein bisschen Verstand eintrichtern. Sieh dir den Bügel an. Sieh dir an, wie die Hose dort hängt. Das ist deine gute Hose und du hast die Frechheit, sie einfach über den Bügel zu legen, ohne zu sehen, dass du das eine Hosenbein verdreht hast. Willst du dein Sonntagsgewand ruinieren? Mir ist schon klar, dass deine Mutter aus einem reichen Haus stammt, aber derartige Manieren lasse ich nicht zu. Hier behandeln wir unsere Sachen schonend. Und du wirst Manieren und Gottesfurcht schon lernen. Dafür werde ich sorgen, solange du hier wohnst, kleiner Gerhard. Jetzt gebe ich dir die Chance, deine guten Hosen so aufzuhängen, dass du sie nicht verunstaltest, damit wir mit dem Auspacken endlich weiterkommen. Ich bin nämlich sehr gespannt darauf, was wir noch alles finden werden.«

Gerhard hängt die übrigen Kleidungsstücke hinein. Bei etlichen schnaubt Onkel Hugo verächtlich, scheint sich aber etwas beruhigt zu haben. Langsam fängt Gerhard an, sich ein wenig zu entkrampfen. Schließlich ist alles im Kasten, einiges hängt auf Bügeln, anderes liegt in einer Schublade der Kommode. Im Koffer liegen nur noch einige Indianerbücher von Karl May, ein Fußball zum Aufpumpen, ein Kartenspiel, ein Vergrößerungsglas und ein kleiner Teddybär.

Hier muss ich anhalten. Vater hatte immer eine kindische und etwas rührende Vorliebe für Teddybären. Als mein Bruder und ich klein waren, kaufte er uns in Österreich jeweils einen. Beide hießen Bärli, meiner war blau-weiß, der meines Bruders braun-weiß. Vater war es wichtig, dass sie mit uns in den Betten lagen. Wenn ich krank war, holte er ihn und steckte ihn unter meine Decke.

»Jetzt sorgt Bärli für dich«, sagte er und lächelte sanft.

Es erscheint also nicht unwahrscheinlich, dass er auch zu Hilda und Hugo heimlich seinen Bärli mitgenommen hatte.

»Was ist denn das hier?«, fragt Hugo und stößt mit seinem Schuh an den Teddy.

»Das ist mein Bärli. Ich habe ihn nur zum Spaß mitgebracht.«

»Gib ihn mir mal!« Hugos Stimme ist dünn.

»Nein, Bärli darfst du nicht haben.« Gerhard beugt sich schnell hinunter und schnappt sich den Teddy, reißt die Tür auf, läuft in die Wohnung und ruft: »Tante Hilda, er will mir meinen Bärli nehmen.«

Hilda steht in der Küche und hat gerade begonnen, einen Teig in einer großen Schüssel zuzubereiten.

»Aber Gerhard, was ist denn mit dir los?«

Hugo kommt in die Küche.

»Ich glaube, da ist ein kleiner Bub, der sein Abendbrot in seinem Zimmer isst. Ohne seinen Bärli.«

Hugo geht zu Gerhard und zieht am Teddybären.

»Dann nimm ihn.« Tränen rinnen über Gerhards Wangen, als er ihm den zerschlissenen braunen Teddy reicht. »Aber vorsichtig, ein Arm ist etwas lose«, flüstert er.

»Weißt du, Teddybären sind etwas für Kinder. Junge Männer haben so etwas nicht.« Hugo fuchtelt achtlos mit Bärli in der Luft.

Gerhard sieht, wie sich Hilda abwendet und ihren Teig in der Schüssel bearbeitet.

»Ab in dein Zimmer und dort bleibst du!« Hugo klatscht ihm hart auf das Hinterteil.

Gerhard liegt lange auf dem Fußboden in seinem Zimmer und schluchzt leise vor sich hin. Dann steht er auf, geht zur Kommode, nimmt eins seiner Indianerbücher und legt sich auf das Bett. Schließlich streckt er die Zunge zur Tür aus und trocknet sich die Nase sorgfältig mit dem Ärmel seines Hemds ab.

***

Karin hat im Café Sperl ihren Topfenkuchen aufgegessen und die Zeitschrift von vorn bis hinten gelesen. Sie wird ohne Weiteres den Zug um halb fünf erreichen. Sie ruft Herrn Karl herbei, bittet ihn, Herrn Steiner zu grüßen, falls er auftaucht. Dann zahlt sie, gibt reichlich Trinkgeld und geht auf die Gumpendorfer Straße hinaus. Sie kommt rechtzeitig zum Zug und ist zum Abendessen zuhause.

»Hallo!« Karin betritt das Haus in der Schubertallee.

Wetti kommt ihr entgegen.

»Oh, Frau Hoffenreich. Wie ist es unserm Wamperl ergangen? Findet sich Gerhard zurecht bei Herrn und Frau Bohrer?« Sie hat Tränen in den Augen.

»Du kannst ganz beruhigt sein. Hilda hat ein herrliches Gulasch gekocht, und Gerhard hat drei Portionen gegessen. Es wird sich ganz bestimmt wohlfühlen. Jetzt habe ich auch Hunger, liebe Wetti. Was gibt es zum Abendessen? Soll ich dir helfen?«

Nachdem Gerhard zu Hilda gezogen ist, zieht Karin in sein Zimmer ein. Sie hat sich darauf berufen, dass Ernst schnarche, aber beide wissen, dass sie ohnehin kein körperliches Zusammenleben haben. Sie wohnen unter demselben Dach, respektieren einander, aber mischen sich nicht in die innersten Gefühle des anderen ein. Was Karin in Wien tut und wen sie dort trifft, ist Ernst aus tiefstem Herzen egal. Wenn nur die Leute nicht zu reden anfangen. Aber er weiß, dass auch Karin das um jeden Preis vermeiden will.

Karin ihrerseits ahnt, dass Ernst in den langen Sommermonaten, in denen sie auf Småryd war, seine Seitensprünge gehabt hatte. Seit 1928 ist er nicht mehr mitgekommen, und sie hat recht bald zu fragen aufgehört, ob er mit ihr und den Buben in die Ferien fahren wolle.

***

Den größten Teil seiner Jugend verbrachte mein Vater bei einem Mann, der ihn ständig schlug, während seine Eltern taten, was sie konnten, um nicht zu sehen, was eigentlich geschah. Weder Ernst noch Karin machten von so einer Erziehung Gebrauch – das hat Vater immer wieder betont. Aber er hat auch unaufhörlich wiederholt, dass er ein »hoffnungsloses«, schwieriges und freches Kind gewesen ist. In seinen Memoiren schreibt er abwiegelnd, dass er nicht glaube, Hugo sei ihm übel gesinnt gewesen. In Zeiten, in denen sich Gerhard anständig aufführte, konnte es richtig nett sein.

Wenn er sich »anständig aufführte«. Das Problem lag also bei ihm. Er war so schwierig, dass man gezwungen war, ihn wegzugeben, so schwierig, dass er Schläge brauchte.

***

In den letzten Lebensjahren meines Vaters versuchte ich ihn dazu zu bringen, mehr über die Zeit bei Hilda und Hugo zu erzählen, aber er entzog sich der Einzelheiten.

Wie schlug er? Mit dem Gürtel, aufs Hinterteil …?

»Nein, immer mit der offenen Hand ins Gesicht«, antwortete Vater. »Hart. Und das Schlimmste war, dass ich davor nie sicher war. Es setzte Ohrfeigen, wenn ich es am wenigsten erwartete. Ach«, sagte Vater mit einer Mischung aus Seufzer und mürrischer Feststellung, »es war entsetzlich, aber jetzt will ich nicht mehr darüber sprechen.«

Mit der Zeit erinnerte er sich eher an die erträglicheren Jahre bei Hilda und Hugo. Die Prügel hörten auf, vielleicht aufgrund irgendeiner neuen pädagogischen Idee, wonach sich Schläge nur bis zum Alter von sechzehn, siebzehn Jahren lohnten. Vielleicht auch wegen der einfachen Tatsache, dass mein Vater kräftig und ein guter Boxer war. Allerdings hatte er nie auch nur erwogen zurückzuschlagen.

»Ich hatte Angst«, bemerkte er leise.

Während meiner gesamten Kindheit war Tante Hilda dennoch eine Art Heilige, die in unserem Haus in Bromma auf dem Porträt an der Wand des Esszimmers thronte.

»Na, servus Hüllie.«

Vater lächelte und prostete dem großen Ölgemälde zu, stellte das Glas ab und sagte: »Ach, die liebe Hüllietante.«

Meine Mutter fand das Prosten ein wenig albern. Ich betrachtete es eher als Beispiel für Vaters zahlreiche, leicht theatralische Faxen, die ich ganz spaßig fand. Er musste unbedingt Tante Hilda zutrinken, sobald wir im Esszimmer aßen, das heißt, wenn Gäste anwesend waren, und er tat es stets mit einem gewissen Maß an Ernsthaftigkeit.

Das Gemälde von Tante Hilda war ein großes Jugendporträt im Profil in einem dicken Goldrahmen. Sie trägt ein grandioses Kleid und hält einen großen Stoffstreifen hoch, um das schöne geblümte Muster deutlich hervorzuheben.

Das rituelle Prosten wurde meistens auf die Tatsache zurückgeführt, dass wir dank Tante Hildas Erbe in dem Haus in Bromma wohnen konnten. Vater hatte Hildas Haus in der Palffygasse geerbt. Aus seinen ausführlichen Briefwechseln mit Verwandten in Wien nach Hildas Tod geht hervor, dass Tante Hilda sich mit ihren Nichten und Neffen sowie anderen Verwandten überworfen hatte. Aber viele lechzten nach dem Erbe der kinderlosen Tante und tanzten nach ihrem Tod um Anwälte und Verwandte herum in der Hoffnung auf einen Anteil. Aber gemäß dem Testament, das schließlich gefunden wurde, waren mein Vater und sein Bruder die einzigen Erben.

Es gab allerdings andere Trinkrituale, die schwieriger zu ertragen waren, wie etwa, als mein Vater im Übergang von den Sechziger- zu den Siebzigerjahren darauf beharrte, statt vor Tante Hilda zu salutieren, munter auszurufen: »Na dann, Heil Hitler euch allen!«

Das war als Willkommensgruß gemeint und wurde stets von Mutter begleitet: »Gerhard, das ist überhaupt nicht komisch!«

Wenn Babi dabei war, was häufig geschah, war die Wirkung noch besser: »Hör doch endlich auf!« Babi legte das Besteck beiseite und blickte ihn ausdruckslos an.

Vater lachte entzückt, wie ein Kind, das einen unanständigen Witz erzählt hat und nun auf gelinde Empörung wartet.

Er liebte es zu schockieren und war höchst enttäuscht, dass meine Mutter ihm verboten hatte, geräuschvoll Wind zu lassen, was er ansonsten einzigartig lustig fand. Als ich klein war, hatte Vater einen Lieblingsreim: »Das Heinzelmännchen hüpfte kurz – und ließ dann einen lauten Furz.«

Alle Menschen, deren Namen er nicht behalten konnte, hießen Furzel Kackemann oder möglicherweise, wenn Mutter es für allzu unpassend hielt: Zippel Tittenmeier.

Grobe rassistische Späße fand er urkomisch, und nachdem ihm das Heil Hitler endgültig verboten worden war, kam er mit Variationen: »Idi Amin euch allen!« Er wollte unbedingt zeigen, dass ihm auch andere Diktatoren vertraut waren, da die Zuhörerschaft nun einmal so empfindlich war.

Aber allmählich verlief sich der Scherz im Sand.

Eine Zeit lang reiste mein Vater viel im Nahen Osten und in Afrika. Er liebte es, so grob wie möglich über Araber, Juden und Schwarze zu witzeln. Für meine Mutter gab es ausreichend Gelegenheiten für ihren Kommentar: »Das ist überhaupt nicht komisch, lass das jetzt sein.« Und meine Großmutter wiederholte: »Hör doch endlich auf.«

Schließlich wurde es meiner Mutter zu viel und ich erinnere mich, wie sie dem Weinen nahe erklärte, seine Provokationen nicht mehr ertragen zu können. Gleichzeitig erzählte mein Vater mit Wärme von den Menschen, die er auf seinen Reisen kennengelernt hatte. Und jedes Mal, wenn Arbi, ein Importeur aus Bengasi in Libyen, zu Besuch in Schweden war, wurde er auf Ausflüge mitgenommen und zum Essen eingeladen. In Vaters pedantischem Ordner mit Privatkorrespondenz befinden sich Briefe an Studenten in Tansania, die er im Uhuru Park fotografiert hatte und denen er dann die Bilder mit einem Brief schickte. Ebenso hatte er arme Kinder auf der Straße fotografiert, als er nach unseren jüdischen Wurzeln in Mähren suchte, und da er die Adressen der Kinder nicht hatte, schickte er die kopierten Bilder an den Priester in Holíč, damit er sie weiterbefördern konnte.

Hier gibt es auch Briefe an Onkel Luigis Schwägerin, der Vater in kaum verhohlener Wut die Freundschaft kündigt, weil ihm ihr deutlicher Antisemitismus zu viel wird.

»Dies ist mein letzter Brief an Dich und Du brauchst Dir nicht die Mühe zu machen, ihn zu beantworten«, schreibt er.

Der Streit betraf gerade die jüdische Vergangenheit der Familie Hoffenreich, die diese Verwandte zunächst leugnete, um Vater anschließend vorzuwerfen, dass er die Sache offenbar interessant fände. Nun war Brigitte Hamanns Buch über Hitlers Jugendzeit in Wien erschienen, in dem ein entfernter Verwandter der Hoffenreichs ebenso erwähnt wurde wie dessen jüdische Wurzeln. Vater schrieb und schickte eine Fotokopie der Buchseiten mit, die belegten, dass sich die Angelegenheit nicht länger verschweigen ließ, worauf er den Kontakt mit ihr abbrach.

Ich muss gestehen, dass ich erstaunt war, als ich den Brief fand. Nicht dass ich geglaubt hätte, mein Vater sei Antisemit oder Rassist gewesen, aber ich hatte ihn auch nie als einen Menschen betrachtet, der deutlich Abstand davon nahm. Eher als jemanden, der immer sagen würde: Ach was, so schlimm ist es wohl nicht.

Auf die plumpen Scherze konnte er sein ganzes Leben lang nicht verzichten. Es amüsierte ihn auf pathologische Weise, andere zu schockieren oder schlimmstenfalls zu verletzen.

Nach der Politik

In Karins Briefen ist immer öfter von Wetti die Rede. Sie ist von unschätzbarem Wert für die Familie, liebt die Kinder und wird im Lauf der Jahre offenbar immer mehr zu einer Freundin meiner Großmutter, die sich ebenfalls in der Küche wohlfühlt, vor allem bei der Zusammenarbeit mit Wetti.

»Sie ist wie von Gott gesandt«, schreibt Karin an ihre Mutter. Abgesehen davon, dass Wetti den gesamten Haushalt besorgt und alles perfekt sauber hält, hilft sie Ernst drei Tage pro Woche im Büro mit Maschineschreiben und lernt auch Stenografie. An diesen Tagen kommt ihre Mutter, Frau Arthofer, in das Haus in Sauerbrunn und ist im Haushalt behilflich, falls es notwendig ist.

Ernst hat früh festgestellt, dass das »Mädchen« – Wetti war achtzehn, als sie bei ihnen begann – nicht nur eine gute Haushälterin ist, sondern dass sie intelligent ist und ihr das Lernen leichtfällt. Sie schreibt bereits schnell und fehlerfrei auf der Maschine. Karin ist froh, dass Wetti einige Stunden im Büro arbeiten kann. Anfangs war geplant, dass Karin es selbst tun sollte, aber sie musste zugeben, dass es nicht besonders gut funktionierte. Meistens gab es Streit zwischen ihr und Ernst.

In seinen Politikerjahren hat Ernst einige formale Schritte verabsäumt, die notwendig sind, um ein Anwaltsbüro zu betreiben, das über alle Befugnisse verfügt, Klienten vertreten zu dürfen. Daher muss er eine größere juristische Abhandlung schreiben und sich einer Prüfung bei der Anwaltskammer unterziehen.

Seine politische Vergangenheit ist eine Belastung und gleichzeitig seine Rettung. Bei gewissen Kollegen hat er das Gefühl, sie wollten den »alten Marxisten« verstoßen, aber Klienten aus der unteren Mittelschicht und der Arbeiterklasse kommen mit ihren einfacheren Anliegen gern zu ihm. Er hat gute Kontakte in der ganzen Gegend.

Ernst ist stolz, muss aber auch, ebenso wie Karin, feststellen, dass diese Klienten nicht gerade den größten Umsatz bringen.

Zu Ostern 1935 kommt Gerhard in den Ferien von Hilda und Hugo nach Sauerbrunn. Karin bekommt einen kleinen Schock. Ihr kleiner Knirps ist im Begriff, ein Mann zu werden. Vierzehn Jahre ist er nun – und in den Stimmbruch gekommen. Zehn Zentimeter gewachsen, gekleidet in hübschem Sakko und dunkler Hose, und sie ertappt ihn sogar mit einer Pfeife im Mundwinkel!

Zuhause wird er von Wetti empfangen, die ihre Tränen nicht zurückhalten kann, aber ihm liegt daran zu zeigen, dass er jetzt erwachsen ist. Er verbietet allen in der Familie, ihn je wieder Wamperl zu nennen, was von klein auf sein liebevoller Kosename gewesen ist.

In meiner Kindheit sprach Vater viel von Wetti. Er schrieb regelmäßig ausführliche Briefe an sie und erzählte ihr von der Familie, von mir und meinem Bruder und unseren Erfolgen und Misserfolgen in der Schule. Von allen Briefen gibt es Kopien auf dünnem Papier, pedantisch in Ordner geheftet. Vater und Hans bezahlten ihr einen kleinen Unterhalt, nachdem Ernst gestorben war und kein Kapital hinterlassen hatte.

Wetti und Vaters Großmutter Babi – in der Kindheit meines Vaters boten sie Liebe und bedingungsloses Vertrauen.

Bevor er in den Osterferien 1935 nach Hause kommt, hat sich Wetti bemüht, von ihren Bekannten zu erfahren, was

Gerhards Freunde in der Zwischenzeit an bemerkenswertem Unfug oder bedeutenden Sportleistungen vollbracht haben. Jetzt sitzen Wetti und Gerhard am Küchentisch und unterhalten sich.

Wetti erzählt, was in der Stadt seit den Weihnachtsferien geschehen ist, sie erzählt von ihrer Arbeit im Büro seines Vaters, des Herrn Doktor, und sie spricht über die Unruhe der letzten Zeit, wie es mit dem neuen Regierungschef Schuschnigg werden wird und ob sich Österreich nun dem nationalsozialistischen Deutschland nähern muss. Gerhard sitzt unruhig auf seinem Sessel und Wetti ahnt sicher, dass am Küchentisch von Hilda und Hugo ganz andere Ansichten geäußert werden.

***

Mitte der Dreißigerjahre war die sozialdemokratische Partei noch immer verboten, aber die prominenten Vertreter wurden aus den Lagern entlassen und konnten in anderen Berufen arbeiten – solange sie nicht offen gegen die Vaterländische Front agierten oder agitierten.

Wie war es mit Ernst Hoffenreich? Ich habe immer gehört, dass mein Großvater durch die Zeit im Lager Wöllersdorf psychisch gebrochen wurde. Bereits vor dem Ersten Weltkrieg war er psychisch labil und nach der Zeit im Lager zog er sich völlig aus der Politik zurück.

Ich finde weder Belege noch etwas anderes, das dem widersprechen würde. Es gibt keine offiziellen sozialdemokratischen Zeitungen, in denen man nach Spuren suchen könnte, und auch auf andere Weise waren ehemalige Sozialdemokraten in der Politik weder aktiv noch gefragt. Sie schwiegen. Aber man weiß auch, dass es unter der Oberfläche brodelte.

Aus der Asche der alten Partei hatten junge, eher revolutionäre Mitglieder bereits eine neue gegründet. »Revolutionäre Sozialisten Österreichs« nannten sie sich, die Gründung hatte in der Tschechoslowakei stattgefunden. Viele von ihnen wurden schon auf dem Heimweg nach Österreich festgenommen, andere blieben im Exil, und eine weitere Gruppe verfocht ihre Ideen auf Straßen und Plätzen, in Kellern und auf illegalen Zusammenkünften.

In Mattersburg, wo mein Großvater sein Anwaltsbüro hatte, wohnte auch sein Parteigenosse, der Arzt Richard Berczeller. Er engagierte sich stark für die illegale sozialdemokratische Bewegung und fuhr in die Tschechoslowakei, wo die in Österreich mittlerweile verbotene Zeitung *Burgenländische Freiheit* gedruckt wurde. Er schmuggelte etliche Exemplare nach Hause, um sie heimlich zu verteilen. Ernst dürfte mit ihm darüber diskutiert haben, welchen Weg man einschlagen sollte. Versuchten die Genossen, Ernst Hoffenreich für die Initiative im Untergrund zu gewinnen? Sprach man darüber am Küchentisch mit Karin und Wetti?

Einige Mitglieder sprachen sich für eine eventuelle Zusammenarbeit mit der Vaterländischen Front aus, um der Bedrohung durch die Nationalsozialisten zu begegnen, aber diese Frage war heikel. Nach dem Bürgerkrieg im Februar 1934 wollten sich viele Arbeiter und Sozialdemokraten nie mehr mit den Mördern ihrer Genossen an einen Tisch setzen. Dollfuß' hartnäckige Weigerung, die neun Genossen zu begnadigen, die nach den Kämpfen verhaftet wurden, wurde nicht verziehen. Sie wurden als Vaterlandsverräter gehängt, wodurch der gesamten Arbeiterbewegung eine offene Wunde zurückblieb. Einige von denen, die hingerichtet werden sollten, waren so übel zugerichtet, dass sie zum Galgen getragen werden mussten.

Auch wenn Schuschnigg nach dem Mord an Dollfuß eine Verhaftungswelle gegen Nationalsozialisten einleitete, war er nicht zugänglich für einen gemeinsamen österreichischen Widerstand. Sein Misstrauen gegen die Sozialdemokraten, die immer wieder Marxisten genannt wurden, war zu stark.

All das dürfte meinem Großvater bekannt gewesen sein, nicht zuletzt durch Onkel Karl, der ebenfalls gezwungen war, sich der Politik zu enthalten, aber nach wie vor ein hoch geachteter und beliebter ehemaliger Bürgermeister von Wien war, dem Landesteil, in dem die Sozialdemokraten immer mit absoluter Mehrheit regiert hatten.

Im Burgenland gab es Sozialdemokraten, die, nachdem sie von Dollfuß und der Schuschnigg-Regierung verfolgt worden waren, zu den Nationalsozialisten übergingen. Es musste weiterhin im Verborgenen geschehen, aber einige von denen, die im militärischen sozialdemokratischen Schutzbund im Burgenland aktiv gewesen waren, machten jetzt bei den Nationalsozialisten mit, um die Regierung Schuschnigg mit Waffen zu bekämpfen.

Es wurde auch davon geredet, dass Sozialdemokraten und Nationalsozialisten einander kennengelernt hatten, als sie zusammen interniert waren. Der Abscheu gegen Dollfuß und Schuschnigg hatte sie vereint.

Hatte auch mein Großvater das Gefühl dafür verloren, dass die Nationalsozialisten den Feind und die große Gefahr ausmachten? Auch er war ja vom Dollfußregime interniert worden. Aber soweit ich sehen kann, litt er vor allem darunter, sich schwach, ängstlich und müde zu fühlen.

Geld war nach wie vor ein wiederkehrendes Problem für Ernst und Karin. Ernst wünschte sich Ruhe, um sich auf seine Arbeit als Anwalt konzentrieren zu können. Damit könne er schließlich auch den Schwachen zur Seite stehen, wie er sich möglicherweise einzureden versuchte. Er wollte die Stimme der Machtlosen sein, und Anwälte mit dieser Einstellung wurden gebraucht, egal unter welcher Regierung.

Er dürfte zu dieser Zeit seine politische Tätigkeit resümiert haben. Seit Beginn der Zwanzigerjahre, als er dafür eintrat, dass Ödenburg Bestandteil des neuen Österreich bleiben und die Hauptstadt im Burgenland werden sollte, hatte er diesen Landstrich lieben gelernt, die kleinen Städte, die Marktplätze, die Weinberge und Menschen. Wie lange war das her? Fünfzehn Jahre, aber es kam ihm wie ein Mannesalter vor. Sein Mannesalter. Sein Leben.

Zwölf Jahre lang hatte er Dörfer und Kleinstädte besucht, häufig mehrere in der Woche, um an Bürgerversammlungen oder politischen Sitzungen teilzunehmen. Er hatte als zweiter Präsident im Landtag gesessen und war sieben Jahre lang Bürgermeister gewesen. Parallel dazu war er in seiner Anwaltspraxis tätig gewesen, aber fast alles hatte sich um eine politische Idee gedreht, die die Menschen befreien und zu einer glücklicheren Zukunft für alle führen sollte. Eine Politik, die es unmöglich machen würde, dass es je wieder Krieg gäbe.

Karin schreibt weiterhin lange Briefe an ihre Mutter. Der Schock nach der Machtübernahme der Nazis in Deutschland hat sich nun gelegt. Anna und Peppi Frank sind bereits nach Schweden emigriert. Sie fehlen ihr. Bei ihnen hat sie immer übernachtet, wenn sie in Wien war. Dennoch konnten sie von Glück sprechen, denkt sie. Josefs Beruf als Architekt und Designer erleichtert den Umzug. Anna meint, auch Karin und Ernst sollten nach Stockholm ziehen, und sie würde sich wundern, wenn Henrik nicht einen Juristen wie Ernst in der Familienfirma gebrauchen könnte.

Bei dem Gedanken daran, dass Ernst Hoffenreich Buchhalter in der Juwelierfirma der Familie werden würde, muss Karin laut lachen. Nein, er will als Anwalt arbeiten, und daher müssen sie in Österreich bleiben.

Zuhause in Sauerbrunn hat Karin allmählich einen besseren Lebensrhythmus gefunden. Die Sommeraufenthalte in Båstad wurden oft ausgedehnt. In gewissen Zeiten konnte sie drei Monate lang bleiben, manchmal sogar länger.

Auf Småryd sind sie und die Kinder eine Familie. Zusammen mit Karins Mutter, Geschwistern und Freunden. Diese Welt ist Ernst fremd. Er findet sie lästig, was Karin tief verletzt.

»Ihr singt und quatscht wie Kinder. Ich finde das affektiert, tut mir leid, aber ich weiß nicht, wie ich mich bei euch aufführen soll, und ich kann in meinem kurzen Urlaub nicht ständig mit so vielen Menschen zusammen sein.«

Als Ernst noch nach Småryd kam, fühlte er sich am wohlsten mit seiner Schwiegermutter Maria, mit der er immer lange Gespräche über die Situation in Österreich führte. Sie war besonders daran interessiert, mehr über ihren Bruder Karl zu erfahren, weil er nur kurze Briefe schrieb.

Nun ist es acht Jahre her, seit Ernst auf Småryd war. Mit seiner Schwiegermutter kommuniziert er inzwischen durch Korrespondenz. Meistens handelt es sich um ein paar Zeilen unter Karins Briefen. Sie schreibt mit schöner, klassischer Handschrift, während er deutsche Kurrentschrift benutzt, die Karin zwar lesen, aber nicht schreiben kann. Sie findet, er wolle seiner Schwiegermutter gegenüber immer so schneidig erscheinen und so tun, als ob es keine Probleme gäbe.

Und er möchte vermutlich nicht, dass Karins Gejammer so verstanden wird, als bettle sie um Geld.

Zu dieser Zeit schreibt Henrik einen Brief an seine Mutter Maria auf Småryd. Er selbst befindet sich in Stockholm und erklärt ihr, dass die Firma den übrigen Geschwistern kein Geld mehr auszahlen könne. Er habe großes Verständnis dafür, dass seine Geschwister die Logik nicht sehen, wonach er in erster Linie die Firma schuldenfrei machen möchte, ehe er mehr von dem Geld ausgibt, das sein Vater ihnen versprochen hat. Ob dies den Geschwistern nutzen würde?, fragt er. Ja, denn wenn es ihm nicht gelingt, die Firma schuldenfrei zu machen, ist W. A. Bolins Existenz bedroht und dann gibt es in Zukunft überhaupt nichts.

Henrik schreibt ausdrücklich, dass Karin, der es unter den Geschwistern wirtschaftlich am schlechtesten geht, möglicherweise die größten Schwierigkeiten haben werde, das Ausbleiben der Unterstützung zu verstehen. Offensichtlich hat seine Mutter ihn wissen lassen, dass Karins und Ernsts finanzielle Situation dürftig ist, denn Henrik schreibt ausführlich und umständlich, dass er nicht mehr auf Kredit einkaufe, um die Zinsen zu sparen, und wie schwierig die Zeiten seien, sodass die Firma nicht mehr der private Geldhahn der Familie sein könne.

Da sitzt Karin nun in ihrer makellos sauberen Küche in Sauerbrunn im Vorsommer 1935. Das Geld ist knapp, aber in einem Monat wird sie dennoch nach Schweden reisen. Ernst arbeitet Vollzeit in seiner Anwaltspraxis, nachdem der neue sogenannte Ständestaat in Österreich, in dem alle politischen Parteien außer die Vaterländische Front verboten sind, in sein zweites Jahr geht.

Wieder sehe ich Babi vor mir, meine Großmutter, die nun achtunddreißig Jahre alt ist. Eine junge Frau mit einem vierzehn- und einem neunjährigen Sohn, die sich gleichwohl nicht wie eine gestandene Hausfrau fühlt, eine, die mit einem Leben zufrieden wäre, das sich um Mann, Kinder und Haushalt dreht. Da steht sie, wenige Wochen vor ihrer Abreise ins Paradies, nach Schweden und Småryd. Sie steht in der Küche.

Eine große Hummel fliegt umher, prallt gegen das Fenster, fällt auf die Fensterbank und krabbelt langsam weiter. Babi geht hin und betrachtet sie. Sie berührt ihren haarigen Rücken leicht und die Hummel bleibt stehen. Babi nimmt ein großes Glas, schiebt die Hummel hinein und legt ihre Hand darüber.

Dann geht sie damit vor die Haustür, nimmt ihre Hand weg und schaut auf die Hummel, die am Boden des Glases kriecht und unruhig mit ihrem weißen Hinterteil wippt. Schließlich wirft Babi sie hinaus, und die Hummel fliegt dumpf brummend auf die große Linde zu. Babi sieht ihr lange nach.

Sie schließt die Augen. Der Duft des Vorsommers ist zart. Sie findet kein besseres Wort. Sie zieht die Luft durch die Nase ein: zart. Und süß.

DRITTER TEIL

Österreich verschwindet

Nach dem Bürgerkrieg im Februar 1934 schien sich die Katastrophe unerbittlich zu nähern. In den Jahren nach dem Mord an Dollfuß mobilisierten die Nationalsozialisten in Österreich und der Druck von Hitlers Regierung in Berlin wurde immer stärker. Hitlers Ziel war es, Österreich und Deutschland zu einem Großdeutschland zu vereinen, und der neue Faschistenführer Schuschnigg wurde von Hitler gezwungen, den österreichischen Nationalsozialisten mehr Spielraum zu lassen. 1936 wurden die Männer, die am Staatsstreich gegen Dollfuß beteiligt waren, aus dem Gefängnis entlassen, um Hitler zu besänftigen.

In Sauerbrunn versucht Familie Hoffenreich, den Alltag zu bewältigen. Immer weniger Einwohner bezeichnen Herrn Doktor Hoffenreich offen als den eigentlichen Bürgermeister der Stadt und in der Schule bekommt Hans immer seltener zu hören, dass sein Vater ein gefährlicher Marxist sei. Der Alltag nimmt seinen Lauf, aber der Nationalsozialismus lauert als ständige Bedrohung. Bei Gesprächen mit Freunden erfahren Karin und Ernst Namen von Personen aus Sauerbrunn und Mattersburg, die unterirdisch für die Nationalsozialisten tätig sind.

In Wien wohnt Gerhard bei Hugo und Hilda. Hugo preist Ruhe und Stabilität und erklärt Gerhard, dass Arbeiter nicht die Reichen bekämpfen sollten, da es keine Klassen gäbe, sondern alle Österreicher gemeinsam zum Besten des Landes und für Gott kämpfen müssten. Demokratie führe lediglich zu Chaos, meint Hugo.

Schuschnigg wollte unter keinen Umständen die Souveränität des Landes aufs Spiel setzen und versuchte, einigen Forderungen des Regimes in Berlin entgegenzukommen, aber die Nationalsozialisten blieben in Österreich verboten und von Wahlen konnte keine Rede sein. Schließlich setzte Schuschnigg alles auf eine Karte und beraumte für den März 1938 eine »Volksbefragung« darüber an, ob sich Österreich als eigene Nation auflösen und stattdessen Teil des Deutschen Reiches werden solle.

Man rechnete damit, dass sechzig bis siebzig Prozent für das Fortbestehen eines souveränen Österreichs stimmen würden. Das konnte die Führung in Berlin nicht hinnehmen und kurz vor Durchführung der Volksbefragung marschierten die Deutschen ein und besetzten das Land.

Die Österreicher boten nicht den geringsten bewaffneten Widerstand, als Hitlers Truppen die Grenze überschritten. Die Annektierung war minutiös geplant. Am frühen Morgen des 12. März gingen 65 000 deutsche Soldaten über die Grenze. Die meisten von ihnen hatten den Marschbefehl am selben Tag erhalten, ohne zu wissen, wohin sie sich begeben sollten. Die österreichische Armee bestand aus insgesamt 60 000 Mann, die zu mobilisieren eine Woche gedauert hätte. Jubelnd wurde Hitler von Hunderttausenden Österreichern empfangen. Die Empörten und Enttäuschten waren ebenfalls zahlreich, waren aber nicht zu sehen. Sie saßen hinter zugezogenen Vorhängen. Nur wenige wagten es, sich offen zu beschweren.

Am 10. April veranstalteten die Nationalsozialisten eine gelenkte Abstimmung, bei der gefragt wurde, ob man mit der vollzogenen »Wiedervereinigung« Österreichs mit dem Deutschen Reich einverstanden sei und für »die Liste unseres Führers Adolf Hitler« stimme. Die Ja-Seite erhielt mehr als neunundneunzig Prozent der Stimmen.

Aber die Gefühle waren gemischt. Die austrofaschistische Regierung hatte die Sozialdemokraten vier Jahre lang als die ärgsten Feinde des Staates betrachtet. Einige führende Sozialdemokraten befürworteten die deutsche Annektierung sogar, nicht aus aktivem Nationalsozialismus, sondern weil die verhassten Faschisten nun abtreten mussten und man außerdem meinte, dass Österreich ohnehin nie als eigener Staat zurechtkommen würde. Die Nazis würden früher oder später wieder verschwinden, und dann wäre es besser, wenn Österreich ein Teil Deutschlands sein würde. Also gut.

Die katholische Kirche war gespalten. Katholische Vereine wurden von Hitler verboten. Der Wiener Kardinal Innitzer brachte zunächst seine Unterstützung für die deutsche Annektierung zum Ausdruck und ließ die Kirchenglocken läuten, als die Deutschen in die Stadt einmarschierten. Später aber hielt er eine Rede, in der er betonte, dass es nur einen Führer gebe: Jesus. Das veranlasste Hunderte von Mitgliedern der Hitlerjugend, das Palais des Erzbischofs zu stürmen, alle zu misshandeln, derer man habhaft werden konnte, und das Mobiliar aus den Fenstern zu werfen. Die Polizei ließ sie sich vierzig Minuten lang austoben, ehe sie eingriff.

Österreich war nun ein Teil Deutschlands, die Einwohner waren Deutsche. Die ganze Familie Hoffenreich bekam neue Pässe und Ausweise. Ab sofort mussten sie Visa beantragen, wenn sie nach Schweden reisen wollten.

Eine neue Zeit

Jeden Morgen meint Karin, in einem neuen Albtraum aufzuwachen. Ernst geht täglich in sein Büro nach Mattersburg. Karin und Wetti bleiben oft am Frühstückstisch sitzen, nachdem Hans in die Schule gegangen ist. Sie blättern in der Zeitung, die jeden Tag hinaustrompetet, wie gut die »Arisierung« voranschreitet und wie Dorf um Dorf, Stadt um Stadt im Burgenland »judenrein« wird.

Zunächst hat es Karin abgelehnt, sich überhaupt eine Zeitung zu kaufen, da nur noch Propagandablätter zu haben sind. Aber sie gab nach, denn ohne Zeitung erfahren sie nicht, was die Nazis vorhaben. Außerdem ist es heikel, bewusst auf eine Tageszeitung zu verzichten.

Der Sommer 1938 nähert sich: Wie soll Sauerbrunn ohne seine jüdischen Sommergäste überleben können?

Familie Fischof, die das Nachbarhaus in der Schubertallee 3 besitzt, ist verschwunden. Das Haus steht leer. Max Fischof starb 1937 und seine Frau und die Töchter wurden bei der deutschen Invasion sofort verhaftet. Gerüchten zufolge wurden sie gezwungen, ihr gesamtes Eigentum zu verschenken. Sie besaßen in Sauerbrunn ein weiteres Haus sowie ein Hotel.

Soll Karin sich damit abfinden, dass das Haus ihrer Nachbarn »arisiert« ist, dass eine »gute arische Familie« dort einzieht oder es als Sommerhaus nutzt?

Ernst hat Karin immer wieder gewarnt, allzu offen Kritik zu äußern. Es gibt etliche Berichte über Frauen, die, nachdem sie unverblümt Juden unterstützt hatten, von SS-Männern in die Mangel genommen wurden. Und als Ausländerin, die sogar mit einem ehemaligen sozialdemokratischen Politiker verheiratet ist, dürfte sie ohnehin unter Beobachtung stehen.

In den Geschäften, in denen die Leute zufrieden über jüdische Verbrechen reden, hinterlässt sie bissige Bemerkungen darüber, dass früher anders geredet wurde, als das Geld der Juden jahrzehntelang in ihre Kassen floss. Ernst muss sich häufig anhören, dass seine Frau es nicht sein lassen könne, öffentlich Kritik zu äußern. Könne sie sich denn nicht anpassen? Man muss doch auch in diesen Zeiten leben können. Karin aber ist wütend, als sie nun bei ihrem Morgenkaffee sitzt.

»Vor zwei Jahren sind alle im Trauerzug von Doktor Hoffmann gegangen und jetzt marschieren sie für die Nazis. Widerwärtige Opportunisten.«

Wetti seufzt und sorgt sich vor allem um die Buben. Hans kam kürzlich weinend nach Hause. Schon ein paar Wochen nach dem Anschluss wurde er gezwungen, der Hitlerjugend beizutreten. Anfangs hatte Karin deren Zusammenkünfte mit Waldwanderungen und Gesang als etwas Pfadfinderähnliches betrachtet, aber nun mussten sie durch die Straßen marschieren und wurden mit Steinen ausgestattet, die sie auf die Villen der Juden werfen sollten.

Nach einer weiteren Woche kam er mit einem Hakenkreuzabzeichen an der Jacke nach Hause. Wetti rief ihn zu sich und gab ihm eine schallende Ohrfeige. Hans lief weinend in sein Zimmer hinauf. Hinterher erzählte er, dass ein Bub in der Klasse die Abzeichen ausgeteilt hatte und alle sie tragen mussten. Wetti schämte sich, tröstete ihn und versuchte, ihm zu erklären, warum sie so zornig reagiert hatte.

Wird das je ein Ende haben? Wer soll die Nazis jetzt aufhalten? Karin und Ernst sehen keinen Silberstreifen am

Horizont. Ihre jüdischen Freunde ziehen fort, einer nach dem anderen, und einige flüchtig Bekannte haben sich sogar das Leben genommen. Die Unermüdlichsten unter Ernsts ehemaligen Parteigenossen sind in Konzentrationslager gesperrt worden oder emigrieren.

Sogar Onkel Karl ist interniert worden, musste aber wieder entlassen werden. Er war noch immer eine entschieden zu prominente und beliebte Person. Seine besondere Form des Protests besteht darin, ausgedehnte Spaziergänge durch die Straßen von Wien zu unternehmen und dabei mit so vielen Menschen wie möglich zu reden. Ihm fällt auf, dass erheblich mehr Leute als sonst besonders freundlich grüßen. Seine Wanderungen werden zu einem wichtigen Signal, dass noch nicht alles verboten ist, dass auch Widerständler am Leben sind und man ihren Augen ansieht, dass sie nach wie vor Gegner des Regimes sind.

Die neueste Verordnung der nationalsozialistischen Herrscher zielt darauf ab, dass bis spätestens Mitte Juni alle Juden aus Sauerbrunn verschwunden sein müssen und jegliches Eigentum arisiert sein soll.

Karin hat engen Kontakt zu mehreren Freunden, die in Deutschland wohnen, und kann sich schon seit der Machtergreifung der Nazis 1933 kaum vorstellen, wie es sich tatsächlich in einer Gesellschaft lebt, in der Freunde und Nachbarn so ungehemmt unterdrückt werden. Ihr fällt auf, dass die Briefe aus Berlin immer seltener empörte Schilderungen der drohenden Ereignisse enthalten. Es scheint, als ob man sich allmählich daran gewöhnt, sich duckt und es geschehen lässt.

In Österreich – oder der »Ostmark«, wie dieser Teil des neuen Deutschen Reiches nun genannt wird – werden die Berichte von Willkürtaten immer häufiger. Vor einem Monat wurde Herr Biberstein, ein jüdischer Mann, den Karin flüchtig kannte, aus Wien hierhergelockt, um »Mietangelegenheiten« seiner Immobilien in Sauerbrunn zu diskutieren. Kaum angekommen, erwartete ihn eine Horde örtlicher Nazis, misshandelte ihn schwer und erpresste Geld von ihm. Die Polizei sah stillschweigend zu, das Rechtswesen war desinteressiert. Blutend wurde er von einer johlenden, lachenden Gruppe junger Männer zurück zum Zug nach Wien gejagt.

Karin hat das Gefühl, dass ihrem Dasein eine Glasglocke übergestülpt wird. Es dauert nur einen Monat, dann ist der Hauptplatz in Sauerbrunn in Adolf-Hitler-Platz umbenannt. Bereits kurz nach dem Anschluss wurden etliche Juden auf die Straßen von Sauerbrunn beordert, um sie mit winzigen Bürsten zu reinigen. Wetti hat gesehen, wie der hagere alte Kaufmann Deutsch gebürstet hat, während der Pöbel gelacht und ihn angespuckt hat. Auch den Doktor Jakobowits hatte sie gesehen, ehe sie davonlief.

An diesem Abend diskutierte man darüber, was man tun könnte. Mehrere ihrer antinazistischen Freunde waren der Ansicht, man solle im Hintergrund bleiben. Sich jetzt offen zu widersetzen, würde nur dazu führen, verhaftet und schlimmstenfalls in ein Lager geschickt zu werden. Diese Exzesse würden sicher nur anfänglich auftreten, bald würde sich alles beruhigen. Die Juden würden in Kürze zurückkehren, wenn die Leute entdeckten, was sie für den kleinen Kurort bedeuteten.

Karin und Wetti sitzen am Frühstückstisch. Das Leben vor Erscheinen der Nationalsozialisten kommt ihnen schon wie eine andere Welt vor. Karin macht sich keine besonders großen Sorgen um die jüdischen Familien, die Geld haben und von denen einige bereits in die Schweiz gezogen sind.

Aber all diejenigen, die nichts haben? Kann das Regime wirklich wollen, dass sie einfach verhungerten? Karin und Wetti wissen nicht, was sie glauben sollen.

Neuigkeiten verbreiten sich langsam in der kleinen Stadt. Wie kleine glühende Fackeln, die einander entzünden, lodern sie in einem Haus auf, erlöschen und ziehen zum nächsten weiter.

Familie Hirsch, die nach Jugoslawien in den Urlaub gefahren ist, will nicht zurückkehren. »Wir bleiben lieber im Ausland, statt uns der Demütigung auszusetzen, ein Papier zu unterschreiben, durch das wir unser Eigentum zu einem Zehntel des Marktwerts verkaufen«, schreiben sie in einem Brief an Ernst. Er verspricht, dass sie auf ihn zählen können, falls sie Rechtshilfe benötigten. Aber er schreibt auch, dass er lediglich zusehen könne, dass sie nicht mehr verlieren, als die neuen absurden Gesetze vorschreiben.

1939, ein Jahr nach dem »Anschluss«, wie die Annektierung gemäß nationalsozialistischem Sprachgebrauch noch immer genannt wird, um zu verschleiern, worum es sich eigentlich handelt, wird mein Großvater Mitglied beim Bund nationalsozialistischer Juristen.

Eines Abends ruft er Karin zu sich. Er sitzt in seinem Arbeitszimmer und hat einige Papiere vor sich. Er erzählt, dass er in der Kanzlei Besuch von einem nationalsozialistischen Richter des Landesgerichts Eisenstadt bekommen hat. Dieser Mann sei mit Hakenkreuzbinde am Arm hereingestiefelt und habe sein lachhaftes »Heil Hitler« gebrüllt.

Dann hat er mitgeteilt, dass Ernst nur schwerlich öffentliche Aufträge erhalten würde, falls er nicht die Mitgliedschaft im Juristenbund beantrage. Er dürfe nicht vergessen, dass viele wegen seiner Vergangenheit zögern würden, ihn hinzuzuziehen, und die Verweigerung einer Mitgliedschaft würde als aktive Distanzierung gedeutet werden.

Ernst und Karin sprechen lange über die Angelegenheit. Keiner weiß, was die Mitgliedschaft nach sich ziehen wird. Würden die Nazis sie ausnutzen, um zu zeigen, dass der ehemalige sozialdemokratische Bürgermeister nun auf deren Seite ist? Oder handelt es sich tatsächlich nur um eine Formalität?

Ernst weiß, dass man in den nationalsozialistischen Juristenbund eintreten kann, ohne Mitglied der Partei zu sein, denn so weit würde er nie gehen.

Sie entschließen sich, abzuwarten. Sie meinen, dass die kommenden Monate zeigen werden, wie er damit zurechtkommt. Er hat bereits jetzt zahlreiche Anfragen jüdischer Familien erhalten, die möchten, dass er sie bei Verhandlungen mit den Behörden vertritt, wenn es um ihr Hab und Gut geht.

Ich habe keine deutliche Antwort auf die Frage, warum mein Großvater schließlich dem nationalsozialistischen Juristenbund beitrat. Alle, mit denen ich in Österreich darüber rede, zucken mit den Schultern und sagen: »Man musste ja überleben. Schließlich war dein Großvater kein radikaler, glühender Linker. Er wollte auch unter den neuen Machthabern leben und arbeiten. Was hätte er tun sollen?«

Es ist nicht genau bekannt, wie streng die Regeln waren, um jemanden in einer Rechtssache vertreten zu dürfen, aber selbstverständlich war es schwieriger für Juristen, die sich weigerten, in den Bund einzutreten. Ein Forscher in Deutschland erklärt mir in einer Mail, dass die Mitgliedschaft freiwillig war, wollte man aber kein Mitglied sein, wurde es als Beweis für »mangelndes nationalsozialistisches

Bewusstsein« betrachtet. Das konnte einem zur Last gelegt werden, wenn höhere Instanzen Verteidiger ausersehen oder andere Gerichtsfälle entscheiden würden.

Auch mit dem Risiko, ihn zu idealisieren, kann ich mir nicht denken, dass mein Großvater diesen Schritt unternahm, ohne sich zu schämen. Angesichts all der jüdischen Familien, die sich nach dem Krieg an ihn wandten, ziehe ich ebenfalls den Schluss, dass er nicht als Mitläufer betrachtet worden sein kann. Die Nachbarin, Frau Fischofs Tochter, war eine von ihnen. Ihr gelang es 1939, nach Chicago zu fliehen, und 1946 wandte sich die Familie an Ernst, um ihr gestohlenes Eigentum zurückzufordern.

Aber während des Krieges vertrat er bei Fällen um die Arisierung von Eigentum nicht nur Juden, sondern auch Nazis. War er dazu gezwungen? Nach dem Krieg stimmten kommunistische Politiker dagegen, ihm einen Platz in der Regierung des Burgenlands zu geben, aber sie erhielten keine Mehrheit.

***

Karins Alltag geht 1938 weiter, Tage werden zu Wochen, sie kauft in ihren üblichen Geschäften ein, grüßt die Verkäuferinnen wie auch die Nachbarn auf der Straße freundlich wie immer. Sie fängt an, sich an die großen schwarz-weiß-roten Flaggen mit dem Hakenkreuz zu gewöhnen. In die Häuser jüdischer Freunde ziehen neue Besitzer ein.

Am Ende mag wohl auch sie, wie ich mir vorstelle, weggeschaut haben.

Im Protokoll eines Prozesses von 1947, zu dem Ernst Hoffenreich als Zeuge geladen ist, lese ich, dass drei jüdische Männer 1938 Ernst heimlich trafen, um eine Misshandlung zu bestätigen, der sie ausgesetzt waren, unter anderen durch den Herrn Sobota, den mein Vater erwähnt hat. Erst neun Jahre später wird dieser Fall zur Rechtssache. Nun endlich konnte Ernst hervortreten und bezeugen, was ihm die Männer von den Körperverletzungen im Gefängnis von Mattersburg berichtet hatten.

Aus dem Protokoll geht keine Erklärung dafür hervor, warum sie sich 1938 an meinen Großvater wandten. Glaubten sie, der Terror würde bald ein Ende nehmen und dann sollte eine unabhängige Person bestätigen können, was ihnen zugestoßen war?

Wie hatte sich der Kontakt abgespielt? Waren die drei jüdischen Männer an einem dunklen Abend diskret zu Doktor Hoffenreich gegangen, um ihm die Spuren stundenlanger Prügel zu zeigen? Hatten sie sich in seine Anwaltspraxis begeben? Nach dem Anschluss war es strafbar, Juden zu schützen. Wie gingen derartige Kontakte zwischen Juden und Gegnern der Nationalsozialisten vonstatten? Ich finde keine Antworten.

Unter wirklich engen Freunden sprechen Ernst und Karin entsetzt darüber, was in ihrer Umgebung geschieht und ob man etwas dagegen tun könne. Als der Antisemitismus nach Hitlers Machtübernahme in Deutschland am schlimmsten gewütet hat, haben Karin und ihre österreichischen Freunde mit Abscheu gesagt: »Solche Barbaren sind wir Österreicher jedenfalls nicht.« Nun hat sie auf ihrer Netzhaut Bilder johlender, lachender Menschenmassen, die Juden verhöhnen, die die Straßen putzen müssen. Der feingliedrige Doktor Jakubowski, dem sie nur ein halbes Jahr vorher für die Behandlung ihrer Kinder gedankt hatten, wurde von einer Horde Menschen zu öffentlicher Erniedrigung gezwungen.

Karin weiß, dass auch eine Reihe von Sozialdemokraten der revolutionärsten Linken die Seite gewechselt hat. Immer schon hat sie die Masse und deren Macht gefürchtet. Die Verheerungen der Bolschewiken haben der Welt gezeigt, was geschieht, wenn Polizei und Rechtsprechung bei Rachegelüsten und sadistischen Neigungen der Menschen durch die Finger sehen.

Ist es jedem jederzeit freigestellt, jede beliebige Gewalttat zu begehen, hat man bald ein Ventil geöffnet, das sich nicht mehr schließen lässt. Der Schulbub, der merkt, dass ihn niemand zurechtweist, wenn er Erwachsenen »Judenschwein« hinterherruft, probiert als Nächstes, eine Scheibe einzuschlagen, bei unbekannten Menschen einzubrechen und zu behaupten, dass es rechtens sei zurückzuholen, was seinem Volk gestohlen wurde.

Genau das ist in einer anderen Stadt im Burgenland geschehen und der Bub wurde in der nationalsozialistischen Presse als Held dargestellt.

Demnächst wird also Sauerbrunn »judenrein« sein. Karin ist es gelungen, mit einer jüdischen Freundin Kontakt aufzunehmen, die sich bei Freunden in Wien versteckt. Ihre Familie lebt in ständiger Angst und sie wollen versuchen zu emigrieren. Ihr gesamtes Eigentum, alle Reserven sind beschlagnahmt. Und danach? Begnügen sich die Nationalsozialisten damit, alles von den Juden gestohlen zu haben?

Ernst hofft, dass mit der Zeit eine gewisse Opposition zugelassen werden wird und die Nazis dann unerbittlich von innen verfaulen, wie er sagt.

Aber da ist auch die Gefahr eines Krieges. Auch in Österreich erwacht der Revanchismus nach dem letzten Krieg. Die deutschsprachigen Enklaven in Italien, Ungarn, der Tschechoslowakei und Rumänien müssen ihren deutschen

Einwohnern denselben Status zuerkennen wie den Deutschen in Deutschland, fordern die Nationalsozialisten.

Ernst und seine Parteigenossen finden es ebenfalls absurd, dass die großen deutschsprachigen Gebiete der Tschechoslowakei nach dem Ersten Weltkrieg nicht Österreich zugesprochen worden sind. Die Bewohner dort sind schließlich nie Tschechen gewesen. Sein Bruder Paul wohnt mit Friedel und den Töchtern Nelly und Doris in Liebau in Mähren. Sie haben berichtet, wie übel die Deutschsprachigen dort behandelt wurden. Es wäre nur natürlich, wenn diese Teile der Tschechoslowakei wieder an Deutschland gehen würden. Sicher ist es unangenehm, dass es sich nun um ein nationalsozialistisches Deutschland handelt, aber das dürfte doch vorübergehend sein.

Längst haben Ernst und Karin die Zukunft der Kinder besprochen. Sie sind sich unsicher, ob sie wirklich wollen, dass ihre Söhne gezwungen sein sollen, im neuen Großdeutschland aufzuwachsen.

Hans hat gemerkt, dass die Erwachsenen oft über etwas reden, das er nicht hören soll. Hin und wieder hebt Karin die Stimme und dann bittet Ernsts gemächlicher Bass sie, etwas leiser zu sprechen. Dann werden die Gespräche seltener: sie haben sich entschieden. Eines Abends im Mai, als Hans nicht zuhause ist, sitzen sie auf ihren Sesseln im Wohnzimmer und haben Tränen in den Augen. Draußen ist es wunderschön, der Kirschbaum hat gerade zu blühen begonnen und sie hören Gelächter von der Straße. Sie sehen einander an und schütteln die Köpfe.

Am nächsten Morgen informiert Karin Wetti darüber, dass Ernst und sie einen Entschluss gefasst haben. Hans soll in Schweden bleiben. Nach dem Sommer auf Småryd soll er in Stockholm zur Schule gehen, wo er ein Internat besuchen kann. Man wird sehen, für wie lange. Henrik hat versprochen, bei den Kosten behilflich zu sein.

Es wird schon gut gehen. Hans spricht ausgezeichnet Schwedisch und das Schriftliche wird er bald im Griff haben. Karin vermutet auch, dass ihr Bruder Henrik ein Auge auf Hans als denkbaren Erben der Juwelierfirma geworfen hat, da es nun so aussieht, als würde er keine eigenen Kinder bekommen. Eriks Kinder, Gusti und Marianne, sind Bohemiens und völlig desinteressiert daran, während Boris mitgeteilt hat, nach dem Abitur in die USA zu ziehen. Auch Gerhard hat nicht das geringste Interesse für die Juwelierfirma gezeigt.

Eigentlich möchte Karin, dass sowohl Hans als auch Gerhard nach Schweden ziehen. Sie hasst das nationalsozialistische Österreich und fürchtet nun außerdem einen Krieg. Schweden ist neutral und Gerhard riskiert nicht, eingezogen zu werden. Aber sie sehen auch ein, dass er in jedem Fall zum Wehrdienst einberufen werden wird, da er inzwischen deutscher Staatsbürger ist. Falls er sich weigere und in Schweden bleibe, würde Ernst unmittelbar interniert werden. Außerdem hat Gerhard nur noch ein Schuljahr vor sich. Am besten, er bleibt hier.

Hans ist jedoch erst zwölf Jahre alt und hat noch sechs Jahre bis zum Wehrdienst. Für ihn wäre es leichter, in Schweden zu bleiben. Darauf einigen sich Ernst und Karin, aber Hans darf noch nichts erfahren. Sie wollen keinen dramatischen Abschied und er soll auch nicht mit seinen Freunden darüber sprechen.

Der Mai 1938 geht in den Juni über. Karin plant die Reise mit Gerhard und Hans nach Småryd. Zum ersten Mal müssen sie nun als deutsche Staatsbürger ein Visum beantragen, um nach Schweden zu reisen: »Antrag auf Einreisegenehmigung für Ausländer«. Allerlei Formulare müssen ausgefüllt, Rasse und Religion angegeben werden, und dann müssen die Behörden in Schweden umständlich Ja oder Nein antworten. Noch aber handelt es sich lediglich um Formalitäten, auch wenn sie sehr zeitraubend sind.

Der Nationalsozialismus schleicht sich in alle Lebensbereiche ein. Man kann vom Haus in Sauerbrunn die fünf Minuten zum Bahnhof nicht gehen, ohne an Fahnen, Plakaten und allgemeinen Bekanntmachungen vorbeizukommen: »Kauft nicht bei Juden!« Nein, denkt Karin, das wäre ja auch nicht so einfach, weil es keine jüdischen Händler mehr gibt. Woanders steht: »Unser Führer arbeitet für dich!« Ja, vielen Dank.

Schließlich merkt sie, dass sie die offiziellen Appelle allmählich immer weniger aufregen, aber mit dem menschlichen Opportunismus und dem Mitläufertum kann sie sich nicht abfinden. Sobald ein Geschäft plötzlich das Schild ins Schaufenster hängt: »Juden nicht willkommen«, versucht sie, woanders einzukaufen. Wenn sie nachmittags zu einer Jause eingeladen wird, kommt es vor, dass jemand seine Wertschätzung für die neue Verwaltung zum Ausdruck bringt. Dann kann Karin es nicht unterlassen, spöttische Kommentare abzugeben, wird aber hinterher von Freunden zurechtgewiesen, die besorgt sind, man könne sie zum Verhör vorladen. Sie schnaubt verächtlich.

Als Karin, Gerhard und Hans am 30. Juni 1938 nach Schweden abreisen, atmet Ernst erleichtert auf. Nun sind nur noch er und Wetti hier. Wie schön.

Bereits Anfang September hisst man die weiße Fahne an der Synagoge der Nachbarstadt Mattersburg als Zeichen dafür, dass der Ort nun frei von Juden ist. Viele wurden schwer misshandelt und jegliches Eigentum beschlagnahmt, die meisten sind nach Wien geflohen, andere ins Ausland.

»Hier kommt das Dritte Reich«

Der Sommer 1938 wird der letzte für die nächsten neun Jahre sein, den Karin mit ihren beiden Söhnen auf Småryd verbringt. Deren Cousin Gusti ist ebenfalls dort. Er wird achtzehn im August, Gerhard siebzehn.

Mein Vater hat erzählt, dass sich seine Mutter Sorgen um ihn machte. Mitten in der Pubertät wollte er immer nur nach Malen radeln, einem Villenviertel in Båstad, um mit seinen neuen Freunden zusammen zu sein. Babi ertappte ihn sogar dabei, dass er heimlich junge Mädchen nach Småryd mitbrachte.

Vater schilderte, dass er mit seinem Cousin Gusti und seiner Cousine Marianne verglichen wurde. Gusti war sein bester Freund und nahm auch manchmal gern das Fahrrad nach Malen zu der neuen Freundesgruppe, aber wenn er zuhause war, konnte er stundenlang auf dem Bett liegen und anspruchsvolle Bücher lesen, was Vater verabscheute.

In jenem Sommer geschah etwas, das Vater an einigen Stellen seiner Memoiren erwähnt: man hatte nazistische Sympathien bei ihm ausgemacht. Als ich ihn darauf ansprach, lachte er nur und tat es als Taktik ab, seine Verwandten zu provozieren. Und sie wurden ja auch ordentlich wütend, erzählte er lachend.

Offenbar handelte es sich um einen Skandal größeren Ausmaßes, der mitten im Sommer geschah und auch Maria, Karin und deren Bruder Henrik, Onkel Hinke, erreichte.

Vor allem Vaters Babi Maria wusste nicht, was sie denken sollte. Dass so etwas gerade in diesem Jahr geschah, da

Österreich nicht mehr existierte! In dem Jahr, da ihr Bruder in Wien verhaftet worden war. Und in Sauerbrunn saß ihr Schwiegersohn, auf den die Behörden ebenfalls ein Auge geworfen hatten, weil er ständig umstürzlerischer Tätigkeit verdächtigt war. In dem Jahr, da Karin auf der Veranda in Småryd gesessen und mit Tränen in den Augen von den fürchterlichsten Übergriffen berichtet hat, denen Juden in Österreich ausgesetzt waren.

Daher beschloss Maria, Vaters Babi, bei den Buben diesmal andere Saiten aufzuziehen. Immerhin besser, als wenn Henrik mit irgendeiner absurden Strafarbeit käme, um die sich ohnehin niemand kümmern würde. Karin würde ihr schon beipflichten. Hier ging es nicht um gebrochene Versprechen, um Unpünktlichkeit oder unangebrachtes Benehmen am Esstisch. Diesmal war es entschieden ernster und die Buben waren jetzt beinahe erwachsen.

Vater erzählte mir, wie entrüstet die Verwandtschaft war, als alles ans Licht gekommen war.

Ich stelle mir vor, wie die alte Babi, Maria, die damals noch das Oberhaupt während der Sommerferien war, die beiden erstaunten jungen Männer, Gusti und Gerhard, sowie Karin um den Esstisch versammelt und dafür sorgt, dass niemand sonst hören kann, was sie besprechen.

Maria spricht wie üblich Deutsch, Gusti versteht es gut, spricht es aber schlechter. Sie blickt die beiden Cousins ernst an. Sie wissen nicht, worum es in dieser Stunde der Wahrheit geht.

Es ist still. Gerhard sieht, dass seine Mutter Tränen in den Augen hat. Sie seufzt und schüttelt mit dem Kopf. Aber es ist Großmutter Maria, die das Wort führt, ihre Babi, die fast nie in Bestrafungen oder Zurechtweisungen verwickelt ist. Offensichtlich ist sie es, die diesmal die Strafpredigt übernimmt.

»Gestern habe ich gehört, dass ein Bekannter euch auf den Fahrrädern unterwegs nach Malen auf dem Strandweg gesehen hat, und …«

Maria verstummt und holt Luft.

»Und ihr sollt geschrien haben …«

Sie macht eine lange Pause, als wolle sie nicht aussprechen, was nun kommen sollte. Endlich sagt sie mit geschlossenen Augen und so schnell sie kann: »›Aus dem Weg, hier kommt das Dritte Reich.‹ Und einer von euch soll eine Hakenkreuzbinde am Arm getragen haben.«

Ihr Mund ist wie ein Strich. Sie öffnet die Augen. Sie sind ausdruckslos. So hat Gerhard sie noch nie gesehen. Dann antwortet er leise.

»Wir haben doch nur Spaß gemacht.«

Er schlägt die Augen nieder, Gusti ist vor Angst erstarrt. Wieder ist es eine Weile still, ehe Maria fragt, was Gusti dazu zu sagen habe, aber er schweigt nur und schaut auf den Tisch hinunter. Nach einem Moment sagt Gerhard: »Gusti war nicht dabei. Er wollte nicht mit.«

Maria richtet den Blick auf Gusti. Die leisen Schläge der kleinen Wanduhr füllen das Zimmer. Aus der Küche, wo die Köchinnen das Abendessen vorbereiten, klingt fröhliches Gelächter herauf. Es ist abermals eine Weile still und dann fragt Maria: »Stimmt das, Gusti?«

Er nickt, und Maria sagt, er könne gehen.

Vorsichtig schließt Gusti die Tür hinter sich. Man hört seine Schritte, als er die Treppe hinaufgeht, dann raschere und wieder leisere Schritte auf der Treppe zum Dachboden.

Es folgt ein langes Gespräch. Gerhard muss wiedergeben, was sich abgespielt hat, und schließlich kommt heraus, dass er und sein Freund Göran den Ton angegeben haben. Es hat damit begonnen, dass Gerhard Hitlers Sprechweise nachahmte. Die anderen Buben fanden es lustig, dass er den Führer akzentfrei imitieren konnte. Dann stachelten sie Gerhard an, Hitlerzitate zu brüllen, als er auf dem Fahrrad saß. Göran hatte irgendwo zwei Armbinden mit Hakenkreuzen aufgetrieben, aber Gerhard weiß nicht, wo er sie herhatte. Er wiederholt, dass es nur Spaß gewesen sei und sie hin und her geradelt sind und geschrien haben.

Sowohl Karin als auch Maria halten dann lange politische Reden. Karin trocknet sich rasch die Tränen und fragt, was sein Vater wohl sagen werde. Er, der von den Faschisten interniert wurde, der gesehen hat, wie Freunde und Kollegen malträtiert wurden, er, der ständig von der deutschen Gefahr spricht. Ob er wohl auch finden würde, dass sein Sohn nur einen Spaß gemacht hat? Und ihre jüdischen Freunde? Die aus Sauerbrunn vertrieben wurden, deren Eigentum konfisziert worden ist? Soll sie jetzt nach Haus fahren und berichten, dass ihr Sohn es komisch findet, Nazi zu spielen? Gerhard versucht es erst mit Gegenargumenten: »So schlimm sind die Nazis nicht und viele in Österreich sind froh, dass Ruhe und Ordnung …«

»Um Gottes willen, Gerhard!«

Es wird entschieden, dass Gerhard allein auf dem Dachboden essen soll und in der kommenden Woche abends seine Freunde in Malen nicht treffen darf.

Nach dem Gespräch nimmt ihn seine Babi mit in ihr großes Schlafzimmer, wo sie nun allein wohnt. Sie sprechen noch lange weiter. Sie erzählt von Russland, der Revolution, den Anarchisten, Kommunisten und Liberalen, vom Unterschied zwischen Menschewiken und Bolschewiken und vom Kampf gegen die Faschisten in Deutschland und Österreich. Gerhard will am liebsten gehen, denn er hat alles schon tausendmal gehört. Er nickt schweigend und darf dann in sein Zimmer auf dem Dachboden gehen.

Jetzt sitzt er dort auf seinem Bett und denkt daran, um wie viel leichter es gewesen ist, als er jünger war. Damals sind ihm die ewigen Kommentare darüber erspart geblieben, dass er und Gusti so gut wie erwachsen seien, mit allem, was dazugehört.

Vermutlich ist Gustis Schwester Marianne ebenso schockiert wie Maria. Vater hat seinen Cousin und seine Cousine häufig als intellektuell und an Politik interessiert beschrieben. Vielleicht verlangte Marianne, dass Gerhard ihr sein Ehrenwort gab, kein wirklicher Nazi zu sein.

Vater dürfte an sein Leben zuhause in Wien gedacht haben. Bei Tante Hilda pries Onkel Hugo das neue Deutschland und war höchst zufrieden damit, dass Österreich nicht mehr existierte. Auch Ernst, Gerhards Vater, hatte ja immer gesagt, dass Österreich nicht überleben könne, ohne Teil des Deutschen Reiches zu werden. Die Sache mit den Juden war natürlich unangenehm und ging oft zu weit, das war ihm klar. Aber Hugo erzählte auch, dass die Juden anständige Österreicher betrogen und ausgeplündert hatten. Daher war es nicht verwunderlich, dass viele einfache Menschen nach Vergeltung trachteten. Gerhard wusste nicht, wem er glauben sollte.

Babi unterrichtet

Wie weit bei meinem Vater die jugendliche Faszination für den Nationalsozialismus ging, weiß ich nicht. In seinen Memoiren schreibt er darüber ebenso unbefangen wie über die völlige Distanzierung der letzten Jahre. Den Rest seines Lebens war er skeptisch gegenüber »Extremisten«. Ich weiß noch, als die Neofaschisten der schwedischen »Demokratischen Allianz« in den Siebzigerjahren Flugblätter an unserer Schule verteilten und wir sie zuhause herzeigten. Mein ansonsten politisch höchst konservativer Vater bekam etwas Dunkles im Blick und sagte, dass das zu weit ginge: »Ihr dürft euch nie mit Extremisten einlassen! Ich habe gesehen, wohin das führt.«

War es Mutter, die ihn darum gebeten hatte zu reagieren? Oder bin ich ungerecht? War seine Furcht echt, wenn es um politische Bewegungen am Rand etablierter demokratischer Parteien ging?

Immerhin war die Ermahnung recht überflüssig, obwohl es an meiner gediegen bürgerlichen Schule einen monumentalen Widerstand gegen die roten Siebziger gab und die Konservativen bei den Schulwahlen achtzig Prozent erhielten. *FNL go to hell* skandierten die Mutigsten während der Debatten vor der Wahl. Aber die Demokratische Allianz war auf dem Schulhof eher eine Kuriosität: eigenartig gekleidete Männer um die fünfundzwanzig, die versuchten, Mitglieder anzuwerben. Ebenso merkwürdig wie die Heilsarmee auf dem Schulhof meiner ersten Schuljahre, die mit Zeichentrickfilmen am Sonntag lockten, auf die Predigten folgen sollten. Mutter verbot uns hinzugehen. Ich war wütend: Warum durfte ich nicht Donald Duck sehen?

Aber in den späteren Klassen der Grundschule trug ich, wie viele andere an unserer Schule im Villenviertel, einen Button mit der Aufschrift »Linksextremismus – nein danke«, ohne darüber nachzudenken, dass es die Demokratische Allianz war, die solche Buttons verteilte. Vater ging allerdings nie näher auf seine Distanzierung ein. Wie auch sonst so häufig bei ihm, bekamen wir nur zu hören: »Nein, das tut man einfach nicht. Und jetzt reden wir nicht mehr darüber.«

Wie aber war es möglich, dass er im Sommer 1938 derart vom Nationalsozialismus fasziniert war? Zwar war er mit seinen sechzehn Jahren noch jung, aber er wohnte in Wien und muss massenweise Übergriffe auf Juden gesehen haben. Österreich ist bekannt dafür, dass seine Einwohner gleich über die Juden hergefallen sind, nachdem sie im März 1938 ein Teil des Deutschen Reiches geworden sind. Es gibt zahlreiche Augenzeugenberichte, wonach alles so erstaunlich gut vorbereitet schien: von bürokratischen Listen mit Juden und einzuziehendem Eigentum bis zu Nachbarn, die unverzüglich in SA-Uniformen und blank gewichsten Stiefeln prunkten.

Die Hakenkreuzfahnen waren eben noch verboten, aber kaum, dass die Deutschen einmarschierten, flatterten sie in Wien zu Tausenden aus den Fenstern. Wo kamen sie her? Gewiss können Deutsche gut organisieren – aber in diesem Ausmaß?

Juden wurden auf der Straße öffentlich misshandelt. Sie wurden gezwungen, aus ihren Wohnungen zu ziehen und durften nur mitnehmen, was sie in der Hand tragen konnten. Schüler wurden von ihrer Schule ausgeschlossen. Für Juden war es alltäglich geworden, von Nachbarn verhöhnt oder ins Gesicht gespuckt zu werden, die früher freundlich und höflich gewesen waren. Klopfte es an der Tür, konnten sie nur zusehen, wie das Mobiliar weggetragen wurde, vielleicht sogar von Nachbarn, die früher an den Tischen gesessen hatten und zum Kaffee eingeladen waren. Alles ist wieder und wieder dokumentiert.

Über den Herrn Sobota in Mattersburg, den Vater in hohem Alter plötzlich erwähnte, hat Doktor Berczeller, der damalige Gemeindearzt von Mattersburg, nach dem Krieg ein Buch geschrieben. Dort wird geschildert, wie Sobota als neuer Nazipotentat langsam in einem Auto fährt, an dem die Hakenkreuzfahnen flattern. Jedes Mal, wenn er jemanden sieht, von dem er weiß, dass es sich um einen Juden handelt, steigt er aus, lässt den Motor laufen, geht zu dem Mann oder der Frau und versetzt ihm oder ihr Ohrfeigen. Auch Doktor Berczeller selbst wurde rein physisch geschlagen, aber schlimmer war die unbarmherzige Einsicht, dass Juden nun Freiwild waren, auf die sich jeder stürzen durfte. Keine Polizei, kein Gericht würde sie schützen. Man konnte nur stillstehen und sich demütigen und misshandeln lassen. Alle konnten nun ihre verborgensten tierischen Gelüste an denen befriedigen, die als Juden identifiziert wurden – und dies war nur der Anfang.

In eben diesem Sommer, vier Monate nachdem Österreich zu existieren aufgehört hatte und als die jüdische Bevölkerung gequält und allmählich ganz aus der menschlichen Gesellschaft ausgestoßen wurde, in eben diesem Sommer fand es mein sechzehnjähriger Vater spaßig, die Leute zu schockieren, indem er mit einer Hakenkreuzbinde am Arm radelte und rief: »Aus dem Weg, hier kommt das Dritte Reich!«

Nein, ich glaube nicht, dass mein Vater ein Nazi war, aber er war zweifellos einer von den Buben, die von dem neuen, starken Deutschland fasziniert waren und angelockt wurden.

Und gewiss war es besonders lustig, Leute zu provozieren und zu schockieren, wenn man einen sozialdemokratischen Vater und eine Mutter hatte, die Wertsachen jüdischer Freunde versteckte. Aber das kann nicht die ganze Wahrheit sein. Vater wohnte bei einem Mann, den Verwandte mir gegenüber später als »nazistisch veranlagt« oder unumwunden als Nazi beschrieben. Ich kann mir also durchaus vorstellen, dass man bei Hilda und Hugo in der Palffygasse die Übergriffe bagatellisierte und die Ordnung pries.

In seinen Memoiren schreibt Vater über die Zeit, nachdem die Deutschen in Österreich einmarschiert sind:

Soweit ich die Ereignisse miterlebte, jubelten alle – mit wenigen Ausnahmen – Hitler zu. Man wurde ja von der schwarzen Diktatur erlöst! Man vertraute auf den Nationalsozialismus … Gewiss war das reichlich blauäugig, aber ich war noch nicht siebzehn, verstand es nicht besser und wollte nicht auf Vater hören … Beim denkenden Teil der Bevölkerung änderte sich die Auffassung jedoch bald, vor allem, als man sah, wie die Juden behandelt wurden. Man sollte allerdings nicht glauben, dass nur die Deutschen die Bösewichte waren, auch wenn die Anordnungen natürlich größtenteils von dort kamen. Nein, unser eigener Abschaum war für die Widerlichkeiten verantwortlich. Der Antisemitismus in Österreich ist zu jeder Zeit schlimmer gewesen als der in Deutschland.

***

In den Siebzigern war Babi häufig zum Sonntagsessen bei uns. Da sitzt sie in unserem Wohnzimmer auf dem englischen Tuch unseres edlen Sofas. Vater wollte Möbel am liebsten bei Ikea oder woanders kaufen, wo es praktisch und billig war, aber Mutter gelang es, die Macht über das Wohnen zu übernehmen, und nach langen Diskussionen gewann sie den Kampf um Stil und Geschmack. Unser Mobiliar war eine Mischung aus schwedischem Design, Ikea und einzelnen Erbstücken.

Babi hat ein eng anliegendes bläuliches Kostüm an, als sie dort im Wohnzimmer sitzt. Auf der linken Seite der Jacke, oberhalb der Brust, trägt sie eine Silberbrosche, die etwas unregelmäßig Türkises enthält. Sie hat einen eleganten Turban aus grüngrauem Samt auf dem Kopf und wie fast immer ein Kreuzworträtsel auf dem Schoß. In der Hand hält sie einen Bleistift, an dessen einem Ende ein abnehmbarer Radiergummi steckt, der wie ein Hut aussieht.

»Na, erzähl mal«, sagt sie und klopft auf das Kissen neben sich, damit ich mich dort hinsetze. »Was tust du denn gerade?«

»Ach, nichts Besonderes.«

»Und die Schule?«

»Ja, läuft wohl wie immer.«

Ich erinnere mich, dass ich nicht recht verstand, was dieses »Erzähl mal« bedeutete. Heute ist mir klar, dass meine Großmutter, im Unterschied zu vielen anderen Verwandten, tatsächlich hören wollte, was ich tat und dachte.

Ich weiß nicht mehr, wie alt ich war, als sie mir von den Grauen des Nationalsozialismus erzählte, aber ich erinnere mich an mein Entsetzen. Im Nachhinein begreife ich, dass ihr sehr daran gelegen ist, dass wir davon wissen und etwas lernen sollten.

»Ich hatte viele Freunde, die in Konzentrationslager geschickt wurden«, sagt Babi ernst. »Dort mussten die Mütter sich entscheiden, ob sie mit ihren Kindern in die Gaskammern gehen oder sie weggeben und durch Sklavenarbeit vielleicht selbst überleben sollten.«

»Wofür entschieden sie sich?«

»Sie gingen mit den Kindern in die Gaskammern.«

Sie sieht mich traurig an und schüttelt den Kopf.

Babis Erzählungen verstärkten meine Angst vor Kriegen. Als ich klein war, wollte ich nach Island emigrieren, denn auf der großen Weltkarte an der Wand in unserem Schlafzimmer hatte ich gesehen, dass Island völlig einsam draußen im Meer lag. Kein Krieg würde dorthin gelangen. Die Kameraden meines Bruders lachten mich aus und sagten, dass Island kalt und eklig sei, nein, die USA seien viel besser. Aber der Vietnamkrieg wütete aufs Schlimmste, und im Fernsehen wurden jeden Abend Kriegsbilder gezeigt. Lieber wollte ich auf einer isolierten Insel leben, falls ich mich dadurch vor den Schrecken des Krieges retten konnte.

In ihrer Wohnung in der Innenstadt besaß Babi ein großes Tafelgeschirr: weiß mit einer goldenen Kante. Mengen von Tellern, Platten und Schüsseln. Das hatte sie in den Dreißigerjahren von einer jüdischen Familie in Sauerbrunn bekommen, die nicht wollte, dass es den Nazis in die Hände fiel. Sie erzählte uns von der Familie, als wir bei ihr zum Essen waren. Alle wurden in Konzentrationslagern ermordet, und als ich klein war, malte ich mir dramatische Bilder meiner heldenmutigen Großmutter aus, bei der in einer stürmischen Nacht eine jüdische Familie anklopfte, der die Gestapo auf den Fersen war, und eine große Kiste auf die Treppe stellte.

Viel später, als Babi nicht mehr lebte, sprach ich mit meinem Onkel Hans über »Werners Beschneidung«, wie das Service in der Familie genannt wurde, weil der Sohn es zur Feier seiner Beschneidung geschenkt bekommen hatte.

Hans lachte und sagte: »Da hast du etwas missverstanden. Ja, Mutti bekam das Service, damit die Nazis es nicht stehlen konnten, aber der Familie, der es gehörte, gelang es, in die Schweiz zu fliehen, und schenkte es später meinen Eltern als Dank dafür, dass sie in schweren Zeiten zu ihnen gehalten hatten. Auch weil Vater ja nach dem Krieg vielen jüdischen Familien half, ihr beschlagnahmtes Eigentum zurückzubekommen. Ich habe die Familie getroffen, als sie Mutti in Stockholm besuchten.«

Das Verhältnis meines Vaters zu Juden und zum Judentum war nicht leicht zu verstehen. Jedes Mal, wenn er im Fernsehen jemanden als Jude identifizieren konnte, stellte er triumphierend fest: »A so a Jud!«

Dann gluckste er zufrieden.

Dass so etwas mit der jüdischen Vergangenheit der Familie Hoffenreich zu tun hatte, dürfte nur ein kleiner Teil der Erklärung sein. Wenn ein Mensch jüdischer Herkunft Ende der Sechziger-, Anfang der Siebzigerjahre im Fernsehen auftauchte, erinnerte er ihn eher an sein eigenes Leben in einer anderen Kultur, in der Juden zum Alltag gehörten. Gleichzeitig handelte es sich vermutlich um eine Faszination für etwas Verborgenes in der Familiengeschichte, das aber nicht nahe genug war, um ihm wirklich unter die Haut zu gehen. Sogar nach Hitlers Nürnberger Gesetzen wäre Vater durchgekommen, allerdings als »Mischling«.

Als ich in der siebten Klasse einen neuen Mitschüler bekam, stellte Vater zufrieden fest, dass er einen jüdischen Namen hatte. Er interessierte sich sehr für ihn und fragte, ob er seine Religion ausübte. Für einen schwedischen Vierzehnjährigen zu Beginn der Siebziger war die Frage vollkommen unbegreiflich. Wieso Jude? Erstens fühlte ich mich provoziert, weil Vater zu wissen meinte, wer Jude sei, wer Katholik. Zweitens konnte ich beim besten Willen nicht verstehen, was daran so interessant sein sollte. Ich konnte mich nicht im Geringsten daran erinnern, dass »Jude sein« irgendetwas bedeutete. Erst als ich etwa zwanzig Jahre alt war, sah ich ein, dass es bekannte schwedische Familien gab, die jüdisch waren oder jüdische Wurzeln hatten.

Ende der Sechzigerjahre begann Vater auch, ganz unerwartet Jiddisch zu studieren. Die Regale zuhause füllten sich plötzlich mit Büchern über *Schtetl* in Polen und deutsch-jiddischen Wörterbüchern. Mit einem Mal hatte er Schallplatten mit Jiddisch-Witzen, die er auch selbst gern erzählte, es aber nicht mochte, sie übersetzen zu müssen.

Er gab die Witze auf Wienerisch mit jiddischen Einschlägen wieder. Das richtige Jiddisch lernte er nie, außer einzelner Phrasen und etwas Grammatik, die ihn faszinierte. Eine Zeit lang unterstützte er auch die mosaische Gemeinde in Stockholm und die Pflanzung von Bäumen in der israelischen Wüste.

Meine Großmutter, die keine Juden in ihrem Bolin-Zweig des Stammbaums hatte, verkehrte mit vielen Juden, was allerdings für sie ohne jeden Belang war. Es war ebenso natürlich, als würden sie Eriksson oder Lindkvist heißen.

Mein Vater hingegen sprach häufig von Juden, vom Jüdischen und über jüdische Witze. Außerdem war ihm sehr daran gelegen, dass wir einen jüdischen Kinderarzt hatten.

»Sie sind die besten und zuverlässigsten, so ist es nun einmal.«

Natürlich hatte ich keine Ahnung davon, dass Doktor Lichtenstein Jude war, und es interessierte mich auch wenig. Ich war völlig von der Angst vor der bevorstehenden Blutprobe oder dem entsetzlichen braunen Ballon in Anspruch genommen, der mir in die Nase gesteckt wurde und explodierte, wenn ich »Pfefferkuchen« sagte.

Ich erinnere mich nur an wenige der jüdischen Witze, die Vater zum Besten zu geben liebte.

»Also, Cohn und Blau …«, Vaters Augen leuchteten, wenn er Witze erzählen durfte.

Aber als ich in späteren Jahren im Altenheim versuchte, sein Gedächtnis anzuregen, indem ich auf den Witz zu sprechen kam, wurde es schwieriger.

»Ja, richtig, der ist gut«, lachte Vater, konnte ihn aber nicht mehr wiedergeben.

Ich versuchte, ihn auf Schwedisch zu erzählen, obwohl ich ihn so gern von ihm in seinem sanften Wienerjiddisch hören wollte. Schließlich muss ich es doch selbst tun.

»Also, Cohn und Blau treffen sich im Zug irgendwo im alten Kaiserreich. Sie haben sich seit zwanzig Jahren nicht gesehen.

›Nein, Cohn, bist du's? Wie geht's dir denn heutzutage?‹

›Oh, Blau, wie schön, dich zu treffen. Mir geht's ausgezeichnet. Ich bin in ein nettes Schtetl in der Nähe von Lemberg gezogen.‹

›Tatsächlich? Wie ist es denn dort?‹

›Nun, ich habe eine kleine Schneiderei und meine Frau Blume baut Gemüse an. Wir sind dort wohl an die zweihundert Jiddene.‹

›Zweihundert Jiddene, Cohn? Keine Goyjem?‹

›Doch, natürlich brauchen wir ein paar Goyjem. Drei Stück: der Polizist, der Brandmeister und der Staatsanwalt. Und du, Blau? Wo wohnst du denn jetzt? Du bist so vornehm gekleidet, es muss dir gut gehen.‹

›Weißt du das denn nicht, Cohn? Ich wohne in Nueva York, in den USA.‹

›Oh, Nueva York!‹

›Ja, und in meinem Stadtteil wohnen vielleicht zwanzigtausend Jiddene. Uns geht es so gut, ich mache große Geschäfte in ganz Amerika mit meiner Kleiderfirma.‹

›Wie gut für dich, Blau. Zwanzigtausend Jiddene, das ist was. Und wie viele Goyjem habt ihr dort?‹

›Goyjem? In Nueva York, Cohn? Ja, das sind mehrere Millionen.‹

›Meijn Gott, Blau! Mehrere Millionen Goyjem? Wozu habt ihr die denn?‹«

Statt *wozu* sagte mein Vater immer im jiddischen Dialekt *fer woss*?

Vater schimpfte immer, dass es sich auf Schwedisch einfach nicht so gut anhörte.

Aber ich bettelte, dass er auch uns seine Witze erzählen sollte. Ich hörte ihn gern dieses unbegreifliche Deutsch oder das noch weniger begreifliche Englisch sprechen. Er hatte nämlich auch ein umfangreiches amerikanisches Witzerepertoire. Zu den Lieblingen zählten die Geschichten über den mexikanischen Gangster Pancho Gonzales.

Ich genoss es, ihn so glücklich und herzlich lachen zu sehen. Als ich noch zuhause wohnte, holte er, wenn er richtig aufgedreht war, seine Bücher von dem amerikanischen Humoristen und Journalisten Damon Runyon hervor und übersetzte sie mir simultan. Aber das war nicht so gut wie das Original. Dass »Handgranate« auf Amerikanisch *pineapple* heißt, klingt natürlich viel besser als »Ananas«. Und all die spaßigen Bezeichnungen, mit denen er bedacht wurde: *The seldom seen kid*, zum Beispiel. »Der selten gesehene Bub«? Nein, wie armselig im Verhältnis zum Original, seufzte Vater und fügte hinzu: »Du tust mir leid, dass du eine so dürftige Sprache sprechen musst.« Dann lachte er zufrieden. »*Ajajaj*, die armen Schweden!«

Kriegszeit

Im August 1938 wird Hans Hoffenreich im Internat Viggbyholm im Norden Stockholms eingeschrieben. Karin ist sehr zufrieden mit dieser Wahl. Sie hat alles von Småryd aus bewerkstelligt und lange mit Per Sundberg, dem Direktor und Gründer der Schule, telefoniert, der ihr vom Leitbild des Internats erzählt. Und alles ist mit Ernst in Sauerbrunn abgesprochen.

Karin weiß, dass die Idee eines Gemeinschaftsinternats für Mädchen und Buben umstritten ist, befürwortet sie aber, vor allem, da Per Sundberg die Wichtigkeit hervorhebt, dass Buben und Mädchen werden können müssen, was immer sie wollen, denn das Geschlecht habe keine Bedeutung für die Berufswahl. Sie bejaht auch die Anschauung Sundbergs, wonach theoretische und praktische Fächer denselben Stellenwert erhalten, was Hans zusagen dürfte. Durch die Betonung künstlerischer Momente wird er auch Theater spielen können, und das liebt er.

Henrik ist mit Hans nach Stockholm gefahren. Er übernimmt nun die Rolle als eine Art stellvertretender Vater und bezahlt auch die Internatsgebühr. Karin begrüßt die Vereinbarung und auch Ernst akzeptiert sie, denn sie benötigen finanzielle Hilfe, um die Schule bezahlen zu können. Die Hauptsache aber ist, dass Hans die nationalsozialistische Schule in Österreich erspart bleibt.

Früher haben Henrik und Karin häufig über die Lage in Deutschland gestritten. Henrik ist in seinen Ansichten über das Deutsche Reich ambivalent. Den Nationalsozialismus findet er vulgär und er hat keinerlei Verständnis für den Antisemitismus. Aber er meint, dass ein Teil der sonstigen Entwicklung in Deutschland »interessant« sei. Karin hat dieses Gesprächsthema lange vermieden. Aber je deutlicher Macht und Intentionen der Nazis werden, desto weniger spricht Henrik von Hitlers möglicherweise guten Seiten, und im späteren Verlauf des Krieges leistet er jüdischen Flüchtlingen aktive Hilfe.

***

Nachdem der englische Premierminister Chamberlain nach dem Münchner Abkommen im Herbst 1938 *peace for our time* ausgerufen hatte, gingen die deutschsprachigen Teile der Tschechoslowakei, das sogenannte Sudetenland, an Deutschland.

In der Nacht von 9. auf 10. November ereigneten sich im gesamten Deutschen Reich die bis dahin schlimmsten Pogrome. Sie sollten unter dem Namen »Reichskristallnacht« in die Geschichte eingehen. Synagogen wurden niedergebrannt, Juden misshandelt oder getötet, Gewalt und Hass Tür und Tor geöffnet, die mit dem Holocaust ihren Höhepunkt erreichen würden.

Ich weiß nicht aus erster Hand, was meine Verwandten an diesem Tag und in dieser Nacht taten. Vater war ein siebzehnjähriger Gymnasiast in Wien, und ich muss zugeben, dass ich ihn nie gefragt habe. Auch meine Großmutter nicht. Aber sowohl in Sauerbrunn als auch in Wien kam es in dieser Nacht zu abscheulichen Ausschreitungen und in den Tagen danach waren Juden und deren Einrichtungen Freiwild für die kreischende Masse, die zu Gewalt und Untat aufgehetzt worden war.

Es schien, als würde »die Entfernung der Juden aus dem Volkskörper« nun in die Tat umgesetzt. Protestieren war strafbar. Man konnte nur selbst emigrieren oder schweigend abwarten und sich einreden, dass es lediglich vorübergehend sein und das Schlimmste sich bald legen würde, weil es so nicht weitergehen könne. Beschwörungen und Hoffnungen hinsichtlich einer besseren Zukunft waren unter Österreichs Nazigegnern vielfältig.

Im Frühjahr 1939 macht mein Vater Matura. Falls er im Herbst an der Universität studieren will, muss er zunächst den Arbeitsdienst absolvieren, eine Art Vorübung zum Militär, zu der junge Männer aufs Land geschickt werden, um unter strenger Disziplin unterschiedliche Arbeiten auszuführen. Mein Vater verabscheut den Gedanken daran, körperliche Arbeit unter militärischem Drill zu verrichten, weiß aber, dass er sich nicht davor drücken kann.

Die Matura lief glänzend, aber Vater erzählte, dass er sich etwas hintergangen fühlte, weil die Anforderungen drastisch gesenkt worden waren, seit der Unterricht nach reichsdeutschem Modell abgewickelt wurde. Mit dem Frühjahr 1938 wurden allerlei ideologische Schulungen im Stundenplan aufgenommen und es war offensichtlich, dass die Rektoren Anweisung erhalten hatten, das alte österreichische Schulmodell als dem neuen reichsdeutschen unterlegen darzustellen. Mehr Schüler sollten gute Zeugnisse bekommen, weniger sollten durchfallen.

Hugo hingegen ist begeistert, dass Gerhard im März 1939 seine Prüfung mit so unerwartet guten Noten ablegt. Für Hugo ist es ein Beispiel für die Erfolge auf allen Ebenen, seit das Land eine großdeutsche Führung erhalten hat.

Vater ist vor allem froh, dass Hugo ihn immer seltener schlägt. Hugo möchte ihm nun gern ein guter Freund sein, lacht unnatürlich laut und redet so oft wie möglich »unter uns Männern«. Vater ist das unangenehm, lässt ihn aber gewähren. Alles ist besser als die Hölle der letzten Jahre, als Hugos brennende Ohrfeigen wie ein Blitz aus heiterem Himmel kommen konnten, wenn man sie am wenigsten erwartete.

Mit seinen Eltern diskutierte Vater die Pläne für die Zukunft. Ihm ist klar, dass ihm ein Sommer auf Småryd entgehen würde, falls er den Arbeitsdienst sofort absolviere, andererseits könne er sein Jusstudium schon im Herbst beginnen und ein andermal nach Schweden fahren.

***

Im Juni 1939 meldet er sich zum Arbeitsdienst und nach ein paar Wochen kommt die Einberufung: Er soll sich in einer alten Bierhalle in Wiens siebtem Bezirk einfinden.

Über den Arbeitsdienst sind viele Geschichten im Umlauf. Er dient als parallele ideologische Schulung zum Militär und Vater hat gehört, dass dort sogar strengere Disziplinregeln gelten.

Nach anderthalb Tagen in der Bierhalle, wo sie lediglich etwas Suppe mit Brot bekommen haben und unter einer dünnen Decke auf Matratzen auf dem Boden schlafen mussten, erhalten die dreißig Jugendlichen den Abmarschbefehl zum Westbahnhof am Gürtel. Von dort geht es mit der Bahn nach Löbau in Sachsen.

Der Zug bewegt sich im Schneckentempo durch die Landschaft. Gerhard hat einen Klumpen im Hals. Warum ist er nicht nach Småryd unterwegs?

Er lehnt sich ans Fenster und schließt die Augen. Warum durfte er nie tun, was er selbst will?

Ihm fällt auf, dass mehrere seiner Reisekameraden ebenso unglücklich sind wie er, und nach einer Weile findet er einige, mit denen sich reden lässt. Einer von ihnen hat ein Kartenspiel und sie spielen stundenlang Préférence. Schließlich hat er das Gefühl, dass die Zeit doch nicht so fürchterlich werden wird.

Aber in Löbau angekommen, geht die Hölle los. Die Disziplin, der er im Arbeitsdienst unterworfen ist, wird die schlimmste sein, die er im ganzen Krieg erlebt.

Schon am Bahnsteig werden sie von zwei brüllenden, schimpfenden Vorgesetzten in Militäruniform und Hakenkreuzbinde am Arm erwartet. Die beiden schreien, dass ihnen ein derart trauriger Anblick von misslungenen Saukerlen noch nicht vorgekommen sei. Der Führer würde sich schämen, wenn er sähe, was für Waschlappen aus der deutschen Ostmark kommen. Man könne glauben, dass sie eigentlich Bettler, Judenschweine oder Zigeunerpack seien.

Die schockierten jungen Männer stellen sich völlig verängstigt in so schnurgerader Reihe wie möglich auf und marschieren mit pochendem Puls durch das Dorf.

Als sie zu den Baracken kommen, wird allen der Kopf geschoren. Ab sofort darf niemand mehr persönliche Pronomen benutzen, sondern muss über sich selbst in dritter Person sprechen: »Arbeitsmann Hoffenreich bittet den Truppenführer, etwas fragen zu dürfen.« Wer gegen die Regeln verstößt, wird schnell und hart bestraft.

Gerhard wird mit jungen Männern einquartiert, die aus verschiedenen Teilen des neuen, großen Deutschen Reiches kommen. Ständig wird gebrüllt, dass von nun an alle Deutsche seien. Wer sich irgendwann als Österreicher oder Bayer bezeichnet, wird bestraft. Die Vorgesetzten machen sich über diejenigen lustig, die vom Land kommen und nur schwer Standarddeutsch sprechen können.

Sie sind also Deutsche und es ist die Aufgabe ihrer Vorgesetzten, dafür zu sorgen, dass der Führer stolz auf sie wäre, falls er sie sehen würde.

Die Wochen sind voller harter körperlicher Ertüchtigung, wobei ein Spaten stets als Ersatz für ein Gewehr dient und ein Zeichen dafür ist, dass man sich im Arbeitsdienst befindet. Man marschiert mit dem Spaten über der Schulter und muss unablässig seinen eigenen Spaten zur Hand haben.

Schnell verliert sich das Gefühl, ein Individuum zu sein – die Gruppe ist nun alles.

Das Entsetzen geht langsam in die schöne Empfindung über, loslassen zu dürfen. Gerhard spürt mehr und mehr, dass er alle Entscheidungen anderen überlassen kann. Niemand fragt danach, was er meint oder will. Er empfindet eine starke Gemeinschaft mit den anderen. Sie stehen um sechs Uhr auf und schlafen um zehn Uhr ein.

Auch die Unterordnung unter den harten Drill bereitet ihm keine größeren Probleme. Nach fünf Jahren unter Onkel Hugos Terror ist er durchtrainiert, stark und hat eine gute Kondition. Immerhin ist das Leiden nun etwas Gemeinsames und er fühlt sich fast wohl damit.

Sie marschieren durch das Dorf mit dem Spaten über der Schulter, eine Gruppe grau gekleideter junger Männer, die sich wie ein staubiger Tausendfüßler auf Löbaus Straßen bewegt. Abends fallen sie in die Betten, haben aber manchmal noch Zeit, ein wenig Karten zu spielen, zu lesen oder Briefe zu schreiben. Gerhard zählt die Tage, bis sie zur Arbeit hinausmüssen, und dann sind es nur drei Monate, ehe er nach Haus fahren und mit dem Studium beginnen kann.

Nach der Grundausbildung müssen sie unter demselben harten Drill eine Abschlussarbeit verrichten. Gerhards Gruppe soll einen Fluss regulieren. Sie bekommen keine Stiefel, und nach wenigen Stunden ist das Schuhwerk nass vom Schlamm. Zehn Stunden täglich, zwei Monate lang stehen alle in Lehm und Wasser. Abwechselnd übernehmen sie die nassesten Schichten. Am Ende wird denen, die wollen, erlaubt, barfuß zu arbeiten. Gerhard versteht den Sinn der Flussregulierung nicht und ist nicht einmal sicher, ob überhaupt eine stattfindet.

Auf diese Weise wird Arbeitsmann Hoffenreich ein rasierter Kopf unter anderen rasierten Köpfen, die allesamt genau das tun, was ihnen gesagt wird. Die kleinste Abweichung hat harte Strafen zur Folge und die möchte er nicht haben. Davon hat er in den letzten Jahren ausreichend erhalten.

Nach zwei Monaten wird allen eine Woche Heimaturlaub versprochen, aber etwas anderes ist im Anmarsch, und im August werden sie stattdessen an die polnische Grenze verlegt. Dort sind in der Nähe des Dorfes Wetschkau, Wioska, Lager im Wald errichtet. Sie müssen die halbfertigen Baracken fertigstellen und anschließend Stacheldrahthindernisse bauen – eine wunderbare Aufgabe im Vergleich zur Flussregulierung.

Nach Beendigung der Arbeit bekommen sie tatsächlich eine Woche Ferien. Einen Tag später ist Gerhard in Sauerbrunn. Er genießt die Freiheit, isst so viel er kann von Wettis gutem Essen und schläft. Es ist die zweite Augustwoche 1939.

***

Karin ist auf Småryd und spürt deutlich, dass sich eine neue Zeit nähert. Nach den ersten Ferienwochen ist sie leicht reizbar und als sie zum zweiten Mal an einem Tag anfängt, mit ihrer Mutter zu streiten, nimmt Gertrud sie beiseite und sagt, dass sie nach dem Mittagessen vielleicht einen Spaziergang zusammen machen sollten.

Gertrud ist nach wie vor Karins engste Vertraute in Schweden, auch wenn sie merkt, dass sie immer unterschiedlicher werden. Gertrud hat zum zweiten Mal geheiratet, und zwar den Chef der Stockholmer Oper Harry Stangenberg. Sie liebt Premieren, Vergnügungen und den gesellschaftlichen Umgang. Häufig figuriert sie in der Wochenzeitschrift für Damen *Idun*. Auch Karin schätzt schöne Dinge und hat gern Menschen um sich, fühlt sich aber auf großen Festlichkeiten nicht wohl, wo erwartet wird, dass man sich irgendwie repräsentiert. Gertrud hingegen steuert souverän durch das Menschenmeer riesiger Cocktailpartys, streut Komplimente um sich und hat die vollkommene Übersicht darüber, wer wer ist und wen man kennenlernen sollte.

Karin ist dankbar, nicht in Stockholm zu wohnen und sich Entschuldigungen dafür ausdenken zu müssen, dass sie Gertrud nicht auf alle Premieren und Einladungen begleiten möchte.

Gertrud ihrerseits hat kein Verständnis für Karins Interesse an östlicher Philosophie und parapsychologischen Phänomenen, das in den letzten Jahren stärker geworden ist. Karin hat ein Medium, das sie gern aufsucht, wenn sie in Stockholm ist. Die Séancen der Dame sind unglaublich faszinierend, die Stunden vergehen wie im Fluge, und hinterher fühlt sich Karin, als habe sie sich in einer Traumwelt befunden, deren Träume jedoch Substanz und Sinn haben.

Jetzt steht sie hinter der Haustür in der kleinen Diele auf Småryd. Es sind die heiligen Ruhestunden, nachdem das Mittagessen gegessen und die Küchenarbeit erledigt ist. Wer nicht ruht, soll am liebsten das Haus verlassen, damit die anderen nicht gestört werden.

Boris und Hans sind baden gegangen, Marianne liegt auf dem Sofa und liest. Sie klagt über Langeweile. Karin kann nicht begreifen, dass sie, eben noch ein junges Dirndl, bereits einundzwanzig Jahre alt ist.

Gusti hat seine Staffelei und die übrige Zeichenausstattung mitgenommen und sich weiter nördlich in die sanften Berge begeben. In den Neunzigerjahren erzählte er mir in Paris, dass sein Entschluss, Künstler zu werden, feststand, als er sah, wie sich die Rücken der Kühe vor den Hügeln hinter Småryd abzeichneten. Die Tiere lagen auf dem Hang, und ihre Rücken bildeten ein fantastisch wogendes Muster mit der Silhouette der sanften Hügel.

Nun gehen Karin und Gertrud langsam den Weg vom Haus hinauf. Gertrud bleibt immer wieder stehen und beanstandet, dass irgendwo nicht sorgfältig gejätet wurde oder auf dem Rasen Zweige liegen. Karin tut, was sie kann, um zu erklären, dass für einen Gärtner oder andere Hilfen kein Geld vorhanden ist, und die »faulen Kinder«, die Gertrud beschäftigen will, würden bei Weitem nicht ausreichen und sind auch nicht besonders kompetent dafür.

Gertrud seufzt, weil nichts mehr so ist, wie es einmal war.

»Gar nichts«, sagt sie mit Nachdruck.

Dann erzählt sie, warum sie mit Karin einen Spaziergang machen wollte. Es geht um ein zunehmendes Problem ihrer lieben Tante Maria. Bereits im letzten Winter in Stockholm ist Henrik und ihr aufgefallen, wie schnell sie gealtert ist.

»Sie vergisst, dass sie nicht mehr so beweglich ist wie früher. Und hier auf Småryd ist es besonders deutlich. Hier ist sie gewohnt, einen Haushalt mit vier, fünf Hilfen und oftmals zwanzig Gästen zu führen. Aber nun sind andere Zeiten.«

Karin weiß das. So hat ihre Mutter es immer gewollt. Sie liebte es, »Maria auf Småryd« zu sein. Jetzt aber hat sich die

Zahl der Haushaltshilfen auf zwei verringert und die Gäste sind immer öfter eine Generation jünger als sie.

»Es ist schwierig für Tante Maria. Ich sehe, dass die Streitereien zwischen dir und ihr ganz einfach eine Art Machtkampf sind«, sagt Gertrud.

Karin lacht auf, aber sie spürt auch, dass Gertrud in gewisser Weise recht hat. Sie selbst fühlte sich zum Beispiel grundlos provoziert, als ihre Mutter Frühstück aufgetischt hatte, das für fünfzehn Personen gereicht hätte, obwohl sie nur acht waren, und Karin hatte sie milde beiseitegeschoben, weil es ihr zu langsam gegangen war.

Und vorgestern bekam sie einen Wutausbruch, als Maria nicht Salz auf die Einkaufsliste geschrieben hatte, obwohl Karin gesagt hatte, dass es das Wichtigste sei, da sie jetzt Gurken einlegen wollten.

Es stimmte: Maria fing an, alt zu werden.

Gertrud und Karin stehen schweigend neben den Apfelbäumen entlang des Weges. Eine leichte Brise bringt die Blätter zum Rascheln. Plötzlich merkt Karin, wie ihr Tränen die Wange hinunterfließen. Sie wendet Gertrud den Rücken zu und atmet tief ein. Gertrud ist verlegen, legt ihr aber die Hand auf die Schulter und sagt, dass es wohl am besten wäre, wenn Karin mit ihrer Mutter spräche. Sie wäre bestimmt erleichtert, wenn Karin ihr anbieten würde, einen Teil der Verantwortung zu übernehmen. Zum Beispiel sei Karin ja mindestens ebenso interessiert daran zu kochen und Menüs zusammenzustellen wie ihre Mutter. Da Hans im Internat und Gerhard an der Universität in Wien ist, brauche sie auch nicht zu einem bestimmten Datum nach Hause zu fahren. Karin könne jetzt den ganzen Sommer über auf Småryd bleiben, sagt Gertrud.

Dann wandern sie durch das Dorf und anschließend in östliche Richtung nach Erikstorp, sie steigen die Hügel hinauf und gehen in die Wälder, wo sie Eierschwammerl zu finden hoffen, da es vorige Woche ordentlich geregnet hat. Sie finden einige und kommen zurück, als Maria gerade zum Tee auf der Terrasse des Eiskellers gedeckt hat.

Karin schleicht sich an sie heran, legt ihr die Hände über die Augen und hält ihr eine Handvoll Schwammerl unter die Nase.

»Eierschwammerl!«, lacht Maria. Dann schaut sie hin. »Aber so wenige!«

Sie sprechen darüber, dass es noch zu trocken im Wald ist, aber es soll wieder Regen geben. Bald wird es also Steinpilz- und andere Suppen geben.

Auf dem Teetisch liegt ein Brief von Gerhard. Karin nimmt ihn rasch, stellt sich ein wenig abseits und liest.

»Wie geht es ihm?« Maria blickt sie beunruhigt an.

»Es scheint ihm gut zu gehen. Im Augenblick hat er Urlaub. Er fängt im Herbst mit seinem Studium an, hofft er.«

***

Gerhards Urlaub ist vorbei und kaum ist er wieder in Wetschkau, ahnt er, dass sich etwas zusammenbraut. Es fängt damit an, dass alle eine Soldatenuniform bekommen und einem Pionierregiment zugeteilt werden, dessen Offiziere mit Widerwillen auf die unausgebildeten, jungen Männer blicken. Nach ein paar Tagen kommt der Bescheid, dass deutsche Truppen nach Polen eingedrungen sind. Gerhard begreift, dass sein Einsatz beim Arbeitsdienst eine Vorbereitung dazu war. Jetzt wird ihm einiges klar. Die Flussregulierung hat dazu geführt, dass große Flächen trockengelegt wurden, sodass Panzer auch dort fahren können, wo es vorher zu sumpfig war. Die Stacheldrahthindernisse an der Grenze gehören natürlich ebenfalls zum Vorhaben. Der Angriff auf Polen war selbstverständlich seit Langem geplant.

Gerhard hat einen metallenen Geschmack im Mund, es pfeift leicht in den Ohren, das Herz schlägt gewaltig – ist jetzt Krieg?

Er atmet schwer. Ja, es wird Krieg geben und er hält sich an der polnischen Grenze auf, aber es ist nicht so schlimm. Er führt Selbstgespräche, wenn die Angst langsam aufsteigt: Er befindet sich hinter den angreifenden Truppen. Es wird schon gut gehen, denn er hat ja noch keine militärische Ausbildung.

Allmählich beruhigt sich der Puls und das durchdringende Geheul im Ohr wird schwächer.

Aber bald müssen alle in seiner Gruppe mit dem Mausergewehr probeschießen, um zu sehen, wer als Schütze eingesetzt werden kann, um nach polnischen Heckenschützen Ausschau zu halten. In Sauerbrunn hat Gerhard manchmal gejagt. Er ist einer der Besten beim Probeschießen und kommt zum Einsatz. Die Front bleibt ihm erspart, aber er landet in einer Kompanie, die den Fronttruppen folgt und beschädigte Brücken und Straßen repariert.

Seine Aufgabe besteht darin, in verschiedenen Unterständen zu liegen und mit seinem Zielfernrohr nach Heckenschützen zu suchen, während seine Kollegen eine Brücke oder ein Loch in der Straße ausbessern. Einmal knallt es plötzlich und in der Nähe der Männer, die weiter vorne einen Graben ausheben, wirbelt Kies auf. Ein Vorgesetzter brüllt: »Um Gottes willen, Hoffenreich!«

Gerhard spürt, wie der Puls rast, und das Gewehr zittert in seiner Hand. In einem Baum ein Stück entfernt sieht er, wie sich etwas bewegt: ein schwarzes Bündel. Es ist ein Mensch, ein Heckenschütze. Er zielt, hält den Atem an und drückt ab. Das Bündel fällt zu Boden. Er schaut lange durch das Zielfernrohr, aber das Gras unter dem Baum ist hoch, und er kann nicht sehen, ob der Mann davonkriecht oder liegen bleibt.

»Gut, Hoffenreich«, brüllt der Offizier.

In dieser Nacht schläft er gut. Er überlegt, ob er einen Menschen getötet haben könnte, stellt aber fest, dass dieser Mensch gerade auf einen seiner Kameraden geschossen hatte und vermutlich dabei war, auf die anderen zu zielen, als Gerhard ihn traf. Er denkt nicht weiter daran.

Nach zweiwöchigem Marsch und fortgesetzter Sicherung durch das Zielfernrohr, ohne jedoch auf weitere Heckenschützen zu stoßen, merkt Gerhard eines Morgens, dass er starke Schmerzen in einem Fuß hat. Sie haben sich seit mehreren Tagen die Stiefel nicht ausgezogen, weil sie laut Befehl in ihnen schlafen sollen, sodass sie bei Gefahr schnell davonkommen können. Er entdeckt eine Hautabschürfung, die vermutlich von einer verirrten Leuchtkugel verursacht wurde. Der Fuß wird rasch schlimmer und nach einigen Stunden kann er ihn nicht mehr belasten. Ein herbeigerufener Sanitäter diagnostiziert nach kurzer Untersuchung eine fortgeschrittene Blutvergiftung, die unmittelbar im Krankenhaus behandelt werden müsse.

Es dauert mehrere Wochen, ehe Gerhard wieder richtig gehen kann, und da er ohnehin noch keine Grundausbildung hat, wird sein Antrag auf Studienurlaub schnell genehmigt.

Er wird in einem Krankenhaus in Pommern operiert und reist nun nach Wien zurück, wo er sich an der juristischen Fakultät der Universität einschreibt. Der Fuß wird besser, obwohl ein Arzt prophezeit hat, dass er ihn nie wieder ganz problemlos gebrauchen können würde. Aber bald spürt Gerhard nichts mehr von der Verletzung.

Gespräch mit Vater

In der ersten Zeit im Altenheim, in dem er seinen Lebensabend genoss, wollte er gern brillieren, indem er mit ein paar Pflegerinnen, die aus Westafrika kamen, Französisch sprach. Je verwirrter er später wurde, desto häufiger sprach er Deutsch. Über den Krieg sprach er nur ungern, aber er verwies auf seine »Memoiren«, in denen er die wichtigsten Ereignisse niedergeschrieben hatte. Die ganze Zeit über aber war er ein Wunder an Freundlichkeit und Entgegenkommen gegenüber dem gesamten Personal der Abteilung – mein alter Vater, der sich so sorgfältig aller Freunde entledigt hatte und Menschen, die ihm nahestanden, auf unbegreiflichste und sadistischste Weise verletzen und beleidigen konnte.

Wenn meine Mutter sich anstrengte, seine geliebten österreichischen Gerichte zu kochen, bemerkte er immer: »Mm, gar nicht schlecht, aber ich glaube, wenn Mutti Knödel machte, dann …«

Dieses ständige »Aber« führte dazu, dass die Lust meiner Mutter, Rezepte in dem großen roten *Hess – die Wiener Küche* zu finden, entschieden abnahm. Sie hatte das Kochbuch von Tante Hilda und Onkel Hugo bekommen, als sie 1954 heiratete, und Hugo hatte hineingeschrieben: »Ich wünsche der kleinen Gitta eine ebenso glückliche Hand beim Kochen, wie Tante Hilda sie hat.«

Darunter hatte Tante Hilda mit zierlicher Handschrift geschrieben, dass die letzten Jahre düster waren, auch hinsichtlich der Lebensmittel. Nun aber hofften sie auf bessere Zeiten und wünschten Gerhard und Birgitta dasselbe.

Mutter hatte einige österreichische Gerichte, die Bestandteil unserer alltäglichen Küche wurden und die sie mit Bravour zubereitete – falls man mich fragte. Nun ja, ganz anständig – falls man meinen Vater fragte. Dazu gehörten Nockerln mit Gulasch sowie Leberknödelsuppe.

Je älter Vater wurde, desto mehr Bücher über Wien und Schallplatten von dem unerhört beliebten Schauspieler Hans Moser kaufte er, desto häufiger wollte er österreichische Gerichte zum Essen haben. Vater sprach immer öfter davon, weder Schwede noch Österreicher zu sein. Er behauptete, in Schweden nicht verstanden zu werden, während man in Österreich viel offener und direkter kommuniziere.

Diese »Direktheit« verlieh ihm die unglückliche Fähigkeit, alte Freunde zurückzustoßen, was ihm anschließend leidtat und dazu führte, dass mein Bruder und ich Wutausbrüche bekamen und ihm schreiend vorwarfen, dass es einzig und allein seine Schuld sei. Er versuchte, sich auf seine zentraleuropäische Herkunft zu berufen, hörte aber selbst, dass es recht hohl klang.

Ich weiß noch, wie einer seiner besten und engsten Freunde, der Amerikaner Eddy Clarke, zu Besuch kam, nachdem Mutter gestorben war. Eddy wollte zu einem gemeinsamen Freund an die Riviera weiterreisen und schlug nun vor, seinen Flug abzubestellen, damit er mit Vater stattdessen im Auto hinunterfahren und sie den Freund überraschen könnten.

»Das wäre doch schön, Gerhard. Wir könnten Orte in Deutschland besuchen, die wir seit dem Krieg nicht mehr gesehen haben und dann können wir im Elsass und in Paris übernachten. Ist das nicht eine großartige Sache? Das machen wir!«

Vater gab die Geschichte völlig ernst wieder und sagte dann: »Als ich antwortete, ich könnte mir lustigere Dinge vorstellen, als drei Tage lang neben ihm in einem Auto zu sitzen, und ich daran dachte, dass mein Auto dann zehntausend Kilometer mehr gefahren sein würde, während er nur für das Benzin bezahlen wollte, ja, da wurde er wütend, schimpfte auf mich und wollte nichts mehr mit mir zu tun haben.«

Ein Jahr später schlug ein anderer guter Freund, Calle, vor, von Ängelholm aus zusammen nach Deutschland zu fliegen. Calle hatte eine Firma in Båstad und so häufig Geschäfte mit Unternehmen in Deutschland, dass er hin und wieder ein kleines Privatflugzeug mietete, das ihn kurzfristig mitnehmen konnte.

Vater war bereits Rentner, Mutter lebte nicht mehr, und Calle bot ihm an mitzukommen: »Komm doch mit, Gerhard. Wir können in Deutschland zu Mittag essen und haben noch Zeit für ein paar schöne Stunden. Dann kaufen wir uns gute Würste und essen sie am Abend zuhause.«

»Nein danke, ich möchte nicht deine Gesellschaftsdame sein. Und ich weiß schon, wer die Würste bezahlt. Außerdem gibt's dort keinen steuerfreien Schnaps. Vielen Dank.«

Vater wies die Einladung kategorisch zurück.

Mir war zum Verzweifeln, als er es uns erzählte. Calle war sein ältester, bester Freund gewesen. Nun hatte er ihn gekränkt und nicht die geringste Lust, um Entschuldigung zu bitten und einzusehen, dass er sich unmöglich betragen hatte. Er zeigte keinerlei Verständnis.

»Warum soll ich mit ihm fliegen, wenn ich nicht einmal etwas billigen Schnaps kaufen kann, wenn ich schon in Deutschland bin?«

Das Ergebnis war, dass er in den letzten Jahren kaum noch gute Freunde hatte, aber er schien dennoch zufrieden zu sein. Er hatte eine monumentale Furcht, eingeladen zu werden:

dann wäre er gezwungen, seinerseits einzuladen, eine Tüte Erdnüsse zu kaufen, die er in eine Schale füllen müsste, ein Glas zu holen, um einen Drink anzubieten. In seinem Seniorenheim empfing man alle Gäste in dem gemeinsamen Speisesaal, wo man sich vom Buffet nahm. Dennoch hatte Vater tatsächlich Angst davor, »Gäste haben« zu müssen.

Einmal wollte er meinen Bruder, mich und unsere Familien zum Geburtstagsessen einladen. Ehrlich gesagt waren es wohl mein Bruder und ich, die meinten, es sei ein wenig peinlich, dass Vaters Enkel kaum wussten, wie sein Speisesaal aussah. Wir wollten in einem eigenen Raum neben dem Speisesaal essen, das Personal würde das Buffet auf einem Wagen hereinrollen und wir sollten das Geschirr dann auf denselben Wagen abstellen. Vater rief uns in der Woche vor dem Fest zweimal täglich an, außer sich vor Unruhe. Uns wurde nie klar, weshalb er so nervös war.

Er hatte nicht das Geringste dagegen, mit den anderen Bewohnern des Heims gemeinsam zu essen, aber er wollte keinen »Umgang« haben. Er ging immer in seine Wohnung zurück – ein Zimmer, Kochnische, Bettnische –, ehe noch jemand aufgestanden war. Saß man nach dem Essen noch auf dem Sofa zusammen, um sich zu unterhalten, oder wurde er von jemandem zu einer Tasse Kaffee mit Schnäpschen eingeladen: *nein danke*.

Am Silvesterabend verzichtete er immer auf das Festessen mit Tanz, er saß lieber in seinem Zimmer vor dem Fernseher und trank einen guten Champagner. Dann nahm er eine Flasche des billigsten Sekts, ging kurz vor zwölf damit hinunter und war eine Viertelstunde später wieder in seiner Wohnung.

»Da wurde getanzt, und eine Menge Tanten wollten mich auffordern, aber nein danke.«

Ein gutes Geschäft konnte ihm aber immer noch die Stimmung heben: eine abgesagte Taxifahrt, eine kostenlose U-Bahn oder billige Lebensmittel, deren Haltbarkeitsdatum fast abgelaufen war. Vater liebte es, clevere, zuweilen halb ehrliche Geschäfte zu machen, bei denen er ein paar Prozent verdienen konnte. Keiner vermochte wie er zu beteuern, dass die Rechnung verschwunden war: »Aber ich versichere Ihnen, diese kleine Sache habe ich kürzlich gekauft und sie ist schon entzwei. Da muss doch noch die Garantie gelten.«

Dann gab er mir gegenüber munter zu: »Hihi, das habe ich auf einer Messe in Deutschland vor vier Jahren billig gekauft, und nun habe ich gesehen, dass sie dasselbe Modell auch hier haben.«

Alle seine Geschichten darüber, wie er sich irgendwelche Vorteile ergattert hatte, plagten meine Mutter sehr. Schließlich sagte sie ihm ernsthaft, dass er damit nicht prahlen dürfe, weil es widerlich und vulgär sei.

»Hihi«, sagte Vater und flüsterte mir zu, wie er fünfzehn Prozent bei einem Herrenausstatter bekommen hatte, indem er seine Schiedsrichterkarte vom schwedischen Tennisverband vorzeigte.

Häufig aber war seine Ungerührtheit tatsächlich beklemmend. Alle fünf Jahre etwa ging er mit Mutter ins Restaurant. Einmal hatte er jede Menge Rabattmarken bei sich, die eigentlich für das Mittagessen während der Arbeitszeit galten. Er hatte ein paar Gläser Wein getrunken und fand es ausgesprochen lustig, beim Zahlen allerlei Aufhebens mit den Marken zu machen, die er wie eine Ziehharmonika auseinander- und zusammenfaltete.

Natürlich war das bei einem billigen Chinesen. Feinere Restaurants besuchte er mit meiner Mutter nicht. Davon habe er genug auf seinen Dienstreisen, sagte er.

Mutter hatte geweint, als sie nach Haus kamen. Vater begriff überhaupt nichts.

»Es ist doch wohl nichts Besonderes, dass ich gern in ein Lokal gehe, von dem ich weiß, dass sie meine Rabattmarken annehmen?«, sagte er leicht beschwipst.

Mutter schlug die Schlafzimmertür hinter sich zu.

»Aber Poppi …« So nannte er meine Mutter immer.

Ich höre noch seinen beleidigten Tonfall: als bestünde das Problem in ihrer übertriebenen Empfindlichkeit.

»Sei nicht albern … Poppileeeee …«

Wenn ich daran denke, wie er auch mich zuweilen behandelte, spüre ich noch immer körperlich, wie verletzt und betrübt ich dann war. Wie zum Beispiel, als ich auf eine Dienstreise nach Wien fahren wollte. Vater strahlte auf und fragte: »Wie wär's, wenn ich mitkomme? Dann können wir abends zusammen ausgehen, wenn du gearbeitet hast. Aber ich habe nicht die Absicht zu bezahlen, wenn wir essen gehen, nur dass das gleich klar ist. Einen Abend vielleicht, aber mehr nicht.«

Dennoch fand ich es nett und freute mich darauf, mit Vater in der Stadt seiner Kindheit zu sein, wenngleich ich es, ehrlich gesagt, auch recht gut fand, dass wir tagsüber unterschiedliche Programme hatten. Wir wohnten auch in unterschiedlichen Hotels: meins war ihm natürlich zu billig und befand sich in einem Teil der Stadt, »wo kein Mensch wohnen will!«

Eines Abends hatte ich Karten für eine Vorstellung mit dem Schauspieler Josef Hader am Burgtheater besorgt, den ich einige Jahre zuvor interviewt hatte. Hader ist einer der bekanntesten Künstler Österreichs. Seine Kabarettvorstellungen waren eine Mischung aus *Stand up comedy* und literarischem Monolog. Sehr unterhaltsam und sehr wienerisch.

Vater, der mich mit seinen Witzplatten und seinen eigenen Witzen großgezogen hatte, zeigte sich höflich, aber beiläufig interessiert. Ich brachte Gründe für den Theaterbesuch vor und zeigte ihm Zeitungsartikel über Haders Popularität und Kompetenz, Vater las sie mit skeptischer Miene und sagte dann: »Na ja, wir können ja hingehen. Wird sicher nett.«

Mithilfe der Presseabteilung des Theaters hatte ich sehr gute Karten bekommen. Ich schätzte mich glücklich und war, ehrlich gesagt, auch ein wenig stolz, als ich in dem vollbesetzten Haus meinen Vater neben mir fröhlich über Haders Späße lachen hörte. Es war ein gutes Gefühl, ihm zeigen zu können, dass ich eine eigene Beziehung zu Wien hatte, die sogar er anerkennen konnte.

In der Pause standen wir mit unseren Weingläsern in der Hand da, und ich bat meinen Vater, mir einige Scherze zu erklären, die ich bei Haders wienerischem Redefluss nicht verstanden hatte. Vaters Gesicht erhellte sich: Er war gern der Kenner.

Plötzlich aber schaute er auf die Uhr und sagte: »Nein, Bamsen, es war wirklich schön, aber ich schenke mir den zweiten Akt. Jetzt weiß ich ja, wie's abläuft. Wir sehen uns morgen.«

Dann machte er sich rasch davon.

Ich stand mit meinem Glas in der Hand da und sah, wie er unbekümmert das Burgtheater verließ, während zum zweiten Akt geläutet wurde. Ich drehte das Glas in der Hand und hatte das Gefühl, die anderen Besucher betrachteten mich wie einen Mann, dessen Partnerin ihn mitten im Fest verlassen hat. Ich schämte mich, trottete zum Parkett vor der schönen großen Bühne und setzte mich. Ich schluckte angesichts des leeren Platzes neben mir und versuchte, mir einzureden, dass er es nicht böse meinte, dass sein Verhalten als psychischer Defekt betrachtet werden müsse. Der Versuch gelang nur einigermaßen.

Am nächsten Tag fragte Vater fröhlich, ob ich mit dem Abend zufrieden war, und erklärte, dass »dieser Hader sooo gut auch wieder nicht war. Nicht zu vergleichen mit früher. Kennst du den mit Moser, als er Besuch von einem Verwandten …«

Ein andermal, als Vater fast neunzig war, wollten mein Bruder und ich ihn in seinem Auto nach Småryd fahren, damit er dort kürzere Strecken fahren konnte, ihm aber die lange Fahrt von Stockholm erspart bliebe: »Was ist das für ein Blödsinn! Ich kann ohne Weiteres selbst fahren.«

Aber diesmal gelang es uns, ihn zu überreden, und nun saß er unterwegs neben mir. Ich hatte mich mit einigen Kassetten mit Musik und Radioprogrammen gerüstet, die er schätzen dürfte: alte Wienerlieder und mein Programm über seinen Onkel Luigi, Ludwig Hoffenreich, der alle Happenings der Wiener Aktionisten fotografiert hatte. Das waren die Bilder, die Orgien von Exkrementen, nackten Leibern, Tierkadavern und Speiseresten zeigten.

Ich hatte alle alten Aktionisten ausfindig gemacht, die inzwischen große Stars waren und deren Werke in der ganzen Welt für Millionen verkauft wurden. Sogar Otto Mühl, der im Exil auf Mallorca lebte, nachdem er wegen Pädophilie verurteilt worden war, antwortete auf meine Mails. Das Programm hatte ich *Der Geschmack meines Onkels am Geschmacklosen* genannt.

Ich hatte meinem Vater gesagt, dass das Programm eine gewisse Aufmerksamkeit erregt hatte und ich sehr zufrieden damit sei. Er selbst war am Rande auch dabei, indem er von Onkel Luigi erzählte, aber er hatte noch nicht die gesamten fünfundvierzig Minuten gehört.

Zunächst saß er im Auto und hörte lächelnd zu. Er kommentierte die verschiedenen österreichischen Dialekte einiger Leute und schien durchaus zufrieden. Nach zehn Minuten fing er an, im Handschuhfach herumzufummeln, und nach einer Viertelstunde sagte er unglücklich: »Bamsen, es ist bestimmt ein sehr gutes Programm, aber es interessiert mich nicht mehr. Können wir es abschalten?«

Ich seufzte und schaltete ab. Vater seufzte ebenfalls und sagte erleichtert: »Wie schön!«

Auf alltäglicherer Ebene liebte er es zuweilen, Freunde mit seiner schwer erträglichen Besserwisserei in Verlegenheit zu bringen. Als meine Großmutter mütterlicherseits ihren ersten Farbfernseher bekommen hatte, waren wir bei ihr eingeladen, um am Wunderwerk teilzuhaben. Vater lachte und fragte, ob sie sich zufrieden damit gaben, dass der Nachrichtensprecher aussah, als wäre er gerade von einer monatelangen Magenkrankheit genesen.

»Er ist ja aschgrau im Gesicht!«

Noch ehe Großmutter und ihr Mann Ivar antworten konnten, hatte sich Vater bereits hingekniet und an allen Knöpfen gedreht, die er fand. Kurz darauf wurde Großmutters hochrote Gesichtsfarbe nur noch vom Teint des Nachrichtensprechers übertroffen. Vater behauptete hartnäckig, die richtigen Farben eingestellt zu haben. Falls sie das nicht einsehen würden, so wüssten sie eben nicht, wie Farben auszusehen hatten.

Als wir Großmutter verließen, war die Stimmung auf dem Gefrierpunkt angekommen.

»Aber ich habe ihnen doch nur geholfen. Es ist ja nicht meine Schuld, dass sie nicht wissen, wie naturgetreue Farben aussehen.«

Vater suchte auch gern nach Fehlern in der Redeweise seiner Freunde und wusste stets am besten, wie das eine oder andere richtig ausgesprochen zu werden hatte. Oder in welches Pariser Restaurant die Leute zu gehen pflegten. Falls sie es noch nicht taten, so sollten sie es jedenfalls schleunigst nachholen. Schließlich wisse doch jeder, der Paris wirklich kennt, dass niemand woanders hingeht.

Die Gäste, die bei uns im Wohnzimmer saßen und gerade von ihrer Urlaubsreise nach Paris und dem hinreißenden Besuch in einer Brasserie erzählt hatten, die Vater nicht kannte, bekamen zu hören, dass kein gescheiter Mensch in jenem Teil der Stadt aß. Sie fanden das nicht sonderlich amüsant. Ebenso wenig wie der Reiseleiter einer Weinfahrt nach Bordeaux, dessen Aussprache Vater während der ganzen Reise korrigierte – laut und vor allen anderen.

»Ich wollte ihm doch nur helfen, aber er war völlig unbelehrbar. Als ich ihm vorsprach, wie es zu sein hatte und ihn aufforderte, es nachzumachen, bekam er einen Wutausbruch vor der gesamten Gruppe. Sehr peinlich. *A so a Trottel.*«

Vaters Gerede davon, es nur gut zu meinen, verlor an Glaubwürdigkeit, als ein Freund nach dem anderen aufhörte, sich bei ihm zu melden.

Der Krieg

Am 1. September 1939 dürfte man sich im Salon auf Småryd um das Radio herum versammelt haben. Der schwedische Ministerpräsident Per Albin Hansson hielt eine Rede über den Ausbruch des Krieges. Er sprach von der vorzüglichen schwedischen Bereitschaft, den bevorstehenden Einberufungen, über die Lebensmittelsituation und den Grenzschutz.

Wie mag Babi, meine Großmutter, reagiert haben? Sie wusste, dass ihr Sohn in Polen war. Wusste sie, was er dort tat? Und was geschah mit Ernst in Sauerbrunn? Bislang hatten ihn die Nationalsozialisten einigermaßen in Ruhe gelassen, aber jetzt? Man konnte nicht wissen, was in einer Kriegssituation mit den alten Feinden des Regimes passieren würde.

Saß Babi in dem tiefen roten Sessel im Salon? Mit der Hand vor dem Mund und Tränen, die die Wangen hinunterliefen?

Im Verlauf der Stunden mag sie ein anderer Gedanke beschlichen haben, ein Gedanke, über den sie nicht stolz war, der sich aber nicht verdrängen ließ: Der Krieg könnte ihr einen Anlass bieten, nicht nur Ernst, sondern auch Sauerbrunn und Österreich zu verlassen.

All die Briefe, die ich gelesen hatte, all die Erzählungen, die Babi als fremden, farbenfrohen Vogel in einer Schar grauer Krähen in der österreichischen Provinz schildern. Der Abscheu gegen das neue nationalsozialistische Österreich, die Ostmark. Die Sehnsucht nach ihren jüdischen Freunden. Die mangelnde Nähe zu ihrem Mann. Und hatte sie nicht auch gemerkt, dass Wetti und Ernst einander immer öfter angeschaut haben?

Jedenfalls könnte jetzt Schluss sein. Sie könnte nach Stockholm ziehen, wo sich Hans befand, endlich das muffige Sauerbrunn und die Ehe hinter sich lassen.

Falls sie so dachte – fühlte sie sich dann wie ein Scheusal? Eine egoistische Mutter, die an sich selbst dachte, obwohl sie einen Sohn hatte, der im Krieg war, einen Mann, der unter Umständen festgenommen und gefoltert würde?

Sie musste die Augen schließen und an das zu denken versuchen, was am wichtigsten war: Gerhard und was er gerade tat. Aber ich bin überzeugt davon, dass die Gedanken immer wieder auftauchten. Da Hans in Stockholm war, wenngleich auf einem Internat, wäre es natürlich, wenn auch sie in dieses Land ziehen würde, in dem Frieden herrschte.

***

Im Herbst 1939 und im Winter 1940 studierte mein Vater Jus an der Universität Wien. Der Krieg würde bald zu Ende sein, da waren sich alle sicher. Die Deutschen siegten an allen Fronten. Er war dankbar, so leicht davongekommen zu sein, und 1941 wollte er in Stockholm studieren. Er besorgte sich die notwendigen Formulare und buchte einen Termin bei der schwedischen Botschaft. Bald bekam er die Genehmigung der deutschen Behörden, aber im Januar 1941 kam eine Absage vom Außenministerium und dem Gesundheitsamt in Schweden.

Die Ablehnung enthielt keine Begründungen. Für Bürger aus den kriegführenden Ländern war es schwierig, eine Aufenthaltsgenehmigung in Schweden zu bekommen, und in Anbetracht all der Verwandten, auf die sich der Antrag berief, fürchteten die schwedischen Behörden möglicherweise, dass Gerhard Hoffenreich versuchen würde, in Stockholm zu bleiben.

Vater glaubte allerdings immer, dass sein Onkel Hinke, der nun Inhaber der Juwelierfirma war, ihm den Weg versperrte. Er schreibt in seinen Memoiren: »Ich hatte beantragt, zwei Semester in Stockholm studieren zu dürfen, was zu meinem Erstaunen bewilligt wurde. Jedoch bekam ich keine schwedische Einreisegenehmigung und ich habe den Verdacht, dass Hinke dahintersteckte. Selbstverständlich hatte ich ihn als Referenz angegeben. Vielleicht dachte er an meine Nazisympathien, die ich im Sommer '38 offen gezeigt hatte, und fürchtete geschäftsschädigende Auswirkungen.«

Im schwedischen Staatsarchiv fand ich Vaters Antrag, in dem er auf Hinke verweist. Ein Kriminalkommissar Salomonsson hatte sich bei Henrik Bolin erkundigt: »Bolin wird alle Kosten für den Antragsteller während des Aufenthalts im Land übernehmen, sofern dieser keine anderen Mittel erhalten kann. Bolin möchte seine allerbeste Empfehlung hinsichtlich der beantragten Genehmigung für den Antragsteller aussprechen.«

Vater hatte sich also in Bezug auf Hinke geirrt. Aber warum durfte er nicht in Schweden studieren? Sein Onkel und seine Großmutter lebten hier und ein Onkel übernahm sogar jegliches finanzielle Risiko, das der schwedische Staat eventuell eingehen würde. War es lediglich die eiskalte Regel, dass ein deutscher Staatsbürger nicht mitten im Krieg einreisen und sich in Stockholm niederlassen durfte? In den Papieren, die ich finde, gibt es keine Antwort. Jedenfalls kümmerte sich Hinke offensichtlich nicht um die nazistischen Sympathien meines Vaters aus dem Sommer 1938.

Vater selbst lachte nur darüber und scheute sich nicht, davon zu erzählen. In den Siebzigerjahren, als ich Teenager war, hörte ich die Geschichte zum ersten Mal: »Ja, aber ich interessierte mich doch überhaupt nicht für Politik. Es machte Spaß zu schockieren. Es war wohl eine Art Auflehnung gegen die Eltern. Ich hatte ja den größten Respekt vor Vater und seiner Arbeit und hatte fürchterliche Angst, dass er etwas erfahren würde. Aber Mutti wurde natürlich wütend, als herauskam, dass wir mit Hakenkreuzbinden am Arm herumgeradelt sind, hahaha …«

Vater lachte munter bei diesem Rückblick. Immer wieder diese Freude daran, sich über andere lustig zu machen oder sie zu schockieren. Er war vollständig desinteressiert daran, auf tiefergehende Fragen zu seiner politischen Einstellung zu antworten, sondern schnitt sie rundweg ab: »Ja, was glaubst du denn? Ich hasste doch die Nazis. Das Einzige, was ich wollte, als der Krieg losging, war, der Hölle zu entgehen und nach Småryd zu fahren.«

»Aber was am Nationalsozialismus hat dich gereizt, als du sechzehn warst?«

»Ach, das war doch vollkommen unbedacht.«

Er erzählte nie von irgendwelchen Gesprächen über Politik bei Hilda und Hugo. Viel später wurde mir klar, dass Hugo Nazisympathisant war, aber Vater hob nur die Schultern: »Hugo war ein ausgeprägter Opportunist. Er hätte auch jeden anderen befürwortet, der an der Macht war.«

Ernst im Kriegswinter 1942

Die Briefe meiner Großmutter an ihre Mutter aus den Kriegsjahren sind nur spärlich bewahrt. Karin zog erst 1942 endgültig nach Schweden. Danach gibt es etwa zehn Briefe von Ernst und Wetti an Karin. Sie schildern zumeist alltägliche Dinge, manchmal Sorge um Ernst und seine Arbeit: Klienten sind knapp.

Die Zensur las alles. Daher enthalten die Briefe keine politischen oder tagesaktuellen Kommentare. Nicht einmal der Kriegsverdruss konnte beschrieben werden, das galt als Verrat. Je länger der Krieg dauerte, desto wichtiger war es, nichts davon anklingen zu lassen, dass man das Kriegsende herbeisehnte und hoffte, alles würde bald vorüber sein.

Allerdings wird lebendig geschildert, wie Ernst von der Kälte geplagt wird oder nach Wien fährt und mit Onkel Karl frühstückt.

***

Die Kriegswinter sind kalt und Ernst Hoffenreich hasst die Kälte. Der Erste Weltkrieg und die letzten Gefechte gegen die Italiener in den Alpen haben bei ihm zu einem rein physischen Abscheu gegen Winter und Schnee geführt. Er ist rasch gealtert und kann Glätte und Nässe nicht ausstehen. Zu allem Unglück sorgt er sich um das Brennholz, das er gekauft hat, aber nicht geliefert wird.

Es ist nicht schwierig, zwischen den Zeilen zu lesen, dass das meiste in diesem Winter 1942 meinem Großvater zuwiderläuft.

Wettis Bruder Misko hat versprochen, mit dem Holz behilflich zu sein, aber niemand weiß, wann er beurlaubt werden würde. Das Holz liegt bereits zugeschnitten im Wald. Ernst hat es bezahlt und nun wird es mit jeder Woche feuchter. Ein Pferd wird gebraucht sowie, falls der Schnee liegen bleibt, ein Schlitten. Aber er kann keine Hilfe auftreiben. In Sauerbrunn gibt es keine Männer mehr mit passender Kraft und im richtigen Alter.

Obwohl es bereits der vierte Kriegswinter ist, herrscht noch kein ernsthafter Lebensmittelmangel. Eigentlich unbegreiflich!

Ernst schreibt an Karin nach Schweden und bringt sein Erstaunen darüber zum Ausdruck. Aber er ist überzeugt davon, dass die Hungersnot kommen wird. In seinem Inneren trägt er noch das weiße, kalte Entsetzen der Winter des vorigen Krieges. Etliches wiederholt sich. Abermals sind Gerüchte von den verheerendsten Umständen an der Ostfront im Umlauf und die russische Kälte ist auf dem Weg nach Europa.

Tief in seinem Kopf muss die Angst wie ein leises Raunen gelauert haben, eine ständige Unruhe, dazu ein leichtes Beben in der Magengegend.

Aber da ist auch ein anderes Gefühl, die Wärme einer Frau: Wetti. Und nun ringen in ihm Schamgefühle mit einer starken Liebe.

Die Scheidung von Karin ist lediglich eine Formalität, die zu erwarten war. Seit vielen Jahren haben sie kein physisches Zusammenleben mehr, sind aber nach wie vor gute Freunde. Nun teilt er sein Bett immer häufiger mit Wetti. Er weiß, dass das auf die Dauer unhaltbar ist. Bald werden die Leute anfangen, über den ehemaligen Bürgermeister zu reden, der allein mit seiner Haushälterin im Haus wohnt.

Momentan ist sein größtes Problem allerdings die Erschöpfung. Zehn Jahre zuvor dauerte der Spaziergang von ihrem Haus in der Schubertallee zum Bahnhof knapp zehn Minuten, jetzt dauert er zwanzig. Ernst ist in einem miserablen körperlichen Zustand. Die Hügel um die Stadt sind schmutzig grau von Schnee und Lehm. Noch ist es menschenleer auf den Straßen. Er fürchtet die ganze Zeit, wieder verhaftet zu werden. Damit würde er nicht mehr fertigwerden. Und er weiß, dass ihm niemand helfen würde. Der Schrei eines gequälten Menschen lässt die Nachbarn ihre Fensterläden schließen. Er hat selbst gesehen, wie unschuldige jüdische Frauen und Männer misshandelt wurden, oft waren es Bekannte oder Nachbarn.

Die nächtlichen Albträume enthalten einen entlegenen Einblick in eine andere Dimension, eine Wachheit, die darauf wartet, zum Tragen zu kommen. Das Entsetzen, das Ernst Hoffenreich spürt, bietet kein pathetisches Licht am Ende irgendeines Tunnels. Wie lange wird es noch dauern? Wann hat es begonnen? Schon 1934?

Die Erinnerungen an die zahlreichen Misshandlungen lassen ihm keine Ruhe. Wettis Hand auf seinem Arm. Sie wagt es, die Täter anzuschreien, ihnen entgegenzutreten. Aufhören! Wettis felsenfester Tonfall lässt an die Anschnauzer aller Mütter und Großmütter denken. Wie Hyänen, die von einem richtig fleischigen Kadaver verscheucht werden, ziehen sich die Schänder langsam zurück. Ernst hasst seine Feigheit. Warum kann er nicht wie Wetti sein? Sie lässt sich immer von einer vollkommen selbstverständlichen Mitmenschlichkeit leiten.

Ernst stapft durch den Schneematsch zum Bahnhof. Sein rechter Schuh ist undicht und lässt sich nicht mehr reparieren. Alle Juden sind längst verschwunden und aus der Stadt gejagt. Sauerbrunn ist *judenrein*. Deren Eigentum ist beschlagnahmt. Ernst ist Anwalt und hat einigen geholfen, die geringe Summe zu bekommen, die der Staat garantiert hatte: meistens ein Zehntel des Marktwertes.

Er geht, als fordere jeder Schritt Selbstüberwindung. Es schmerzt in seinen Gliedern.

In diesem Winter ist die Selbstverachtung schlimmer als früher. Man kann überleben, wenn man nichts weiß. Aber in letzter Zeit haben ihn die entsetzlichen Geschichten über die Ereignisse in den Lagern verfolgt, in denen die Juden sitzen. Kann man den Berichten trauen? Er erinnert sich an die Gerüchte aus den russischen Lagern im vorigen Krieg, von denen vieles übertrieben war. Aber diesmal?

Das Schlimmste ist, dass er glaubt, was berichtet wird. Der Antisemitismus schreckt vor nichts zurück. Wie es so weit kommen konnte, versteht er allerdings nicht.

Falls Sympathie vorkommt, so ist sie hinter Fenstern und Türen versteckt und kommt vielleicht am Esstisch bei vertrauten Freunden zum Ausdruck, in einem Blick oder in einem freundlichen Gruß auf der Straße. Den Frauen fällt es leichter zu zeigen, was sie denken. Die Männer schauen oft weg. Genau wie er selbst.

Nach dem großen Krieg meinte er, die Möglichkeiten seien unbegrenzt. Im Sozialismus und in der Sozialdemokratie fand er ein Erklärungsmodell, das Europa zu dauerhafter Eintracht und Gleichberechtigung führen würde. Die Hoffnung auf Russland gab er bald auf. Einige der Genossen aus Onkel Karls Generation verließen die Sozialdemokraten und schlossen sich den Bolschewiken freiwillig an. Sie waren nun tot oder in Stalins Lagern verschwunden.

Während seiner eigenen kurzen Zeit im Lager Wöllersdorf lernte er einige Anhänger des Kommunismus schätzen. Die Nazis hingegen, die er dort traf, waren lediglich eine Horde grölender Opportunisten. Ohne Bildung und Interesse für Ideologie. Mit den Kommunisten konnte er immerhin streiten, auch wenn es schnell zu Streitereien darüber kam, wer eigentlich die Arbeiterklasse verraten hatte. Einige aber waren belesen und nicht auf den Mund gefallen, wenn über Marx und Bauer diskutiert wurde: *Hätte er nur eingesehen, dass der bewaffnete Kampf das einzig Richtige ist, würden wir nicht hier sitzen!* Sie sprachen über den »Verräter« Kautsky und sogar über Kant. In der Analyse waren sie einander zumindest ähnlich, hatten aber bedauerlicherweise völlig gegensätzliche Ideen über die Erlangung einer sozialistischen Gesellschaft.

Ernst kommt gegen neun Uhr vormittags mit dem Zug nach Wien. Onkel Karl hat Besuch von seiner alten Haushälterin. Sie sorgt für ein fantastisches Frühstück mit richtigem Kaffee, Brot und sogar mit frischen Eiern. Und eine Zigarre hat er bekommen! In seinem Brief an Karin beschreibt Ernst vor allem die Eier als eine Sensation.

Karl spricht wie üblich, als wäre er bei einer Sitzung im Stadtsenat in den Zwanzigerjahren. Ernst sitzt wie erlahmt vor Erschöpfung in einem der großen Sessel. Er lässt Onkel Karl reden und es ist interessant, von den Schicksalen alter Genossen zu erfahren. Die Nervosität fällt fast ganz von ihm ab, auch wenn alles einigermaßen unwirklich scheint. Hätte jemand ihr Gespräch gehört, wären sie unmittelbar verhaftet, vermutlich sogar hingerichtet worden, aber hier fühlt sich Ernst sicher, und Karl versichert ihm, dass er beruhigt sein könne.

»Meine Ansichten kennt ohnehin jeder. Sie würden es nie wagen, mich zu verhaften. Aus unergründlicher Ursache bin ich noch immer sehr beliebt.«

Er lacht, verstummt aber gleich, als er merkt, dass Ernsts Lächeln nur wie ein flüchtiger Sonnenstrahl an einem bewölkten Tag aufleuchtet. Karl schaut ihn lange und freundlich an.

Wenn Ernst sich von Karin scheiden lässt, hat er keine Verbindung mehr mit Onkel Karl, jedenfalls keine verwandtschaftliche. Müsste er dann aufhören, »Onkel« zu sagen?

Ernst war bestimmt ein wenig stolz darauf, den alten, berühmten Mann so intim anreden zu dürfen. Aber schließlich war er ja Karins Onkel.

»Du weißt, dass du auf mich zählen kannst, lieber Ernst. Ich helfe dir. Bald ist alles vorbei. Du bist noch jung und hast noch viele Jahre in der Verwaltung vor dir. Wenn der Frieden kommt, kann ich dich unterstützen. Das hat nichts mit Vetternwirtschaft zu tun, sondern es geht darum, dass ich dir Empfehlungen geben kann. Sei nicht dumm und stolz, die Zeiten sind nicht dafür gemacht. Übrigens hat Karin mir vorige Woche herrliche Schokolade geschickt. Hier, koste mal.«

Als Ernst Wien verlässt, gibt es irgendeine Straßensperre bei der Mariahilfer Straße. Er weiß nicht, worum es geht. Er ist überzeugt davon, dass es wieder nur so ein Einfall der Machthaber ist, um zu zeigen, wer das Sagen hat. Ein arroganter junger Nazi stößt ihn hart in den Rücken. Er biegt zwischen den Museen auf den Ring ein und leistet sich eine Straßenbahn zum Bahnhof. Bald darauf sitzt er im Zug zurück nach Sauerbrunn.

Gespräch mit Vater

Im Laufe der leicht schläfrigen Verwirrung des Alterns schien jegliche Egozentrik und Boshaftigkeit von meinem Vater abzufallen. Das war früher anders. Als ich ihm zum Beispiel erzählte, dass er bald sein erstes Enkelkind bekommen würde, erwiderte er: »Glaube nur nicht, dass ich so ein Großvater werde, der ständig Babysitter spielt und seine Wohnung mit Kinderzeichnungen vollkleistert.«

Als ich wütend wurde und ihm sagte, er solle sich zum Teufel scheren, war er niedergeschmettert. Sein Gesicht zog sich zusammen und er sagte: »Lieber Bamsen, es war doch nicht böse gemeint. Natürlich bin ich glücklich darüber, dass ihr ein Kind bekommt, aber ich bin nun einmal direkter als andere. Ich wollte nur sagen, dass ich vielleicht nicht …«

»Ja, ja«, unterbrach ich ihn.

Schließlich war er aber tatsächlich glücklich über die Enkelkinder. Je älter er wurde, desto häufiger kam er darauf zu sprechen. Aber glücklich war er immer nur zu seinen Bedingungen.

Auch in seinen letzten Jahren konnte er mich noch überraschen. Im Sommer 2014 holte ich ihn zu einem Caféausflug ab, der unser letzter werden sollte. Wieder einmal fuhren wir Richtung Ekerö. Ich wollte ihm nur etwas Abwechslung in seinem Alltagstrott bieten, damit er etwas anderes sah als den Innenhof des Altenheims und seine eigenen vier Wände.

Aber ich sehe ein, dass die Fürsorge von meinem Bruder und mir zum großen Teil eine Betäubung unseres eigenen

Unbehagens war: damit wir das Gefühl hatten, ihm etwas Gutes getan zu haben.

Vater schien sich auf dem Beifahrersitz wohlzufühlen, kommentierte Verschiedenes, meistens sagte er aber laut und ein wenig schockiert: »Es ist fürchterlich! Ich habe keine Ahnung, wo wir sind.«

Vater war ein eingefleischter Autofahrer und meinte immer, niemand finde sich so gut in Stockholm zurecht wie er. Was nicht besonders erstaunlich war, da es ohnehin nicht viel gab, das er nicht am besten konnte.

Nach etwa einem Kilometer sah ich ein Hinweisschild zu einem Café und bog in einen Feldweg ein. Das Café lag hinreißend schön am Mälarsee auf einem ehemaligen Bauernhof. Der Kuchen war natürlich ökologisch und hausgemacht, der Kies knirschte unter den Rädern des Rollators. Wir fanden einen Platz auf weißen Gartenmöbeln unter einer großen Linde. Vater schwieg, aber seine Miene strahlte mit aller wünschenswerten Deutlichkeit aus, dass er nur mäßig entzückt war.

Ich holte Kaffee und Kuchen. Er ließ sich selbstverständlich gern einladen. »Warum sollte ich bezahlen? Es war doch deine Idee!«

Der Apfelkuchen mit der hausgemachten Vanillecreme schmeckte wirklich ausgezeichnet. »Geht so«, meinte Vater. Sobald er aufgegessen hatte, fand er, es sei Zeit zurückzufahren.

Auf dem Weg zum Auto geschah etwas Merkwürdiges. Vater ging nicht zum Parkplatz, sondern mühte sich mit seinem Rollator durch höheres Gras zum Zaun einer Koppel, auf der sich zwei Pferde befanden.

Dort angekommen, streckte er seine Hand aus und sagte: »Na, kommt.«

Die Pferde trotteten auf typische Weise heran und schwenkten ihre Hälse. Sie schnaubten ein wenig, warfen ihre Köpfe vor und schnupperten an Vater, der über das ganze Gesicht strahlte. Er streichelte sie an den Nüstern und am Hals. Ich zupfte einige Löwenzahnblätter, die er ihnen gab. Er hatte vor Glück fast Tränen in den Augen, streichelte die Tiere und ließ sich beschnüffeln.

»Oh, so liebe kleine Pferdchen, ja, ihr seid so lieb.«

Aber ebenso plötzlich sagte er: »So. Jetzt fahren wir.«

Im Auto fragte ich ihn, ob er Pferde möge, und er sah mich mit vollkommen verwundertem Blick an. Was ich wohl meine? Das seien doch seine Lieblingstiere. Pferde seien wunderbar!

Ich schwieg. Ein paar Wochen später würde er dreiundneunzig Jahre alt werden. Noch nie hatte ich von seinem Interesse für Pferde gehört, aber mir fiel ein, dass er als Kind viel bei den Bauern auf dem Hof in Småryd gewesen war, und auch während des Krieges und in den Jahren danach hatte er auf dem Land und in der Nähe von Tieren gelebt.

Es schien, als habe sich für einen kurzen Augenblick ein Zugang zu seiner Jugend geöffnet. Es war so traurig: Warum hatte er als Erwachsener nie Pferde oder Bauernhöfe aufgesucht? In meiner Jugend bestand Erholung für ihn darin, im Liegestuhl zu ruhen oder im Sessel vor dem Fernseher und mit einem Buch im Schoß zu sitzen. Dennoch war er nur höchst selten zufrieden.

Aber im Liegestuhl oder Sessel konnte er immerhin entspannt liegen oder sitzen. Er stand nicht ungeduldig mit den Autoschlüsseln klimpernd da und sagte rastlos: »Na, kommt ihr endlich?« Er war stets derjenige, der zuerst wegwollte, egal, ob vom Badestrand, nach einem Ausflug oder einem Besuch bei Verwandten.

Als wir nach unserem Cafébesuch im Auto saßen, dachte ich über Vater und seine Tierliebe nach. Haustiere hätte er trotzdem nie haben können, weil er Angst hatte, die Verantwortung zu übernehmen und Gassi gehen oder das Tier erziehen zu müssen. Dennoch strahlte er wie ein Kind, wenn er einen Hund begrüßte. Oder sogar eine Katze – er, der in seiner Jugend im Sommer auf Småryd Katzen geschossen hatte.

»Das waren nur eklige Wildkatzen. Ungeziefer.«

Ich verabschiedete mich von ihm draußen vor dem Altenheim. Dort streifte eine große, langhaarige Katze herum, machte mit erhobenem Schwanz einen Buckel, kam zu meinem Vater und sprang ihm auf den Schoß. Er lächelte mild und streichelte sie zärtlich.

Ich schüttelte den Kopf, winkte ihm zu und fuhr davon.

Mitten in diesem Chaos

Im Herbst 1944 ist Gerhard Hoffenreich seit ein paar Jahren wieder im Kriegsdienst. Er ist ausgebildeter Dechiffrierer, Dolmetscher und Funker, stationiert in Krofdorf in Hessen, nördlich von Frankfurt. Hier erreicht ihn ein Brief seines Vaters.

Gerhard nimmt einen tiefen Zug seiner Zigarette, sieht sich seine zerschundenen Hände an und seufzt. Gestern war er den ganzen Tag mit Herrn Schmidt im Wald und hat gejagt. Dabei hat er sich seine rechte Hand zerkratzt, als er einen angeschossenen Hasen aus einem Rosengestrüpp ziehen wollte.

Aber das macht ihm eigentlich nicht viel aus. Schlimmer ist der Brief, der ihm in der Tasche brennt, und er ist verärgert, weil er nicht weiß, wie er sich verhalten soll. Sein Vater will wieder heiraten – Wetti. Und nun möchte er die Billigung seines Sohns. Wetti! Gerhards geliebte Wetti, die Haushälterin, die für ihn wie eine Mischung aus großer Schwester und Mutter ist.

Es sind bereits vier Tage vergangen, ohne dass er geschrieben hat, und sein Vater hatte ihn gebeten, so schnell wie möglich zu antworten. Immerhin weiß er, dass er sich auf den unzuverlässigen militärischen Postverkehr berufen kann.

1942 wurde die Scheidung seiner Eltern offiziell. Seine Mutter hatte geschrieben, dass sie davon ausgehe, dass er weder erstaunt noch traurig darüber sei, da es eigentlich schon seit Jahren eine Tatsache war. Sie respektiere seinen Vater und das Verhältnis sei sehr gut, aber für ein gemeinsames Leben passten sie nicht zusammen.

Die Scheidung selbst berührte ihn im Grunde genommen nicht besonders. Als Erwachsener konnte er einsehen, dass seine Eltern einander nie sonderlich nahe gewesen waren, jedenfalls nicht als Paar, sondern eher als Freunde.

Nun aber ist es etwas anderes für Gerhard. Und letztlich ist es nicht so kompliziert, denn Wetti ist für ihn bereits ein vollständiger und problemloser Teil der Familie. Gerhard lächelt, als er an sie denkt.

Einmal zerschoss er mit dem Katapult sämtliche Scheiben des Gewächshauses der Nachbarn. Wetti war die Erste, die ihn erwischte. Sie war sehr wütend. Eine Ohrfeige landete hart und entschieden auf seinem Ohr. Was hatte er sich dabei gedacht, das Eigentum eines anderen Menschen zu zerstören? Und der Nachbar war keineswegs reich. Gott sei Dank wurde Gerhard ertappt, sodass sein Vater den Schaden bezahlen konnte.

Gerhard denkt an den Sommer Anfang der Dreißigerjahre zurück, als Wetti mit nach Småryd kam. Er und sein Bruder fanden es herrlich. Sie zeigten ihr alle ihre heimlichen Stellen: wo man baden konnte, wo man mit Kopfsprung von den Klippen tauchen konnte, wo es die meisten Krabben gab und mit welchen Fischköpfen man sie am besten fing. Sie wateten im Bach und machten vor, wie man Forellen fängt, indem man die Hand schnell unter einen Stein steckte. Sie stellten sie den Angestellten in der Villa und auf dem Hof vor. Gerhard zeigte ihr, dass er Pferde zäumen und den Stall ausmisten konnte.

Seine Mutter meinte, es sei ein wunderbarer Sommer gewesen, aber Wetti hatte sich nicht wohlgefühlt. Das Essen war ihr zu süß und die übrigen Hilfskräfte sprachen kein

Deutsch. Abends wollte Karin unbedingt, dass sie bei der Familie sitzen sollte, aber Wetti zog sich zurück.

Zurück in Sauerbrunn fühlte sich Gerhard gekränkt, als sie schlecht über Schweden sprach. Einmal, als sie zum zehnten Mal lachte und den Nachbarn von dem süßen Essen in Schweden berichtete, fing er zu weinen an und schrie, dass sie lüge, und rannte dann auf sein Zimmer.

Gerhard drückt den Zigarettenstummel aus, den er in der Hand hält, legt ihn in eine Blechdose, die er in der Tasche hat. Gegen Abend hat er so viele Stummel zusammen, dass er damit eine Pfeife stopfen kann.

Jetzt möchte Vater unbedingt, dass seine Söhne es gutheißen, dass er wieder heiratet. Lächerlich! Was beabsichtigt er damit? Können Hans oder er schreiben: Nein, das darfst du nicht?

Vater weiß ja, dass beide Wetti lieben. Er kann doch tun, was er will. Können sie nicht lieber weiterhin zusammenleben, ohne zu heiraten? Gerhard findet es peinlich – Wetti ist schließlich zwanzig Jahre jünger als sein Vater.

Ernst erklärt in seinem Brief, dass er Wetti wirklich lieben gelernt hat, und da sie aus einer mittellosen Familie stammt, wolle er, dass sie ihn beerben kann. Wenn er weiter mit ihr als Haushälterin lebte, könne er ihr zwar einen großen Teil des Erbes übertragen, aber das würde bedeuten, dass jedermann in Sauerbrunn verstünde, dass sie mehr als nur eine geschäftliche Beziehung hatten, was ja auch stimmte.

Gerhard rechnet. Wie alt ist Wetti? Vierunddreißig.

Er atmet tief ein. Jetzt weiß er, was er schreiben will. Selbstverständlich wird er ihnen gratulieren und sie beglückwünschen, dann aber scherzhaft andeuten, dass er keine neuen Geschwister haben wolle, es reiche mit Hans. Er will es lustig formulieren, hofft aber, dass sie zwischen den Zeilen die Ernsthaftigkeit sehen würden. Nicht dass Vater derartige Gedanken hat, aber bei Wetti ist er sich nicht so sicher.

Gut. So will er es machen.

Er eilt zur Schule, in der die Dechiffrierungszentrale stationiert ist. Nach gut zwei Jahren in Norwegen, in Laksevåg bei Bergen und in Halden, gehört er zu den besten Fachleuten für die Entschlüsselung von Mitteilungen über Umgruppierungen amerikanischer Panzerverbände. Aber in Halden hatte er Probleme mit einem beflissenen nazistischen Vorgesetzten, der Verdacht schöpfte, als er merkte, dass Gerhard gute Beziehungen zur örtlichen Bevölkerung hatte. Oftmals riefen ihm junge Mädchen auf Haldens Straßen neckisch *Schwedenbub* hinterher und er unterhielt sich mit den Leuten gern auf Norwegisch.

Der Offizier versetzte ihn an einen isolierteren Ort: nach Skien, südlich von Oslo, wo es ebenfalls eine Dechiffrierungszentrale gab. Nach der Invasion in der Normandie wurde er zunächst nach Saint-Germain-en-Laye bei Paris geschickt, und als die Amerikaner näher rückten, wurde er nach Krofdorf fünfzig Kilometer nördlich von Frankfurt versetzt.

Während seiner Zeit beim Militär sind ihm nur wenige wirklich überzeugte Nationalsozialisten begegnet. Vielleicht sind die Kameraden, die er bei der Dolmetscher- und Dechiffrierungsschulung kennenlernt, nicht repräsentativ. Er war nie bei der kämpfenden Truppe. Alle gemeinen Soldaten, mit denen er zusammengearbeitet hat, wollen nur, dass der Krieg so schnell wie möglich aufhört, am liebsten damit, dass Hitler kapitulieren muss.

Aber so etwas laut zu sagen oder auch nur in einem Brief zu schreiben, dass das Essen knapp und ob nicht alles bald zu Ende sei, bedeutet Kriegsgericht. Und je länger der Krieg dauert, desto mehr Schnellverfahren und desto härtere Strafen gibt es.

Außerdem ist Gerhard davon überzeugt, dass die Zensur die Briefe an seinen Vater eingehender liest als andere, vor allem seit Karin sich geweigert hat, Hans' Einberufung zu akzeptieren. Gerhard hat einen Brief erhalten, in dem sein Vater sich Sorgen macht, weil Karin nicht will, dass Hans Schweden verlässt, um nach Deutschland zu fahren und dort seine vaterländische Pflicht zu erfüllen. Gerhard begreift sofort, dass der Brief im Hinblick auf die Zensurbehörde geschrieben ist. Ernst ist gezwungen, so zu tun, als sei er empört darüber, dass es Hans nicht erlaubt ist, in Hitlers Armee einzurücken. Sonst würde er selbst Unannehmlichkeiten riskieren und schlimmstenfalls als Geisel benutzt werden können, um Karin zu veranlassen, Hans nach Deutschland zu schicken. Dennoch findet es Gerhard unbehaglich, solche Worte seines Vaters schwarz auf weiß zu sehen.

In der Entschlüsselungszentrale sitzt er jeweils eine ganze Woche mit nur wenigen Stunden Pause zum Schlafen. Dann aber hat er eine Woche frei. Im Herbst und Winter 1944 ist er bei einer wunderbar gastfreundlichen Familie einquartiert. Die Frau kennt alle im Dorf und der Mann ist Nachtwächter im Stahlwerk.

Gerhard geht regelmäßig mit dem einzigen Kneipenwirt in Krofdorf auf Jagd. Der ist überglücklich, einen guten Schützen als Partner gefunden zu haben. Alle übrigen Männer wurden eingezogen und der Wirt selbst ist in die Jahre gekommen.

Gerhard ist sich darüber im Klaren, dass er ein paradiesisches Dasein führt. Jeder weiß, dass sich der Krieg dem Ende nähert. Eine deutsche Stadt nach der anderen wird schwer bombardiert, und die Kapitulation muss bald erfolgen. Gleichzeitig jagt er in den Wäldern um Krofdorf, vor allem Hasen, von denen sie im Herbst 1944 bestimmt jeder fünfzig Stück schießen.

Fast jede Woche bekommt er Briefe von seiner Mutter. Sie schreibt über Alltägliches in Stockholm: wie schwierig es während des Krieges für die Firma ist oder dass die Schulzeugnisse von Hans und Boris nicht gerade blendend sind. Henrik hat entschieden, dass sie in unterschiedliche Internate gehen sollen, und Boris wird in Sigtuna eingeschrieben. Karin schreibt resigniert, dass sie nichts dazu sagen darf, weil sie nicht bezahlt, aber sie hätte Boris gern zusammen mit Hans in Viggbyholm gesehen. Gerhard sieht, dass es ihr finanziell nicht gut geht. Das Einzige, was der Familie geblieben ist und an eine vergangene Zeit erinnert, ist Småryd.

Henrik wohnt in einer Zweizimmerwohnung im Stockholmer Stadtteil Gärdet, Karin in einer Einzimmerwohnung nicht weit davon. Karin schreibt, dass Henrik eine große Nummer daraus macht, mit dem Fahrrad zu einem königlichen Bankett zu fahren. Mit flatterndem Trenchcoat biegt der Hofjuwelier in den Schlosshof ein. Nun ja, schreibt Karin, dein Onkel Hinke pflegt seine Rolle als Exzentriker.

Gerhard darf nie eine Absenderadresse angeben, wenn er die Briefe seiner Mutter beantwortet. Während des ganzen Kriegs kommuniziert man mit unterschiedlichen Feldzeichen, aus denen seine Eltern nur ersehen können, in welchem Land er sich befindet.

In Mutters letztem Brief steht nichts über die bevorstehende Hochzeit von Ernst und Wetti. Weiß sie vielleicht nichts?

Nach einigen geruhsamem Monaten in Krofdorf kommt plötzlich der Befehl, dass das gesamte einberufene Personal an die Front muss, um bis zum letzten Mann zu kämpfen.

Daher wird Gerhard Hoffenreich Anfang 1945 zur Ausbildung nach Alsfeldt geschickt, um Telefonist und Kabelleger zu werden. In den letzten Monaten des Kriegs soll er der kämpfenden Truppe näher kommen, aber aus der Ausbildung wird nicht viel. Nach zwei Wochen wird er in die Gegend des Harz geschickt, um sich der Nachrichtenreserve der Heeresgruppe B anzuschließen, aber er bekommt nie eine Heeresgruppe B zu sehen.

Die Kompanie wird aufgelöst. Der Krieg nähert sich dem Ende. Die Bomben fallen mit grauenvollem rhythmischem Donner über ganz Deutschland. Hitler weigert sich zu kapitulieren. Vater befindet sich mitten in diesem Chaos.

Gespräch mit Vater

Es wurde immer schwieriger, mit Vater ein Gespräch in Gang zu halten. Am siebzigsten Jahrestag des Endes des Zweiten Weltkriegs ist Vater dreiundneunzig, und obwohl ich die Antwort wusste – jedenfalls ungefähr –, fragte ich ihn: »Wo warst du eigentlich, als die Kapitulation kam?«

»Wie …?«

»Ja, als die deutsche Armee kapitulierte.«

Vaters Blick bewegte sich von mir fort und flackerte unruhig im Zimmer herum.

»Ja, wo war ich beim Zusammenbruch? Das müsste ich doch wissen …«

Dann schwieg er eine Weile.

»Es war ein solches Chaos …«

Er starrte leer vor sich hin und hatte nervös zusammengezogene Augenbrauen.

Ich unterbrach seine Gedanken und sagte, dass er damals wohl schon in amerikanischer Gefangenschaft war, und er antwortete schnell: »Natürlich, so war es.«

Die Stirn glättete sich. Er seufzte tief.

Ich weiß nicht, warum wir Vater nie richtig darüber ausgefragt haben, was im Krieg passiert war.

»Ich war in Norwegen.«

Das war die kurze Auskunft, die ich als Kind über Vaters Zeit als Soldat der Wehrmacht erhielt: er war in Norwegen.

Im Lauf der Zeit erfuhren wir Einzelheiten über seine Ausbildung als Dolmetscher und Dechiffrierer. Er hatte das Jusstudium abbrechen müssen, wurde stattdessen zum

Militärdienst einberufen und im Herbst 1941 zur Dolmetscherausbildung nach Berlin geschickt. Nach einjähriger Schulung tauchte die Möglichkeit auf, in Norwegen stationiert zu werden, und 1942 meldete er sich bei einer Truppe, die in Trondheim eine Funkstation aufbauen sollte. Die Monate des Wartens verbrachte er in Frankfurt, dann Weitertransport nach Oslo, und als sie endlich nach Trondheim kamen, entdeckten sie, dass die Empfangsbedingungen dort miserabel waren.

Vater schreibt in seinen Memoiren, dass es eine schöne Zeit gewesen sei, viel Muße, und durch sein perfektes Schwedisch hatte er guten Kontakt zur örtlichen Bevölkerung. In seinem Fotoalbum gibt es Bilder von hübschen Norwegerinnen, die sich auf Berghängen ausstrecken.

Schließlich fand man heraus, dass Bergen über den besten Empfang alliierten Funkverkehrs verfügte. Vater und fünfzehn weitere Männer wurden in einem kleinen Haus mit fließendem Quellwasser im Keller und Plumpsklo einquartiert.

Während des ganzen Kriegs änderten die Alliierten alle sechs Stunden die Verschlüsselungen ihrer Mitteilungen und da saß Vater in Bergen und hörte die Morsesignale ab, die nach unterschiedlichen Schlüsseln chiffriert waren. Nicht ohne einen gewissen Hohn erzählte er von den primitiven Schlüsseln der Schweden, die man im Nu knackte. Leider waren die Mitteilungen immer vollkommen uninteressant: Fahrradstreife so und so fährt da und da hin.

Ich habe mich stets ganz auf die Kriegserzählungen meines Vaters verlassen. Trotz seines jugendlichen Hangs zu Hitler war er sich, nachdem er erst eingezogen wurde, völlig klar darüber, dass sein einziges Ziel darin bestand, der Hölle lebend zu entrinnen. Ich erinnere mich gut an ein Gespräch, als ich etwa fünfzehn Jahre alt war und wir auf seine Zeit in Norwegen zu sprechen kamen. Vater erzählte etwas von einem Vorgesetzten, der eingefleischter Nazi war, und dass man aufpassen musste, was man sagte, wenn er sich in der Nähe befand.

»Was, ihr wart doch wohl alle Nazis?«, sagte ich, der mit amerikanischen Kriegsfilmen aufgewachsen war, in denen deutsche Soldaten durchweg Nazis waren.

Vater sah mich mit aufgesperrten Augen an, als ob ich nicht ganz richtig im Kopf sei.

»Was glaubst du denn? Man wusste genau Bescheid, wer Nazi war. Vor so einem durfte man nie über den Krieg klagen oder andeuten, dass man hoffte, die Invasion der Alliierten würde bald kommen, damit die Tortur endlich aufhörte. Du glaubst doch wohl nicht, dass ich ein begeisterter Soldat war?«

Um mir noch einiges zu erklären, sagte er mir zu meinem Erstaunen, dass er erst nach ein paar Jahren als Soldat gezwungen war, den Hitlergruß mit ausgestrecktem Arm anzuwenden. Vorher galt die Regel, dass ein Soldat mit Kopfbedeckung salutieren musste, indem er die Hand an die Mütze legte, wobei das »Heil Hitler« selbstverständlich obligatorisch war.

Nachdem er zu Neujahr 1944 nach Skien bei Oslo verlegt worden war, strengten sie sich angeblich an, einige wichtige Mitteilungen zur bevorstehenden Invasion, die alle erwarteten, nicht weiterzuleiten. In seinen Memoiren schreibt er, dass sie Nachrichten verschwinden ließen, die sie als wichtige Angaben zur Invasion deuteten. Aber er schreibt auch, dass er nicht wisse, ob das für den Ausgang des Kriegs die geringste Bedeutung hatte.

Der Marschbefehl Richtung Halle zur Heeresgruppe B kam in der allerletzten Phase des Kriegs. Als sich alles in Chaos und Auflösung befand, fuhren und wanderten deutsche Soldaten mehr oder weniger planlos durch Deutschland, wo bettelnde Mütter, Greise und Verwundete entlang der Wege standen und alle größeren Städte in Ruinen lagen. Schießereien, Plünderungen und Bombenangriffe gehörten zur Tagesordnung. Vater war einer von denen, die durch diese Hölle wanderten. Er hatte nur einen Gedanken im Kopf, nämlich keinen »Heldentod« zu sterben, von dem Goebbels und Hitler noch immer begeistert sprachen.

Der gesamte Harz mit Umgebung wurde zur Festung erklärt und von den Amerikanern eingekesselt. Das Gebiet sollte bis zum letzten Mann verteidigt werden, was allerdings nicht Vaters Absicht war. Stattdessen wanderte er Richtung Helmstedt, eine Stadt, die, wie er wusste, bereits von den Amerikanern kontrolliert wurde. Er wusste auch, dass man ihn auf der Stelle erschießen würde, falls er von einem Offizier ertappt worden wäre. Die Anweisung lautete: deutsche Soldaten ohne schriftlichen Marschbefehl werden als Deserteure betrachtet und umgehend hingerichtet. Vater aber hatte einen Marschbefehl nach Halle, und in dem herrschenden Chaos konnte man immer behaupten, genau dorthin unterwegs zu sein.

Er stieß auf eine Patrouille, deren Offizier seinen Befehl misstrauisch untersuchte, sich aber schließlich überzeugen ließ, sodass Vater weitergehen durfte.

Bei Helmstedt schlenderte er ruhig auf zwei amerikanische Soldaten zu, die an einen Zaun gelehnt rauchten. Sie plauderten nett miteinander, denn durch Vaters Dolmetscherausbildung sprach er fließend Englisch. Man bot ihm eine Zigarette an, und er übergab seine Waffe. Diese Anekdote erzählte mein Vater gern.

»Nachdem wir uns vielleicht zehn Minuten unterhalten hatten, sagte ich: Richtig, den hier wollt ihr möglicherweise haben. Dann zog ich meinen Revolver hervor. Hahaha.«

Vaters Englisch war perfekt, außerdem war er ein erfahrener Witzbold und konnte auch die Dickhäutigsten zum Lächeln bewegen. Es erstaunt mich also nicht, dass er dort bei Helmstedt mit einem amerikanischen Soldaten plaudern konnte. Vielleicht wurde die Sache auch dadurch erleichtert, dass er Österreicher war. Ich nehme an, dass er das kosmopolitische Fundament der Familie als mildernde Umstände anführte. Deutscher war er wirklich nicht. Deutsche – das waren die Preußen. Er war doch ein gemütlicher Österreicher! Eine Einstellung, die sich nach dem Krieg der größte Teil des österreichischen Volkes zulegen sollte.

***

Nachdem Deutschland endlich kapituliert hatte, standen die Siegermächte vor einem gigantischen Problem. Im ganzen Land gab es Millionen Zivilisten, die fast verhungerten. Viele Städte waren ausgebombt, Menschen krank oder traumatisiert. Gleichzeitig waren Hunderttausende Soldaten der Wehrmacht ebenfalls hungrig, krank und verwundet. Hinzu kamen Tausende befreiter Zwangsarbeiter, Kriegsgefangener und, nicht zuletzt, Überlebende aus den Konzentrationslagern. Alle diese Menschen standen nun, nahezu buchstäblich, mit hängenden Armen da und warteten auf den Bescheid, was sie tun, wohin sie sich begeben, wo sie schlafen und vor allem: wo sie etwas zu essen bekommen sollten.

Im ersten Jahr kamen zudem Millionen Vertriebener aus den östlichen Gebieten, in denen man in gewissen Fällen seit dem Mittelalter angesiedelt war: aus dem Baltikum, von der

Wolga, aus deutschen Siedlungsgebieten in Rumänien, dem Sudetenland, Polen und Ungarn. Das Land wurde von ausgehungerten, misshandelten, kranken und verarmten Deutschen überschwemmt.

Im Rheinland wurden schnell Gefangenenlager für deutsche Soldaten errichtet. Hunderttausende junger Männer wurden auf enormen Feldern untergebracht und angehalten, Erdlöcher zu graben, um sich vor Wind und Regen zu schützen. Es gab keine Zelte, keine Decken, keine Baracken, außer für die Soldaten der Siegermächte und die Deutschen, die als Personal und Dolmetscher benötigt wurden. Die Übrigen wurden auf diese nackten, offenen Felder gedrängt. Die ersten Lager waren im April fertig und das Frühjahr 1945 war kalt. Die Soldaten durften keine Decken von der Bevölkerung der umliegenden Dörfer entgegennehmen. Krankheiten grassierten, viele waren schwach und unterernährt, die Widerstandsfähigkeit war gering, der Tod allgegenwärtig.

Von meinem Vater erfuhr ich keine Einzelheiten aus der Gefangenschaft oder den Monaten vor Kriegsende. Aber ich sah auch keine Angst, die hinter seinem Unwillen steckte, sich zu erinnern. In seinen Memoiren schreibt er, dass sie von den Amerikanern »unsanft« behandelt wurden und es keine »angenehme Zeit« gewesen sei.

Ich fragte ein wenig nach, um zu hören, ob er sich an Einzelheiten erinnern konnte. Wurden sie misshandelt? Aber er sagte nur, dass man hin und her gestoßen wurde und Prügel bekam, wenn man sich nicht vorsah. Konnte man beweisen, dass man nicht der SS oder Gestapo angehörte, ging es gelassener zu. Und den Leuten, die an der Ostfront gewesen waren, ging es entschieden schlechter, erzählte Vater. Dort hatte es ja die schlimmsten Übergriffe gegeben und daher war es viel übler, den Russen in die Hände zu fallen. Andere Zeugenaussagen von deutschen Soldaten in amerikanischer Gefangenschaft bestätigten Schläge, ständige Demütigungen, Hunger und zahlreiche Todesfälle. Von solchen Dingen erzählte Vater nichts.

Aber er entging dem unablässigen Gebrüll nicht: »Wie viele Amerikaner hast du getötet, du Schwein?«

Vater konnte guten Gewissens antworten: keinen. Er hatte nie an Feuergefechten teilgenommen und war nie an der Front, abgesehen von den ersten Wochen des Kriegs in Polen.

Viele, viele Jahre nach dem Krieg, nämlich irgendwann in den Neunzigerjahren, kam die Frage des Tötens wieder zur Sprache, und Vater gab zu, auf den Heckenschützen in seinem Baum in Polen geschossen und sich nicht darum gekümmert zu haben, ob er verwundet oder tot war.

»Er schoss doch auf mich und meine Freunde, was willst du? Hätte ich nicht zurückschießen sollen?«

Mir wurde zum ersten Mal klar, dass mein Vater – vermutlich – einen anderen Menschen getötet hatte.

Aber was spielte sich ab, als er im Lager in Remagen Dolmetscher wurde? Er erzählte, dass sein Auftrag ihn davor bewahrte, unter offenem Himmel zu schlafen. Er erbte ein Bett, dass ein früherer Gefangener aus Ästen gefertigt hatte, zwischen denen Streifen aus Jutesäcken gespannt waren. Vater schämte sich seines Daseins, das ihm ermöglichte, trocken zu schlafen, Zigaretten zu erbetteln und Essensrationen zu bekommen, sodass er nicht hungern musste. Gleichzeitig musste er zusehen, wie die Anzahl der Todesfälle im Lager stieg.

Einmal stieß mein Vater mitten unter all den deutschen Soldaten auf einen Schweden. Er hatte seit Jahren kein

Schwedisch mehr gesprochen, nahm sich dieses Mannes namens Gunnar an und ließ ihn in seinem Zelt schlafen. Es zeigte sich, dass Gunnar in Schweden geboren wurde und einen schwedischen Vater und eine deutsche Mutter hatte. Er war deutscher Staatsbürger und war noch 1944 eingezogen worden. Er war erst achtzehn Jahre alt und wich meinem Vater nicht von der Seite, solange sie im Lager waren. Später erzählten mir Gunnars Enkel, dass mein Vater ihm das Leben gerettet hatte.

Auch Vater beschreibt es in seinen Memoiren:

Ich erfuhr, dass es auf einem Sammelplatz nebenan einen Schweden gab, und ich traf einen erbärmlichen und verängstigten Achtzehnjährigen, Gunnar Hansson, den ich aus seinem Erdloch holen und mitnehmen konnte … Als die Amerikaner begannen, die Kriegsgefangenen zu entlassen, nahmen sie zuerst Landarbeiter und Bergwerksleute. In meinen Papieren stand »Student«, also studierte ich natürlich Landwirtschaft und durfte gehen. Wir Auserwählten wurden vor der Freilassung in ein Kontrolllager gefahren und es gelang mir, Gunnar mitzunehmen – wie, weiß ich nicht mehr. Das Ganze dauerte ein paar Wochen.

Vater sprach sowohl Englisch als auch Französisch und wurde in etlichen Situationen als Dolmetscher herangezogen.

»Warst du bei harten Verhören dabei, als die Amerikaner nach SS- oder Gestapoleuten suchten?«, frage ich.

»Nein …«, sein Blick verschwindet. »Wie meinst du das?«

»Nun, gab es Schläge? Folter? Kannst du dich erinnern, ob sich jemand hinter falscher Identität versteckte, um nicht als Mörder oder Folterknecht entlarvt zu werden?«

Wieder vorsichtig und lang gezogen: »N…nein …, das glaube ich nicht.«

Dann abweisend: »Also, hör mal, ich möchte wirklich nicht darüber sprechen.«

Österreich lag in der sowjetischen Zone und es sollte ein weiteres Jahr dauern, ehe er wieder nach Sauerbrunn fahren konnte. Nach Schweden bekam man kein Visum. Ein solches musste von allen Siegermächten unterschrieben werden und ging man als Letztes zu den Russen, weigerten sie sich, da sie die anderen Unterschriften sahen. Und fing man bei den Russen an, weigerten sich die Amerikaner, da sie die russischen Stempel sahen.

In seiner Verzweiflung fuhr Vater per Anhalter nach Bremen, um zu versuchen, als blinder Passagier auf ein Schiff nach Schweden zu gelangen. Gunnar hatte bereits seine Einreisedokumente durch den schwedischen Konsul Hagander in Weinheim bekommen und die beiden hatten sich getrennt. Aber nach einigen Wochen in Bremen gab Vater auf. Es gab keinen schwedischen Kapitän, der einen Deutschen ohne Papiere mitnehmen wollte, wie gut er auch Schwedisch sprechen mochte.

Es sollte zwei weitere Jahre dauern, ehe Vater Småryd und Schweden wiedersehen sollte.

Die vereitelte Schwedenreise 1939 war der erste von acht Sommern außerhalb des Paradieses.

Karin in Stockholm

In den wenigen erhaltenen Briefen aus den Kriegsjahren von Wetti an meine Großmutter lese ich, dass man in Österreich einigermaßen mit Lebensmitteln versorgt ist. Aber es gibt einen ständigen Bedarf an Kleidung.

Wetti schreibt ausführlich an Karin in Stockholm und schildert, was für wen gebraucht wird. Karin verpackt Socken, Pullover und einmal einen robusten Wintermantel, den ihr eine Freundin geschenkt hat. Sie legt so viel Salz und Zucker hinzu, wie sie entbehren kann, und geht zum Postamt am Karlaplan.

In der Schlange trifft sie eine Dame, der sie schon mehrfach begegnet ist und die ebenfalls Bedarfsartikel verschickt, allerdings nach Ostpreußen. Es ist der letzte Kriegswinter, und ihr Gesichtsausdruck wird jeden Monat angespannter. Sie unterhalten sich meistens ein wenig miteinander und sind sich klar darüber, dass es nur noch eine Frage der Zeit ist, ehe die Russen Königsberg und vermutlich auch den Rest dieses Landesteils einnehmen werden.

Gegen Ende des Sommers 1944 stürzten britische Bomber in Skåne ab, die nach Stettin und Königsberg unterwegs waren. Karin war auf Småryd und hörte die Flugzeuge die ganze Nacht. Es handelte sich um eine grobe Verletzung der schwedischen Neutralität und Karin fühlte sich zwiespältig. Die abgestürzten Flugzeuge sorgten für beträchtliches Aufsehen.

Jeder will ein Ende des Krieges, aber sie hat viele Freunde in Deutschland, Freunde, deren Wohnungen und Heimatstädte nun in Ruinen gelegt werden. Sind sie noch am Leben? Kann Hitler nicht endlich kapitulieren?

Am Schalter zur Auslandspost wird Karin allzu oft, wenn nicht gerade als Nazi, so doch für jemand gehalten, der Deutschland siegen sehen will. Schließlich schickt sie ja Pakete nach Deutschland, wie Österreich immer noch heißt – was sollten sie wohl sonst denken? Manchmal sitzen ausgemachte Nazigegner am Schalter, denen sie erklären muss, dass nicht alle Deutschen Nazis sind. Oder es ist umgekehrt. Man schaut auf die Adresse und nickt vielsagend: »Sie wollen sicher auch, dass Deutschland gewinnt, nicht wahr, Frau Bolin?«

Wenn sie sie dann kurz anfaucht, betrachtet man sie als eine Art Selbstquälerin, die nicht weiß, was gut für sie ist. Aber sie möchte auch nicht allzu deutlich sein.

Im Spätherbst erhält Hans schließlich seinen Einberufungsbefehl und sie muss sich zur deutschen Botschaft begeben, wo sie gezwungen ist zu beteuern, dass Hans ein guter Deutscher sei, der nichts lieber möchte als seinem Land dienen. Aber zum Frühjahr macht er seinen Schulabschluss und es müsse doch möglich sein, ein knappes Jahr Aufschub zu bekommen.

Die Stimmung ist, gelinde gesagt, bedrückend. Der Botschaftsbeamte, ein älterer Herr in Uniform mit Hakenkreuz auf dem Ärmel, hat einen Stapel Papiere vor sich.

»Hoffenreichs Vater ist ein alter Marxist, wie ich sehe. Hat das vielleicht mit Ihrem Unwillen zu tun, Ihren Sohn dem Reich dienen zu lassen?«

»Ernst ist seit mehr als zehn Jahren nicht politisch aktiv. Er ist sowohl verantwortlich für den Luftschutz in seiner Stadt als auch Mitglied im nationalsozialistischen Juristenbund.«

»Aber er ist nicht Parteimitglied, wie ich sehe?«

Endlich bekommt Hans dennoch seine Papiere, aus denen hervorgeht, dass er Aufschub bis nach dem Abschluss erhält. Aber sofort anschließend soll er einberufen werden.

Am Abend feiern sie zusammen mit Maria. Sie hat gerade an Ministerpräsident Per Albin Hansson geschrieben und die schwedischen Sozialdemokraten zu tun gebeten, was in deren Macht steht, um Informationen über ihren Bruder Karl zu bekommen. Hansson antwortet höflich, dass sie selbstverständlich alles, was sie können, für Genosse Seitz unternehmen werden, den sie sehr gut kennen.

Karl wurde im Juli 1944 verhaftet und ins Konzentrationslager Ravensbrück gebracht, wo alle Spuren im Sand verliefen. Die schwedischen Sozialdemokraten hatten eine enge Zusammenarbeit mit den österreichischen, und Maria hofft, dass diplomatische Verbindungen bestehen, die ihr helfen können, etwas über ihren Bruder zu erfahren.

Im vergangenen Jahr ist es immer deutlicher geworden, dass sich der Krieg dem Ende nähert und Deutschland ihn verlieren würde. Karin weiß, dass Gerhard aus Norwegen abgezogen wurde. Sie weiß nicht genau, wohin man ihn versetzte, aber nach seinen Briefen zu urteilen, befindet er sich nicht an der Front. Sie freut sich, dass der Postverkehr nach wie vor funktioniert, sodass sie sich nicht allzu sehr sorgen muss.

Von ihren jüdischen Freunden hat sie allerdings seit Jahren nichts gehört. Sie ist überzeugt davon, dass sie in Konzentrationslagern ermordet wurden. Karin ist sogar geneigt, den Berichten über systematische Vergasungen von Juden zu glauben.

Freunde aber, darunter auch viele Juden, wollen den entsetzlichsten Nachrichten nicht glauben, die florieren. Ein beträchtlicher Teil meint noch immer, dass sich Hunderttausende Juden in Konzentrationslagern befinden und keinen Kontakt mit Angehörigen haben dürfen. Wer Verwandte in ganz Europa hat, kann sich nicht denken, dass alle ermordet sein können. Sie weigern sich, die Hoffnung aufzugeben. *Bald erfahren wir etwas, bald werden sie freigelassen.*

Karins Zeit in Schweden ist nicht in dem Maß von Glück und Erleichterung geprägt, wie sie sich erhofft hatte. Zum Teil liegt es am Krieg, der sich in Briefen und Gesprächen ununterbrochen bemerkbar macht. Sie hat Freunde und Verwandte, die sich in Deutschland, Frankreich und Russland befinden. Gusti und Marianne sind noch in Paris, Greta und Erik sind in die USA gezogen. Gertrud schickt Ölfarben an ihren Neffen Gusti, der sich in der Provinz aufhält und malt. Sowohl er als auch Marianne verkehren in Künstlerkreisen, wo der Widerstand gegen die Deutschen stark ist. Greta schreibt aus den USA und ist in Sorge, dass sie Helden spielen und ihr Leben riskieren könnten.

Aber auch auf rein privater Ebene ist es schwierig, sich in Stockholm einzurichten. Karin ist fast fünfzig Jahre alt und muss eine Arbeit finden. Ihre kleine Rente aus väterlichem Erbe und der Juwelierfirma reicht gerade für die Miete, und Henrik macht durchaus deutlich, dass von der Firma höchstens sporadische Extraeinnahmen zu erwarten sind. Sie haben eine lange Spanne schwieriger Zeiten erlebt und der Krieg macht die Situation noch komplizierter. Sie muss selbst einen Ausweg finden.

Gerhards Weg Richtung Schweden

Als Vater im Frühjahr 1946 endlich die Möglichkeit bekam, aus dem hessischen Dorf, in dem er zu der Zeit lebte, nach Österreich zurückzukehren, fuhr er in einem alten Schrottauto, das er von den Amerikanern gekauft hatte. Sein Leben lang hat er seine Autos mit Namen versehen, dieses hier hieß Hector.

Er fuhr nach München, wo er eine Repatriierungskommission aufsuchen musste. In Deutschland war er Ausländer geworden und einen österreichischen Pass hatte er nicht. In seinen Memoiren schreibt er:

Ich bekam meine Papiere, auch für Hector, und wir wurden auf einen Güterzug Richtung Salzburg verladen. Hector war auf der Ladefläche angebunden und ich saß im Auto, nicht gerade angenehm. In Salzburg wurden wir auf einen Bahnhof ausrangiert und niemand konnte mir sagen, wann wir an einen Zug nach Wien gehängt würden. Daher entschloss ich mich, mit einem Personenzug zu fahren und Hector seinem Schicksal zu überlassen. Ich hoffte, dass er jedenfalls innerhalb einer Woche oder so nach Wien finden würde, was auch geschah. Hector funktionierte danach noch immer, aber alle losen Teile wie Wagenheber, Werkzeug und so weiter waren gestohlen … Das Wiedersehen mit Vater, Wetti und auch mit Hilda und Hugo nach den fürchterlichen Verwüstungen der Russen war herrlich. Abgesehen von Plünderungen und Schikanen waren glücklicherweise alle vollkommen unversehrt.

Als Österreich 1947 endlich wieder berechtigt war, Pässe und Ausreisegenehmigungen auszustellen, reiste Vater so schnell er konnte mit dem Zug nach Schweden und wurde in Helsingborg von seinem Bruder Hans abgeholt, der sich inzwischen den Nachnamen Bolin zugelegt hatte. Sie hatten einander zuletzt gesehen, als sie siebzehn und zwölf Jahre alt waren. Jetzt waren sie erwachsene junge Männer von sechsundzwanzig und einundzwanzig Jahren.

Einige Tage vor Mittsommer konnte ich mit dem Zug von Wien nach Basel und von dort mit dem Linienbus nach Schweden fahren … Das Gefühl, Hans an der Landungsbrücke stehen und winken zu sehen, ist unbeschreiblich. Von dort nahmen wir den Zug nach Båstad, wo es große Wiedersehensszenen mit Mutti, alte Babi, Hinke, Gaba und allen anderen dort gab. Ich bezog mein altes Zimmer auf dem Dachboden. Die ersten Tage vergingen wie im Traum. Ich ging im Haus umher, im Park und genoss einfach … Wettermäßig war dieser Sommer einzigartig, keine Wolke am Himmel, Wärme, vertrockneter Rasen. Nach reiflicher Überlegung mit Mutti und Hinke entschloss ich mich recht bald, in Schweden zu bleiben und dort meinen Lebensunterhalt zu bestreiten. 1947 konnte niemand vorhersagen, wie sich die Lage in Österreich während der Besatzung entwickeln würde, und da ich auch keine Lust hatte, die Schulbank zu drücken, meinte ich, dass die Aussichten, mir eine Existenz aufzubauen, hier bestimmt besser waren als in Österreich.

Vater schreibt sehr wenig über die Gefühle in seinem Innern. Hier, in Schweden, stand er zwischen Verwandten, die nicht zu sehen gezwungen waren, was er im letzten Kriegsjahr gesehen hatte. Ein Krieg lag zwischen ihnen. Hier oben hatten sie paradiesisch isoliert gelebt. Warum hatte er nicht bei ihnen sein können? Fragten sie ihn? Erzählte er ihnen über den Krieg?

Die Villa auf Småryd war wie üblich voller Menschen. Seine Großmutter Babi war eine alte, etwas vergessliche Dame geworden. Er beschreibt, wie sie ihn im Garten herumführte: *»Schau mal, wie alles gewachsen ist«, wiederholte sie immer wieder.*

Näheres darüber, wie seine Mutter oder andere Verwandte sich ihm gegenüber verhielten, als er zurückgekommen war, schreibt er nicht. Wie reagierte Karin, die ihren Sohn so viele Jahre nicht gesehen hatte? Nichts darüber.

Cousin Gusti, der beste Spielkamerad früherer Sommer, war in Paris. Er hatte geheiratet, eine Tochter bekommen und versuchte sich als Künstler. Es sich leisten zu können, nach Småryd zu fahren, war ausgeschlossen. Seine Schwester Marianne wollte sich als Tänzerin durchbringen und nach New York ziehen. Ihre Eltern, Erik und Greta, waren nicht zufrieden mit den Berufswünschen ihrer Kinder, aber nun war es zu spät, sie auf andere Gedanken zu bringen. Gusti hatte zunächst seinen Vater angeschwindelt und behauptet, eine Ausbildung als Architekt zu machen. Während des gesamten Kriegs hatten Gusti und Marianne in Paris oder in der französischen Provinz und ihre Eltern in Kalifornien gewohnt.

Nun hatte Vater einen ganzen Sommer auf Småryd vor sich und tat alles, um die acht Jahre aufzuholen, die ihm der Krieg gestohlen hatte.

Nicht ohne Stolz erzählte er davon, dass er in den ersten Jahren in Båstad und Stockholm die meiste Energie auf Feste und Damengesellschaft verwendete. Der Frieden und das Bedürfnis, Verlorenes gutzumachen, entschuldigten vieles.

Als er nach dem ersten Sommer nach Stockholm zog, konnte er bei seiner Babi Maria wohnen. Er gab eine Anzeige im *Svenska Dagbladet* auf: »Schwedisch-Österreicher, gerade aus Österreich zurückgekehrt, sucht guten Zukunftsplatz, am liebsten in Firma für Import/Export. Verfüge über gediegene Sprachkenntnisse: Englisch, Deutsch, Französisch sowie über sechs Jahre Praxis als Dolmetscher und Übersetzer.«

Man mag sich fragen, welche Rückschlüsse ein Arbeitgeber daraus zog, dass ein sechsundzwanzigjähriger Österreicher 1947 angibt, über gediegene Erfahrungen als Dolmetscher und Übersetzer aus den letzten sechs Jahren zu verfügen. Jedenfalls bekam Vater recht bald verschiedene Arbeiten. Wieder waren seine Sprachkenntnisse der Schlüssel zum Überleben. Diesmal in etwas weniger buchstäblichem Sinn als während der amerikanischen Gefangenschaft.

Vater war auch darauf bedacht zu erzählen, wie er einmal, nachdem er sich in Stockholm niedergelassen hatte, zu einem Essen eingeladen wurde, bei dem Smoking erwartet wurde. Onkel Hinke ging mit ihm zu einem vornehmen Herrenausstatter und kaufte ihm einen Smoking, einen dunklen Anzug und einen Wintermantel. Dann schaute er Gerhard in die Augen und sagte: »Das ist, was du von mir bekommen kannst. Damit musst du ab jetzt selbst zurechtkommen.«

»Das war wirklich nett von Hinke«, sagte Vater mit Bewunderung in der Stimme.

Bei anderer Gelegenheit lieh ihm Hinke Geld für ein Radio. Vater erzählte, dass Hinke sehr beeindruckt war, weil Vater pünktlich jeden Monat seine Schulden abbezahlte.

Im Sommer 1953 ist Vater mit Boris bei einer eleganteren Geselligkeit in den Stockholmer Schären. Etwa siebzig Personen unterschiedlicher Generationen sind dorthin eingeladen, um Mittsommer zu feiern. Die Buben schlafen auf Matratzen in der Scheune oder auf dem Heuboden.

Bei dem Fest lernt er ein hübsches junges Mädchen kennen: Birgitta Houmann. Sie ist zwanzig Jahre alt, er wird bald dreiunddreißig. Gerhard verliebt sich sofort und weiß noch am selben Abend, dass er endlich die Frau gefunden hat, die er heiraten und mit der er eine Familie bilden will. Birgitta lässt sich gern von diesem eleganten, schon etwas älteren Mann die Aufwartung machen. Als sie lachend hört, aus welcher Familie Bolin er stammt, ruft sie launig aus: »Dann kann ja nie etwas aus uns beiden werden – wir sind ja verwandt!«

Sie versuchen, sich Klarheit über die verwandtschaftlichen Verhältnisse zu verschaffen, und kommen zu dem Ergebnis, dass Gerhards Mutter und Birgittas Großmutter väterlicherseits wohl Cousinen zweiten Grades sein müssen.

Aber Birgitta fühlt sich von dem humorvollen Mann angezogen. Gegen Ende des Abends erklärt er: »Du tust mir leid, einen Mann heiraten zu müssen, der so viele Schulden hat.«

Birgitta lacht und weiß nicht recht, was sie davon halten soll.

Im Sommer ist sie wie üblich mit ihren Eltern und jüngeren Geschwistern in Torekov, ganz in der Nähe von Båstad. Vater lädt sie zu einem Tennisturnier ein. Er hat einen Sommerjob als Schiedsrichter und verschafft auch ihr einen Passierschein. Darauf steht: *Frau Birgitta Bolin-Hoffenreich.*

Birgitta lacht etwas geniert, beginnt aber, die Ernsthaftigkeit hinter Gerhards intensivem Flirt einzusehen.

Im Januar 1954 heiraten Gerhard Bolin-Hoffenreich und Birgitta Houmann in der Skeppsholmskirche in Stockholm. Mein Großvater Ulf Houmann hält eine gelungene Rede, in der er hauptsächlich darauf eingeht, dass entfernt Verwandte nun wieder miteinander verbunden werden.

Der Einzige, der aus Österreich zur Hochzeit kommt, ist Vaters Onkel Toni. Ernst fehlt die Kraft und Wetti bleibt an seiner Seite zuhause in Sauerbrunn.

Die Dame des Hauses

Die Folgen des Krieges – oder eher dessen Auswirkungen – waren auf Småryd bis weit in die Siebzigerjahre zu spüren. Meine Erfahrungen waren vom Walten meiner Großmutter, meiner Babi in der Villa bestimmt. Vaters Babi Maria starb 1954, drei Jahre vor meiner Geburt.

Meine Babi Karin war die ganze Zeit mehr oder weniger von der Firma W. A. Bolin abhängig, durch den monatlichen Erbteil, aber auch durch gelegentliche Zuwendungen und Geschenke für Auslandsreisen, die sie von Onkel Hinke erhielt, der jetzt Inhaber der Juwelierfirma war.

Als Karin 1942 nach Stockholm zog, war die Wohnungsfrage die dringlichste. Mithilfe von David Nasiell, einem Freund der Familie, konnte sie eine Einzimmerwohnung in der Brantingsgatan im Stadtteil Gärdet mieten. Auch Hans wohnte kurz dort, aber da er ein Internat besuchte, wurde mit Maria verabredet, dass er ein Schlafzimmer in ihrer Vierzimmerwohnung behalten konnte, sodass Babi ihre Wohnung für sich hatte.

Babi lernte David Nasiell immer näher kennen. Er war ein gebildeter, geschiedener, jüdischer Mann, ein wenig bieder, aber mit ruhigem ironischem Humor. Nachdem er gelungene und große Geschäfte in der Forstindustrie getätigt hatte, beschäftigte er sich jetzt zumeist mit Antiquitäten. Seine große Wohnung am Strandvägen, der Stockholmer Paradestraße, war gemütlich: eine Mischung hübscher Möbel unterschiedlicher Epochen und an den Wänden klassische Kunstwerke in wuchtigen Goldrahmen.

In Wiener Neustadt und Sauerbrunn war Babi bewusst geworden, dass ihr Hang zu jüdischen Personen damit zusammenhing, dass sie häufig ihre Wertvorstellungen teilten und, nicht zuletzt, Kosmopoliten wie sie waren. Was, im Gegensatz zu den Behauptungen der Antisemiten, keineswegs bedeutete, dass sie weniger loyal oder gefühlsmäßig weniger verbunden mit ihrer Heimat waren. Für Babi ging es darum, dass sie wusste, dass es jenseits des eigenen Dorfes oder Gartens etwas anderes gab, dass Leben und Menschen dort ebenso gut sein konnten wie an dem Ort, wo sie gerade wohnte.

Im ersten Winter in Stockholm, 1942, genoss sie die Freiheit, nicht mehr wegschauen zu müssen, sich nicht mehr schämen zu müssen, weil man nicht einschritt, genoss, dass sie allmählich die zermürbende Furcht und die Unruhe loswurde. Sie merkte, dass sie nicht daran gewöhnt war, mit Freunden offen über die Ereignisse des Kriegs zu reden, auch wenn man in einem Café saß und zusammen spazieren ging. Es gab allerdings auch viele, die nicht zuhören wollten. Am liebsten sprach sie mit ihrer Mutter über den Krieg. Die Schweden verstanden nicht, was es hieß, in einer Diktatur zu leben. Auch die überzeugten Nazigegner, die sie traf, konnten vorwurfsvoll fragen: »Wie können alle nur zusehen, wenn Menschen ermordet werden?«

Karin wusste, dass die Frage berechtigt war, aber das machte eine Antwort nicht leichter. Wer schaffte es, ein Held zu sein und das eigene Leben zu riskieren? Was wussten die Schweden schon davon, in einer Gesellschaft zu leben, in der das Gewaltmonopol grölenden Horden junger Männer überlassen war, die Menschen, die den Hitlergruß nicht richtig gemacht hatten, misshandelten, sodass sie lebenslängliche Gebrechen davontrugen? Die Täter wurden nie zur Rechenschaft gezogen, sondern stattdessen als Helden bezeichnet.

»Versuch doch einmal, nur für einen Tag unter diesen Bedingungen zu leben«, dachte sie, als sie gegenüber einer jüdischen Freundin in Schweden das schweigende Volk in Deutschland und Österreich rechtfertigen sollte.

Karin engagierte sich in Vereinen, die Flüchtlingskinder empfingen. Ihr fiel auf, dass es auch in der schwedischen Gesellschaft einen starken, wenngleich oft verborgenen Antisemitismus gab. Sie versuchte, die Logik zu verstehen, wonach man noch 1939 jüdischen Ärzten verwehrt hatte, nach Schweden zu kommen.

Bei Geselligkeiten und Abendessen unter schwedischen Freunden merkte sie, dass es keineswegs ungewöhnlich war, dass man an die systematische Verfolgung und Tötung von Juden in Deutschland nicht recht glaubte. Sie gab es auf zu betonen, dass ihr bereits 1933 vieles bewusst gewesen war. Und die Kristallnacht 1938 – hatten sie nie davon gehört? Wie konnten sie behaupten, nichts zu wissen?

Ein Grund, weshalb sie sich bei David Nasiell so wohlfühlte, bestand darin, dass sie mit schwedisch-jüdischen Freunden häufig und ausführlich über den bedrohlichen Nazismus reden konnte. Und sie schätzte es, dass zum Kreis um David zum größten Teil Menschen gehörten, die begriffen hatten, wie Deutschland durch die Nationalsozialisten zerstört worden war.

Aber als der Frieden kam und mit ihm die Erkenntnis über die Konzentrationslager, spürte Karin dennoch, dass das Entsetzen ihre finstersten Schreckensbilder übertraf. Sie hatte zwar gewusst – aber nicht dies. Nicht dieses Ausmaß, nicht diese vollständig eiskalte, unbegreifliche Grausamkeit. Sie konnte es nicht verstehen. Wie hatte das geschehen können?

Wie hatte es sich vollzogen? Wann hatte es begonnen? Was hätte sie tun sollen?

***

Karin wird mehrfach zu David Nasiell nach Haus eingeladen. Dort trifft sie immer eine nette Mischung schwedisch-jüdischer Familien und ganz gewöhnlicher *goyjems*, wie sie sich auch selbst lachend beschreibt. Sie ist mit David zu Ausstellungen und ins Theater gegangen, und er ist keineswegs so »holzig«, wie einige meinen. Sie mag ihn, und sie treffen einander immer öfter.

Die Abendessen bei David sind häufig ziemlich formell: die Herren im Smoking, die Damen in eleganter Abendtoilette. Babi lässt sich von Gaba helfen, neue Kleider zu nähen, und bei den Geselligkeiten ist sie in ihrem Element: in diesem Kreis fühlt sie sich wohl, hier ist sie gern, da man am Tisch oft mehrere Sprachen spricht und die Konvention nicht eng und beschränkt ist. Nahezu jede Woche ist bei David irgendetwas los und Karin wird immer häufiger eingeladen.

»Wie sieht es eigentlich mit deinen Möbeln aus?«, fragt David eines Tages plötzlich.

Karin muss zugeben, dass es damit recht dürftig ist, aber sie hat auch nicht sonderlich viel Platz. Es zeigt sich, dass David zufällig an einen kleinen Rokokokasten geraten ist, der ausgezeichnet in ihre kleine Wohnung passen würde. Nichts Besonderes, eine schwedische Provinzarbeit, aber wirklich hübsch. Er könnte ja einstweilen bei ihr stehen.

Karin zögert, sie kann ihn nicht gut als Geschenk annehmen, aber David versichert ihr, nur froh zu sein, falls der Kasten bei ihr stehen könnte, bis er vielleicht einen Käufer dafür findet.

Sie lächelt. David ist wirklich zu nett. Geld ist ihr ständiges Problem, vor allem bei der Einrichtung ihrer Wohnung. In Estrid Ericsons noblem Geschäft am Strandvägen hat sie die hübschen Stoffe im Peppi-Frank-Design gesehen, musste aber fast lachen, als sie die Preise erfuhr.

Nein, sie muss wohl mit anderem vorliebnehmen. Aber sie hatte ein nettes Plauderstündchen mit Frau Ericson über Josef und Anna Frank, die sich in den USA befinden. Zu Beginn des Kriegs waren etliche Juden aus Schweden geflohen, weil sie fürchteten, es könnte wie in Dänemark und Norwegen kommen.

David Nasiells Rokokokasten bleibt auch nach dem Krieg in ihrem kleinen Zimmer und eines Abends ruft er sie an und fragt, ob sie auf eine Tasse Tee zu ihm kommen könne, da er etwas mit ihr zu besprechen habe. Sie hört, dass es sich um etwas Wichtiges handelt, mit dem er sich lange beschäftigt hat.

Karin ist gespannt, worauf es wohl hinauslaufen werde, als sie dort auf seinem großen Sofa sitzen und er ihr in allen denkbaren Tonarten Lob singt. Er will doch wohl nicht …? Nein, sie ist sich sicher, dass er sich nicht auf diese Weise für sie interessiert, ebenso wenig wie sie für ihn. Aber worum geht es?

Schließlich rückt er mit der Sprache heraus: »Liebe Karin, wenn es jemanden gibt, der weiß, wie oft ich hier Gäste habe, dann bist du es. Aber ich weiß nicht, ob du gemerkt hast, dass ich es im Grunde genommen schwierig finde, alleiniger Gastgeber zu sein?«

»Nun …«, Karin weiß nicht, was er bezweckt.

»Lily ist eine fantastische Köchin, aber das ist etwas anderes. Was ich brauche, ist eine Gastgeberin. Eine gebildete Frau, die elegant ist, Humor hat, die Gäste auf passende Weise zueinander setzen kann und Freude daran hätte, bei Geselligkeiten meine rechte Hand zu sein. Ja … eine Art Dame des Hauses, ohne es zu sein.«

Er sieht Karin ernsthaft an, und sie lächelt.

»Wie ein Paar, aber ohne das Alltägliche und Langweilige«, lacht sie.

David ist erleichtert.

»Ja, so kann man es sehen. Aber ich möchte auch sehr gern, dass du … nun, ich frage gerade dich, weil wir, liebe Karin, wie du weißt, auch sonst Freunde sein und zusammen ins Theater, in Konzerte gehen oder ins Ausland reisen können.«

Wieder lacht Karin, und dann streichelt sie ihm die Wange.

»Du bist so lieb, David. Ja, das hört sich wie eine richtig gute Idee an.«

»Und du sollst wissen«, sagt er, »dass du ein ordentliches Gehalt bekommst. Ich werde so bald wie möglich mit meinem Anwalt darüber reden.«

Sie ist sich darüber im Klaren, dass David sie auch finanziell unterstützen möchte. In letzter Zeit hat er sie mehrfach gefragt, ob sie etwas brauche oder er ihr auf andere Weise behilflich sein könne. Sie hat stets geantwortet, dass sie allein zurechtkomme.

Was nicht ganz stimmt. Sie hat ihre kleine Rente von ihrem Vater, ist aber dennoch auf Henrik angewiesen, der ihr hin und wieder etwas zuschießt. Aber sie verabscheut es, mit dem Hut in der Hand zu ihm zu gehen, obwohl sich das Verhältnis zu ihrem Bruder gebessert hat.

Henrik veranstaltet nun äußerst beliebte Wanderungen, an denen auch David und sie teilnehmen. Jeden Sonntag treffen sich die »Freunde der Wanderer« im Park Humlegården in der Stockholmer Innenstadt. Henrik hat eine Wanderroute ausgewählt, die etwa eine Autostunde von Stockholm entfernt liegt. Dort mimt er den Wanderführer und oft endet man in einem Café, zuweilen haben bedeutende Opernsänger zur Unterhaltung beigetragen.

Karin nimmt also Davids Vorschlag an, und sie vereinbaren, es einfach einmal zu versuchen. Bei den kommenden Abendessen will er die Gäste in seinem und Karins Namen willkommen heißen und sagen, dass er sich darüber freue, dass sie an diesem Abend Gastgeberin sein möchte. Dann würde man sehen, ob es zu einer dauerhaften Lösung werden könne. Sie solle genau wie eine Gattin sein, die Gäste an der Tür empfangen, bis zuletzt bleiben, und er möchte schlafen gehen können, während sie mit Lily alles wegräumt.

Karin ist auch froh, auf diese Weise Zeit zu haben, sich um ihre Mutter kümmern zu können. Margit und Hinke arbeiten Vollzeit und haben nicht viele Gelegenheiten. Zwar soll Babi fast jeden Tag zu David gehen, aber sie hat eigene Schlüssel und kann kommen und gehen, wann sie will, und braucht nicht den ganzen Tag dort zu verbringen. Das passt ihr ausgezeichnet.

***

Babi blieb David Nasiells Hausdame und engste Freundin bis zu seinem Tod 1958. Er konnte ihr noch zu einer geräumigeren Zweizimmerwohnung in der Nähe des Karlaplan verhelfen. Im Lauf der Jahre reisten sie recht viel zusammen und David war im Sommer häufig auf Småryd.

In der Traueranzeige werden seine Geschwister und Neffen zuerst genannt, dann Karin Bolin gefolgt von Karin Andersson, die Davids Mietshäuser betreute.

Ich bekam den Kontakt zu Davids Neffen Gustav, als er über neunzig war. Er war Ingenieur und wohnte nun in der Nähe von Los Angeles. Er war äußerst gerührt, als er von meiner Großmutter erzählte: »Ich habe Davids Geselligkeiten noch gut im Gedächtnis. Er gab viele Partys, die ziemlich formell waren, aber Karin war eine glänzende Hausdame. Sie vollbrachte Wunderwerke an David. Ich liebte sie. Weißt du«, fuhr er fort, »David war eigentlich ein sehr reservierter kleiner Herr, aber Karin brachte ihn in Schwung.«

Er lachte und erzählte, dass die ganze Familie so froh war, als Karin in sein Leben trat. David sei auch ein wenig geizig gewesen, aber das wurde mit Karin anders.

»Gewiss, viele wussten nicht recht, was sie eigentlich für ein Verhältnis hatten, aber wir, die wir ihnen nahestanden, sahen, dass es perfekt für sie beide war. Sie waren wie ein Paar. David ging keinen Schritt ohne Karin. Sie war es, die Ideen hatte und Entscheidungen traf. Das war ganz deutlich. Und sie schliefen bestimmt im selben Zimmer, wenn sie verreisten. Da bin ich mir sicher!«

EPILOG

Die Tür zum Esszimmer der Villa ist riesig und schwer. Ich greife nach der Klinke in Höhe meiner Nase und schaue vorsichtig hinein. Dort sitzen sie alle und essen.

Onkel Hinke kaut mit offenem Mund an seiner Rohkost. Das sieht eklig aus. Allerlei Tanten, vereinzelte Onkel, die Suppe von den großen, blau-weiß geblümten Hutschenreuther-Tellern schlürfen.

Babi streckt mir den Arm hin, ihre Brille hängt an einer Schnur um den Hals.

»Komm! Der ist lieb!«

Das höre ich oft. Ich reite narzisstisch auf dem Vorzug des Jüngsten, immer der Liebe, Gefügige, Altkluge und Tüchtige sein zu dürfen. Selten bekomme ich die Anschnauzer, strengen Blicke, den Ärger oder den Argwohn, denen mein Bruder und mein Cousin Christian täglich ausgesetzt sind. Ich lerne, mich zu verschanzen oder an den Blödeleien teilzunehmen, ohne sie tatsächlich auszuführen: wenn wir unsere erdigen Hände an der sauberen Wäsche abwischen, die so einladend im Wind trocknet, wenn wir systematisch die Scheiben der Essigfabrik und der Treibhäuser demolieren, wenn wir Boris Geld stehlen. Ich bin der Mitläufer, der weder Verantwortung für die Taten übernimmt noch dafür bestraft wird, jedenfalls nicht in demselben Umfang.

Jetzt wurde ich auf eine dieser unfreiwilligen Begrüßungsrunden geschickt. Ich weiß, dass Babis Arme vorübergehenden Schutz bieten. Sie tut immer etwas: Mit ihr bäckt man oder man redet, während sie die Rosen beschneidet.

Stillsitzen ist nicht ihre Sache. Außer wenn sie Kreuzworträtsel in Reichweite hat. Sie sind auch der einzige Anlass, weshalb sie das *Svenska Dagbladet* kauft. Ich denke nicht darüber nach, aber in unserer stark konservativen Familie ist diese bürgerliche Zeitung ebenso selbstverständlich wie der Dry Martini vor dem Abendessen – jedenfalls im Sommer – oder die Gepflogenheit, seiner Tischdame zuzutrinken.

Viel später wird mir bewusst, dass meine Großmutter auch hier als ein etwas fremder, radikalerer Vogel in der ansonsten konservativen Schar von Freunden und Verwandten betrachtet wird, die im Sommer Småryd bevölkern.

»Aber Kaja war doch Kommunistin!«, sagte Gusti, als ich ihn in den Neunzigerjahren interviewte. Auch er benutzte also einen Kosenamen für meine Großmutter.

Ich korrigierte ihn lachend und sagte: Sozialistin vielleicht, aber schwerlich Kommunistin.

»Jedenfalls erinnere ich mich, dass Kaja anders war, und als ich jung war, wurde auf Småryd reichlich debattiert und gestritten«, lachte Gusti.

Aber Babi hatte keinerlei Vorurteile, war neugierig und sehr an meinen Ansichten interessiert, als ich etwa zwanzig Jahre alt war und mich nicht immer in Harmonie mit der übrigen Verwandtschaft befand. Ihre Augen glänzten: »Oh, du bist Revolutionär! Lass hören!«

Ich musste sie enttäuschen, was meinen revolutionären Eifer betraf, erklärte aber, so gut ich konnte, weshalb ich keinen Schlips tragen und nicht Jurist oder Ökonom werden wollte.

Später bekam ich es ein einziges Mal schwarz auf weiß, dass Babi in politischen Fragen nicht wie der Rest der Familie dachte. Bei der Volksabstimmung über die schwedischen Kernkraftwerke 1980 wollte sie für deren Abschaffung stimmen.

»So alte Weiber sollten nicht abstimmen dürfen!«, reizte mein Vater sie, halb liebevoll und halb ernsthaft irritiert.

Babi lächelte sanft und antwortete, dass es andere gebe, die eigentlich nicht abstimmen dürfen sollten.

Am Wahltag hatte sie nicht die Kraft, sich zum Wahllokal zu begeben, und ich stimmte stattdessen für sie mit ihrer Vollmacht ab. Vater seufzte und bedauerte seine einfältigen Verwandten, die uns auf das Niveau der Neandertaler zurückführen wollten.

In meiner Kindheit hatte ich auf Småryd das Gefühl, dass Babi sich selten außerhalb der Küche aufhielt. Die Zeit der Haushaltshilfen war vorbei. Nun hatte man entweder den ungarischen Koch und Freund Onkel Sarközy oder einige »Mädchen«, die aushalfen. Die Mädchen waren häufig siebzehn- bis neunzehnjährige Freundinnen der Tochter einer befreundeten Familie, die gern in einem Haushalt mit zehn bis zwölf Sommergästen Hand anlegen wollten.

In einigen Sommern waren es finnische »Mädchen«: Aila und Birgitta. Sie stehen dort auf den Familienbildern. Birgitta mit ausgestellten roten Hosen, toupiertem Haar und Zigarette in der Hand, Aila mit geblümtem Kleid und etwas gebeugtem Rücken. Ich weiß noch, dass sie Pfeife rauchte, aber das sieht man nicht auf dem Bild. Einmal schlichen wir uns in Ailas Zimmer auf dem Dachboden und stahlen ihr Zigaretten. Sie wurde ausgesprochen wütend. Wie alt mag sie gewesen sein? Achtzehn, neunzehn? Alle »Mädchen« gehörten sozusagen zur Familie. Babi wollte keine Aufteilung: auf Småryd aß man zusammen.

Birgitta schrieb eine rührende Liebeserklärung an meine Großmutter ins Gästebuch, als sie abreiste. Neben den Text klebte sie ein Herz aus Goldpapier.

In den Achtzigerjahren kamen stattdessen häufig Ehepaare aus verschiedenen Oststaaten, die in Garten und Küche halfen und dafür kostenlos wohnten. Ich kann mich nicht erinnern, dass der Umgang steif oder besonders förmlich war, aber später sah ich ein, dass es anderswo nicht üblich war, sich umzuziehen, wenn die Großmutter an einem Sommertag zum Abendessen kam, oder dass regelmäßig Drinks angeboten wurden und man saubere Jeans und ein Hemd anzog – niemals kurze Hosen.

***

Ich selbst hatte nie das Gefühl, in einer Zeit aufzuwachsen, die man »Friedenszeit« nennen könnte. Was nicht erstaunlich ist, denn nur wer Krieg erlebt hat, kann verstehen, dass die Abwesenheit eines solchen als Frieden zu betrachten ist.

Ich verbrachte die ganzen Sommerferien auf Småryd, aber nicht in der großen Villa, sondern in dem viereckigen Hof mit Reetdach, der einst der Landwirtschaft diente. Dort hatten meine Eltern, Onkel Hans und Tante Jackie ihre Zuflucht gefunden, als sie Kinder bekamen und die ältere Generation, die in der Villa wohnte, sich zu sehr einmischte. Es war unmöglich, im Haus zu bleiben, wo allerlei Menschen ihre Ansichten über Kindererziehung äußerten.

Der Sommer enthielt einige wenige, aber strenge Verpflichtungen. Zum Beispiel war es unvorstellbar, dass wir Kinder auf dem Gelände von Småryd jemandem begegneten, den wir nicht bereits begrüßt hatten. Meine Mutter war vollständig unterrichtet über Ankünfte und Abreisen der Onkel und Tanten meines Vaters, deren Freunde, entfernten Cousinen zweiten Grades sowie russischer Damen und anderer Familienfreunde.

Wer waren sie eigentlich, diese Silhouetten, die ich im Gedächtnis über den Rasen und im Haus herumgehen sehe? Alle gehörten zum Sommer. Ich hatte keine Ahnung, wer mit uns verwandt war und wer nicht.

Da sind die alten Damen: Tante Salomonsen, Tante Katja und Tante Selinka, Lilly, Kusja, Tante Lita, Friedl Kolbe – ständig diese älteren Damen mit einer Zeitung auf dem Schoß, unterwegs zum Strand, falls sie nicht in der Küche mit irgendwelchen Töpfen hantierten.

Tante Salomonsen aus Kopenhagen residierte im größten Schlafgemach, rauchte ununterbrochen, war nett, dick und respekteinflößend. Fünfzig Jahre später erkannte ich, dass die Salomonsens bekannte dänisch-jüdische Silberschmiede waren, denen Onkel Hinke im Krieg geholfen hatte. In einer Oktobernacht 1943 setzten sich Axel und Ingrid Salomonsen mit ihren Söhnen Preben und Henning, die zweiundzwanzig beziehungsweise achtzehn Jahre alt waren, im dänischen Gilleleje in ein Fischerboot. Die Fahrt ins schwedische Höganäs dauerte nur zwei Stunden, aber die Gefahr, entdeckt zu werden, war groß. Das Einzige, was sie mit sich hatten, waren zweitausendachthundert dänische Kronen und ein Guthaben über eintausend schwedische. Sie beriefen sich auf Henrik Bolin, als sie von den schwedischen Behörden verhört wurden.

Preben erzählte mir später, dass Onkel Hinke seinem Vater ein Monatseinkommen von fünfhundert Kronen garantierte, und falls er der Firma nützlicher sein könnte, würde er mehr bekommen. Axel Salomonsen, der mit zahlreichen schwedischen Juwelieren Geschäfte gemacht hatte, reiste im Auftrag der Firma W. A. Bolin, weshalb er mit jeder Reise erweiterte Passbefugnisse erhielt. Als dänischer Flüchtling durfte er sich nicht in Göteborg oder Malmö aufhalten, aber bei jedem Ausnahmeantrag bekam er umgehend eine Genehmigung.

Als ich etwa sieben Jahre alt war und mich einmal in der Villa befand, ergab es sich, dass ich mit Tante Salomonsen allein war. Sie sah, dass ich eine kleine Wunde am Knie hatte, die blutete. Ich hatte es nicht sein lassen können, Schorf aufzukratzen, und nun rann etwas Blut mein Bein hinunter. Tante Salomonsen sagte auf Dänisch: »Komm mal her, du brauchst ein Pflaster.«

Ich hatte fürchterliche Angst vor Schmerzen und verabscheute alle, die mir Wunden reinigen, mich verbinden oder sonst an mir herumfingern wollten. Aber Tante Salomonsen widersprach man nicht. Sie ging mir voran in ihr Zimmer. Dann nahm sie ein kleines blaues Pflaster aus einer Blechbüchse, zog den Schutzstreifen ab, ergriff resolut mein Bein und drückte mir das Pflaster fest auf die kleine Wunde.

»Jetzt warst du ein tapferer Junge«, sagte Tante Salomonsen, ging zum Toilettentisch mit dem großen Spiegel, zog eine Schublade auf, nahm eine Tüte Schokoladenplätzchen heraus und schüttete mir davon eine Hand voll. »Hier, weil du so tapfer warst.«

Ich verbeugte mich und stopfte mir die Plätzchen rasch in den Mund. Man wusste nie, wann ein Bruder oder Cousin auftauchen konnte, der seinen Anteil an der Beute forderte. Tante Salomonsen machte die Tür hinter sich zu.

Tante Lita, Tante Selinka und Tante Katja waren russische Damen: klein, dick und kinderlieb. Als Erwachsener erfuhr ich, dass Tante Lita Baltendeutsche war. Ihre Mutter war auf Dagö in Estland geboren, ihr Vater in Lübeck, aber die Familie wohnte in Moskau, und Tante Lita sprach immer Russisch mit meinen älteren Verwandten. Sie kam fast jeden Sommer und war auch häufig zum Essen bei uns in der Stadt.

Wir Cousins liebten sie, weil sie nicht so gekünstelt war wie viele der anderen Älteren, die im Sommer auf Småryd waren. Außerdem war sie eine große Märchenerzählerin und liebte ihrerseits Kinder. Sie wohnte in einer kleinen Zweizimmerwohnung im Erdgeschoß am Karlavägen in Stockholm und arbeitete ihr ganzes Leben als Sekretärin bei W. A. Bolin. Ihren Arbeitsplatz nannten alle immer nur »die Firma«.

In einem Sommer wollte Tante Lita uns vier Cousins Russischunterricht geben. Daraus wurde nichts. Die Idee, dass wir diszipliniert um einen Tisch sitzen und mitten in den Sommerferien eine völlig unbegreifliche Sprache lernen würden, war etwas weltfremd.

»Ete wada«, sagte Tante Lita und deutete lächelnd auf das Wasser in einer Karaffe.

Wir starrten voller Entsetzen und fragten uns, wie es möglich war, dass Freizeit plötzlich in Unterricht verwandelt wurde. Aber die Lektionen hörten ebenso schnell auf, wie sie begonnen hatten. Vater seufzte über unsere Faulheit und erzählte, dass er sich früher wahrhaftig darin gefügt hatte, in den Ferien zu lernen, und dass es ihm nur gutgetan habe.

Tante Hering und Tante Katze, wie mein Vater sie immer nannte, waren Schwestern der legendären Madame Skilondz, der Opernsängerin und Gesangspädagogin, die ebenfalls eine große Wohnung am exklusiven Strandvägen hatte, wo auch Selinka und Katja wohnten. Nach der Russischen Revolution waren sie nach Berlin gezogen und nach dem Krieg nach Stockholm.

Vater wurde nie müde, sich vorzubeugen und mit lauter Stimme zu den schwerhörigen alten Schwestern zu sagen: »Jetzt müssen wir nur aufpassen, dass Tante Katze nicht Tante Hering frisst!«

Dann lachte er vergnügt über seinen eigenen Scherz, während Tante Katze und Tante Hering ein wenig lächelten, ihre grauen Köpfe schüttelten und wegwerfend mit den Händen fuchtelten.

All diese Damen und Sprachen infrage zu stellen oder darüber zu staunen, war nicht Bestandteil der kindlichen Welt. Im Sommer hörte ich unablässig Deutsch, oft Russisch, zuweilen Englisch und meistens Schwedisch.

Dass fast alle Gäste, die auf dem Rasen in der Sonne sitzen, auf die eine oder andere Weise einen Bezug zum Begriff »Friedenszeit« hatten, ahnte ich selbstverständlich nicht. Ich hörte auch nie, dass man darüber redete.

Was fühlte Tante Katja, die sich, wie sich zeigen sollte, in lebenslangem Exil befand, derzeit auf einem Rasen im Süden Schwedens?

Wie war es für Frau Salomonsen, Jahr für Jahr an den Zufluchtsort und zu den Menschen zurückzukehren, die ihr im Krieg geholfen hatten? Fühlte sie sich je wieder geborgen, nachdem sie mit Mann und Kindern in einem kleinen Boot über den Öresund geflohen war?

Wie lange dauerte es, bis mein Vater nicht mehr zu träumen meinte? Der Alltag hat die unübertreffliche Fähigkeit, vergangenes Unbehagen zu verdauen.

»Lass uns nicht so viel darin wühlen. Frag nicht mehr.«

Ich fragte nicht, schon gar nicht in meinen Kinderjahren.

Allmählich verschwindet die chaotische Vergangenheit wie die Erinnerung an eine überstandene Grippe, und die Kräfte kehren zurück. *So krank war ich doch gar nicht?*

Sprachen sie über Revolution, Krieg, Holocaust oder Börsencrash, als sie dort saßen, all die Tanten auf dem Rasen in Skåne?

Ich sehe Tante Selinka und Tante Katja in ihren dicken Wintermänteln vor mir, ständig frierend. Und Friedl Kolbe, die Klavierlehrerin, die mir auf meine Frage hin eröffnete, warum sie an einem heißen Julitag einen dicken Lodenmantel anhatte, obwohl es fünfundzwanzig Grad warm war: »Im Sommer ist er kühl, und im Winter ist er warm«, sagte sie triumphierend in ihrem gebrochenen Deutsch-Schwedisch.

Friedl erzählte mir von ihrer Wohnung unter dem Dach eines Hauses im früheren Stockholmer Zeitungsviertel. Nur sie wohnte in dem Redaktionshaus. Sie behauptete mit Nachdruck, dass sie sogar die Letzte sei, die vor dem Abriss in diesem Viertel wohnte. In seinem Nachruf auf Friedl schrieb der Pianist Janos Solyom, dass sie inmitten der Bagger in Stockholm eine kleine zentraleuropäische Insel gewesen sei.

In einigen Sommern der Sechzigerjahre war auch Kohle dort, Gabas »Freund«. Er war, wie mir später klar wurde, ein hochgebildeter Schweizer und ging gebeugt mit den Händen auf dem Rücken. In tadellosem Anzug und mit Baskenmütze bewegte er sich langsam über den Rasen, falls er nicht im Schatten saß oder gerade nach seinem Stock suchte – den wir Kinder gern versteckten.

»Darf ich Stock haben«, sagte Kohle in gebrochenem Schwedisch, wobei er immer wieder die Zähne laut zusammenschlug. »Darf ich Stock haben«, klapp, klapp.

So etwas musste einfach nachgeahmt werden.

Dann tauchte Gaba aus dem Nichts auf, lächelte und rief: »Komm jetzt, Kohlemann, wir fahren!«

Lilly, die Tochter von Wilhelm Bolins Bruder Edward, war ebenfalls jeden Sommer auf Småryd. Sie hatte in Wiesbaden, wohin die Familie nach der Russischen Revolution gezogen war, einen jüdischen Mann geheiratet, mit dem sie

1933 nach Frankreich geflohen war, wo sie sich während des ganzen Kriegs versteckt halten mussten.

Sie hatte immer Suchardschokolade mit, die man sich in ihrem Zimmer abholen durfte, nachdem man sie auf ihre faltigen, sorgfältig gepuderten Wangen geküsst hatte.

»Kein Küsschen, keine Schokolade.«

Ich fand es entsetzlich, Tante Lilly nicht nur küssen zu müssen, sondern meistens auch noch in die Wange gekniffen und in einer fremden Sprache angesprochen zu werden. Lilly war fast taub, weshalb sie meistens allein vor sich hin brabbelte. Ihr russisch-schwedischer Akzent war der am meisten parodierte unter den Verwandten. Dass sie überhaupt Schwedisch sprach – und Französisch, Deutsch, Russisch und Englisch –, beeindruckte uns Kinder nicht. Stattdessen hatten wir unser Vergnügen daran, ihre gebrochene Ausdrucksweise zu imitieren. Als Anita, meine älteste Cousine, im Alter von sechzehn Jahren nach England fahren wollte, um für drei Sommerwochen bei einer Familie zu wohnen, schlug Tante Lilly ihre Hände zusammen und sagte: »Anjieta, willst du Ausland fahren, wie eine erwachste Frau!«

Wie eine erwachste Frau wurde für uns der Kehrreim dieses Sommers.

Kusja war eine Cousine zweiten Grades meiner Großmutter. Sie hatte merkwürdige Spangen aus Leder und klingenden Metallstützen um ihre gelähmten Beine und konnte, wie die meisten Gäste, einige Worte Schwedisch. Ich fand, es sah aus, als hätte sie Pferdetrensen um ihre Gelenke. Von der allgemeinen Verpflichtung, alle zu küssen, war Kusja ausgenommen, da sie sich nicht herunterbeugen konnte. Man musste behutsam zwei ihrer Finger schütteln: Daumen und Zeigefinger. Die übrigen waren immer in die Handfläche gebogen. Kusja wollte jedes Jahr auch zu uns auf den Hof kommen und neigte sich über ihre Rolleiflex, um eine jährliche Aufnahme von mir und meinem Bruder zu machen. Wie sie den Auslöser mit ihren verknoteten Fingern betätigen konnte, war mir unbegreiflich, noch weniger verstand ich, wie es ihr gelang, in auserlesener Handschrift lange Verse in das Gästebuch zu schreiben.

Nachdem Süßigkeiten in Empfang genommen, Wangen geküsst und Daumen und Zeigefinger geschüttelt worden waren, ließ es die Etikette zu, hinauszulaufen und zu tun, was wir wollten.

Die Begrüßung war erledigt. Nun konnten wir fröhlich aus der Ferne winken, wenn wir die Gäste am Strand oder woanders sahen.

Gespräch mit Vater

In seinen letzten Jahren litt mein Vater immer mehr an seinen Angstzuständen. Wenn er uns besuchte, holte ich ihn von der U-Bahn-Station an der Schleuse in Stockholm ab. Anschließend fuhr ich ihn nach Hause zur anderen Seite der Stadt.

Ich sehe ihn vor mir, wie er dort in seinem Trenchcoat an verabredeter Stelle steht. Sein stattlicher Bauch spannt den Mantel. Immer hat er einen Hut auf dem Kopf und einen Stock in der rechten Hand. Er blickt konzentriert auf die Nummernschilder der Autos, die kommen. Er kann sich nie merken, was für ein Auto ich habe, aber er weiß das Kennzeichen.

Als wir den knirschenden Kiesweg zu unserem Haus gehen, bleibt er stehen.

»Ich weiß nicht, aber es ist, als hätte jemand eine Glasglocke über die Welt gestülpt. Alles scheint so unwirklich.« Er seufzt tief. »Das ist furchtbar unangenehm, Bamsen.«

Ich suche verzweifelt nach Dingen im Dasein, über die man sich freuen kann, und lande schließlich bei den alltäglichsten Vorgängen.

»Aber wenn du morgens aufwachst und hungrig bist, ist es dann nicht schön, an eine Tasse Kaffee und ein Butterbrot zu denken?«

Nein, nicht einmal das.

Ich wende mich an einen Psychiater, der auf Geriatrie spezialisiert ist. Er schaut sich Vaters Arzneien an und stellt schnell fest, dass die antidepressiven Mittel im Alter gegenteilige Wirkung haben. Sie können Angstzustände und eben das Gefühl von Unwirklichkeit hervorrufen.

Ich bin einigermaßen erschüttert. Die Tabletten, die Vater in den letzten fünfzehn Jahren als Rettungsleine betrachtet hat, haben also seinen Zustand verschlechtert.

Wir treffen den Psychiater gemeinsam, und Vater ist einverstanden, die Tabletten abzusetzen, aber es müsse äußerst langsam geschehen und könne einstweilen zu stärkeren Angstzuständen führen.

Er sieht verzweifelt aus, willigt aber schließlich ein.

Nach einigen Monaten nimmt er entschieden weniger Psychopharmaka, antwortet aber beharrlich nein auf die Frage, ob er sich besser fühle.

Dennoch ging es ihm in seinen letzten Jahren etwas besser. Seine zunehmende Verwirrung half ihm paradoxaler Weise, sich nicht in Fragen und Ängsten über vergessene Ereignisse und Personen zu verrennen.

In seinem Altenheim in Bromma wurde er so etwas wie ein Liebling des Personals. Er lächelte ständig und dankte freundlich. Er war auch nicht dement, sondern hatte eher konfuse Momente, war aber häufiger klar, wenn er kürzere Unterhaltungen führen konnte. Anfangs brauchte er nicht viel Hilfe.

Keins der Enkelkinder von Wilhelm und Maria Bolin lernte je Russisch, obwohl an Kosmopolitismus und Sprachkenntnissen festgehalten wurde. Sämtliche Cousins sprachen Deutsch, Französisch und Englisch und mein Vater war selbstverständlich der Einzige, der es, ihm selbst zufolge, durch und durch perfekt tat.

Es war sinnlos, darüber zu diskutieren.

»Ich habe ein fantastisches Sprachgehör«, sagte er einfach.

Mein Bruder und ich fuhren mindestens einmal pro Woche zum Altenheim unseres Vaters. Manchmal frage ich mich selbst, woher meine liebevollen Gefühle für ihn kamen. Lange Zeiten hatte ich weder Verlangen noch Bedürfnis danach, ihn zu treffen. Als er in meiner Kinder- und Jugendzeit am meisten unterwegs war – er konnte hundert Tage im Jahr auf Reisen sein –, schämte ich mich meiner Gefühle, wenn Mutter sagte: »Morgen kommt Vater nach Haus.«

Nein. Das hieß wiederum Gerede über Manieren und Regeln, um die wir uns ohnehin nicht kümmerten. Plötzliche Streitereien zwischen ihm und meinem Bruder, die mir wie zwei private Kriegsherren vorkamen, die sich unberechenbar über das Schlachtfeld bewegten.

Ich genoss die Privilegien des Jüngeren, schwamm im Kielwasser meines Bruders, der die Oberfläche aus Prinzipien und Vorschriften zerfurchte. Mithilfe meiner Mutter wurden sie aufgelockert, sodass das Dasein schließlich recht erträglich wurde.

Gegenüber Alkohol und Tabak war mein Vater liberal. Ich rauchte zuhause ab dem fünfzehnten Lebensjahr, auch eifrig ermuntert durch meine Großmutter mütterlicherseits, die beim Rauchen gern Gesellschaft hatte.

Als Vater sich seinem neunzigsten Geburtstag näherte, hatten wir ihn endlich so weit gebracht, sein Auto zu verkaufen. Sein einst so gepflegter und geputzter BMW war nach seinen riskanten Fahrten durch die Stadt verbeult wie eine Sardinenbüchse. Einmal fuhr er auf eine Verkehrsinsel, und eine Frau, die es gesehen hatte, schrieb seine Nummer auf und zeigte ihn bei der Polizei wegen Trunkenheit am Steuer an. Vater verletzte niemanden mit seiner unabänderlichen Fahrweise, aber sie lief darauf hinaus, an der Ampel stets als Erster zu starten und, unabhängig vom Tempo, jeden

Vordermann zu überholen. Auf diese Weise wurde er ein immer gefährlicherer Autofahrer.

»Aber lieber Bamsen, es ist nichts dabei, ich bin ein fantastisch sicherer Autofahrer. Ich fahre nur ein wenig besser als alle anderen, das ist es.«

Nun liegt Vater auf seinem Bett und schläft mit halb offenem Mund. Die Wangen sind etwas eingefallen, die Flecken auf dem Körper, die die Bolins schon immer hatten, sind dunkler und zahlreicher, und wenn er spricht, klingt er unzusammenhängend, nervös kauend und knurrend. Es riecht ein wenig ungelüftet, nach Urin. Er hat die Trainingshosen an, um die uns das Personal gebeten hatte, da sich seine Anzughosen nicht in der Maschine waschen ließen. Er wacht auf und schaut mich an.

»Oh …« Er röchelt hohl, seine Stimme ist tief und unruhig, es ist unmöglich zu verstehen, was er zu sagen versucht.

Ich warte, setze mich neben ihn, halte seine Hand, und nachdem er ganz wach ist, wird er ruhiger. Ich rede. Oft von alten Zeiten, von Österreich oder Småryd. Er ergänzt und häufig fallen ihm Namen oder Orte ein. Auf meinem Telefon spiele ich ihm das Wienerlied vor, das er am liebsten hört. Er singt mit und lächelt jedes Mal erstaunt und glücklich.

»Wie kannst du das in dem Ding …?«

Mir fällt ein, dass wir nie über seine Mutter und ihr Leben in Österreich gesprochen haben, etwas mehr immerhin über seinen Vater. Jetzt, da ich dabei bin, zu untersuchen und zu schreiben, ist es zu spät, ihn zu fragen. Ich erhalte meistens unzusammenhängende Sätze.

Im Gegensatz dazu tauchen die merkwürdigsten Namen, Reime und Erinnerungen bei ihm auf. Als ich ihm etwa ein Jahr vor seinem Tod zum Beispiel erzähle, dass ich nach Budapest reisen will, lacht er und deklamiert einen Vers:

Margit fährt auf Straßenbahn,
Laci bietet Platz ihr an.
Margit Fensterplatz jetzt hat sie,
doch das Tascherl hat jetzt Laci.

Ich frage Vater, ob es dabei um Vorurteile gegen Ungarn geht. Werden sie als dumm und diebisch hingestellt? Oder ist es ein eher freundlicher Scherz über Nachbarn?

Vater lächelt nach innen gekehrt, wiederholt den Vers und lacht vergnügt.

»*Doch das Tascherl hat jetzt Laci.* Hihi.«

In seinem letzten Jahr fragt er mich einige Male nach Mutter.

»Woran starb Poppi eigentlich?«

»Aber Papa«, ich schaue ihn an. »Sie hat sich das Leben genommen, das weißt du doch.«

»Richtig, ja. So war es.«

Er stöhnt.

»Ich hätte etwas tun sollen.«

»Nein, sie war so krank im letzten Jahr. Weißt du noch, dass sie schwere psychotische Anfälle bekam und einmal von der Polizei geholt werden musste?«

»Was? Nein … doch … ich weiß noch, dass sie sehr krank war. Stimmt, die Polizei kam. Oh, das war entsetzlich.«

Vater blickt unglücklich in die Ferne.

»Aber woher kam ihre Krankheit?«, fragt er leise.

»Das weiß niemand. Denk jetzt nicht mehr daran. Du hast getan, was du konntest.«

Mutter und Vater verkauften 1987 das Haus in Bromma und zogen in eine Vierzimmerwohnung in der Stockholmer Innenstadt. Zehn Jahre zuvor hatte meine Mutter schwere Depressionen gehabt, die sie überwand und sich einer Psychotherapie unterzog.

»Ich war wie eine reife Frucht für meinen Analytiker. Alles floss aus mir heraus«, sagte sie mir zufrieden nach gerade einmal zwei Jahren, in denen sie viermal wöchentlich bei der Psychotherapie war.

Sie war glücklich. Um 1985 schenkte sie mir Alice Millers *Das Drama des begabten Kindes* und schrieb eine Widmung hinein: »Meinem geliebten Gunnar, das Leben hat so unendlich viel zu bieten.«

Ich hatte, ebenso wie Mutter, Perioden von Angst- und Panikgefühlen gehabt und war, in ihren Augen, geradezu das Lehrbeispiel eines »begabten Kindes«.

Häufig aber fühlte ich mich etwas beklommen durch ihre Annäherungen, nicht die als Mutter, sondern als Freundin. Sie betrachtete mich und meine Interessen als ein Bild dessen, was sie selbst gern getan hätte. Sie war ausgebildete Vorschullehrerin und liebte ihre Arbeit, aber in den letzten Jahren wurde sie von den Gedanken verfolgt, mehr tun zu müssen. Sie studierte Bildtherapie und vertiefte sich in Kinderpsychologie, machte aber keinen Abschluss.

Auf ein Freundschaftsverhältnis mit meiner Mutter war ich nicht vorbereitet. Sie war stets die wichtigste Person in meinem Leben gewesen und schenkte mir Wärme, Geborgenheit und vollkommen bedingungslose Liebe.

Ich wünschte, es wäre nicht so gewesen, aber es war mir unangenehm, mit ihr über Theaterstücke von Lars Norén oder Filme von Bertolucci zu sprechen.

Irgendwann Mitte der Achtzigerjahre konvertierte sie zum Katholizismus. Es geschah völlig privat, niemand war zu einem Weiheritual oder etwas anderem eingeladen.

In ihren letzten Jahren schrieb sie Tagebücher, sagte aber frühzeitig: »Das geht niemanden etwas an. Ich habe Träume und Therapieprotokolle aufgezeichnet, höchst privat, nur für mich. Niemand darf das je lesen. Versprecht mir das!«

Schon bald nach dem Umzug von Vater und Mutter bekam sie wieder ihre Depressionen und Panikanfälle. Sie war verzweifelt darüber, denn nach der Therapie war sie vollständig überzeugt davon gewesen, dass ihre psychischen Probleme der Vergangenheit angehörten. Sie hatte keine Zweifel an der Fähigkeit psychodynamischer Therapie, einen Menschen grundlegend zu verändern. Daher war sie nun umso härter davon betroffen, dass die Dämonen ihr mit einer Heftigkeit zusetzten, die sie noch nie erlebt hatte.

Im letzten Jahr eskalierte ihre Krankheit mit immer schwereren psychotischen Anfällen. Vater war am stärksten davon betroffen und mein Bruder etwas mehr als ich, da ich schon mein erstes Kind bekommen hatte. Aber wir saßen eines Abends gemeinsam im Wartesaal der psychiatrischen Abteilung, als der Arzt uns ins Behandlungszimmer holte, wo Mutter saß. Er schaute uns ernst an.

»Hat euch eure Mutter gesagt, dass sie daran denkt, sich das Leben zu nehmen?«

Mutter saß mit zusammengesunkenen Schultern da, die Hände auf dem Schoß und mit gesenktem Kopf. Sie sah mager, gequält, verängstigt und beschämt aus. Nein, sie hatte nichts gesagt, aber es erstaunte uns dennoch nicht.

Sie litt fürchterlich unter ihren Dämonen.

In der Morgendämmerung des zweiten Weihnachtsfeiertags 1988 konnte sie nicht mehr. Sie kletterte über das Balkongeländer im fünften Stockwerk ihrer neuen Wohnung.

Vater wachte davon auf, dass es immer wieder an der Tür klingelte. Zwei Polizisten standen davor. Vater sagte empört: »Um Gottes willen, klingelt nicht so laut. Meine Frau ist schwer krank und muss schlafen.«

Die Polizisten schauten ihn ernst an und Vater war sofort klar, was geschehen war.

Er erzählte, dass er zuerst Gaba anrief. Er weinte und sagte, dass er es nicht über sich bringe, die »Buben« anzurufen. Aber Gaba antwortete ruhig: »Das musst du. Niemand sonst kann es tun.«

Ich schlief bei meinen Schwiegereltern, wo wir die Weihnachtstage verbrachten. Ich saß unten im Flur und nahm den Hörer, den meine Frau mir reichte. Ihre Augen waren aufgesperrt und voller Tränen. Ich erinnere mich, dass ich schrie, einen dumpfen, fremden Schrei aus tiefer Brust.

Am Tag darauf fuhr ich mit drei Metern Tagebücher zu einer Müllhalde und warf alles in die große Papiermühle. Ich schaute lange zu, bis sie zermalmt waren.

Nie habe ich bereut, sie weggeworfen zu haben.

Die Verwandtschaft

Onkel Hinke war sein Leben lang eine profilierte Persönlichkeit in Stockholm, bekannt als Chef der Firma W. A. Bolin, für seine Wanderungen und sein charmantes Auftreten.

Er leitete die Firma, bis mein Onkel Hans sie in den Siebzigerjahren übernahm. Hinke starb 1986.

Gaba, Margit, arbeitete bis weit in die Achtzigerjahre hinein in der Firma. Mehrmals in der Woche ging sie am Geschäft am Stureplan vorbei, bis sie 1999 nach kurzer Krankheit starb. Auch sie war eine bekannte Person in vielen Stockholmer Kreisen. Öfter stieß ich auf emsige Konzertbesucher, die sich beeindruckt zeigten, weil ich mit der interessanten und eleganten Frau Kingston verwandt bin.

Als ich klein war, hatte ich meine Schwierigkeiten mit Gaba, die selbst keine Kinder hatte. Bei ihren Versuchen, amüsant zu sein, war sie eher theatralisch und albern. Kinder erkennen unmittelbar einen gekünstelten Tonfall oder übertrieben gespielte Überraschung. Für einen Neunjährigen ist es schwer erträglich und peinlich, bei solch einem Spiel mitmachen zu müssen.

Aber die fünfzehn Sommer, die wir mit ihr auf Småryd verbrachten – Geschwister, Cousins und unsere Kinder –, veränderten sie zu einer geliebten und klugen Tante, die an den Enkeln und Urenkeln ihrer Geschwister ihre Freude hatte. Jeden Morgen saß meine Tochter neben Gaba, die sich eine Stunde lang schminkte. Gaba war achtundachtzig, Tora vier.

»Jetzt schau mal her. Erst etwas Grundierung, dann Puder, und danach müssen wir etwas mit den Augen machen.«

Nie kam Gaba zum Frühstück herunter, ohne sich eine Stunde der Schönheitspflege gewidmet zu haben.

Maja starb auf Hawaii, neunundsiebzig Jahre alt. Sie hinterließ ein kleines Vermögen, das sie sich mit dem Kauf von Genossenschaftswohnungen erworben hatte. Seit sie im Alter von zwanzig Jahren nach London gefahren war, um Fotomodell zu werden, hatte sie dafür gesorgt, finanziell ohne Unterstützung der Familie auszukommen. Stattdessen konnte sie gegen Ende ihres Lebens ihrerseits großzügige Hilfe leisten, wenn die Grundstücke auf Småryd größere Ausgaben erforderlich machten. Mutter erbte ihren Schmuck, den sie verkaufte, um ihre Psychotherapie zu bezahlen. Ich bin sicher, dass Maja damit äußerst zufrieden gewesen wäre.

Mein Großvater Ernst Hoffenreich starb bereits 1958 im Alter von achtundsechzig Jahren, zermürbt an Leib und Seele. Wetti, die zwanzig Jahre jünger war, starb auch genau zwanzig Jahre nach ihm. In den Neunzigerjahren wurde ein kleiner Weg in Sauerbrunn auf den Namen *Doktor-Hoffenreichgasse* getauft.

Onkel Karl Seitz kam lebend aus dem Konzentrationslager Ravensbrück und wurde Ehrenmitglied der österreichischen sozialdemokratischen Partei. Er starb 1950 im Alter von einundachtzig Jahren. Zwölf Jahre später wurde auf der Ringstraße vor dem Wiener Rathaus sein Standbild enthüllt.

Hugo Bohrer starb Anfang der Sechzigerjahre. Seine Existenz war erst gegen Ende des Lebens meines Vaters in dessen Geschichten aufgetaucht, wie ein Gespenst, das allzu lange in den am gründlichsten verschlossenen Winkeln des Bewusstseins eingesperrt gewesen war.

Hilda Bohrer, geborene Hoffenreich, starb 1964.

Meine Babi Karin Bolin starb siebenundachtzigjährig 1984 im Krankenhaus Sabbatsberg in Stockholm. Solange sie lebte, erfuhr ich nichts über die schwierige Zeit meines Vaters bei Hugo und Hilda. Meine Mutter schätzte ihre Schwiegermutter sehr. Babi unterstützte sie und äußerte niemals abfällige Bemerkungen darüber, wie jemand sein Leben lebte oder ob Mutter die Knödel wie eine österreichische Hausfrau zubereiten konnte oder nicht.

Bei Streitigkeiten zwischen meinen Eltern hatte ich das Gefühl, dass meine Großmutter eher für meine Mutter Partei ergriff. Aber Vaters derber Humor passte Babi. Als Jugendlicher fand ich es nett, wenn sie zum Essen kam, was häufiger geschah, nachdem sie in ein Altenheim in unserer Nähe gezogen war. Es war gemütlich, die beiden Wienerisch sprechen zu hören, aber da sonst niemand in der Familie Deutsch sprach, kam es immer seltener vor. Nur bei direkten Gesprächen mit seiner Mutter musste mein Vater unbedingt Deutsch sprechen.

Ich glaube, dass meiner Großmutter die weniger gefühlsbetonte Beziehung zu ihren Söhnen angenehmer war, nachdem Gerhard und Hans erwachsen geworden waren. Sie war eine Freundin, auf die man zählen konnte, aber nie eine Mutter, an die man sich vorbehaltlos anlehnen konnte.

Als meine Mutter in einem Versuch, sich scheiden zu lassen oder zumindest ein anderes Leben auszuprobieren, meinen Vater 1976 und 77 verließ, aß Vater häufig bei seiner Mutter. Dennoch ging er ihr gegenüber nicht wirklich darauf ein, was sich zugetragen hatte.

Zu dieser Zeit wohnte ich in Wien, und Babi schrieb mir Briefe, in denen sie Vater »Herrn Mühsam« nannte. Beispielsweise hatte er sich mit seinem Bruder und seiner Schwägerin zerstritten, als sie in deren Auto nach Småryd fuhren und er einen Wutausbruch bekommen hatte, weil die Musik im Autoradio zu laut war. Babi schrieb, es habe nicht viel gefehlt, und sie hätten »Herrn Mühsam« auf halber Strecke am Straßenrand stehen lassen.

Ihr Leben lang liebte Babi es, an runden Geburtstagen unsinnige Collagen zu machen, und zu Weihnachten stellte sie jedes Jahr neue Dekorationen in grellen Farben mit Weihnachtsmännern, Silberzapfen und roten Kugeln her, die dann von Lucia bis über die Feiertage bei uns aufgebaut waren.

In ihrem letzten Sommer auf Småryd war sie von einem weiteren Schlaganfall gezeichnet. Sie besuchte die Villa, in der nun ihre sechs Jahre jüngere Schwester Gaba regierte. Babi konnte kaum gehen und ihr linker Arm war unbrauchbar geworden.

Ich sehe sie vor mir: im geflochtenen Liegestuhl auf der Veranda. Gertrud steht neben ihr und wettert mit ihrem charakteristischen Gaumen-R: »Also Karin, hast du das Omelett nicht aufgegessen, das ich dir gemacht habe? Du kannst doch zumindest die Paradeiser essen?«

Sie steckt ein kleines Stück Paradeiser in Babis Mund und geht mit festen Schritten in die Küche. Sie trägt den Teller mit dem halb gegessenen Omelett hinaus und brummelt vor sich hin: »Es ist fürchterlich, sie isst ja gar nichts.«

Babi kaut an der Paradeiser und sieht mich an. Sie lächelt und zieht vielsagend die Brauen hoch. Ich lächele zurück.

Sie schaut auf den Rasen hinunter, der von den großen Bäumen eingerahmt wird: Eiche, Blutbuche, Ahorn, Linde und die Echte Kastanie. Weiter unten sieht man die alte Mauer mit den Rosen und dahinter – das Meer. Sie hat immer gesagt, dass sie sich wünschte, dass ihre Asche über Småryd verstreut wird.

Babi ruht in ihrem Liegestuhl, dann zwinkert sie mit den Augen und schläft ein.

Das Ende

Vater starb am 27. April 2016. Am Tag zuvor hatten sie vom Altenheim angerufen und gesagt, dass sich sein Zustand verschlechtert hatte. Kein Grund zur Aufregung, aber ob wir nicht kommen könnten?

Mein Bruder befand sich im Ausland und wollte am Abend zurückkommen. Ich fuhr am Nachmittag hinaus. Ich wurde von meinem Cousin Christian begleitet, der nun Chef der Juwelierfirma war und meinen Vater gern ein letztes Mal treffen wollte, da sie einander lange nicht gesehen hatten. Als wir die Abteilung betraten, bekam Vater nur schwer Luft. Er kämpfte und wedelte mit den Armen. Das Personal war bei ihm und gab ihm Beruhigungsmittel. Man beruhigte auch uns, indem man sagte, wie das Endstadium des Lebens aussehen konnte. Ich stand mit pochendem Herzen daneben und schaute zu. Vater kam zur Ruhe, wir konnten uns eine Weile zu ihm setzen und seine Hand halten, aber ich erlebte ihn nicht mehr in wachem Zustand.

Am Tag darauf fuhr die ganze Familie am Spätnachmittag hinaus. Mit mir waren meine Frau Pella, unsere Kinder Tora und Nils, unser ältester Sohn Theo war nicht zuhause, aber mein Bruder mit seiner Tochter war ebenfalls dabei.

Vater lag auf dem Rücken und atmete ruhig, aber unregelmäßig. Wir hielten ihm die Hand, redeten mit ihm, weinten und lachten, als wir Erinnerungen wiedergaben – alles durcheinander.

Die Pflegerin sagte, es könne jeden Moment zu Ende gehen, aber auch einige Tage dauern. Nach ein paar Stunden verabschiedeten wir uns. Meine Frau, unsere Kinder und ich fuhren zu einem Restaurant, wo wir meinem Vater zu Ehren Bier trinken und Sauerkraut und Wurst essen wollten. Der Freund unserer Tochter tauchte auf. Gerade als das Essen kam, klingelte mein Telefon. Es war zwanzig vor neun. Ich sagte: »Einen Augenblick«, und ging auf die Straße hinaus.

Ich stand in der zunehmenden Aprildämmerung und die Schwester sagte, dass Vater zehn Minuten zuvor gestorben sei. Eine seiner Lieblingsschwestern unter den Mitarbeiterinnen habe bis zuletzt seine Hand gehalten. Es sei ruhig und schön zugegangen, sagte sie. Ich ging wieder hinein. Alle schwiegen und schauten mich an. Dann weinten wir ein wenig, stießen auf Vater an und ich erzählte eine von all den Geschichten über ihn, die uns wieder zum Lachen brachte. Ich rief meinen Bruder an und sagte, was geschehen sei.

Am Tag darauf fuhr die ganze Familie wieder hinaus, um Abschied zu nehmen. Meine Schwägerin war bereits dort, mein ältester Sohn kam und wollte unbedingt seinen Großvater ein letztes Mal sehen. Vater hatte sein Lieblingssakko an, das karierte, das derart abgetragen war, dass die Ärmel ausfransten. Wie oft hatten mein Bruder und ich nicht versucht, ihn dazu zu bringen, sich ein neues zu kaufen! Stattdessen waren die Ärmel nun mit einer braunen Wildlederkante versehen.

Ein neues Sakko kaufen? Was sind denn das für Dummheiten? Ein paar Fransen?

»Ach, das sieht doch niemand!«

Neben seinem Bett brannte eine Kerze, das Fenster war einen Spaltbreit zum Lüften geöffnet.

Wir saßen vielleicht zehn Minuten schweigend am Bett. Dann gingen wir.

Vater wurde genauso alt wie seine Tante Margit, Gaba, und sein Onkel Henrik, Hinke: vierundneunzig Jahre.

***

Einige Wochen später wurde mein Vater in der Kirche auf Djurgården beigesetzt. Wir waren etwa dreißig Trauergäste. Beim anschließenden Kaffee schlug mein Bruder ans Glas und sagte einige Worte über unseren Vater. Dann schwieg er einen Augenblick und sagte abschließend lächelnd: »Wer irgendwann einmal richtig wütend auf unseren Vater war, hebe seine Hand!«

Ein liebevolles Gelächter machte sich breit. Und alle hoben ihre Hand.

Nachwort

Schon in den Neunzigerjahren machte ich einige Radioprogramme über Österreich, in denen ich Verwandte interviewte, um ausgehend von meinem Großvater von der Zeitgeschichte des Landes zu erzählen. Es handelte sich um drei ambitionierte fünfzigminütige Sendungen mit dem Titel *Österreicher sein.* Jörg Haider hatte als neuer Star gerade die politische Bühne betreten, die Waldheimaffäre war schon etliche Jahre her, aber im Land – oder eher in Wien – wurden noch immer die Schuldfrage nach dem Zweiten Weltkrieg und der fortschreitende Rechtspopulismus diskutiert.

Nachdem die Programme gesendet worden waren, erhielt ich eine Reihe freundlicher Kommentare. Harry Schein, gebürtiger Österreicher und Direktor des Schwedischen Filminstituts, schrieb zum Beispiel einen Brief und dankte mir. Er ging auf Wettis Bruder Misko ein, der im Programm mitgewirkt hatte. Schein war beeindruckt darüber, dass ich Miskos Dialekt verstanden hatte, bei dessen Dechiffrierung ich natürlich die Hilfe meines Vaters brauchte. Vor allem erinnere ich mich, wie Misko sagte: »Da woar ja so a Stopperl, da Dollfuß.«

Stopperl ist Dialekt für *Stöpsel, Korken* und spielte darauf an, dass Dollfuß nur 153 Zentimeter groß war.

Nach und nach zeigte sich, dass viele Hörer der Sendungen vor allem die Mitwirkung meiner Verwandten im Gedächtnis behielten. An all die famosen Politikwissenschaftler, Historiker, Schriftsteller und Künstler, die ich interviewt hatte, konnte sich später niemand erinnern. Das inspirierte mich zu dem Versuch, die Geschichte meiner Großmutter und damit einen Teil des zwanzigsten Jahrhunderts in Europa zu schildern.

Nachdem ich die Familienarchive durchforstet hatte, suchte ich österreichische und schwedische öffentliche Archive auf. Ich reiste mehrmals nach Wien und Sauerbrunn. In Sauerbrunn war Astrid Gruber, die Enkelin von Wettis Bruder Misko, stets interessiert und hilfsbereit. Sie machte nicht nur Rudy Lehner ausfindig, der sich an meine Großmutter erinnerte, sondern auch andere Personen, die ich über die Zeit in Sauerbrunn interviewen konnte.

Im Archiv der Arbeiterbewegung in Stockholm fand ich früh Per Albin Hanssons Briefe von 1945 an die österreichischen Behörden, in denen er sie auffordert, Karl Seitz aus dem Konzentrationslager zu entlassen. Ich bemerkte, dass der Onkel meiner Großmutter ein bedeutenderer Politiker war, als mir bislang bewusst war.

Beim Schreiben merkte ich allmählich, wie mein Vater einen immer breiteren Platz in der Erzählung einnahm.

Im Lauf der Jahre habe ich selbstverständlich massenweise Bücher und anderes Quellenmaterial gelesen. Unter vielem anderen die Tageszeitungen *Burgenländische Freiheit* und die *Arbeiterzeitung*, die beide über ausgezeichnete und leicht zu findende Archive im Internet verfügen.

Mehrere Romane aus dieser Zeit haben mir geholfen, Österreich und Österreich-Ungarn besser zu verstehen: Joseph Roth, Franz Werfel, Stefan Zweig, Robert Musil, Elias und Veza Canettis Autobiografien sowie verschiedene Schriften des Satirikers Karl Kraus. Auch die Autobiografien von Bruno Kreisky und Richard Berczeller waren von großem Nutzen, ebenso Vilma Neuwirths *Glockengasse 29* sowie Autobiografien, die in der damaligen Zeit geschrieben wurden, wie Elsa Björkman-Goldschmidts Bücher, George Gedyes *Die Bastionen fielen* sowie *Zwischen Hitler und Mussolini* des Faschistenführers Starhemberg. Der Regisseur und Schauspieler Stefan Böhm hat mich auch die private Biografie seines Vaters über dessen Zeit als junger, jüdischer Sozialdemokrat in Wien lesen lassen.

Von der Unzahl biografisch-historischer Werke, die ich gelesen habe, kann ich folgende Titel nennen: Norbert Lesers Beschreibung der österreichischen Sozialdemokratie *Der Sturz des Adlers*, Helmut Weihsmanns *Das Rote Wien* über den Wohnbau der Zwanzigerjahre, *Stadt ohne Seele* von Manfred Flügge, *Die verzweifelte Republik* von Walter Rauscher und *Bad Sauerbrunn. Ortschronik* in drei Teilen von Rudolf Balasko, Getrude Kern und Robert Sommer.. Die detaillierten, inspirierenden und zuweilen umstrittenen Fernsehserien über Österreichs Geschichte des Journalisten Hugo Portisch findet man im Internet und in Buchform.

Wenn man mit historischem Material arbeitet, muss man selbst entscheiden, wann man mit der Sammlung von Fakten aufhört. Unablässig tauchen neue Bücher auf, neue Archive, neue Hinweise auf Zeitungsartikel, die etwas ergänzen können. Erst im Herbst 2018 erhielt ich die Papiere meines Großvaters über seine Zeit als Internierter in Wöllersdorf aus einem weiteren österreichischen Archiv, nachdem ich im ersten nichts gefunden hatte.

Die Familie Hoffenreich lebt heute nur noch durch die thailändische Witwe meines Cousins zweiten Grades Michael weiter, sie haben keine Kinder. Das Haus in der Zieglergasse, das die Familie seiner Großmutter mütterlicherseits seit dessen Errichtung im achtzehnten Jahrhundert besessen hatte, ist verkauft. Ebenso die Weinberge der Familie in Nussdorf im Norden Wiens. Das Österreichische ist nunmehr lediglich Familiengeschichte: keine Hoffenreichs, die es gelebt haben, sind noch am Leben.

Ich möchte Sigrid Combüchen danken, die meine erste Leserin war, mir wertvolle Gesichtspunkte vermittelt und mich ermutigt hat weiterzuschreiben.

Mein Dank auch an Anneli Dufva für gute und wichtige Ratschläge zum Text.

Dank an meinen Bruder Ulf, meine Cousine Anita und meinen Cousin Christian, die den Text ebenfalls gelesen und wichtige Hinweise gegeben haben.

Dank auch an meine Leser beim Verlag Albert Bonniers, meinen Verleger Daniel Sandström, der so frühzeitig an meinen Text geglaubt und mir damit geholfen hat, sowie an meinen Lektor Jacob Swedberg für sorgfältiges Lesen.

Bei meiner Familie kann ich mich nicht dafür bedanken, dass sie mich während des Schreibens ertragen hat. Ich habe noch nie abends und nachts sitzen und schreiben können. Ich bin ein trostlos unromantischer Schreiber, der nur tagsüber arbeitet.

Dennoch, Pella, Theo, Tora und Nils: Danke. Ihr seid es vor allem, die mein Leben so angenehm machen, dass ich Ruhe gefunden habe, um mich endlich hinzusetzen und die Arbeit zum Abschluss zu bringen.

Stockholm, im Juli 2019

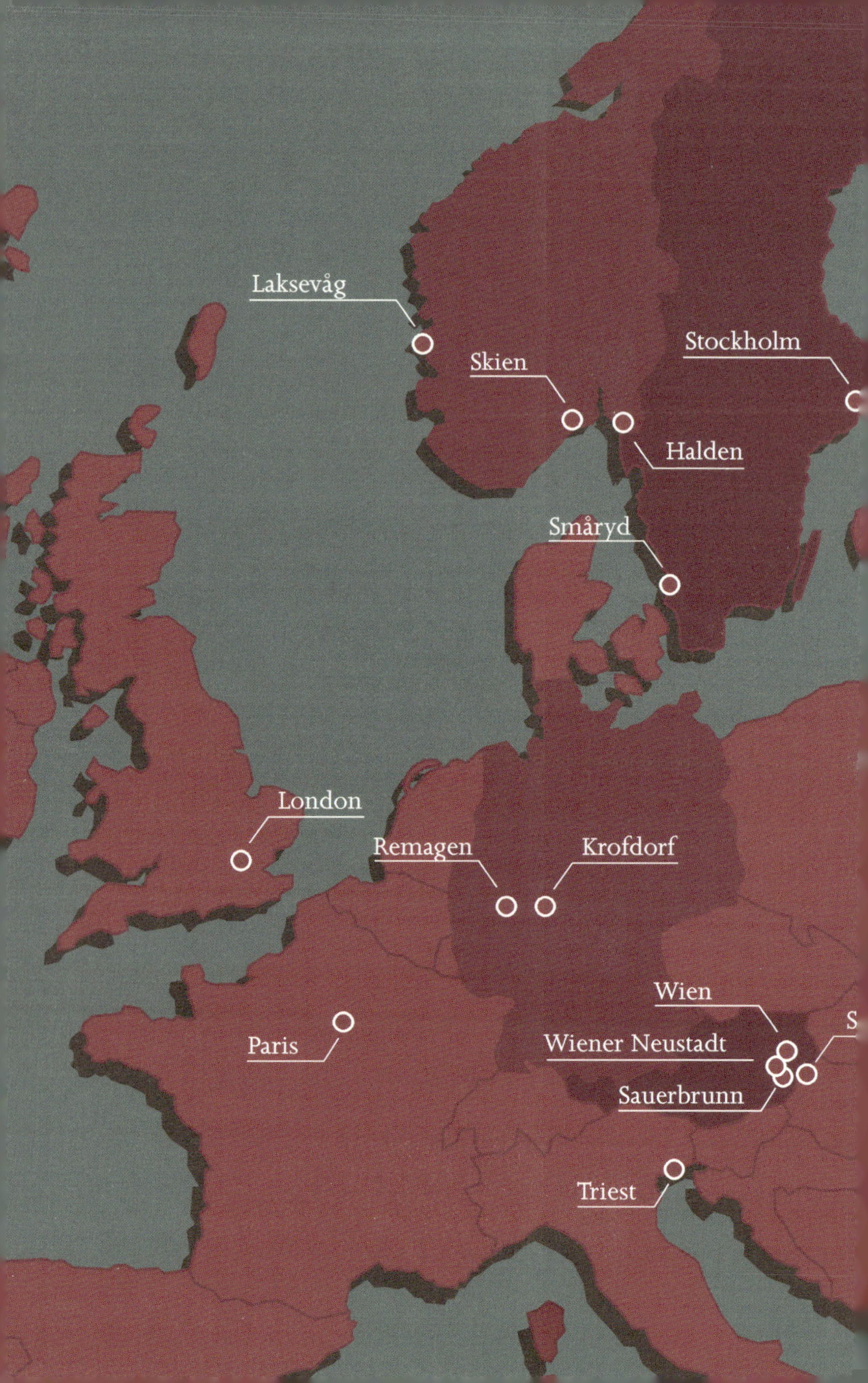
Laksevåg
Skien
Stockholm
Halden
Småryd
London
Remagen
Krofdorf
Wien
S
Wiener Neustadt
Sauerbrunn
Paris
Triest